누가 개를 쏘았나

누가 개를 쏘았나

1판 1쇄 인쇄 | 2014년 4월 10일
1판 1쇄 발행 | 2014년 4월 19일

지은이 | 김영현
펴낸이 | 김경배
펴낸곳 | 시간여행

등 록 | 제313-210-125호 (2010년 4월 28일)
주 소 | 서울시 마포구 양화로 6길 9-24 (서교동 동호빌딩 3층)
전 화 | 070-4032-3664
이메일 | jisubala@hanmail.net

종 이 | 화인페이퍼
인 쇄 | 한영문화사

ISBN 979-11-85346-04-5 (03810)

이 도서의 국립중앙도서관 출판시도서목록(CIP)은 서지정보유통지원시스템 홈페이지
(http://seoji.nl.go.kr)와 국가자료공동목록시스템(http://www.nl.go.kr/kolisnet)에서
이용하실 수 있습니다. (CIP제어번호 : CIP2014011161)

누가 개를 쏘았나

김영현 장편소설

시간여행

차 례

1장

겨울, 동묘 부근

하필이면 동묘냐, 하는 하림의 말에 동철은 서울에서 거기만큼 싸고, 구경거리 많고, 따라서 편한 데 있으면 말해보라며 혼자 소리 내어 웃었다. 말이 그렇지 동묘는 낡고, 할 일 없는, 패잔병 같은 늙은 군상들이 무슨 구경거리나 없나, 하고 모여드는 곳이 아니던가. 하림은 그런 곳에 가면 지레 늙어버리는 느낌이 드는 것 같아 싫다고 했지만 삼십대 중반 나이에 이미 늙어버린 동철은 오히려 그게 편하다고 했다.

"야, 인마! 우리라구 별수 있간디? 그나저나 지하철 가깝고 하니까, 거기루 와. 너 찾는 사람도 있구 말이야."

"날 찾아? 누가……?"

"하여간 만나보면 알아. 내가 골목 안쪽 끝내주게 맛있고 싼 제주도 흑돼지집 봐둔 데가 있어. 오랜만에 한잔하자구."

그래서 정해진 곳이 동묘 앞이었다.

하긴, 아무럼 어떤가. 한 끼 먹고 헤어질 거, 동묘면 어떻고 서묘면 어떠랴.

하림과 동철은 군대에서 만난 친구였다. 허우대도 크고 잘생겼지만 외형과 달리 사람이 조금 뺑이 있고, 삐딱한 구석이 있는데다 만사에 냉소적이었다. 그것만 빼고 나면 그래도 괜찮은 친구였다.

딴에는 글재주가 있어 자기 말로는 예전에 신춘문예 예선까지 통과한 적이 있다고 했다. 아무튼 그 재주 덕인지 모르지만 지금은 아무개 국회의원 비서실에서 아무개 국회의원의 자서전을 써주는 아르바이트를 하고 있다 했다. 자서전뿐만 아니라 필요에 따라서는 아무개 국회의원 대신 주례사, 연설문, 발간사, 축사 등을 써주고 매달 몇 푼 받아 쓰는, 말하자면 원고 담당 촉탁인 셈이었다. 촉탁인 주제에 자기가 무슨 중요한 업무를 맡은 비서관이라도 되는 양, 경우에 따라서는 자기가 그 아무개 국회의원이라도 되는 양 대한민국 정치에 관한 이야기를 거창하게 떠벌리고 다녔다.

겨울답지 않게 푸근한 날이었다.

하림은 길가 옷가게 안쪽에 걸린 시계를 보았다. 겨울날의 오후 3시 반은 뭘 하기에도, 뭘 하지 않기에도 어중간한 시간이었다. 아직 해는 남아 있었지만 어둠 또한 어딘가에 숨어서 곧 무대 위로 등장할 채비를 하고 있었다.

동철과의 약속 시간이 아직 30분이나 남아 있었다.

'무얼 하나……?'

며칠 전 한바탕 눈이 내리고 난 뒤라 길게 이어진 담장 기와 응달진 곳 군데군데 아직 눈의 흔적이 아직 남아 있었다.

'일찍 온 김에 시장 구경이나 한번 해볼까.'

한쪽 어깨에 멘 가방을 추스르며, 하림은 난전들이 펼쳐진 길을 따라 어슬렁거리며 들어갔다. 하긴 동철의 말이 틀린 것은 아니었다. 옛날 황학동에서 밀려나 이곳으로 옮겨온 난전에는 헌옷, 헌 구두, 헌책, 가짜 화장품, 가짜 비아그라 같은 정력제와 이름 모를 약들, 낡은 사진기, 오래된 전축, 국적 불명의 조각품, 헌 액자, 거기에다 고물 자전거, 고물 명품 오토바이까지, 어디서 나왔는지 모를 각종 골동품들이 널려 있었다. 그 사이로 흘러간 뽕짝 가락이 제 흥에 겨워 함부로 발길에 차이며 흘러다녔다. 가락은 그 가락이 있을 곳에 있어야 신이 나는 법이다. 로데오 거리에 젊은 아이돌 스타들이 있다면 여기엔 여기대로 늙은 아저씨들의 어깨를 들썩이게 만드는 아줌마 트로트 스타들이 있었다.

그 사이로 걸어가던 하림의 머릿속으로 혜경에게 줄 선물을 하나 골라봐야겠다는 생각이 퍼뜩 떠올랐다. 소매 긴 김에 춤춘다고 왜 진작 그 생각이 나지 않았을까.

'내 주제 선물이라니?'

훗, 실없는 웃음이 흘러나왔다.

하지만 이왕 여기까지 나왔는데 작은 선물이라도 골라 돌아가면 꿩 먹고 알 먹고 아닌가. 그런 생각이 들자 괜히 마음이 달뜨고 바빠졌다. 혜경이 웃는 모습을 본 지 오래되었다. 그러고 보면 선물이라고 해본 게 언젠가 싶었다. 아니, 처음이었다. 감격해할 그녀를 생각하자 저절로 신이 났다.

—그나저나 뭘 사지?

그제야 마음이 바빠진 하림은 여기저기 길거리를 따라 늘어선 좌판을 눈으로 훑으며 걸어갔다. 비싸지 않으면서도 혜경의 마음에 꼭 들 만한 물건…… 그런 게 금세 눈에 들어오지 않았다. 눈에 보이는 것은 모두가 늙은 영감에게나 어울릴 법한 오래된 물건이거나 중국제 싸구려뿐이었다. 그렇다고 고물 전축이나 지금은 쓰지도 않는 LP판이나 옛날 재봉틀, 청동 조각상 따위를 살 수도 없는 노릇이었다. 주머니가 얄팍해서 난전을 버리고 제법 규모가 있어 보이는 골동품 액세서리 가게에 들어가볼 만한 용기는 나지 않았다.

그렇게 한참을 돌아다닌 끝에 마침내 겨우 고른다고 고른 것이 5천 원짜리 노란 앙고라 털장갑 한 켤레였다. 아기 피부처럼 보드랍고 포근한 장갑을 만져보는 순간, 이 장갑이 혜경을 기쁘게 할 것 같은 예감이 들었다. 하림은 장갑 한 켤레를 사고 나서 서둘러 다시 동묘 앞으로 돌아왔지만 아직 동철의 얼굴은 보이지 않았다.

기다리는 동안 딱히 할 일도 없어 동묘 안으로 들어가보았다. 왁자지껄한 대문 밖과는 달리 안은 의외로 조용했다. 검은 벽돌이 깔린 뜰을 지나니 덩치만 컸지 멋은 별로 없는 중국풍의 높은 기와 건물이 서 있었고 그 곁을 측백나무 두 그루가 지키고 있었다. 그 기와 건물은 삼국지로 유명한 중국의 장수 관운장을 모셔놓은 사당이다. 동묘의 원래 이름은 '동관왕묘東關王廟'로, 서울 동쪽에 있는

관왕묘, 즉 관우 사당이라는 뜻이었다. 뜬금없이 조선 복판에 웬 놈의 관운장이냐 하는 사람도 있겠지만, 그게 또 그런 사연이 있었다. 말하자면 임진왜란 때 조선을 도와준다고 들어온 명나라가 전쟁이 끝나고 나서 돌아갈 때쯤 참전 기념으로, 또 그들의 은혜를 영영세세 기억하라고 그들 민족사의 영웅이요 의리의 화신인 관우를 기리는 사당을 서울 동서남북에 짓도록 요청하여 지어 올린 것 중의 하나였다. 인천 자유공원에 높이 서 있는 맥아더의 동상과 의미가 흡사했다.

동묘를 한 바퀴 돌고 난 다음 밖으로 나왔다. 그때까지도 동철은 나타나지 않았다. 매번 이런 식이었다. 군대 있을 때도 늘상 늦게 집합하는 바람에 다른 동료들까지 덩달아 얼차려를 받곤 했다.

하림은 조금 전에 산 장갑을 주머니에서 꺼내보았다.

'괜한 짓을 했나?'

아무래도 후회 비슷한 느낌이 들었다. 겨우 5천 원짜리 털장갑을 선물이라고…… 자기를 놀린다고 생각하지는 않을까? 아까 보니 골동품상에 오래된 귀걸이 같은 것도 있었는데, 얼핏 보기엔 은제 세공도 괜찮았던 것 같기도 했는데…… 얼마나 할까? 얼마나는 차치하고, 그런 걸 혜경이 좋아하기는 할까. 하긴, 혜경은 몸에 다는 걸 별로 좋아하지 않았다. 그녀는 소박하면서도 깔끔한 것을 좋아했다. 하지만 이왕에 마음먹고 하는 선물인데 고작 5천 원짜리 털장갑이라니. 차라리 아니 함만 못한 것은 아닐까? 그래도 명색이 '은하헤어살롱' 사장인데……

하림은 빙그레 웃음이 지어졌다. 그리고 곧 미안한 마음이 들었다. 평소에 잘해주지 못했던 게 오래된 감기처럼 마음에 걸렸다. 그저께도 혜경의 헤어살롱 뒷방에서 같이 잠을 잤다. 헤어살롱 뒷방은 예전엔 혜경을 도와주던 직원 처녀가 임시로 살고 있었는데 그녀가 나가고 나자 그냥 혜경이 일하다가 쉬는 공간으로 쓰고 있었다. 좁은데다 소파랑 전기밥솥, 작은 탁자 등을 들여놓아 더욱 어수선하게 보였다. 그 좁은 틈에 전기담요를 깔고 혜경이랑 가끔 잠을 자고 나왔다. 신통치 않게 일을 치르고 누워 있으면 미장원 옆 골목으로 바쁘게 지나가는 사람들의 발걸음 소리가 다 들리곤 했다. 그러면 마음이 까닭 없이 슬퍼져서 마치 먼 나라로 떠나온 것 같은 느낌이 들었다

그사이 동묘 앞길 한쪽엔 사람들이 구름처럼 모여들어 있었다.

하림은 달리 할 일이 없어 그쪽으로 슬슬 걸어가보았다. 제법 넓은 공터에 머리에 수건을 동쳐 매고 웃통을 벗어부친 건장한 체구의 사내가 무언가를 하는 중이었다.

그 무언가란 바로 구경꾼 중의 '아무나'가 나와 쇠로 만든 그의 가슴에다 정釘을 대고 해머를 힘껏 휘둘러 박게 하는 시범이었다. 그의 뒤로 북과 전자 오르간, 마이크 장치를 설치한 남녀 각설이 한 쌍이 시끄럽게 연주를 하며 분위기를 돋우고 있었다. 진하게 분장한 남자 각설이는 가까이에서 보니 주름살이 깊게 패어 구경꾼으로 모인 영감들만큼이나 늙어 보였다. 오는 날이 장날이라고, 요즘 좀체 보기 드문 차력 시범이 열리고 있었다. 마침 구경꾼 중에서 '아무나'로 불려 나온, 콧수염을 기른 오십 줄의 사내가 정의 머리

를 향해 해머를 날리는 중이었다. 벌써 몇 차례 해머를 날렸는지 콧수염 사내의 이마에 땀이 배어 있었다.

그는 이번엔 정말 인정사정 볼 필요 없다는 생각이 들었는지 이를 악물고 "어잇!" 하는 소리와 함께 차력사의 가슴에 댄 정의 머리를 향해 해머를 힘껏 날렸다. "딱!" 하는 둔탁한 소리와 "엇!" 하는 기합 소리가 동시에 울렸다. 팽팽히 버티고 있던 차력사의 발이 약간 휘청하고 밀리는 듯했다. 그러나 다음 순간 차력사의 가슴을 꿰뚫어야 할 정의 끝은 보기 좋게 튕겨 나왔다. 차력사는 아무 상처도 없이 다만 붉은 기만 약간 감돌 뿐인 가슴을 앞으로 자랑스럽게 내어밀었다. 콧수염 사내는 더 이상 못하겠다는 듯 고개를 절레절레 흔들며 다소 우스꽝스러운 표정으로 뒤로 물러섰다. 여기저기 웃음소리와 함께 요란한 박수 소리가 터져 나왔다.

정 박는 시범이 끝나고 나자 여자 각설이는 엉덩이를 흔들며 전자 오르간을 연주하기 시작했고, 남자 각설이는 쿵쿵 북을 울리며 걸쭉하고 쉰 목소리로 사설을 늘어놓기 시작했다.

"자, 날이면 날마다 오는 구경이 아닙니다. 남원 원주 진주 돌아서 충주 청주 안동 밀양 돌고 돌아 1년에 따악 한번 찾아오는 희대의 차력사 박팔갑산. 전설의 레슬러 역도산, 박치기왕 김일의 유일한 수제자, 우리의 박팔갑산 선생이 이제 여러분들 앞에 보여드릴 다음 차례 차력시범. 자, 애들은 가거라. 그란데 저놈이 가만 보자 허니, 니가 바로 그날 밤 니 에미랑 만들어놓은 내 새끼 같기도 헌디, 발구락이 닮았는지 안 닮았는지, 그래, 고건 이따 따져보기로 하구. 자아, 다음 시범을 보이기 전에 오늘 선보이는 아리따운 가수는 방금 동남아 공연을 마치고 마악 귀국한 전설의 뜨로뜨 가수 주현미 아니고 주현아 양, 여러분께 소개올립니다."

늙은 남자 각설이의 말이 떨어지자마자 여자 각설이의 노래가 시작되었다. 여자 각설이 역시 떡칠한 분장 밑으로 드러난 눈가가 쪼글쪼글했다.

"발길을 돌리려고, 바람 부는 대로 걸어도……"

"아싸! 얼씨구, 좋다!"

"돌아서지 않는 것은 미련인가, 아쉬움인가……"

구성지게 흘러나오는 노래에 맞춰 어느새 술을 거나하게 한 늙은 사내 두엇이 앞으로 나와 우스꽝스럽게 몸을 흔들어댔다.

"자아, 인생칠십고래장이요, 화무십일홍이라, 꽃 같은 청춘도 한번 가면 되돌아오지 않는 법, 자아, 오늘 여러분께 소개올릴 것은 또 하나, 아시는 분은 다아 잘 아시리라 믿고, 모르시는 분은 지금 아시면 되는, 바로 그 유명한 호골고. 삔 데, 멍든 데, 화상, 타박상, 경상, 중상, 추락상, 신경통, 무릎통, 어깨통, 두통, 오십견, 육십견, 일단 한번 발라만 주세요. 척 바르면 바르는 순간 바로 시원해지는, 바로 그 호골고. 백두산 호랑이 뼈를 갈아 만든 전설의 연고, 이것 가지고 나왔습니다, 자아……"

차력 시범이 끝나자 드디어 본격적으로 약장사 본색을 드러내고 있었다. 지금까지 멋진 시범을 보였던 차력사는 약통이 잔뜩 쌓인 바구니를 들고 사람들 주위를 돌아다니고 있었다.

가까이에서 보니 그 역시 어딘지 모르게 아까 정 박는 시범을 보일 때와는 달리 초라하고 빈곤한 인상이었다. 그런데다 이마와 입가에 깊게 주름살이 패어 우울하고 심술궂게 보이기까지 했다. 세월의 물살만큼 공평하고 잔인한 것이 세상에 또 어디 있을까. 그나저나 차력사를 이렇게 가까이에서 본 것은 처음이었다.

"자아, 한 통에 만 원 하는 거, 오늘 여기서는 두 통에 단돈 5천 원 한 장 받고 모시도록 하겠습니다. 삔 데, 멍든 데, 타박상, 자상, 화상, 아무 데나 좋습니다. 척 바르는 순간, 아, 감사합니다, 하는 소리가 절로 나오는 신비의 명약……"

어디선가 막걸리가 나타나고 춤추러 나오는 아저씨의 수도 늘었다.

"이거 진짜 호랑이 뼈루 만든 거 맞나유?"

어수룩하게 생긴 어느 아저씨가 어수룩하게 질문을 던졌다.

"어따 아저씨, 속고만 살았나? 여기 중화인민공화국 보건청하고, 대한민국 보건복지부 인증 마크가 따악 찍혀 있는 것을 보면 몰라요?"

남자 각설이가 연고 병에 쓰여 있는 깨알 같은 잔글씨를 가리키며 짐짓 화난 표정으로 커다랗게 말했다. 하림은 혼자 훗, 하고 웃었다. 하긴, 진짜가 가짜가 되고 가짜가 진짜 되는 세상이니 그까짓 5천 원짜리 연고가 명약으로 둔갑한들 별 대수냐 싶기도 했다.

그때, 그의 등을 툭 치며 부르는 소리가 있었다.

"어이, 하림! 뭐가 그리 재밌어서 아주 넋 놓고 있냐!"

돌아보니 동철이 그제야 검은 뿔테 안경을 쓰고 나타나 이빨을 하얗게 드러내고 웃고 있었다. 동철은 혼자가 아니라 뒤에 웬 여자까지 하나 달고 있었다. 늦게 나타난 주제에 미안하다는 말 한마디

없었다.

"인사해요, 윤 여사. 장하림이라고, 내 군대 친구. 시인이셔. 아까 말했죠?"

"안녕하세요. 윤재영이라고 해요."

여자는 하림을 향해 고개를 까닥하며 입가에 엷은 미소를 띤 채 호기심 어린 눈으로 하림의 면모를 한번 쭉 훑어보았다. 여자는 사십대 초반이나 되었을까. 금실이 박힌 빨간 덮개 모자에 망토처럼 생긴 발목까지 오는 진초록색 코트를 걸치고, 그 위에 하얀 머플러를 한 모양새가 강남 고급 백화점에서 거닐고 있어야 딱 어울릴 그런 차림이었다. 그런데다 화장을 진하게 하고 머리를 뒤로 확 풀어 넘긴 품새에 도전적으로 보이는 큰 눈은 이런 데서 만날 수 있는 여자의 면모가 아니었다. 아직 여사 소릴 들을 나이로는 안 보이는데 동철이 장난삼아 그렇게 부르는 것 같았다.

"안녕하세요. 장하림이라고 합니다."

하림은 다소 멋쩍은 표정으로 받았다.

"재미있었어, 구경?"

"이딴 구경시키려고 불러냈냐?"

동철의 말에 하림이 짐짓 뚱한 표정으로 받았다.

"아아, 미안, 미안. 사실 난 아까 왔는데, 윤 여사께서 늦게 오시는 바람에…… 챙겨서 오느라구 늦었지 뭐냐. 어쨌거나 늦게 나온 벌루 내가 맛있는 거 살게. 자, 가자구. 저쪽으로 가면 내가 아는 데가 있어. 진짜 제주도산 두툼한 흑돼지를 참나무 숯불에다 구워서 내놓는데, 맛이 기가 막혀. 값도 싸구. 오케이?"

그러면서 대답도 기다리지 않고 저만큼 앞서서 휘적휘적 걸어갔다. 그 뒤를 하림은 처음 본 여자를 어미 닭 쫓는 병아리처럼 총총 따라갈 수밖에 없었다.

'날 찾는 사람이 있다더니, 이 여잘 소개시켜주려고 그랬나?' 그렇지 않아도 평소에 지나가는 말이긴 했지만 노총각인 하림더러 마음에 드는 여자가 없으면 자기가 한번 알아보겠다고 큰소리 쳐 댄 터수였다. 하지만 데리고 나온 여자가 나이로 보나 스타일로 보나 하림과는 어디 하나 어울릴 것 같지 않은 사람이었다.

"이런 데 자주 오시는가 보죠?"

나란히 걸어가며 '윤 여사'가 먼저 말을 걸어왔다.

"아뇨. 지금까지 세 번이나 될까."

"난 첨인데…… 사실 난 이런 낡아빠진 고물딱지들 좋아하지 않거든요."

그러고 나서 하림의 귀에다 대고 작게 속삭이듯이 말했다.

"실은 저, 어릴 때 우리 아버지가 고물장사를 했거든요."

"아? 예에."

하림은 얼떨떨한 표정으로 고개를 끄덕거렸다.

"산더미같이 쌓인 고물들 틈에서 술래잡기 놀이를 하곤 했는데…… 여기 보세요."

그녀는 걸음을 멈추고 코트를 들치더니 이어 치맛단을 올려 허연 정강이께를 보여주었다. 흉터 자국이 길쭉하게 나 있었다. 지나가는 사람들이 뭘 하나 하고 쳐다보았다.

"고물들이 쏟아져 내려오면서 여기를 딱 끼었지 뭐예요. 죽는 줄 알았다니까요."

하림은 약간 어이없다는 표정으로 웃었다.

만난 지 채 5분도 되지 않았는데, 윤 여사는 마치 오래 사귄 사람 대하듯 수다를 늘어놓았다. 그래도 왠지 기분 나쁘지는 않았다. 아니, 요즘처럼 우중충한 시절에 이렇게 마음대로 떠들어대는 철없는 늙은 여자를 만난 것이 괜찮은 일진일지 모른다는 생각마저 들었다.

혜경은 좀 어두운 그늘이 있었고, 그래서 보기만 해도 너무 힘이 들 때도 있었다. 윤 여사는 그와는 아주 딴판이었다. 혜경이 안개꽃 과라면 윤 여사는 한여름의 햇살 아래 붉게 핀 강한 장미 과랄까. 하여간 세상엔 여러 종류의 꽃만큼이나 사람도 여러 종류인 게 분명했다.

하림이 그런 쓸데없는 생각을 하는 동안 동철이 먼저 도착하여 손짓으로 빨리 오라는 시늉을 보내고 있었다. 제주 흑돼지 참숯불 구이집은 시장 안쪽에 있었다. 그리 넓지 않은 허름한 홀 안으로 들어서자 먼저 왁자지껄한 소리와 함께 고기 굽는 냄새가 연기와 뒤섞여 탁하게 코를 덮쳐들었다. 겨우 비집고 들어가 둥근 불판 하나를 차지하고 동철이 먼저 앉고, 그 옆으로 하림과 윤 여사가 앉았다. 윤 여사가 코트를 벗자 동철이 얼른 받아서 옷에 냄새 배는 것을 방지하기 위해 마련된 상자에 담더니 한쪽에 얌전하게 갖다 모셔두었다. 시중드는 품이 평소에도 많이 해본 솜씨 같았다.

"이모! 여기 일단 삼겹살 3인분하고, 소주 한 병 줘요!"

자리에 앉자마자 동철이 물어보지도 않고 호기롭게 시켰다. 하긴 물어보고 할 것도 없었다. 벽에 붙은 메뉴판을 보니 삼겹살 아니면 갈비가 전부였다. 윤 여사는 나이가 들었어도 어딘가 귀여운 구석이 있었다. 거기다가 사십대 초반의 농익은 연륜이 무언지 모르게 사람을 편하게 해주는 것 같기도 했다.

'그런데 동철과 윤 여사, 두 사람은 어떤 사이일까. 서로 말을 트는 것 같기도 하고, 아닌 것 같기도 한데……'

하림은 혼자 마음대로 추측하고 상상을 해보았다.

'누군가 만날 일이 있다고 했는데…… 그게 이 여자란 말인가. 이 여자를 나에게 소개시켜주려고 데려온 걸까.'

하림은 자기 마음대로 생각을 굴리면서, 한편으론 또 떡 줄 놈은 생각도 않는데 김칫국부터 마신다고, 일말의 기대감이 생기는 걸 어쩔 수가 없었다. 어차피 혜경이랑 아직 결혼을 약속한 사이도 아니지 않은가. 나이가 대순가. 요즘은 누나 같은 여자랑 사귀는 게 유행이라는데…… 어느새 가당찮게도 슬그머니 자기 자신에게 설득까지 하고 있었다. 하림이 그런 쓸모없는 생각을 굴리고 있는 동안 불판 위에 고기가 놓였고, 소주잔이 채워졌다.

"자아, 우리, 위하여, 짠 한번합시다! 첫 잔은 원샷이야!"

동철이 술잔을 들어 먼저 윤 여사와 부딪치고 그다음에 하림이랑 부딪쳤고, 하림은 다시 윤 여사와 부딪쳤다. 날카롭고 차가운 소주의 기운이 빈속의 창자를 비수처럼 훑으며 내려갔다.

"어때? 난 이런 낡은 데가 좋아. 이런 델 와야만 비로소 숨통이 좀 트이는 것 같거든."

동철이 입가에 호기로운 미소를 떠올리며 말했다. 주위는 이미 술 취한 사람들로 시끄러웠고, 고기 굽는 냄새와 연기로 어수선한 게 술을 마시지 않아도 저절로 취한 기분이 들게 만들었다.

"그나저나 윤 여사, 하림이 저 친구, 맘에 들어?"

동철이 술잔을 내려놓고 흑돼지 구이 조각을 집어 들며 말했다.

"왜? 소개시켜주려고? 아까 다아 끝났는데……"

윤 여사가 능청을 떨었다.

"그러셔? 빠르기도 하셔라."

동철이 놀리듯이 웃으면서 말했다.

"오늘 저녁에 눈도 내린다고 하고, 선거도 끝나고 해서 불렀다. 기분이 그렇잖니? 그놈의 선거 때문에 여러 사람 마음 다치고 돌아섰어요. 막말에다, 막소리까지, 온통 똥 뒤집어씌우듯이 해놓았으니, 이긴 놈이나 진 놈이나 마음이 편할 리가 있겠나? 안 그래? 하아, 정말 대한민국 이러면 안 돼요."

동철이 초반부터 국회의원 측탁님답게 거창하게 시작했다.

"정말, 요즘엔 뉴스 보기가 겁이 나. 사람 만나기가 무서워……"

그는 정말 진저리라도 치는 시늉을 하였다.

"그래서 말인데, 난 망명정부를 차리려고 해. 망명정부 수반 황동철. 어때, 괜찮지? 내일부터 명함 파서 들고 다닐 생각이야. 퍼스트레이디로 윤 여사를 임명하구……"

"호호, 고마우셔라."

윤 여사가 입을 가리고 웃었다.

"곧 달라이라마한테 가서 혹 부근에 빈집 하나 없나 알아봐야겠어. 세계평화와 인류의 행복을 위해 함께 기도도 드리고, 같은 망명정부 수반끼리 회포도 좀 풀고 말이야. 아, 망명정부. 그리운 내 마음의 망명정부. 이 지랄 같은 짐승들의 세상에서 탈출한 자유의 나라……"

동철이 두 손을 높이 들고 장난스럽게 마치 연극배우라도 되는 양 말했다.

"그런데, 퍼스트레이디도 임명직인가?"

윤 여사가 붉은 입술을 쑥 앞으로 내어밀며 놀리듯이 말했다.

"아, 그런가? 그럼 나랑 결혼하지 뭐. 수반 부인이 되면 되잖아? 꿩 먹고 알 먹고……"

"에게, 그럼, 지금 부인은 어떡하구?"

"망명정부에선, 지금까지 있었던 건 모두 무효야. 원천 무효라구! 모든 게 출발이지. 처음부터 다시 시작하는 거야!"

동철이 술잔을 들며 호기롭게 소리쳤다.

웃자고 꺼낸 개똥철학이었지만 동철의 말속엔 깊은 피로가 묻어 있었다. 늘 웃고 떠드는 그였지만 그의 속에도 남모를 외로움이 있던가 보았다.

"언젠가 상하이에로 놀러 갔다가 임시정부 청사 있던 곳에 들렀어. 우리나라 사람들이 버글거리며 찾는 곳이지. 비좁은 계단을 올라가면 김구 선생 계시던 방도 있고, 회의실로 쓰던 방의 탁자도 그대로 있고 말이야. 그리고 벽엔 흑백 사진들이 걸려 있지. 당시 우리나라 망명객들의 사진 말이야. 그런데 그 사진 유리에 오버랩 된 나의 얼굴을 보는 순간, 나는 '아……' 싶었어. 사진 속의 그분들의 얼굴에 비해 형편없이 이지러지고, 비굴한, 유리에 비친 내 얼굴. 순간 뭐랄까. 잘난 독립국 대한민국의 잘난 후손 황동철이 겨우 이 얼굴인가 싶었다구. 순간, 와락 눈물이 쏟아지려구 하더라구."

그래서 생각해냈다는 것이 망명정부란다. 그런데 어디에다 그런 망명정부를 세운다는 말인가.

후후, 하림은 혼잣속으로 웃었다.

그럼에도 불구하고 하림은 왠지 마음 한쪽이 바람이 지나가는 것처럼 허전해지는 느낌이 들었다. 하림 역시 요즘 어디론가 떠나고 싶은 마음이 불쑥불쑥 들 때가 한두 번이 아니었다. 삶의 방향타를 잃었다는 생각이 든 지가 오래였다. 혜경과 결혼한다 하여 희망이 생기는 것도 아니었다. 아니, 요즘 들어 혜경 자신부터가 부쩍 더 힘들어하고 있었다.

"그나저나 학원 일은 어떻게 된 거야?"

제사 끝나고 절한다고, 그제야 동철이 하림의 안부를 꺼내었다.

"응, 그만둔 지 오래야. 논술학원도 한물갔어. 벌써 몇 달 됐는걸……"

하림은 술잔으로 입술을 축이며 신통치 않은 표정으로 말했다.

"원장이 돈 떼어먹고 달아났어. 사무실 월세 몇 달치랑 빚만 잔뜩 남겨놓고…… 없는 놈 콧구멍에서 마늘 빼먹는다고, 그 통에 나도 몇백 날렸지."

"그럴 땐 삼십육계가 제일이지. 비겁하다, 나쁜 놈이다, 그런 거 다아 헛소리야. 그런 소리 다아 들어주다간, 저 먼저 옥상에서 거꾸로 다이빙하든가, 차 안에 연탄불 피워놓고 얌전하게 자는 꼴밖에

도리가 없거든."

농담인 줄 알지만 마음이 구름이 낀 것처럼 다들 무거워졌다. 요즘 같은 시절엔 서로 간에 살아가는 이야기 꺼내기도 무서웠다.

"그래, 이젠 뭘 할 생각이니?"

"……몰라."

하림은 하릴없이 젓가락으로 삼겹살 조각을 뒤집으며 싱거운 표정으로 말했다.

"너, 거기 망명정부에 자리 있음 하나 줄래?"

"그래, 좋지. 뭘 할래? 국방부장관? 외무부장관?"

동철이 여전히 장난스럽게 물었다.

"이왕이면 국정원장이나 시켜줘."

"아, 국정원장. 좋지, 좋아! 그래, 너 지금부터 국정원장이다."

동철이 큰 인심이라도 쓰듯이 말했다.

"난 악질적인 국정원장이 될 거다. 불법사찰도 하고, 부정선거도 하고……"

하림이 농담 같지 않은 표정으로 말했다.

"아, 안 돼! 우리 망명정부 말아먹을 일 있나!"

동철 역시 진짜라도 되는 양 정색을 하며, 외마디를 질렀다. 그게 재미있었던지 윤 여사가 소리 내어 웃었다.

"그건 그렇구 오늘 무슨 바람이 불어 날 불러냈냐?"

하림이 술잔을 입술에 갖다대며 말했다.

"사실은, 저기 윤 여사께서 사람을 소개 좀 시켜달래서 널 부른 거야."

하림은 무슨 소리인가 하는 표정으로 윤 여사 쪽을 쳐다보았다. 분위기로 봐서는 처음에 상상하고 기대했던 것처럼 둘이 한번 사귀어보라고 하는 건 아닌 게 분명했는데, 그렇다고 오늘 처음 본 윤 여사가 자기에게 부탁할 일이란 것도 도무지 있을 것 같지 않았다.

"그래요. 내가 좋은 사람 하나 소개해달라고 했어요."

하림의 궁금해하는 마음을 헤아렸는지 이번에는 윤 여사가 직접 말했다. 조금 전까지의 호호거리던 모습과는 달리 사뭇 진지해진 표정이었다.

"오늘 하림 시인을 보니 처음부터 어쩐지 딱 맞을 것 같은 사람이란 느낌이 들었어요."

윤 여사는 오동통한 입술을 놀리며 말했다.

하림은 짐짓 외면을 하며 그녀의 다음 말을 기다렸다.

"마침 학원을 그만두셨다니 잘됐네요. 저희 고향에 잠시 내려가 주시면 어떨까 해서요."

무슨 뚱딴지같은 말인가. 갑자기 알지도 못하는 윤 여사 고향이라니, 하림이 의아한 표정을 지었다. 그런 하림의 속을 들여다보듯 이번에는 동철이 거들고 나왔다.

"갑자기 들으니 좀 얼떨떨할 거야. 별 어려운 일은 아니야. 거기에 있는 윤 여사 화실에 가서 한동안 푹 쉬고 오라는 이야기지. 윤 여사께서 학창 시절엔 서양화를 그렸거든."

동철은 자기가 마치 윤 여사의 매니저라도 되듯 말했다. 하는 놈은 어려운 내용이 아니라고 했지만, 듣는 놈은 어려웠다. 자기 생각해서 푹 쉬고 오라는 이야기 같으면 이렇게 일부러 불러내어 말할 거리도 아니지 않은가. 하여간 그래도 윤 여사가 그림을 그렸다는 사실 하나만은 새로 안 셈이었다. 어쩐지 튀는 차림새나 튀는 모양새가 보통 아니라고 했더니…… 그러나 지금 말을 꺼내기 시작하는 그녀는 처음 본 모습과는 달리 차갑고 날카로운 인상을 주었다.

"제 고향에서 얼마 전 끔찍한 일이 하나 벌어졌어요."

윤 여사가 다시 말을 이었다.

"안심하세요. 끔찍한 일이라 하여 사람이 죽고 살고 하는 이야기는 아니니까."

그러고 나서 가볍게 한숨을 쉬고 잠시 사이를 두었다가 말했다.

"누군가가 엽총으로 개를 쏘아 죽였어요."

"개를?"

하림은 자신도 모르게 긴장된 눈으로 윤 여사 쪽을 쳐다보았다.

"예, 한꺼번에 두 마리나…… 그렇다고 뭐, 특별한 개는 아니에요. 그저 우리가 시골에서 흔히 똥개라고 불리는 누렁이라고 생각하시면 돼요."

"누가 그런 끔찍한 짓을?"

하림이 눈살을 찌푸리며 말했다.

"그게 그러니까, 천천히 말씀드리죠."

그러고 나서 윤 여사는 무언가 곰곰이 생각하는 눈치더니 다시 이야기를 이어갔다.

"우리 고향은 서울에서 차로 한 시간쯤 걸리는 M읍의 월영리라는 곳이에요. 바람이 많아서 '바람골'이란 이름으로 더 많이 불리죠. 마을 부근에 제법 큰 저수지가 있고, 뒤로는 높지는 않지만 봉오리가 다섯 개 있어 오봉산이라 불리는 아담한 산이 둘러싸고 있죠."

이야기가 제법 길게 에둘러갈 모양이었다. 처음엔 끔찍한 이야기라고 하여 긴장하였으나 곧 긴장이 풀린 마음으로 윤 여사의 이야기에 귀를 기울였다. 하긴 사람도 아니고, 그까짓 개 죽는 일이야 주변에서 일상적으로 일어나는 일이 아닌가. 요즘 도심 외곽으로 차만 타고 나가도 우연찮게 만날 수 있는 것이 이른바 로드킬, 유기견의 사체였다.

그러니까 자기를 일부러 만나 부탁할 성질의 일은 아니었다. 거기에다 부탁하는 사람 역시 지금 본인이 사는 곳도 아니고 가까이 있다지만 예전에 떠나왔다는 고향에서 벌어진 일을 가지고 호들갑을 떨 이유도 없잖은가.

그러나 윤 여사가 호들갑을 떨어야 할 이유가 곧 밝혀졌다.

"사실은 죽은 개의 주인이 고향에 혼자 사시는 우리 고모랍니다. 두 마리 누렁이를 친자식처럼 키우며 살다가 졸지에 그런 사고를 당하고는 거의 실성이 되다시피 하셨죠."

윤 여사의 얼굴에 깊은 그림자가 드리워졌다.

"그런 나이의 분들이 다들 한 아름씩 사연을 품고 살 듯이 우리 고모 역시 파란만장한 세월을 보내셨어요. 원래 우리 고향은 윤가네 집성촌이었는데, 고모께서 젊었을 때 당시 동네 일꾼으로 있던 우리 고모부님과 눈이 맞아 도회지로 야반도주를 했어요. 그리고 아주 오랜 세월이 지난 후 다시 고향으로 돌아왔는데, 그때 고모부님은 노름꾼에다 술주정뱅이로 거의 폐인이 되다시피 한 상태였지요. 하나 있던 아들은 죽고, 딸은 미군과 결혼해 미국으로 가버렸다고 해요. 고향에 돌아온 지 얼마 되지 않아 고모부도 죽었어요. 제가 무척 어렸을 때였는데, 읍에서 고물상을 하던 아버지를 따라 고모부님 장례식에 갔던 기억이 어렴풋이 나요. 8월, 무척 무더운 날이었죠. 산비탈 밭에 깨꽃이 하얗게 피어 있고……"

개 이야기가 뜬금없이 윤 여사의 고향 이야기로, 거기서 다시 고모 이야기로 옮겨졌다. 고모의 이야기를 하는 동안 윤 여사의 얼굴엔 깊은 추억의 그림자가 일렁이는 것 같았다. 처음 보았을 때 한없이 경박하고 가볍게 여겨졌던 그녀의 눈가에도 자세히 보니 마흔 남짓의 나이를 속일 수 없는 잔주름이 세월의 흔적처럼 가늘게 새겨져 있었다.

그녀는 작은 핸드백에서 담배갑을 꺼내었다. 이제껏 참고 있었거나, 끊었다가 이런 순간처럼 어쩌다 생각나면 한 개비씩 피우는 것 같았다.

"태울래요?"

윤 여사가 하림을 향해 기계적으로 말했다.

"괜찮아요, 끊은 지 좀 됐어요."

하림이 사양하자 그녀는 동철에겐 물어보지도 않고 담배 한 개비를 꺼내 물고 불을 붙였다.

"제가 아까 마을이 끝나는 지점에 계곡이 있다고 했죠. 마을은 한 스무 가구 남짓 되는데 거기서 10분 정도 걸으면 닿는, 별로 멀지 않은 곳이죠. 서서 빤히 보이는 정도니까. 계곡이라 했지만 그냥 아담한 골짜기 정도로 이해하시면 될 거예요. 그런데 그 계곡을 따라 몇 년 전부터 띄엄띄엄 외지에서 사람들이 들어와 집을 짓고 살기 시작했어요. 주로 서울 사람들이죠. 경치가 그런대로 괜찮은 데다 저수지도 있고, 과수원도 있고, 무엇보다 조용하니까요."

그녀는 담배 연기를 훅, 하고 뿜어내고 나서 하림을 쳐다보았다.

그런데 그게 개 이야기하고 무슨 상관이람. 동철이 말마따나 그리 어려운 내용이 아닌 것 같은데 괜히 너무 뜸을 들인다 싶었다. 그러나 윤 여사는 아랑곳하지 않고 계속해서 말했다.

"그중에 딸 하나를 데리고 들어와서 사는 노인이 있어요. 이층집에서 살아 다들 '이층집 영감'이라고 부르죠. 성이 남씨라던가…… 나도 본 적이 있는데 명태처럼 빼빼 마르고 키가 큰, 인상이 아주 고약하게 생긴, 칠십대 초반쯤 되는 노인이에요. 무슨 일로 고향에 갔다가 길에서 마주쳤는데 운전대 쪽에 앉아 있는 나를 흘깃대며 쳐다보더라구요. 아니, 쳐다보았다기보다 쏘아보았다는 말이 더 어울리겠네요. 웬 여자가 낯선 차를 타고 지나가니 그냥 쳐다본 것일 수도 있겠죠. 하지만 분명히 기분 좋은 눈빛은 아니었어요.

그곳에 새로 지은 커다란 이층집이 하나 있어요. 딸이랑 노인, 단둘이 사는, 잔디가 깔린 아주 멋진 이층집이죠. 그들이 어디서 어떻게 그곳으로 흘러들어왔는지 아무도 모르지만 영감이 꽤 돈이 많은 사람일 거란 생각은 누구나 하고 있어요. 들리는 소문으로는 옛날에 버스 회사를 운영했다는 이야기도 있구요. 마을 사람들과 거의 접촉을 하지 않아서 자세한 것은 모르지만……"

"……."

"그런데 죽은 개의 사체는 바로 그 영감네 이층집 문 근처 울타리 밑에 나란히 놓여 있었어요. 한 놈은 머리에 정통으로 총알을 맞아 골이 부서졌고, 다른 한 놈은 가슴 부위에 맞아 한동안 고통스러워하다가 죽은 게 분명한 모습으로요."

윤 여사는 끔찍한 장면을 떠올렸는지 몸을 한번 가볍게 떨었다.

"그럼, 그 영감이……?"

"그렇죠. 다들 그 영감이 저지른 일이라고 믿고 있어요. 또 그럴 만한 이유도 있구요."

"그럴 만한 이유?"

하림이 자기도 모르게 되물었다.

듣고 보니 가벼운 이야기는 아니었다. 살아 있는 개를 향해 총질을 했다면 사람이라고 못할 게 없지 않겠느냐는 생각도 들었다.

"사냥꾼이 착오로 일으킨 사고일 수도 있잖아요? 요즘 시골에는 멧돼지가 자주 출몰하여 난리라던데……"

하지만 윤 여사는 하림의 말을 무시하듯 계속 말했다.

"우리 고모는 평소에 개를 풀어놓고 길렀죠. 대체로 시골에선 그래도 그리 문제될 것이 없었거든요. 그러나 외지인들이 들어와 살면서 달라졌어요. 누렁이들은 어디로든 싸돌아다니거든요. 울타리가 쳐져 있다곤 하지만 영감네 이층집에도 들어가 잔디밭에다 일을 보고 나올 때도 있었던가 봐요. 말하자면 똥을 누고 나왔던 거죠. 그 일로 영감이 불같이 화를 내며 우리 고모를 찾아와선, 당장 개를 묶어놓지 않으면 죽여버릴 거라고 몇 번이나 고래고래 고함을 지르고 갔대요. 하지만 우리 고모는 여태껏 놓아 기르던 놈을 묶어놓을 수가 없어 그대로 두었던가 봐요. 그러다가 그런 끔찍한 변이 벌어진 거예요."

그렇게 말해놓고 윤 여사가 하림을 쳐다보았다.

윤 여사의 말을 들으며 하림은 알 듯 말 듯 혼자 고개를 끄덕였다. 영감이 어떤 인간인지는 모르지만, 영감이 아니래두 자기 집 앞마당에, 그것도 정성스레 가꾸어놓은 잔디밭에다 남의 개가 함부로 들어와 실례를 하고 간다면 좋다고 할 사람은 별로 없을 것 같았다. 요즘처럼 사람들 성미가 급하고 고약한 세상에서 엽총으로 쏘아 죽였대도 있을 법한 스토리였다.

"그런데도 영감은 절대로 자기가 개를 쏘아 죽인 게 아니라고 펄펄 뛰었다지 뭐예요."

하고 다시 윤 여사가 곤혹스러운 표정을 지으며 말했다.

"아무리 그래도 그렇지. 산 짐승을……"

그때까지 가만히 혼자 술잔을 기울이고 있던 동철이 혼잣말처럼 뱉었다.

"그런데 공기총이라면 모를까, 엽총은 경찰서에다 보관하게 되어 있지 않나요?"

하림이 다시 알은체하며 물어보았다.

"그렇죠? 나도 이번에 알았어요. 개가 죽고 나서 얼마 있다가 누가 신고를 했는지 경찰이 왔다더군요. 죽은 개를 살펴보고, 마을 사람들과 영감도 만나보고 그랬나 봐요. 영감은 전직 대령 출신인데, 베트남까지 갔다 온 참전용사라는 사실도 그때 처음 알려졌죠. 서울에 있는 큰 교회의 장로도 지냈다나 어쨌다나…… 아무튼 영감에겐 엽총이 있었지만 총기소지 허가증도 가지고 있었고, 또 규정에 따라 평소에는 경찰서에 영치해두고 있다는 사실도 밝혀졌어요. 물론 사냥철이 되면 자신이 소지하고 있다가 미처 반납을 하지 못하고 그대로 지니는 경우도 있었지만……"

윤 여사가 눈살을 찌푸리며 말했다.

"경찰이 조사했으면 결과가 있을 것 아니에요. 뭐라던가요?"

하림이 무심한 척 강 건너 불 보듯 물었다.

"글쎄요, 목격자도 없고, 그저 추측만으로는 뭐라 말하기 곤란하다는 것이었어요. 그리고 사람도 아닌 개가 죽은 걸 가지고 바쁜 사람들 성가시게 하느냐며 투덜거리더래요. 아닌 말로 죽은 개나 개 주인에겐 안됐지만, 아무리 시골이라 해도 요즘은 개를 풀어놓고 키우지 못하게 되어 있다는 거예요. 그러니까 개 단속을 하지 못한 주인에게 더 책임이 있다는 말이죠."

"흐음……"

하림은 술잔을 입술에 갖다 대며 생각에 잠겼다.

맞는 말 같기도 했다. 동물 애호가들이 들으면 몰매 맞을 말이겠지만, 사람이 죽은 것도 아니고 그까짓 똥개 죽은 걸 가지고 호들갑 떨 일은 아니지 않은가. 억울한 것으로 말하자면 요즘 세상에 억울한 일들이 어디 한두 가지겠느냐도 싶었다. 죽은 놈만 불쌍하지…… 순간 혜경의 전 남편이었던 태수 선배가 떠올랐다.

젊어서 한때 고향에서 잘나가던 그도 아직 한창 나이에 일찌감치 한 생애를 불행하게 마감하고 말았다. 한때는 연적이기도 했던 그 사람. 곱슬머리 사각 진 턱에 구레나룻을 길게 기르고, 함부로 침을 칙칙 내어뱉으며, 읍내 거리를 휘젓고 다니던 시절의 그의 모습이 떠올랐다. 도 대항 대회에 나가면 매번 꼴찌나 하는 핸드볼부

주장이던 그는 후배들에겐 공포와 두려움의 대상이었다. 멀찌감치 지나가는 하림을 불러놓고 손가락으로 배를 쿡쿡 찌르며,

"어이, 장하림! 선배를 보면 인사를 해야지. 공부 좀 한다고 무시하면 못쓰지. 응? 그래, 안 그래?"

그러고는 이어,

"너 K여고 문예반 문혜경 알아? 초등학교 친구라면서?"

하고 의미심장한 미소를 떠올리곤 하던 모습이 지금도 눈에 선했다. 읍내 주유소 아들이었던 그는 하림보다 1년 선배였다.

고등학교 시절 날건달로 명성이 뜨르르했던 그는, 중학교 때부터 이미 교실에서 담배를 피웠고, 똘마니들을 끌고 다니며 인근 도회지까지 진출해 여기저기에서 사고를 쳤다. 그런 그에게 혜경이 어떻게 마음과 몸을 열어주었는지 알 수가 없었다. 그 생각을 하면 괜히 화가 났고, 질투로 심장이 폭발할 것 같았다.

하지만 그는 더 이상 이 지상의 사람이 아니었다. 더는 질투도 원망도 부릴 수 있는 대상이 아니었다. 그가 지상에 남기고 간 것은 혼자 남은 혜경이와 딸 은하, 그리고 빛바랜 사진 같은 추억 몇 컷뿐이었다.

"무슨 생각을 그렇게 골똘히 하세요?"

하림의 상념을 깨고 나온 것은 윤 여사였다.

"하긴, 생각하기에 따라 귀찮은 일일 수도 있고, 별것 아닌 이야기일 수도 있어요. 그러니까 하림 씨 같은 사람에게 부탁을 드리는 거예요. 시인의 감수성 같은 것, 있잖아요."

윤 여사는 지레짐작을 하며 할 일 없이 웃음까지 달았다. 이런

일에 얼토당토않게 시인의 감수성까지 끄집어낼 게 뭐람.

"그럼 저더러 개를 쏘아 죽인 범인을 찾으란 말인가요?"

하림은 여전히 신통치 않은 표정으로 말했다.

"사실 그건 별로 중요한 문제는 아니에요. 불쌍하긴 하지만 어차피 죽은 건 죽은 거고 어쩔 수 없는 일이니까요."

윤 여사는 약간 체념한 표정으로 말했다.

"문제는 그 일로 우리 고향 마을이 이상한 분위기가 되어버렸다는 것이에요. 사람들 사이에 흐르는 이상한 기류 같은 것……"

"이상한 기류……?"

"예, 예전엔 그렇지 않았는데, 개가 그렇게 총에 맞아 처참하게 죽고 난 이후에 그 고향 마을에 흐르고 있는 알 수 없는 의심과 증오, 분노 같은 것 말이에요."

그러고 나서 윤 여사는 잠시 생각에 잠긴 눈치였다. 처음 만났을 때의 경박스럽던 모습은 어디에도 찾아볼 수가 없었다.

"나도 조금 더 나이 들면 고향에 내려가서 살 생각을 하고 있었어요. 거기에 오래전에 지어둔 화실도 있고, 아버지가 물려주신 땅도 조금 있거든요. 그런데 이런 일이 벌어져 마을 사람들이 이상하게 되어간다니 그쪽 일이 궁금하기도 하고 불안하기도 하고…… 혼자 사시는 고모 걱정도 되구요. 그래서 누군가가 나대신 그곳에 내려가 동네 사정도 좀 알아보고, 할 수만 있다면 고모에게 의지가 되어주길 바라서 동철 씨한테 부탁을 한 거예요. 그런 일에 딱 맞는 사람을 소개시켜달라고……"

"그래서 내가 널 추천했지."

그때까지 듣고만 있던 동철이 그제야 윤 여사의 말을 거들고 나섰다.

"뭐, 심각할 건 없어. 나도 들었는데, 그리 복잡한 일은 아니야. 그냥 윤 여사네 화실에 내려가서 한두 달 푹 쉬다가 오면 돼. 네가 쓰고 싶은 글이나 쓰면서…… 여기저기 어슬렁거리고 다니면서 주워들은 이야기나 본 이야기를 윤 여사에게 전해주면 돼. 기회가 되면 혼자 사신다는 윤 여사 고모 위로도 좀 해드리고…… 더 기회가 된다면, 이건 네가 알아서 판단할 문제다만, 개를 죽인 범인이 누구인지 알아보면 더 좋겠지…… 맞죠, 내 말이……?"

그러면서 확인이라도 하듯 윤 여사 쪽을 쳐다보았다.

"네, 맞아요!"

윤 여사는 고개를 끄덕이며 미소를 지었다.

듣기에 따라 신경 쓸 거리 없는 싱거운 내용 같았는데 그래서 그런지 모호한 부분이 없지 않았다. 그리고 이야기의 뒤에 무언가 감춰진 것이 남아 있을 것 같은 예감도 어렴풋이 들었다.

"어때요? 하림 씨가 오케이하시면 당장이라도 화실 열쇠를 드릴게요. 그리고 내려가서 지내주시면 어느 정도 보상도 해드릴 거구요. 아니, 보상이라기보단, 제 성의로 이해해주시면 좋겠어요."

하림이 망설인다고 생각했는지 윤 여사가 조건을 달았다.

'어떡할까……?'

하림은 주머니 속에 들어 있던, 혜경이 주려고 산 노란 털장갑을 만지작거리며 생각했다.

노느니 염불이라고, 딱히 할 일도 없는 요즘이었다. 학원 문이

닫히고 나자 졸지에 백수 아닌 백수 신세가 되고 만 터였다. 동철이 그걸 알고 자기에게 전화를 걸어 윤 여사에게 추천한 것인지도 몰랐다. 특별히 어려운 부탁도 아니었다. 동철의 말대로라면 윤 여사의 고향 마을에 내려가 몇 달 쉬다가 오면 되는, 그야말로 누워서 떡 먹기보다 더 쉬운 일이었다. 게다가 얼마가 될지 모르지만 돈까지 주겠다는 게 아닌가.

지나가는 말이었을 테지만 동철이, '쓰고 싶은 글이나 쓰면서……'라고 한 말도 마음에 와 닿았다. 아닌 말로 요즘같이 어수선한 때 어딘가에 푹 묻혀 모든 걸 잊고, 쓰고 싶었던 글이나 쓰면서 지내고 싶은 마음이 없지 않았다. 혜경이 마음에 걸렸지만, 자기가 옆에 붙어 있는다고 하여 특별히 달라질 것은 없었다. 아니, 이 기회에 조금 떨어져서 자기들의 뜨뜻미지근한 관계에 대해 근본적으로 차분히 구상을 해보는 것도 필요할지 모른다는 생각이 들었다.

"어때요? 가주실 거죠?"

윤 여사가 채근이라도 하듯 말했다. 하림은 대답 대신 술잔을 들어 바닥이 보이도록 털어 넣은 다음, 안주를 집었다.

그러죠,라고 하고 싶었지만, 선뜻 그 말이 입 밖으론 나오지 않았다. 혜경이 곁에 좀 더 자주 있어주어야 할 것 같은 생각이 들어서였다. 요즘 들어 부쩍 더 힘들어하는 것 같았는데……

그때 음식점 문이 열리면서 걸걸한 목소리와 함께 남녀 한 무리가 쏟아져 들어왔다.

"어따! 허벅지게 내리는구먼!"

뜻밖에도 낮에 동묘 앞에서 본 각설이패였다. 남자 각설이가 먼저 들어오고 뒤이어 늙은 차력사와 여자 각설이, 뒤이어 낯모를 남녀 두엇이 차례로 들어왔다. 들어오는 그들의 머리와 어깨 위에 허연 눈이 묻어 있었다.

"어머나! 눈이 오나 보네!"

윤 여사가 그들을 보며 소리를 질렀다. 갑자기 마흔 줄의 여자 속에 들어앉아 있던 십대 소녀가 깡총거리며 튀어나오기라도 한 것 같았다.

동철이, 병에 남아 있던 술을 하림의 잔과 윤 여사의 잔에 채우고, 자기 잔마저 채웠다. 그러곤 하림을 향해,

"군말 말구 오케이해! 가서 한동안 푹 쉬다가 와. 너 없다고 대한민국 서울 안 돌아가는 것 아니니까 걱정 말구. 알았지? 거기 가서 우리들 망명정부나 하나 세워둬…… 나랑 윤 여사 가끔 한번씩 놀러 갈 테니까"

하고 못이라도 박듯이 말했다.

"자아 그럼, 우리, 위하여 한번 한 다음, 눈도 내리니까 같이 2차 가자구. 2차는 윤 여사가 책임지는 거야! 소개비 대신……"

"그러죠."

동철의 넉살에 윤 여사가 순순히 응했다. 그 정도야 이미 자신이 생각해둔 터였다는 투였다. 어느새 처음 만났을 때의 붙임성 있는 모습으로 돌아와 있었다.

외투를 챙겨 입고 밖으로 나왔다. 그리고 약속이나 한 듯이 먼저 하늘을 올려다보았다. 어두운 밤하늘을 가득히 메우며 무수히 떨어지는 가벼운 율동들…… 과연 눈이었다.

어느새 텅 빈 동묘 앞 골목길에 눈이 내리고 있었다. 도시 위로 분분히 흩날리며 내리는 눈은 도시의 풍경을 거짓말처럼 바꾸어놓고 있었다. 긴 담장 아래로는 낮의 좌판 대신 군데군데 포장마차가 들어서 있었다. 청계천을 통과하는 바쁜 차 소리가 밤하늘 높이 시끄럽게 울려 퍼지고 있었다.

"만나서 반가웠어요. 우리 고향 마을이 있는 골짜기, 바람골, 생각보다 좋을 거예요. 이번 개 사건만 나지 않았어도…… 그게 다이 외지인들이 들어오고부터 생긴 일이죠."

윤 여사가 처음 만났을 때처럼 쾌활한 목소리로 말했다.

"글쎄요…… 난 아직 대답하지 않았는데……"

하림은 자신 없는 투로 말했다.

하긴, 동철이 말마따나 자기가 없다고 하여 서울이 달라질 것도 없었다. 아니, 갑자기 증발해버렸다 해도 아쉬워할 사람이 있을 것 같지도 않았다. 차라리 그렇게 조용히 증발해버리고 싶은 기분이 들지 않는 것도 아니었다.

"택시! 홍대 가요! 홍대!"

어느새 길거리로 달려 나간 윤 여사가 힘차게 택시를 잡는 소리가 들렸다.

그녀의 높은 목소리 위로 눈발이 분분히 날리고 있었다.

2장
혜경이

윤 여사와 동철을 만나고 며칠 후, 하림은 혜경의 미장원으로 갔다.

그날 동묘 앞에서 1차를 하고 나서 홍대 부근으로 2차를 가자고 하여, 윤 여사가 아는 후배가 하는 곳이라며 그녀와 분위기가 닮은 여자가 운영하는 카페로 택시를 타고 간 것, 거기서 양주를 마신 것까진 기억이 나는데, 이후의 기억이 없었다. 소주 마신 데에 엎어서 마신 술이라 양주 몇 잔에 맛이 갔는지도 몰랐다. 어쨌거나 깨어나 보니 유일한 아지트인 망원동 원룸이었고, 주머니엔 열쇠가 하나 들어 있었다.

그날 윤 여사가 고향 화실 열쇠라며 손에 쥐어준 바로 그 열쇠였다. 그러니까, 자기가 그녀의 제의를 받아들여 오케이했다는 말이었다. 또 그러니까, 누렁이 개 두 마리, 여름이와 가을이라 했던가, 암튼 두 마리 개가 불쌍하고도 비참하게 엽총에 맞아 생을 마감한 그곳, 바람골인가 하는 골짜기로 찾아가 몇 달인가를 지내면서 돌아가는 마을 분위기도 좀 알아보고, 겸하여 윤 여사 고모도 위로하고, 겸하여 그런 몹쓸 짓을 한 인간이 누구인지 알아보고, 윤 여사에게 보고해주는 일을 자기가 맡았다는 뜻이기도 했다.

아무튼 그렇게 술자리에서 결정이 되었다는 것을 그 열쇠는 분명히 가르쳐주고 있었다. 그리고 주머니에는 그날 혜경에게 주려고 샀던 노란 털장갑 한 켤레가 얌전하게 들어 있었다. 열쇠보다도 그게 더 다행이라는 생각이 들었다.

술이 깬 하림은 문방구에 들러 포장지와 카드를 한 장 골라 샀다. 선물이란 내용도 중요하지만 주는 사람의 정성이 더 중요한 법이다. 같은 선물이라도 어떻게 포장하느냐에 따라 그 효과는 천지차이이다. 그리고 선물 전달하는 타이밍도 잘 맞추어야 한다. 받는 사람의 기분이 어떨 때냐, 화가 나 있을 때냐, 모든 게 귀찮을 때냐, 아니면 우울하지만 여유 있을 때냐에 따라 그 효과 역시 전혀 달라지는 법이다.

하림은, 먼저 카드에다 뭘 쓸까, 하고 잠시 생각에 잠겼다.

김춘수 시인의 「꽃」도 좋았지만 너무 많이 써먹어서 진부했다. 생텍쥐페리의 「인간의 대지」에 나오는, '사랑은 서로가 서로를 바라보는 것이 아니라, 함께 같은 방향을 바라보는 것이다'라는 말도 좋았지만, 왠지 어울리지 않는 느낌이 들었다. 차라리 자기가 몸소 그럴듯한 시 한편을 쓰면 어떨까. 이런저런 생각을 하다가 결국,

혜경아

사랑해!

—하림

이렇게 썼다. 아무런 수식도 아무런 장식도 없는 한마디.

그렇게 쓰고 보니 가슴 한쪽이 자기도 모르게 무너지듯 울컥해졌다. 공연히 콧등까지 시큰해졌다. 아무리, 아무리 써도 닳지 않는 그 한마디. 그 말만큼 많은 사연들이 녹아 있고, 단순명료 애절한 말이 이 세상 또 어디에 있을까. 카드에 그렇게 쓰는 동안 하림의 가슴에도 무수한 추억이 물보라처럼 일어났다가 사라졌다.

하림은 반짝이는 포장지에 "혜경아, 사랑해!"라고 쓴 카드와 함께 노란 장갑을 정성껏 싸고 테이프를 붙였다. 그리고 가장 멋진 순간에 가장 멋있는 포즈로 그것을 혜경에게 전해주리라 생각하며 길을 나섰다. 날은 겨울답지 않게 화창했고, 가로수 사이로 떨어지는 햇살에 눈이 부셨다.

마침 혜경은 은하헤어살롱에서 손님의 머리를 염색해주고 있다가 하림을 보더니 앞치마를 두른 모습 그대로 밖으로 나왔다.

"하림 선생! 마침 잘 왔어. 우리 은하 어린이집에 갔는데 오는 차가 없대. 좀 데려와줄래!"

하림은 혜경의 말은 듣고는 주머니에 손을 찌른 채 미장원 문 앞에서 잠시 어물거리며 서 있었다. 카드와 함께 싼 노란 털장갑 선물을 전해주겠다고 작심하고 왔는데, 엉뚱한 소리를 듣는 바람에 엉거주춤 브레이크가 걸린 것이다. 아무래도 분위기 있게 전달하고 분위기 있게 감동하기엔 적당한 시점이 아니지 않은가. 그렇다고 나중에 다시 만나서 주기도 그렇고 하여 하림은 주머니에서 포장한 것을 꺼내어 혜경에게 내밀었다.

"이거……"

"뭔데?"

혜경이 눈이 동그래져서 물었다.

"별거 아냐. 그냥, 시내 나갔다가……"

"웬 선물!"

혜경은 여전히 의아스러운 표정으로 하림이 내민 것을 받았다. 그러곤 곧 환하게 미소를 지으며,

"와! 웬일이니? 장하림한테서 선물을 다 받고…… 하여간 고마워!"

하고 감탄사를 쏟아내었다.

"별거 아니라니까. 이따 뜯어봐."

하림은 쑥스러운 미소를 한번 지은 다음,

"은하 데리러 갈게. 은하 데려다 주고 또 나가봐야 돼. 오후 늦게 친구랑 약속이 있거든"

하고 묻지도 않은 대답까지 하고는 얼른 몸을 돌려 빠른 걸음으로 차를 세워둔 곳으로 걸어 나왔다.

"장하림, 고마워!"

혜경이 그의 등 뒤에 대고 커다랗게 소리쳤다.

혜경이 하림을 부를 땐 세 가지가 있었다. 둘이 있을 땐 물론 하림이다. 다른 사람들 앞에선 하림 선생이고, 은하 앞에선 하림 아저씨다. 그때그때 맞춰서 부른다.

낡은 아반테에 시동을 걸고, 은하가 앉을 수 있게 옆자리 소파에 놓여 있던 잡동사니들을 뒷좌석으로 던져 정리를 한 다음 골목을 빠져나왔다. 어린이집은 거기서 멀지 않았다. 두 블록을 지나 약간 언덕배기로 올라가서 다가구 주택들이 촘촘히 들어서 있는 지대가 끝나는 지점쯤에 있었다. 우중충한 시내가 잘 내려다보이는 곳이었다. 어린이집은 뾰족뾰족한 빨간 지붕과 노란 페인트가 칠해진 벽 때문에 금세 눈에 띄었다.

하림은 어린이집 놀이터 앞 길가에 차를 세워두고 은하가 나올 때까지 그네를 타며 기다렸다. 엉덩이가 거의 땅에 닿을 것 같은 작은 그네에 꼭 끼게 앉아 건들거리며 하림은 영화 「25시」를 떠올렸다. 게오르규의 소설을 바탕으로 앤서니 퀸이 주연을 맡았던 아주 오래된 영화였다.

정직하고 순박하고 평범한 루마니아의 농부 모리츠는 제2차 세계대전이라는 격동의 소용돌이에서 파란만장한 인생사를 겪는다. 때로는 유대인 수용소에, 때로는 루마니아인 수용소, 때로는 헝가리인 수용소 그리고 때로는 미군 수용소에 갇히면서 거대한 전쟁의 틈바구니에서 착하고 힘없는 한 개인이란 한낱 가랑잎처럼 나약하게 굴러다닐 수밖에 없는 존재란 걸 보여준다. 그리고 마침내 전쟁이 끝나고 그는 고향으로 돌아온다. 사랑하는 아내와 아이들이 기다리는 곳으로……

작은 시골역. 지역 신문기자가 마침 취재를 나왔다가 그들 모리츠 가족들이 상봉하는 모습을 보고 사진을 한 장 찍자고 한다. 그런데 모리츠 아내가 데리고 온 아이들 중 한 아이의 머리가 노랗다. 눈 색깔도 다르다.

망설이는 모리츠와 초조하고 불안한 기색의 아내, 영문을 모르는 채 그 곁에 서 있는 노란 머리의 눈동자 색깔이 다른 아이. 그 아이는 적군이 아내의 몸을 통해 뿌려놓고 간 씨앗이었다. 아무것도 모르는 신문기자는 극적인 가족 상봉의 사진을 만들려고 포즈를 취해보라고 채근을 한다. 마침내 모리츠 역의 주인공 앤서니 퀸은 아이를 번쩍 안고, 아내와 꼭 붙어선 채 바보처럼 커다랗게 웃는다. 정말 허허거리며 웃는다. 순간, 기자의 플래시가 터진다.

그때, 그 웃음.

「25시」의 마지막 장면에 나오는 앤서니 퀸의 그 허허거리던 바보 같던 웃음. 그것은 하림의 머릿속에 지워지지 않을 것 같은 장면으로 남아 있었다. 그런데 지금 어린이집 놀이터 작은 그네에 꽉 끼게 앉아 건들거리며 은하를 기다리는 자기가 바로 그 바보 같은 웃음의 주인공과 비슷한 처지일지 모른다는 생각이 들었다.

물론 가당치도 않은 상상이었다. 자기는 앤서니 퀸처럼 멋있지도 않았고, 그처럼 파란만장한 인생사를 겪지도 않았으며, 더더구나 은하는 적군이 남기고 간 씨앗도 아니었다. 하림은 훗, 하고 혼자 웃음을 터뜨렸다.

왜 그런 상상이 들었을까. 생각하면 그럴 만도 한 이유가 있긴 있었다. 어쨌거나 은하는 적군은 아니라 할지라도 한때의 연적이었던 태수 선배가 남기고 간 흔적이었다. 미워하려면 미워할 수밖에 없는 흔적이었다.

"우리 딸 은하, 예쁘지?"

혜경은 처음 은하를 데리고 나타났을 때 그렇게 짐짓 아무렇지도 않게 말했고, 하림 역시 아무렇지도 않은 듯이 웃었지만 가슴 한쪽은 날카로운 가시에 찔린 것처럼 아렸다. 빤히 하림을 쳐다보는 은하의 눈에서도 어딘지 모르게 경계의 빛이 느껴졌다. 처음 보는 낯선 아저씨라 그런지도 몰랐다. 하지만 하림은 그 눈빛에서 태수 선배와 닮은 눈빛을 보았다. 눈빛뿐만이 아니었다. 이마에서도, 약간 길고 구부정한 코에서도, 꼭 다문 입술에서도 태수 선배의 그림자가 보였다. 은하는 어김없는 유전의 법칙에 따라 제 아빠와 엄마를 반반쯤 섞어놓은 모습이었다.

"그래, 예쁘구나. 은하야, 이제부터 아저씨랑 친구하자."

하림은 앤서니 퀸처럼 은하를 번쩍 들어 품에 안았다. 하림의 품에 안긴 은하는 가볍게 몸을 틀어 저항하는 듯하다가 곧 체념한 듯 가만히 있었다.

그렇게 둘은 친구가 되어갔던 것이다.

은하는 예뻤다. 하는 행동도 예뻤고, 말도 예뻤다.

돌이켜 생각하면 그의 아빠 태수 선배도 멋있는 남자였고, 그의 엄마 혜경도 아름다운 여자였다. 멋진 남자와 아름다운 여자를 엄마 아빠로 둔 아이가 예쁘지 않을 이유가 없었다.

은하가 물었다. 둘이 좀 친해졌을 무렵, 이 놀이터에서였다. 은하는 그네를 타고 있었고, 하림은 그네를 밀어주고 있었다.

"아저씨, 하느님은 몇 살이야?"

"응?"

하림이 미처 대답을 못하고 있자 은하가 또 물었다.

"하늘나라는 어디 있어? 저어기 있어?"

그러면서 작은 손가락으로 어린이집 뾰족지붕 위 뭉게구름이 피어오르는 하늘을 가리켰다.

"응, 그게 말이야……"

하림은 난처한 표정을 지었다. 그에 대한 대답은 하림도 잘 알 수 없기 때문이었다. 그러자 은하가 또 어린애다운 상상력을 발휘해서 말했다.

"그럼, 비행기 타고 가면 되잖아. 아님 로켓을 타고 가도 되고……"

은하는 아마 자기 아빠가 하늘나라로 갔단 이야기를 어디선가 들었던 것 같았다. 아이의 말속에 그리움과 원망이 배어 있었다.

하림이 혜경을 다시 만난 것은 재작년 가을, 초등학교 동창회에서였다. 그간 한 번도 나가지 않은 동창회였는데, 고향에서 카센터를 하던 동창 준호가 득달같이 전화를 하여 이번에 나타나지 않으면 도끼 들고 찾아갈 테니 알아서 하라면서 엄포를 놓았었다. 2년에 한 번씩 돌아가며 하는 동창회장 자리를 그해부터 같은 문예반이었던 준호가 맡게 된 것이었다. 그래서 그 야단이었다.

"얀마, 그럴 수가 있어? 모두 니 얼굴 한번 보고 싶어 난리야. 학창 시절 백일장이란 백일장 모두 휩쓸던 장하림이 어떻게 사는지 궁금하기도 하고……"

"지랄, 장하림이 별 볼일 없다. 학원 선생이나 하면서 그럭저럭 지낸다."

"야, 학원 선생은 아무나 하는 줄 알아? 나도 안다구. 학원 선생이 학교 선생보다 더 비싸게 논다는 것쯤은."

"옛날이야기지. 카센터 사장이 백 배는 더 나을걸."

"어쨌거나 이번엔 꼭 내려와라. 기다리고 있으마."

거기까지만 했더라면 갈까 말까 망설이다가 틀림없이 무슨 핑계를 대고 가지 않았을 확률이 높았었다. 그런데 준호가 그런 말끝에 갈고리처럼 한마디를 더 달았다.

"혜경이도 온댄다. 너 짝꿍 말이야."

"혜경이가……?"

하림은 자기도 모르게 반문을 하였다.

"응, 개 혼자 됐단 이야기 들었지?"

"아니."

"개 남편, 양태수라고 있었잖아. 곱슬머리 짱…… 죽었어."

"뭐라고?"

하림은 자기 귀를 의심했다. 그런데 다음 이어진 말은 가히 더 충격적이었다.

"자살했어."

"뭐?"

하림은 몽둥이로 뒤통수를 한 대 얻어맞은 느낌이었다.

"자살해서 죽었다니까. 혜경이랑 딸 하나 남겨두고…… 미친 새끼!"

준호는 태수 선배의 죽음에 대해 알려주면서 '미친 새끼!'로 마무리를 지었다. 어쩌면 그것보다 더 분명하게 자신의 감정을 표현할 길이 없다고 생각했을지도 몰랐다. 그러고 보니 이런 경우에 '미친 새끼!'보다 더 알맞은 표현도 없을 것 같았다.

"야, 어쨌건 혜경이도 온다고 했으니 너도 꼭 와라! 기다린다?"

그렇게 다짐한 다음 준호는 전화를 끊었다.

전화가 끊어지고 나서도 하림은 한참 동안 그 자리에 돌부처처럼 우두커니 서 있었다.

양태수 선배, 곱슬머리 짱…… 혜경의 남편이 죽었다. 그렇게 잘나가던 인간이…… 오토바이를 타고 천지사방 야생마처럼 돌아다니던 그가, 죽다니.

"어이, 장하림! K여고 문예반 문혜경 알아? 초등학교 친구라면서?"

하며 손가락 끝으로 배를 툭툭 치며 웃던 그의 학창시절 얼굴이 떠올랐다.

후배들에게는 공두려움과 기피의 대상이었지만 가까이에서 보면 그래도 한 가닥 인간적 그늘이 느껴지던 얼굴이었다. 그늘진 얼굴의 짙은 눈썹 아래 눈은 무언지 모를 불길 같은 것으로 타고 있었다. 하림이 같은 범생이들은 도무지 알 수 없는 불길 같은 것……

그런 그가 죽었다. 그것도 자살이라니……

하림은 무척 혼란스러운 마음으로 며칠을 지내다가 동창회 날에 맞추어 고향으로 가는 버스에 올랐다. 무엇보다 혜경의 사는 모습이 궁금했다.

초등학교 동창회가 열리는 곳은 이젠 폐교가 된 모교의 운동장이었다. 노랗게 물든 은행나무 잎새가 바람에 풀풀 떨어졌다. 떨어진 은행잎은 나무마다 발치에 노란 색종이를 뿌려놓은 것처럼 깔려 있었다. 관리를 하지 않아 잡풀이 무성해진 화단에 유난히 붉은 화살나무가 눈에 띄었다.

예전에는 하늘만큼 넓어 보였던 운동장이 손바닥만 했다. 그 손바닥만 한 운동장 한쪽 가에 10여 대의 승용차, 트럭, 봉고 등이 가지런히 서 있었다. 교무실이 있던 곳에서 먼저 온 친구들의 깔깔거리는 소리가 흘러나왔다. 유난히 큰 웃음소리는 준호 마누라 오영숙의 웃음소리일 것이었다. 초등학교 동창 커플은 몇 쌍 되었지만 동기 커플은 그들이 유일했다.

'혜경이도 왔을까?'

하림은 궁금한 마음이 들었지만 곧장 안으로 들어가지 않고 학교 건물을 한 바퀴 빙 둘러보았다. 군데군데 페인트가 벗겨진 낮은 단층짜리 교사 앞에 이순신 장군상과 세종대왕상은 여전히 그 자리를 지키고 서 있었다. 어깻죽지에 허연 새똥이 앉은 석고상 여기저기에 검푸른 이끼가 끼어 있었다. 그리고 그 옆에 책 읽는 소녀상 역시 새똥이 앉은 채 여전히 독서를 하며 얌전히 턱을 괴고 앉아 있었다.

그때 누군가가 뒤에서 따라오는 느낌이 들었다. 그러고 보니 아까부터 자기 뒤를 따라오고 있는 느낌이 있었다. 바스락거리며 조심스럽게 낙엽 밟는 소리…… 잘못 들은 걸까?

하림은 뒷짐을 진 채 여기저기 살피는 체하며 슬며시 뒤를 돌아보았다. 저만큼 뒤에서 얼핏 사람 그림자 같은 게 비쳤다. 베이지색 바바리코트에 하늘색 스카프를 두른 여자였다. 그녀 역시 이쪽을 향해 걸어오고 있었다.

하림은 그 자리에 서서 그녀가 가까이 다가오기를 기다렸다. 기다리는 동안 하림의 가슴은 이유 없이 뛰기 시작했다. 노란 은행잎이 바람결에 팔랑팔랑 날리다가 소리 없이 하림의 발치에 떨어졌다. 고요한 정적을 깨고 준호 마누라 영숙의 깔깔거리는 웃음소리가 다시 창밖으로 울려 나왔다.

"하림아……"

뒤를 따라오던 여자가 먼저 말을 걸었다. 예감했던 대로 혜경이, 그녀였다.

"응? 너 혜경이, 문혜경 맞지?"

하림은 세차게 뛰는 가슴과는 달리 짐짓 아무렇지도 않은 듯 말했다.

"응, 오래간만이야. 언제 왔어?"

혜경이 활짝 웃으면서 말했다. 몇 년 만에 보는 얼굴인데, 좀 해쓱해진 것을 제외하고는 별달리 변한 게 없는 모습이었다. 하얀 이마와 그린 듯이 까만 눈썹도 그대로였다.

"조금 전에, 넌?"

"나두. 오랜만에 온 학교라 한 바퀴 둘러보고 있던 참이었어."

혜경이 싱거운 표정으로 대답했다. 주머니에 손을 찌른 채 하림은 다시 발걸음을 옮겨놓기 시작했다.

혜경은 하림의 왼편 비스듬히 반걸음쯤 뒤에 따라왔다.

"그동안 잘 지냈어? 태수 선배도 잘 있고?"

하림은 아무것도 모르는 사람처럼 말했다.

"그 사람…… 죽었어."

혜경이 묵묵히 발치를 내려다보며 말했다.

하림은 발걸음을 멈추고 처음 듣는 소식인 양 깜짝 놀라는 표정을 지으며 말했다.

"아, 미안해. 그런 줄도 모르고……"

"괜찮아. 다아 끝난 일인데, 뭐."

말은 그렇게 했지만 그녀의 말속에 씁쓸한 회한 같은 게 비쳤다. 잠시 무언가 생각에 잠긴 채 혜경을 바라보던 하림은 다시 천천히 걸음을 옮겨놓기 시작했다.

"그 사람, 하림인 별루 좋아하지 않았지. 하지만 나쁜 사람은 아니었어. 세상과 맞지 않았을 뿐이야. 운도 따라주지 않았고……"

그러고 나서 혼자 나지막하게 웃었다. 늦가을 노을이 깔리는 운동장에 그녀의 웃음소리가 잔잔한 파문처럼 번져갔다. 어떻게 보면 자조적인 웃음 같기도 했고, 어떻게 보면 진짜 웃음 같기도 했다. 그녀의 낮은 웃음소리를 들으니 하림은 문득 학창 시절 함께 문예부를 했을 때의 모습이 떠올랐다. 한때 그 이름으로 얼마나 많은 밤 혼자 그리움으로 먼 산을 넘어가곤 했던가.

'문혜경.'

하림은 그때의 감정이 그대로 되살아나는 것을 느끼며 혼자 마음속으로 가만히 그녀의 이름을 불러보았다. 지금 자기 옆에서 걷고 있는 여자가 혜경이라는 사실이 믿기지 않았다.

혜경이 다니던 K여고와 함께 문예부 연합 문예지 『장미와 불꽃』을 만들 때였다. 마지막 원고를 마무리하고 문예부 전원이 여름방학 때, 함께 운화사란 절이 있는 계곡으로 MT를 갔었다. 계곡에는 집채만 한 깨끗한 화강암 바위들이 성큼성큼 늘어져 있었다. 밥을 지어 먹은 아이들은 삼삼오오 골짜기로 흩어져 물놀이를 하거나 통발로 물고기를 쫓거나 하고 있었다.

한참 물놀이를 하고 나서 어쩌다 보니 하림은 혜경과 단둘이 나란히 큰 바위에 앉았다. 하늘엔 하얀 솜구름이 돛단배처럼 떠 있었고, 검은 숲 속에선 매미 소리가 맴맴맴, 소리 높이 울려 나오고 있었다. 혜경은 다리를 둥둥 걷고 있었다. 둥둥 걷힌 다리에서 물방울이 뚝뚝 떨어졌다. 그녀는 방금 물에서 건져낸 물고기처럼 싱싱하였고, 쾌활하였다. 그때 혜경은 『장미와 불꽃』에 「겨울 보헤미안」이라는 시를 한 편, 하림은 「지금은 노래할 수 없는 것을 위하여」라는 제목의 수필을 한 편 싣기로 되어 있었다.

계곡의 큰 바위 위에서 몸을 말리며 두 사람은 각기 서로의 시와 산문에 대해 이야기를 주고받았다. 하림은 비스듬히 바위에 누워 있었고, 혜경은 푸른 하늘을 배경으로 앉아 있었다. 빛과 그림자가 선명한 여름 한낮 매미 소리는 유난히 시끄러웠다. 하림은 비스듬히 누워 혜경을 쳐다보았다. 푸른 하늘을 배경으로 앉아 있는 혜경의 실루엣은 천사처럼 아름다워서 살짝 눈물이라도 날 것 같았다. 그게 전부였다.

그런데 그 후, 둘이 같이 있던 장면을 두고 아이들은 두 사람이 마치 단짝이라도 되는 것처럼 두고두고 놀렸다. 그게 첫사랑이었을까. 첫사랑치고는 너무 아무 일도 없이 지나가버린 첫사랑이었다. 차라리 짝사랑이라고 해야 옳을지 몰랐다. 그러는 사이 그녀 곁에 아메리카 들소처럼 거친 양태수가 나타났던 것이다. 그때 양태수는 재수생이었는데, 재수생 주제에 할리 오토바이를 몰고 다녔다. 그런데 언제부턴가 양태수의 그 투타타타타 폭발하는 오토바이 꽁무니에 혜경이 타고 있었다.

배신감, 질투, 몇 날 며칠을 허공에 붕 뜬 것 같은 상태로 보냈다. 그리고 마침내 하림은 그녀에 대해 멸시하고 무시하는 마음을 갖기로 했다. 그리고 범생이들이 흔히 그러하듯, 마치 복수라도 하듯 참고서에 코를 박았다. 그런 결과 하림은 서울에 있는 대학으로 진학을 하였고, 양태수는 대학을 포기하고 고향에서 벗어나지 못한 채 전전했다. 그리고 그런 결과 그 후 양태수와 결혼한 혜경의 인생 역시 순탄치 못한 열차에 오른 셈이 되었다.

하지만 돌아보면 그게 그거였다. 죽어라고 공부해 서울에 있는 대학에 진학한 하림의 처지란 게 겨우 논술학원 선생이었다. 그리고 양태수는 죽고, 혜경은 마치 인생을 한 바퀴 돌고 거울 앞에 돌아온 누님처럼 되어 그 가을날, 자기 앞에 나타났던 것이다.

"결혼, 했어?"

혜경이 물었다.

"아니."

하림이 대답했다.

"왜?"

혜경이 다시 물었다.

"그냥……"

하림이 다시 대답했다. 그리고 침묵이 흘렀다. 두 사람이 낙엽을 밟는 발자국 소리만 바스락거리며 울릴 뿐이었다. 그때 멀리 교무실 쪽 창문이 드르륵 열리며 준호가 커다랗게 부르는 소리가 들렸다.

"야, 늬들 뭐하냐? 둘이서 연애해? 빨리 들어와!"

까르르르 웃는 소리가 뒤를 따랐다.

그때 왜 그랬을까? 왜 그런 생각이 들었던 것일까? '연애해?' 하는 소리에 철렁 가슴이 내려앉는 듯했던 것은……

그날, 가을빛 흐르는 오후의 낡은 초등학교 교정에서 동창 모임을 하는 내내 하림은 보이지 않는 시선으로 혜경의 그림자를 좇았다. 마치 꿈을 꾸는 것 같았다. 남자들은 족구를 하고 여자들은 피구를 했다. 피구를 할 때 여자들 수가 모자랐기 때문에 금 밖에서 공을 받아서 던져주는 쪽은 남자들이 했다. 준호 마누라 영숙이 뚱뚱한 몸을 날리며 이리저리 뛰는 모습이 우스꽝스러워 한바탕씩 웃음꽃이 피곤 했지만 그때에도 하림의 눈에 들어오는 건 온통 혜경뿐이었다.

하림은 혜경의 옆, 빈자리가 오랫동안 자기를 위해 비워져 있었던 것처럼 느껴졌다. 고등학교 시절 여름날 계곡에 놀러 갔던 일이 떠올랐다. 따갑던 여름 햇살과, 검은 숲, 맴맴거리던 게으른 매미소리가 환청처럼 들려오는 것 같았다.

그때를 생각하면 가슴 깊은 곳이 대꼬챙이에 찔린 것처럼 아팠다. 만일 기회가 다시 온다면, 이제는 정말 그녀를 사랑할 수 있을 것 같다는 생각이 들었다. 그리고 몇 달 후, 그 소망대로 서울에서 하림은 다시 혜경을 만났다. 혜경이 그때 막 딸 은하를 데리고 상경해 은하헤어살롱을 열 무렵이었다.

하림은 겨우 엉덩이만 끼는 작은 그네에 앉아 겨울 하늘을 올려다보며 그날 혜경을 만난 것이 과연 우연이었을까 아니면 필연이었을까 생각했다. 우연이라면 우연일 것이고 필연이라면 필연일 것이다.

시계를 보았다. 곧 은하가 나올 때가 되었다. 자기가 생각해도 우스웠다. 양태수의 아이를 내가 기다리고 있다니, 태수 선배가 만일 하늘에서 내려다보고 있다면 뭐라 할까. 고맙다고 할까, 아니면 화를 낼까.

놀이터에는 자기뿐만 아니라 아이들을 마중 나온 엄마들이 여기저기 차를 대어놓고 기다리는 게 보였다. 어린이집 문이 열리면서 아이들이 와글와글 나오는 소리가 들렸다. 하림은 그네에서 일어나 문 쪽으로 걸어갔다.

"은하야! 여기!"

은하가 나타나자 하림이 손을 높이 들어 깃발처럼 흔들었다. 은하는 하림 쪽을 향해 깡충깡충 토끼처럼 달려와서 눈을 동그랗게 뜨면서 말했다.

"엄마는?"

"응, 엄마, 손님 있어서. 왜? 아저씨가 와서 실망이니?"

하림이 싱겁게 미소를 지으며 말했다.

"아니."

은하가 얼른 고개를 가로저었다.

"자, 타!"

하림이 은하의 손을 잡고 차 쪽으로 가서 문을 열어주며 말했다. 은하가 차에 오르자 문을 닫았다. 그리고 돌아서 운전석으로 와서 시동을 걸었다.

"오늘 유치원에선 뭘 배웠니?"

차가 움직이기 시작하자 하림이 물었다.

"응, 알리바바와 40인의 도둑들."

"아하, 재미있었겠네. 그거 '열려라 참깨'하는 거잖아."

하림이 알은체하며 말했다.

"응, 근데 요즘은 '참깨' 안 해. 다 아는 비밀번호는 비밀번호가 아니거든."

"응? 그래서……?"

하림은 한 대 맞은 표정으로 말했다. TV 광고가 무섭기는 무섭구나, 하는 생각이 들었다.

은하는 몸을 돌려 하림의 귀에 바짝 입을 대고 조그맣게 말했다.

"우리 비밀번호는 '은하철도999'야. 아저씨만 알고 있어야 해?"

"은하철도999?"

"응."

은하는 자랑스러운 표정을 지었다.

"아하, 은하 이름 땄구나. 알았어! 대신 이따 아저씨한테 뽀뽀해줘야 한다?"

"응."

은하는 환히 웃으며 고개를 끄덕였다. 그럴 땐 혜경의 모습이 비쳤다.

처음 만났을 때의 경계심 같은 것은 이제 찾아볼 수가 없었다. 그러나 여전히 그 아이는 양태수의 아이였고, 자기는 여전히 낯선 '아저씨'일 뿐이었다.

그것은 혜경의 경우에도 마찬가지였다. 그녀와 가까워지긴 했지만 둘의 사이에는 여전히 다가갈 수 없는 거리 같은 게 놓여 있었다. 그녀의 몸에서는 아직도 그 남자 곱슬머리 짱의 냄새가 깊게 배어 있었다. 혜경은 여전히 그의 여자였다. 같이 잠자리를 할 때조차 그런 느낌이 들었다.

미장원에 들어서니 손님은 없고, 혜경이 혼자 물걸레를 들고 바닥 청소를 하고 있었다.

"은하야, 간식 먹어라. 엄마가 너 주려고 토마토 주스랑 샌드위치 냉장고에 넣어뒀어."

"싫어. 나 마시멜로 초코 사 먹으면 안 돼?"

"안 돼. 몸에도 좋지 않은 걸 가지구서."

혜경이 퇴박을 놓는다.

"아이, 한 번만……"

은하가 몸을 흔들며 은근히 떼를 써본다.

"안 된대두우."

혜경이 짐짓 화난 소리를 지른다.

"아이, 이번 한 번만……"

아이 역시 발을 동동 구르며 지지 않는다.

"알았어. 하림 아저씨 때문에 봐준다. 딱 이번 한 번만이야?"

그러고서 서랍에서 천 원짜리 지폐를 한 장 꺼내어 준다. 아이는 그것을 들고 활짝 웃으며 미장원 저쪽 끝에 붙어 있는 마트를 향해 뛰어갔다.

그제야 혜경이 주머니에서 무언가를 꺼내어 손에 끼며 하림을 돌아보았다. 아까 하림이 선물했던 노란 장갑이었다. 혜경의 눈에 감동이 묻어 있었다.

"하림아, 고마워."

"뭘……"

하림이 괜히 면구스러워 짐짓 외면을 하였다. 혜경이 다가와 하림에게 살짝 안기며 말했다.

"바보처럼…… 아깐 살짝 눈물까지 나려고 하더라."

혜경의 머리칼 냄새가 코에 감겼다. 어느새 그녀의 목소리가 젖어 있었다.

잠시 후, 혜경이 꿈에서 깬 사람처럼 얼른 다시 하림의 가슴에서 나오면서 말했다.

"밥 먹을래?"

"아니, 아까 말했잖아. 시내에 약속이 있다고. 친구 다니는 출판사에 가기로 했거든."

"그래? 그럼, 이따 밤에 와."

"알았어."

"늦어두 꼭 와."

혜경이 다짐이라도 하듯 말했다.

하림은 가볍게 고개를 끄덕인 다음 미장원을 나왔다. 마시멜로 과자봉지를 든 은하가 저만치서 나비처럼 팔랑거리며 뛰어오는 게 보였다.

강은주가 다니는 출판사는 을지로5가 부근에 위치해 있었다.

강은주는 하림이 대학 다닐 때 만난, 작달막한 키에 짧은 머리를 즐겨 하던 여자 친구였다. 대학을 졸업하고 이런저런 출판사를 전전하다가 지금은 만화 전문 출판사의 편집장을 맡고 있었다. 그날 윤 여사가 부탁했던 뜻에 따라 윤 여사네 고향 화실로 가기로 작정을 하고 나자, 하림은 그곳에서 할 마땅한 일거리가 있었으면 좋겠다는 데에 생각이 미쳤다. 마침 은주에게 전화를 했더니 대뜸 만화 대본을 써보라면서 부른 것이었다.

출판사는 페인트가 군데군데 벗겨진 오래된 건물 이층에 있었다.

책으로 벽을 두른 공간에 책꽂이로 가림막을 한 책상마다 얼굴이 누렇게 뜬 편집자들이 마치 풀거미처럼 아무도 자기를 귀찮게 하지 말라는 듯이 웅크리고 있었다. 강은주는 그중 가장 안쪽 낡은 소파가 놓인 벽 아래에 있었다. 하림을 보자 그녀는 눈을 가늘게 뜨더니 두꺼운 안경을 벗어 책상 위에 놓으며,

"인간아, 약속했음 빨리 와야지. 그렇잖아도 만화가 오현세 씨 왔다가 방금 나갔는데…… 올라오다 못 봤어?"
하고 원망 투로 말했다.

"못 봤는데……"

하림은 그녀의 눈길을 피하며 얼버무렸다.

"앉어. 너랑 이번에 한 팀이야. 영화로 치자면 감독이랑 시나리오 작가인 셈이지."

"오현세 씨랑?"

"그래, 아직 이름은 널리 알려지지 않았는데, 재능이 있는 사람이야. 대부분 만화가가 직접 콘티를 짜서 그리는데 이번엔 내가 고집을 피웠어. 좋은 친구가 있는데 대본을 한번 쓰게 해보라고……"

원두커피를 내리며 인심이라도 쓰듯 말했다. 하림은 조금 전 계단을 올라오면서 마주쳤던, 콧수염에 꽁지머리를 한 머저리 같은 인상의 친구를 떠올렸다. 그가 강은주의 새로운 애인이라는 소문이 있었다.

"커피……?"

"응, 좋지."

하림은 아무렇게나 소파에 몸을 던지고 앉으면서 사방을 한번 둘러보았다. 그녀의 작고 둥근 어깨 너머로 꽁지머리 오현세가 그린 만화 포스터가 큼지막하게 걸려 있는 게 보였다. 꽁지머리 애인에 대한 그녀의 애정과 관심의 표시 같았다. 잠시 뒤 그녀는 들꽃무늬가 박힌 잔에 커피를 내왔다.

구수한 커피향이 짙게 코끝에 감겼다.

"잘 지내?"

들꽃 무늬 잔에 찰랑거리는 커피를 조심스럽게 입에 대며 그녀가 말했다.

"응, 너두 좋아 보이네."

하림 역시 형식적으로 답했다. 그녀의 새로운 애인인 꽁지머리랑 마주쳐야 하는 시간을 절묘히 피해 온 것이 다행이라고 생각했다. 아마 그녀 역시 속으로는 그렇게 생각하고 있을지도 몰랐다.

대학 시절 그녀랑 하림은 한때 애인이었다. 가난했던 대학생 시절, 그녀의 반지하 자취방에서 같이 잠을 자고 나면 둘이서 무슨 의식처럼 꼭 라면을 끓여 먹고는 했다. 함께 잠을 자고 나서 언제나 라면을 끓여 먹었기 때문에 그녀를 생각하면 섹스보다는 이마를 맞대고 후후거리며 먹던 라면 생각이 먼저 떠올랐다.

이제는 너무 아득하여 그런 일이 있었나 싶을 정도였다. 그래도 하림에게 일부러 일을 만들어준 것도, 순전히 그때 함께 라면을 나눠 먹었던 그런 의리 때문인지도 몰랐다

"야, 장하림, 너 우리 대학 때 봤던 만화 『베르사유의 장미』 기억나?"

편집장의 사무적인 어투로 그녀가 말했다.

"『베르사유의 장미』……?"

"응, 격동하는 프랑스혁명의 틈바구니를 지나가는 오스칼과 앙드레의 운명적인 사랑. 빅토르 위고의 『레미제라블』처럼 장대하고 감동적이었지. 우리도 그런 만화를 한번 만들고 싶어."

『베르사유의 장미』는 그들이 대학 시절 이전부터 이미 폭발적 인기를 누려온, 명성 자자한 만화였다. 프랑스혁명을 배경으로 벌어지는 로망이 젊은 그들을 얼마나 잠 못 이루게 했던가. 마리 앙투아네트의 근위대장인 여장女裝 주인공 오스칼 대신 눈을 잃은 앙드레가 자기 초상화 앞에서 두 눈이 보이는 척하고, 오스칼은 혹시 앙

드레가 마음 상할까 봐 맞장구를 쳐주는 눈물 나는 장면이 아직도 눈에 선했다. 마치 우리나라 영화 「클래식」에서 주인공 조성우가 베트남전에서 시력을 잃고 돌아와 옛날 애인인 손예진을 카페에서 만나는 장면과 비슷하달까. 그때 배경으로 음악으로 흐르던 음악이 김광석이 부른 「너무 아픈 사랑은 사랑이 아니었음을」이던가. 기타 반주에 맞춰 하모니카 소리와 함께 흘러나오던 김광석의 애절한 목소리가 떠올랐다. 그 가수에게도 그런 애절한 사랑이 있었던 걸까. 사람은 가고 노래만 남아 아직도 귀에 쟁쟁했다. 강은주에겐 미안했지만 그 노래를 웅얼거릴 때마다 하림의 머릿속엔 혜경의 모습이 먼저 떠올랐다. 어쩌면 신은, 너무 아프게 사랑해야 할 사람은 단 하나만을 만들어놓았는지도 모른다.

"하지만 요즘은 그런 콘티 가지구선 안 돼. 눈물 질질 쥐어짜던 시대는 갔어."

하림의 그런 감상을 여지없이 깨주기라도 하는 것처럼 그녀가 말했다.

"드라이하면서도 강한 내용, 선과 악이 확실히 한판 붙는 내용이라야 해. 뭔 말인지 알겠니?"

그녀는 편집장답게 드라이하고 단단한 목소리로 말했다.

"특히 악당의 캐릭터가 잘 나와줘야 해. 사람들은 선한 인간보다 악당한테 더 관심이 가는 법이거든. 죽여도 죽여도 다시 살아나 더욱 사악한 힘을 발휘하는 악당, 드라큘라나 검은 박쥐, 좀비 같은 존재들, 무슨 말인지 알지? 악당 하나만 잘 나와줘도 반은 성공이야."

악당이라는 말에 하림은 전직 대통령이었던 전아무개라는 사나이를 기억해냈다.

"그건 악당이 아니야. 트레시, 쓰레기라고 하는 거야. 알겠니?"

그녀는 몸을 다시 쓱 뒤로 젖히면서 소리내어 웃었다.

"악당에게도 철학이 있어야 해. 세상을 지배하겠다는 야망 같은 것. 지상낙원을 만들겠다는 허황된 꿈같은 것 말이야. 순결한 아리안족의 지상천국을 건설하겠다던 히틀러나 세계를 하나의 거대한 질서 속에 두겠다고 월가의 은행가들처럼…… 그들은 군대를 부리고 새로운 무기를 개발하지. 세계평화를 지킨다는 명분으로 말이야. 그리고 편안한 자세로 소파에 누워 마치 월드컵 경기라도 구경하듯 CNN이 날라다주는 끔찍한 장면들을 실시간으로 감상하는 거야. 이라크 침공 때처럼 말이야."

강은주에게는 개인적인 감정을 절제하는 힘이 있었다. 그녀는 일거리에 대해 결코 단도직입적으로 말하는 법이 없었다. 충분히 상상력을 자극한 다음, 곧 본론을 꺼낼 것이었다. 그게 그녀의 스타일이었다.

강은주의 말을 들으며 하림은 예전에 미국의 이라크 침공 작전 때를 떠올렸다. 텔레비전은 이제 마악 미국이 사용하게 될 가공할 만한 신무기에 대해 시시각각 전자게임이라도 하듯 보여주고 있었다. 어떤 폭탄은 전파 발생 장치로 일순간 모든 사람을 정신착란 상태에 빠뜨릴 수 있다고 했고, 어떤 폭탄은 소리만으로 거의 40킬로 내에 있는 인간들의 내장을 파열해 죽일 수도 있다고 했다.

그리고 2003년 3월 20일 오전 5시 30분.

하림은 그날을 분명하게 기억하고 있었다. 아니, 강은주도 분명히 기억하고 있을 것이다. 왜냐하면 그때 두 사람은 같은 방에서 같은 텔레비전을 보고 있었기 때문이다. 아니, 그 당시 눈 뜨고 있었던 사람들이라면 전 세계의 텔레비전으로 생중계되는 텔레비전 CNN 뉴스를 통해 알리바바와 40인의 도둑들이 나오는 옛 도시 바그다드의 하늘에서 작열하는 폭탄들의 불꽃놀이를 지켜보았을 것이다. '나우, 렛스 고!' 부시의 한마디에 미 폭격기의 대공습이 시작되었던 것이다. 그리고 세계는 '테러와의 전쟁'이라는 이름으로, 판도라의 상자가 열리듯 돌이킬 수 없는, 영원한 증오와 죽음의 다리를 건너가버렸던 것이다. 세상은 만화와 똑같다. 아니, 어떤 때는 만화보다 더 만화스럽다.

악당들은 언제나 농담을 진담처럼 하는 법이다. '이라크의 자유'라는 이름이 붙여진 바로 그 전쟁도 그랬다. '악의 축'이라는 거창한 이름을 붙이고 선의 전쟁을 선포했던 부시야말로 그녀의 말대로 만화 속 악당이 갖추어야 할 모든 요소를 다 갖추고 있었는지 모른다는 생각이 들었다.

어쨌거나 강력하면서도 세기말적인…… 그러면서도 재미있고, 감동적인 스토리……

어렵고 복잡한 주문이었다. 하지만 어렵고 복잡한 주문이라 해봤자 만화 대본이었다. 그리고 그 대본은 꽁지머리에 의해 마음대로 잘리고 덧붙여져 어차피 꽁지머리 이름으로 나올 것이었다.

"제목은 이미 오현세 씨가 정해두었어. '전쟁이 종種의 진화에 미치는 영향'이라고…… 그 사람 스타일이 그렇거든. 거창한 거 좋아해."

"전쟁이 종의 진화에 미치는 영향……?"

"응, 생각해보니 너랑도 맞을 것 같은 제목이야. 좀 철학적인 냄새도 나고……"

하림이 풋, 하고 실소를 터뜨렸다.

"하여간 제목은 그렇게 가더라도 내용은 네가 알아서 만들어. 세상에 악당 모델은 수두룩하니까."

"어렵구먼."

하림이 짐짓 앓는 소리를 내었다.

"걱정 마. 그렇다고 너한테 거창한 명작을 바라는 건 아니니까. 그래도 결말은 영웅의 승리야. 슈퍼맨이나 배트맨처럼, 알았지? 어디까지나 만화니까."

하림의 빈 잔에 다시 뜨거운 커피를 채워주며 강은주가 말했다. 그녀는 예전의 커트 머리 대신 파마를 하고 있었다.

"시골 간다며? 언제 가?"

하림의 시선을 피하기라도 하듯 일상적인 어조로 말했다.

"응, 곧."

"왜?"

"그냥. 세상과 좀 떨어져 있어보려구."

"훗, 좀 잘 살어. 인간아."

그래도 정이 남아 있었는지 그녀는 한마디 젖은 소리를 던졌다.

"내 친구 중에 황동철이라고 있어. 얼마 전에 만났는데 그 친구 왈, 자기는 망명정부 수반이래. 나도 망명정부나 만들까 봐."

"망명정부?"

"응."

"후후, 재미있네. 그럼 이번 만화에 그 사람 등장 좀 시켜봐."

"그럴까?"

하림은 식은 커피를 홀짝거리고 마시며 웃었다.

"나 시골 가는 거, 실은 어떤 그림 그리는 아줌마 부탁 때문이야. 자기 시골에 화실이 있는데, 당분간 그곳에 좀 가 있어달래."

"왜?"

커피를 홀짝거리다 말고 강은주가 하림을 쳐다보았다.

"이야기하자면 좀 긴 내용인데, 자기 고향 마을에서 어떤 사람이 개를 쏘아 죽였다나 봐. 혼자 사는 자기 고모 집 누렁이 개 두 마리를 말이야."

"응? 그러니까, 너더러 범인을 잡아달라는 거야?"

"아니."

"그럼?"

"하여간 그 시골에 내려가서 당분간 머물다 올 생각이야. 그렇지 않아도 어디론가 떠나고 싶었거든."

하림은 변명 삼아 말했다. 하긴 자기가 생각해도 뚜렷한 목표가 있어 가는 것은 아니었다. 그리고 지금도 그 일에 자기가 끼어드는 게 과연 옳은 일일까 아닐까 잘 판단도 서질 않았다. 윤 여사가 준 열쇠가 마음에 걸려 그냥 그렇게 흘러가고 있을 뿐이었다. 어쩌면 무언가 자기를 끌어당기는 야릇한 힘에 끌린 것인지도 몰랐다.

"잘됐네, 뭐. 무슨 일인지는 잘 모르겠지만 원고 쓰기엔 딱이잖아."

그러고 나서 그녀는 잠시 생각에 잠긴 눈치더니 일어나서 책상

쪽으로 가서 서랍을 연 다음, 무언가를 꺼내 들고 왔다. 제법 두툼한 봉투였다. 그것을 탁자 위에 던지면서 말했다.

"선불 원고료야."

"필요 없는데……"

"넣어둬. 어차피 지금 받으나, 나중에 받으나, 그게 그거니까."

그녀는 인심이라도 쓰듯 말했다. 그래도 함께 라면을 끓여 먹었던 정이라도 남아 있는 모양이었다. 하림은 잠시 망설이다가 봉투를 집어 천천히 안주머니에 넣었다.

"펑크 내면 안 돼. 이게 얼마나 중요한 기획인지 몰라."

그녀는 다시 편집장으로 돌아와 단단한 목소리로 다짐이라도 하듯 말했다.

"알았어. 고마워."

하림은 남은 커피를 홀짝 다 마신 다음, 가방을 챙겨 들고 일어났다.

"그리고 나…… 다음 달에 결혼한다."

그녀가 따라 일어나며 짐짓 외면을 하면서 아무렇지도 않은 듯이 말했다.

"그 사람이랑……?"

하림이 말했다.

"응."

굳이 꽁지머리냐고 묻지 않아도 되었다. 하림은 잠시 생각에 잠겼다가 말했다.

"나…… 결혼식 안 가도 되지?"

그러자 그녀가 훗, 하고 웃었다.

"오지 마, 인간아! 제발."

"알았어. 행복해야 해."

하림이 역시 웃으면서 말했다.

돌아서 문 쪽을 향해 걸어 나오는데 괜히 가슴 한쪽이 뻥 뚫린 느낌이 들었다. 뻥 뚫린 가슴으로 한 줄기 바람이 휑하고 지나갔다. 이미 떠난 여자였는데 무슨 아쉬움이라도 남아 있었던 걸까.

그래도 한때는 서로 몸을 섞었고, 이마를 맞대고 후후거리며 라면을 먹던 사이였다. 그런 그녀가 이제 남이 되어 아무렇지도 않다는 듯이 자신의 결혼을 알렸고, 자기 역시 아무렇지 않다는 듯이 듣고 농담까지 했다. 그리고 그녀의 가장 가까운 옆자리에는 지금 꽁지머리가 있고, 자기의 가장 가까운 자리에는 지금 혜경이 있었다. 생의 수수께끼가 의문부호처럼 묵직하게 가슴 안쪽에 드리워졌다. 강은주의 시선은 잠시 하림의 등 뒤에 따라오다가 곧 사라졌다.

계단을 내려온 하림은 총총히 발걸음을 옮겨놓기 시작했다. 청동빛 하늘에서 어느새 어둠이 내리고 있었다. 강은주의 사무실을 나와 돌아오는 길, 하림은 지하철 대신 버스를 탔다. 다행히 버스 뒤쪽 창가에 자리가 있어 그곳으로 가서 앉았다. 그리고 창에 얼굴을 가까이 대고 이제 마악 청동빛 어둠 속으로 잠기고 있는 도시의 거리를 쳐다보았다.

칠십대의 늙은 여자처럼 보였던 겨울날 오후의 회색빛 거리는 다시 이십대의 젊은 여자로 태어나기 위해 변신 중이었다. 청동빛 어둠을 몰아내며 베이커리와 슈즈살롱의 네온이 휘황하게 비쳤다. 지나가는 차창 밖 풍경을 보며 하림의 마음은 빈 호주머니처럼 자꾸 허전해졌다. 문득 독한 술이라도 한잔 마시고 싶은 기분이 들었다.

그런 마음을 굳이 강은주와 결부시키고 싶지는 않았다. 그녀의 결혼 소식에 상심하거나 허탈하거나 그런 느낌은, 정말이지 손톱만큼도 없었다. 그녀가 꽁지머리와 결혼을 하든 노란 머리와 결혼을 하든, 자기랑은 아무런 상관도 없는 일이었다. 그런데도 왜 그럴까. 바보같이 아무런 상관도 없는 그녀에게 자기 모르는 한 가닥 미련이라도 남아 있었던 것일까.

'나…… 다음 달에 결혼한다.'

아무렇지도 않은 듯이 던졌던 그녀의 그 한마디 말이 돌아오는 길 내내 머릿속에 맴돌고 있었다. 자기가 생각해도 우스웠다. 얄궂은 게 사람의 마음이라더니, 그 소릴 듣기 전에는 아무렇지도 않았는데, 막상 듣고 나니 이상하게 허전해지는 것이었다.

더 생각하면 정작 아쉬운 것은, 그녀가 떠난다는 사실이 아니라 잠깐 동안이나마 그녀와 보낸 자기의 청춘에 대한 회한 때문인지도 몰랐다. 어느 초여름이었던가, 그녀의 지하 단칸방에 누워 손수건만 한 창문으로 보이던 풍경이 떠올랐다. 창문 밖 바로 앞에는 나이 든 목련 한 그루가 서 있었다. 반지하 창문으로 보면 목련은 둥치만 보였다. 무성한 잎새가 드리워놓은 그늘이 커튼처럼 쳐져 있는 발치에는 봄에 피었다 떨어진 꽃잎들이 보기 싫게 변색된 채 쌓여 있었다. 그런 풍경 위로 추적추적 내리는 비를 바라보며 하림은 몽상에 젖어 있었다. 그녀의 방에는 그녀가 좋아하는 만화책들이 산더미처럼 쌓여 있었다.

그런 강은주가 꽁지머리 만화가를 만나 결혼이란 걸 한다니, 어쩌면 다행스러운 일일는지도 모른다. 거기에다 옛 애인이랍시고 선불 인세까지 챙겨주지 않았던가. 아까 슬쩍 봉투를 열어보니 만 원짜리 백 개, 딱 1백만 원이 들어 있었다. 적다면 적고, 많다면 많은 돈이었다.

고마웠다.

여자 하나를 떠나보내는 것은 인생의 강 하나를 건너는 것과 같다. 그건 아마도 사랑이리라. 그에겐 혜경이가 그랬다.

'나…… 다음 달에 결혼한다.'

아마 혜경이가 그렇게 말했다면 가슴이 무너졌을 것이었다. 하지만 강은주와의 사이엔 그런 강 같은 사랑은 없었다. 따라서 이제 와서 서로에 대해 아무런 미련도, 아쉬움도 가질 이유가 없었다.

집에 들렀다가 다시 차를 몰고 나와 혜경의 미장원에 도착한 시각은 밤 11시에 가까웠다.

간판 불은 꺼져 있었지만 안의 불은 환하게 비쳤다. 미장원 이층 영산철학원의 푸른 페인트칠한 창문 사이로도 은은히 불빛이 새어 나오고 있었다. 혜경이 딸 은하와 사는 집은 미장원에서 백여 미터 떨어진 연립주택 삼층이었는데, 하림은 가능한 한 그 집이 아닌 미장원에서 혜경을 만났다. 그녀가 사는 집에서는 왠지 죽은 그녀의 남편 곱슬머리 양태수의 냄새가 날 것 같았다. 죽은 지 3년이 다 되었으니 그럴 리야 없겠지만, 그래도 그 집에서 둘이 만나면 괜히 누가 지켜보기라도 하는 기분이 들어 마음이 편치 않았다.

"늦었네?"

혜경이 미장원 싱크대에서 수건을 빨다가 돌아보며 말했다.

"응, 은하는?"

"제 고모가 찾아와서, 둘이 같이 자고 있어."

하림은 히터 옆에 놓인 가습기로 가 물이 충분한지 습관처럼 살펴보았다. 미장원 공기가 건조한지 혜경이 눈과 목이 아프다고 해서, 하림이 작년 겨울 들여놔준 것이었다.

"배고파? 만두 있는데 데워줄까?"

"아니, 됐어. 차나 한잔 마시자, 뭐."

하림이 전기 주전자 뚜껑을 열어보며 말했다. 하림은 잔에다 일회용 녹차 티백을 넣고 물을 부었다.

"조금만 기다려. 거의 다 되어가. "

"천천히 해."

"방에 들어가 있든지."

"응."

하림은 뜨거운 차를 홀짝거리며 마시다가 반쯤 남았을 때 미장원에 붙어 있는 방으로 들어갔다. 그러곤 찻잔를 탁자 위에 두고 웃옷을 벗은 다음, 자리에 누웠다. 두 사람이 겨우 함께 누울까 말까 한 좁은 공간이었다.

어수선한 방 안 풍경이 먼저 눈에 들어왔다. 벽에 걸린 액자는 동남아 어딘가를 여행할 때 사 온 것인지 야자수 나무와 코끼리가 있고, 그 뒤로 넓은 바다가 보였다. 조잡한 액자와 낡은 소파와 탁자와 전기밥솥과 큰 여행용 가방 등이 아무렇게나 쌓여 있는 작은 방에 누워 있으려니 오늘따라 하림의 마음이 편안했다.

하림은 어린 시절의 다락방을 떠올렸다.

초등학교 다닐 땐가, 한번은 다락방에 올라가서 숨어 있다가 그대로 잠이 들어버린 적이 있었다. 엄마가 하림을 찾아 온 동네를 다 돌아다녔다고 한다. 저녁때까지 내처 잠을 잔 하림은 그제야 고양이처럼 눈을 비비며 다락방에서 내려와 학교에 가야 하니 밥을 달라고 하여 온 식구들을 웃겼다고 한다.

그러고 보면 행복을 위해선 지상의 방 한 칸이면 충분할 것도 같았다. 그러나 세상 사람은 아니라고 한다. 『어린 왕자』에 나오는 장면이 떠올랐다. 어린 왕자는 사람들에게 당신이 사는 집은 어떤 곳이냐고 묻는다. 그러면 사람들은 다들 우리 집은 얼마짜리라고 답한다. 어린 왕자가 궁금한 것은 그게 아니다. 담쟁이넝쿨이 쳐져 있는가, 장미꽃은 피어 있는가, 강아지와 고양이와 닭은 살고 있는가, 발코니는 있는가 하는 것이었다. 그런 그에게 오로지 돈으로 가치를 매기는 이 세상은 도무지 이해할 수 없는 우주의 낯선 별 중의 하나였을 것이다. 그런 쓸데없는 생각을 하는 동안 하림은 팔베개를 한 채 자기도 모르게 스르르 잠이 들어버렸다.

자면서 꿈을 꾸었다. 야자수가 있고, 코끼리가 있고, 뒤로 넓은 바다가 펼쳐져 있었다. 그 위로 뜨겁지도 차갑지도 않은 바람이 조용하게 불어왔고, 흰 모래톱 위로 햇빛이 투명하고 눈부시게 빛나고 있었다. 모든 것이 평화 그 자체였다. 평화 속으로 작은 배가 미끄러지듯 다가왔다.

배 안에는 긴 머리의 여자가 타고 있었다. 그녀의 목에는 빨간 부겐빌레아 꽃목걸이가 걸려 있었다. 그런데 점점 가까이 다가오는 여자의 모습을 보니 해골이었다. 깜짝 놀란 하림은 급히 몸을 돌려 달아나기 시작했다. 어느새 평화롭던 풍경은 사라지고, 바람이 거세게 불고 파도가 쳤다. 그래도 햇빛은 쨍쨍하여 마치 모든 풍경이 진공 유리병 속에 들어 있는 것 같이 보였다. 하림이 무어라고 소리를 질렀다. 하지만 벙어리처럼 소리가 목에 걸려 나오지 않았다. 그때 누군가 그의 어깨를 흔들며 말했다.

"너, 꿈꿨구나!"

혜경의 목소리였다.

"응."

하림은 눈을 뜨고 멍하니 천장을 쳐다보았다. 벽에는 여전히 야자수가 있고, 코끼리가 있고, 뒤로 넓은 바다가 펼쳐진 액자가 걸려 있었다. 혜경이 걱정스러운 얼굴로 하림의 옆에 앉아 내려다보고 있었다.

"깼어?"

"응."

"피곤했나 보다. 코까지 골더라."

"그랬나."

하림이 겸연쩍은 표정으로 상체를 일으켜 세워 앉았다.

개꿈. 개꿈은 어릴 적에나 꾼다는데, 하림은 멍한 표정으로 앉아 가볍게 실소를 터뜨렸다. 어디선가 아득하게 음악이 흘러나오고 있었다. '한밤의 음악편지' 운운 하는 걸 보니 라디오에서 나오는 소리 같았다. 혜경이 전기 주전자에 물을 받아서 들어왔다. 하림은 다시 팔베개를 하고 누워 그녀의 움직임을 눈으로 좇았다.

"몇 시니?"

"아직 얼마 안 됐어. 12시."

혜경은 다시 무언가를 가지러 나갔다가 곧 돌아왔다. 혜경이가 움직일 때마다 미세한 바람이 일었고, 미소한 바람결에 혜경의 냄새가 났다.

재작년 가을, 초등학교 동창회 때 생각이 났다. 은행나무 밑으로 걸어가던 혜경의 그림자에서도 그런 냄새가 났다. 어린 시절 엄마의 치마폭에 폭 안기면 맡아지던 바로 그 냄새였다. 하림은 이제야 그 냄새의 이름을 알 것 같았다. 그리움…… 그래, 그리움이란 이름의 냄새였다.

"오늘 나, 옛날 애인 만났다?"

하림이 자리에서 일어나 혜경이 건네준 커피를 받으면서 말했다.

"그래? 좋았겠네."

혜경이 자기 커피를 들고 하림의 곁에 앉으면서 말했다. 아무렇지도 않다는 표정이었다.

"다음 달에 결혼한대."

"허어, 그래서 잠꼬대까지 했구나!"

혜경이 웃으면서 놀리듯이 말했다. 볼우물이 예쁘게 패었다.

"만화 만드는 출판사에서 일하는데, 만화가랑 한대. 꽁지머리에 좀 멍청하게 생긴 친구랑."

"여자는 똑똑한 남자보단 자기보다 좀 멍청한 남자를 더 좋아해."

혜경이 돌아보며 말했다.

"나도 알고 보면 멍청한데……?"

하림의 말에 혜경이 킥킥거리며 웃었다.

"넌 멍청한 게 아니고 바보지. 바보!"

혜경의 웃음이 파도처럼 하림의 가슴으로 전해져왔다. 하얀 이마 아래 그린 듯 까만 눈썹과 깊게 팬 볼우물이 황홀했다. 어디선가 멀리 라디오에서 옛날 노래가 흘러나오고 있었다. 커피 잔을 놓고 하림은 몸을 돌려 가만히 혜경의 젖은 입술에 입을 맞추었다. 늘 서툴렀지만 혜경은 부드럽게 하림의 입맞춤을 받아주었다. 처음에는 커피 맛이 났고, 다음에는 은은한 치약 맛 같은 것이 났고, 다음에는 짭조롬한 바다 맛이 났다.

"혜경아, 사랑해."

하림은 카드에 쓴 글과 똑같이 말했다. 그 말을 할 때면 이상하게 눈물이 나려고 했다.

누가 그랬던가. 사랑이란 갈 수 없는 나라의 이름이라고…… 갈 수 없어서 더욱 그리운 나라가 사랑이란 이름의 나라라고……

팔당저수지 올라가는 강가 회색 시멘트벽에도 갖가지 색깔로, 갖가지 형태의, 갈 수 없는 나라의 애틋한 심정을 표현한 글 '아무개야, 사랑해!'가 촘촘히 그려져 있다. 크고 작은 색색의 글 속엔 그들만의 갖가지 사연들이 담겨져 있을 것이다. 하지만 그들은 누구나 똑같은 말, 태고로부터 지금까지, 또 지금으로부터 영원까지, 쓰고 또 쓰도 전혀 닳아지지 않을 말, '사랑'이란 공통어를 쓰고 있었다.

하림 역시 그 말이 자기 입에서 나오는 순간, 순식간에 혜경이 자기 앞에서 사라져버릴 것만 같은 초조함과 애달픈 마음이 들었다. '사람과 사람 사이에 섬이 있다, 그 섬에 가고 싶다'는 어느 시인의 시가 있다. 아무도 그 섬의 이름은 말하지 않았지만 그 섬의 이름은 분명 그리움일 것이다. 갈 수 없는 나라라는 이름의 사랑은, 그리움이라는 이름의 섬에 의해 비로소 완성되는 것인지도 모른다.

하림에겐 혜경이 바로 그 나라였고, 그 섬이었다. 그녀에게선 그런 그리움의 냄새가 배어 있었다. 고등학교 시절 떠났던 문예부 MT, 나란히 바위에 기대 햇볕을 쬐던 그때, 검은 숲에서는 매미 소리가 맴맴 울려오고 이런저런 이야기를 나누다 바라본 하늘은 빨려갈 듯 푸르렀다. 그리고 무심히 올려다본 하림의 시선에 푸른 하늘을 배경으로 앉아 있는 혜경이 들어왔다. 영원처럼 고요히 계속될 것만 같았던 그 시간, 그 모습은 하림의 뇌리에 지워지지 않는 사진처럼 깊이 인화되어 있었다. 세월이 가도 변하지 않는 하나의 사진. 사람들은 그런 걸 가리켜 첫사랑이라고 부르는지도 모른다.

"나, 아까 살짝 감동 먹었다?"

혜경이 약간 코가 맹맹해진 소리로 말했다.

"……."

"장갑 말이야. 노란 털장갑. 내가 꼬옥 갖고 싶었던 거였어. 그리고 난 네가 같이 넣어서 준 카드…… 조금 눈물 나려고 하더라."

"담에 더 좋은 거 선물할게."

"후후, 됐어, 바보! 난 네가 옆에 있어주는 것만 해도 고마워. 은하한테도 그렇구."

혜경이 하림의 품에 안기며 어깨에 얼굴을 비비면서 말했다. 혜경의 머리카락에서 희미한 바다 냄새가 났다.

하림은 혜경의 풍성한 머리칼에 코를 묻고 킁킁거리며 강아지처럼 냄새를 맡았다. 혜경이 먼저 하림의 입술을 찾았다. 혜경의 입술이 조금 전보다 훨씬 뜨거워져 있었다. 그날따라 혜경이 더 적극적이었다. 하림은 그녀가 이끄는 대로 얌전한 송아지처럼 따라갔다. 풍선처럼 부풀어 오른 혜경의 몸은 일제히 세포마다 불을 밝히고 하림을 맞을 준비를 하고 있었다. 하림의 몸 역시 불덩이처럼 달구어졌다. 처음엔 그녀가 이끄는 대로 따라갔지만 곧 하림이 고삐를 잡았다. 머릿속으로 번개가 치고 뇌성이 울렸다. 황금색의 빛나는 달이 검은 숲 뒤로 지나갔다.

자신의 내부 깊은 곳에서 잠자고 있던 짐승의 본성이 깨어나 힘차게 포효하는 소리가 들리는 것 같았다. 태초의 싱싱한 욕망만이 갓 잡아 올린 물고기처럼 파닥거리고 있을 뿐이었다. 귀에서 웅웅, 천둥 치는 소리가 들렸다.

곧 푸른 초원이 나타났다. 초원은 부드럽고 아침이슬처럼 황홀한 빛에 젖어 있었다. 어느새 이마에 땀이 배었다. 그러나 초원 위를 달리는 야생마의 질주는 멈추지 않았다. 아니, 멈출 수가 없었다. 바람이 씽씽 귓바퀴를 잘라먹으며 스쳐갔다.

"아……!"

혜경의 입술에서 달고 깊은 신음 소리가 흘러나왔다.

곱슬머리 양태수의 그림자가 비쳤다. 그의 할리 오토바이 꽁무니에 매달린 채 바람을 가르고 지나가던 혜경의 모습도 떠올랐다. 자기와 혜경 사이에 언제나 그가 있었다. 언제나 보이지 않는 벽처럼 있었다. 그녀는 아직도 그를, 그러니까 은하 아빠를, 사랑한다고 했다. 그는 나쁜 사람이 아니라 그저 세상에 적응하지 못했던 불쌍한 사람일 뿐이라고 했다. 불쌍하다는 말은 그를 사랑한다는 말의 다른 표현일 뿐이었다. 그러니까 그녀의 첫사랑은 여전히 하림이 아니라 양태수였을 것이다. 오토바이를 타고 폭풍처럼 이 초원 위를 달렸을 그를 생각하며 하림은 질투로 가슴이 터질 것만 같았다.

하림은 이미 이 세상에 존재하지도 않는 그의 그림자를 향해 분노와 저주를 퍼부었다. 그럴수록 더욱 단단히 성난 야생마의 갈퀴를 틀어쥐고 박차를 가하였다.

태초엔, 아직 빛과 어둠이 나뉘기 전인 아득한 옛날엔, 모든 것이 하나였고, 한몸이었을 것이다. 너와 나의 구분이 없었으며, 이것과 저것의 분별 또한 없었을 것이다. 대립과 투쟁도 없었으며, 사랑도 증오도, 어쩌면 그리움도 필요 없었을지 모른다. 비등점을 향해 힘차게 달리고 달리던 야생마가 마침내 초원의 끝에 이르렀다. 발굽에 차인 하얀 메뚜기 떼들이 일제히 날아올랐다.

혜경의 몸이 한차례 푸르르 전율하다가 깊게 가라앉았다. 파도가 잦아들자 죽음보다 깊은 정적이 찾아왔다. 하림은 혜경의 가슴에 가만히 얼굴을 묻고 심장 뛰는 소리를 들었다. 검은 숲 뒤로 지나가던 황금빛 달만 유유히 제 걸음을 옮기고 있을 뿐이었다.

"하림아, 고마워."

혜경이 하림의 겨드랑에 머리를 묻고 가만히 말했다.

"나, 실은 그날, 우리 초등학교 동창회 하던 날 말이야, 영숙이한테서 네가 온다는 이야길 듣고, 네가 보고 싶어서 갔어."

"난 준호한테서 네가 온다는 이야길 들었는데……?"

"후후, 그랬나? 이제 보니 고것들이 작전을 짰던 모양이네."

혜경이 콧소리를 내며 웃었다. 그러고 보니 그런 생각이 들었다. 하림이한테는 준호가, 혜경이한테는 영숙이가 전화를 해서 둘이 만나라고 나름 다리를 놓아준 것이었다.

"은행나무 잎이 노랗게 떨어져 있는 교정 뒤에서 널 보는 순간, 가슴이 철렁 내려앉는 것 같은 기분이 들었어. 내가 가만히 널 뒤에서 따라가던 것, 기억 나?"

"응, 멀리서 보았지만 난 단번에 넌 줄 알았지."

"미안해."

"뭐가……?"

"그냥."

하림은 팔을 오므려 그녀의 허리를 꼭 끌어안으며 말했다.

"우리 결혼하자."

"싫어."

"왜?"

"그냥."

"그런 게 어디 있어? 말끝마다 그냥, 그냥이잖아?"

하림이 짐짓 화난 목소리로 투정이라도 부리듯 말했다.

"나도 그럴까 하고 생각해봤어. 너랑 은하랑 같이 나가는 뒷모습을 보며 말이야."

"그런데……?"

"그런데 또 생각해보니, 아니야. 하림이 넌 멀쩡한 여자 만나 멀쩡한 결혼을 하면 좋겠어."

"피이, 그럼 넌 멀쩡한 여자가 아니야?"

하림이 가볍게 실소를 터뜨렸다.

"난 한 번 결혼했으니까, 숙제 끝난 셈이지."

혜경이 농담처럼 말했다. 그리고 조금 있다가,

"곰곰이 생각해보니 한 번이면 족하겠더라. 남자랑 한지붕 한이불 밑에서 살림 살면서 아이 낳고 아옹다옹거리는 것 말이야. 너랑 결혼해서 산다고 뭐가 달라지겠니?"

하고 심드렁하게 말했다.

"특별히 달라질 거야 없겠지. 그렇다고 달리 할 것도 없잖아?"

하림이 별 대책 없이 내뱉었다.

"넌 결혼 안 해봐서 몰라. 폭풍 같은 한순간이 지나고 나면 일상적인 삶이란 놈이 기다리고 있지. 그게 재미있다는 사람도 있지만, 난 아니야. 한 번 해봤으니까. 그리고 은하 하나 키우기도 내게는 벅차. 친구들 이야기로는 딸은 자신의 운명과 같아서 평생 따라다니는 거래. 너랑 결혼하면 또 아이를 낳아야 할 텐데, 난 그럴 자신이 없어. 이렇게 살다 나의 생이 그만 끝날 것 같은 두려움도 들고……"

혜경의 목소리에 어둠이 깔렸다. 뭐라고 한마디 해야 할 것 같았지만 하림이라고 무슨 답이 있는 것은 아니었다. 갑자기 무거운 돌멩이 하나가 가슴에 얹히는 것 같았다.

"미장원 말고, 뭐 하고 싶은 게 있어?"

조금 있다가 하림이 조심스럽게 물었다.

"몰라. 하지만……"

혜경이 말끝을 흐렸다.

"막연하긴 하지만 어쨌든 여기에서 벗어나고 싶어. 여긴 새장같이 답답해. 이대로 주저앉아 미장원에서 여자들 머리나 만져주면서 나이 들어가는 게 어쩐지 슬퍼. 억울하기도 하고…… 옛날에 나왔던 「빠삐용」이란 영화 기억 나? 주인공 스티브 맥퀸이 아무 이유도 없이 죄수가 되어 끌려가다가, 심판관인 신들에게 묻잖아. '내 죄가 뭡니까?' 그러니까, 역광 속에 서 있던 그들 중의 하나가 대답을 하지. '인생을 낭비한 죄'라고 말이야."

그러고 나서 혜경은 후후거리며 혼자 자조하듯 웃었다.

"인생을 낭비한 죄, 그래, 생각해보면 누구에게나 한 번밖에 없는 생이잖아?"

"그렇다 해도 떠날 데도 없잖아? 어디로 가?"

하림이 반대편으로 돌아누우며 자문이라도 하듯 말했다.

"아프리카에서 NGO 활동하는 언니가 있어. 르완다라고, 한때 종족 간에 끔찍한 학살이 벌어졌던 곳이야. 얼마 전에 그 언니가 자기가 일하고 있는 모습을 담은 동영상 파일을 메일로 보내줬어. 거긴 어디나 마찬가지인데 물이 부족해. 붉은 흙이 바람에 휘휘 날리더라. 마을엔 쇠똥으로 담을 친 집이 있고, 나무 울타리가 쳐져 있었어. 전기가 부족해 정전도 잦대. 그리고 도마뱀이나 모기도 많고…… 언니는 그곳에서 현지 여자들을 도와 버섯농장에서 일하고 있어. 물을 길려면 당나귀를 끌고 한 시간이나 걸어가야 된대. 그런데도 오고 싶으면 언제든 오라고 하더라. 고생할 맘 단단히 먹고 말이야."

혜경의 말을 들으며 하림은 언젠가 텔레비전에서 본 아프리카 다큐멘터리를 떠올렸다. 제목이 「열대의 눈물」이던가. 가난과 부패, 열악한 자연환경…… 어쩌면 혜경은 문학소녀 때 쓴 자기의 시 구절처럼 철없는 모험을 상상하고 있는 건지도 몰랐다.

"그냥 고생이 아니라 개고생일걸……"

하림이 조금 장난스럽게 말했다. 어차피 실현 가능성이 없어 보였기 때문이다. 하지만 혜경의 말은 그게 아니었다.

"가난하고 고생하며 사는 건 두렵지 않아. 그냥 이렇게 내 생이 고정되어버리는 것이 더 두려워. 아침에 눈을 뜨면 만나는 똑같은 사람, 똑같은 일, 똑같은 뉴스……"

혜경은 천장을 향해 멀리 시선을 던져두고 독백이라도 하듯 말했다.

"내 것이 아닌 세상의 물결에 휩쓸린 채 모래시계처럼 빠져나가는 나의 생이 두려워. 세상은 나를 이미 자기에 맞게 튜닝을 했고, 난 그 속에서 꼭두각시가 되어 살고 있는 느낌이야. 한 번밖에 주어지지 않는 삶이라면, 이렇게 나이 들어가는 게 무슨 의미가 있겠니."

혜경이 가볍게 한숨을 지었다.

"그리고 난 이 서울이, 대한민국이 싫어졌어. 아니, 무서워. 어딜 보나 시멘트 벽뿐이지. 시멘트 콘크리트로 만들어놓은 거대한 감옥처럼 말이야. 아니면 무덤이든가. 몇억 몇십억씩 하는 그 아파트 구멍에 들어앉아 있는 사람들을 보면 꼭 모두 이상한 마술에 취한 사람들 같애. 잘산다는 게 도대체 뭔지 모르겠어. 난 차라리 붉은 모래 바람이 휘휘 날리고, 나무 울타리가 쳐져 있는 아프리카의 가난한 풍경이 더 편안해 보여. 사람들의 표정도 그렇고……"

혜경의 말은 예상 밖으로 진지했다.

"은하가 마음에 걸리지만, 얼마 전 은하네 고모가, 자기가 데리고 있음 안 되겠느냐고 하더라. 시집도 안 가고 혼자 살고 있거든. 은하도 자기 고모를 잘 따르고……"

"너 정말 해보려구……?"

하림이 고개를 들어 한쪽 팔로 괴며 혜경을 보았다.

"응, 왜? 안 돼?"

"아니야. 그냥."

하림이 자신 없는 목소리로 말했다. 혜경의 숨결이 가슴께에 닿았다.

"부러워서…… 너의 그런 용기가."

"풋."

혜경이 가볍게 웃었다.

진심이었다. 하림은 여전히 문학소녀같이 변하지 않는 혜경의 무모한 용기가 부러웠다. 어쩌면 그런 무모한 용기가 낯선 세상에 처음 발을 딛게 하는 힘인지도 몰랐다. 그녀가 예전에 하림이 아니라 건달 같은 태수 선배에 끌렸던 것도 그런 기질 때문인지도 몰랐다. 하림의 그런 생각이 통했는지 혜경이 손가락 끝으로 하림의 등에 가만히 낙서를 하며 말했다.

"너, 은하 아빠 별로 좋아하지 않았지?"

"태수 선배……?"

"응, 곱슬머리 짱. 그땐 너뿐만 아니라 다들 싫어했지. 건달이었으니까."

하림은 아무 대답도 하지 않았다. 문득 그녀에게 그의 그림자가 느껴졌다.

"나도 알아. 하지만 그이에겐 그이만의 세계가 있었어."

혜경이 태수 선배에 대한 이야기를 꺼낸 것은 처음이었다. 그동안 하림도 혜경도 그에 대한 이야기는 누가 먼저라 할 것 없이 약속이나 한 듯 금기시해왔다. 서로가 상처를 건드리는 것 같은 두려움이 있었을 것이다.

"사람들은 누구나 자기가 본 것, 자기가 기억하는 것만 중요하다고 생각하지. 더 이상 알려고 하지도 않고…… 나도 그이가 문제가 많았던 인간이란 건 알아. 하지만 내가 그이랑 결혼한 건 그냥 그이가 막무가내였거나 내가 철이 없어서 저지른 일만은 아니었어. 솔직히 말해 그이한테는 이 세상의 일반적인 사람들과는 다른 점이 많았어. 흔히들 아웃사이더라 불리는 그런 류의 사람들처럼 말이야."

하림은 묵묵히 혜경의 말을 듣고 있었다. 혜경은 그동안 가슴에 담아두고서 하지 못했던 말을 꺼내는 사람처럼 이어서 말했다.

"세상엔 그런 사람들이 있잖아? 이 세상의 질서에 튜닝되기 싫어 거짓 위악을 저지르는 인간들 말이야. 알고 보면 한없이 약하고 여린데도 불구하고, 겉으론 마치 악의 화신이라도 되는 것처럼 껄떡거리고 다니는 사람들. 학교에선 부적응아라 불리고 사회에선 낙오자라고 불리는 사람들 말이야. 은하 아빠도 어쩌면 그런 사람이었는지 몰라."

혜경의 목소리가 젖어들었다.

하림은 왠지 모르게 복잡한 감정이 되어 팔베개를 한 채 어두운 천장을 바라보았다. 그의 귀에 질주하는 할리의 폭발음 소리가 어렴풋이 들리는 것 같았다. 하림이 태수 선배를 안다고 해도 정작 알고 있는 것은 지극히 그의 일부에 지나지 않았을 것이다. 겨우 스쳐 지나간 어릴 적 인상 몇 가지만으로 평생 그를 재단해버린 것인지도 몰랐다. 사람이 사람을 알아간다는 것은 스무고개를 넘는 것과 같다고 한 옛말이 떠올랐다. 그만큼 어렵다는 뜻이고, 그만큼 복잡한 동물이라는 뜻도 될 것이다.

"그이는 전자기타리스트가 되고 싶어 했어. 로큰롤을 좋아했지. 한동안 선배들이 하는 밴드를 따라다니기도 했으니까. 나중엔 음악주점에서 기타를 치기도 했어. 거기서 만난 주먹 세계 건달들을 형이라 부르며 쫓아다니기도 했고, 나중에는 그들에게 이용당해 재산까지 홀랑 다 날려버렸지만……"

하림은 혜경의 말을 들으며, 혜경이 사는 연립주택 벽에 걸려 있던 흑백사진을 떠올렸다. 웬만한 창문 하나 크기는 될 만한 패널 속엔 미친 듯 전자기타를 치고 있던 그의 모습이 들어 있었다. 그건 아직도 여전히 그녀 속에 그가 살아 있다는 증거이기도 했다.

"너한텐 미안하지만, 하여간 그때, 내겐, 그 사람이 얼마나 신선하게 보였는지 몰라. 문예부에서 만난 친구들이랑은 달랐어. 뭐랄까? 마치 딴세상을 본 기분이었어. 악마인 메피스토펠레스에게 영혼을 판 파우스트처럼 말이야."

하림의 품에 안긴 채, 혜경은 꿈이라도 꾸는 듯한 표정으로 말했다.

세상에는 결코 정복될 수 없는 것이 있다. 그것이 바로 추억이다. 혜경의 추억은 하림이 결코 정복할 수도, 감히 갈 수도 없는 곳이었다. 그곳엔 여전히 살아 있고, 살아 있을 그녀의 추억, 전자기타를 메고, 거친 야생마를 탄 사나이, 양태수가 있었다. 그러니까 하림 자신은 그들의 추억 변두리에서 어슬렁거리는 낯선 존재에 불과했다. 질투라기보다는 차라리 슬픔 같은 느낌이 차 올랐다. 그럼, 하림에게 그녀는 혼자만의 사랑일 뿐이었을까. 가을빛 내리는 초등학교 교정에서 그녀를 다시 만난 것이 과연 행이었는지, 아니었는지도 잘 알 수가 없었다.

사실 양태수와 장하림은 처음부터 다른 별에서 온 것처럼 달랐는지 모른다. 거칠게 말하자면 세상에는 두 가지 종류의 인간이 있다. 하나는 하림 자기처럼 세상이 그어놓은 금 밖으로 나가면 죽는 줄 알고, 질서를 목숨처럼 따라야 비로소 안심하는 인간들, 즉 범생이 과에 속하는 인간 족속이고, 다른 하나는 금 자체를 거북하게 여기고 틈만 나면 어쨌거나 금 밖으로 나가려는 인간 족속, 즉 양태수 같은 또라이가 있는 것이다.

그런 두 종류의 인간은 학교에서도 사회에서도, 심지어는 예비군 훈련장에서도 쉽게 구별이 된다. 범생이는 또라이를 멸시하고, 심지어는 그들에게 이유 없는 분노와 증오까지 품게 마련이다. 범생이는 또라이를 세상을 혼란스럽게 만들고, 나아가 질서를 파괴하는 놈들이라고 욕을 한다. 세상을 지배하는 자는 언제나 범생이다. 애국에 불타는 범생이는 또라이에게 비애국자의 딱지를 붙이고, 심하면 감옥이나 정신병원으로 보낸다.

범생이의 신은 태양신 아폴론이다. 그러나 세상엔 아폴론 숭배자만 있는 것은 아니다. 질서 파괴자요, 술과 춤의 신인 디오니소스를 숭배하는 또라이 역시 존재한다. 그들은 기존 질서를 파괴하고 창조적 혼란에 열광한다. 그들은 소속되길 거부하는 영혼을 지녔다. 기존의 권력과 가치대로 튜닝하고자 하는 모든 힘에 저항한다. 예컨대 예술가, 혁명가 들이 그런 자들이다. 그리고 히피, 건달, 날라리, 떠돌이, 허풍선이, 사이비, 얼치기, 미치광이, 삐딱이, 아웃사이더라 불리는 사람들도 그런 부류의 자들일 것이다.

혜경의 핏속에도 양태수랑 닮은 그런 '또라이'의 요소가 흐르고 있을지 모른다. 그러니까 그녀가 양태수의 이야기를 할 때에 원망보다는 그리움이 더 많이 묻어 있는 것이리라. 하림은 문득, 혜경에게 자기란 낯선 존재, 잠시 새가 앉았다 가는 나뭇가지 같은 존재일 뿐이라는 생각이 들었다. 갑자기 슬퍼졌다.

"하림아, 미안. 그 사람 이야기를 너무 해서……"

"……."

"그래도 하고 나니까 마음은 좀 가벼워진 것 같애. 늘 뭔가 감추고 있는 기분이었거든."

"너, 그 사람 정말 사랑했구나."

"그 사람, 오토바이째 한강에서 건져 올렸어. 그 사람답게 죽은 거지, 뭐."

혜경은 폭 한숨을 쉬더니 돌아누우며 말했다.

하림은 혼자 생각에 젖은 채 어둑한 천장을 오랫동안 바라보았다. 벽 너머 누군가 골목길을 바삐 걸어가는 소리가 귓바퀴를 타고 들렸다.

3장

화실이 있는 풍경

혜경의 미장원에서 자고 나온 뒤 며칠 후, 하림은 윤 여사 고향으로 가고 있었다. 윤 여사 고향 바람골은 서울에서 동남쪽으로 한 시간 30분쯤 달리면 닿는 곳이었다. 한 시간쯤 고속도로와 국도를 타고 가다 다시 거기서 국도를 버리고, 작은 시골길과 농노를 따라 30여 분 더 들어가면 된다고 윤 여사가 전화로 가르쳐주었다. 가다가 잘 모르겠으면 핸드폰으로 바로 전화하라고 친절하게 덧붙이기도 했다.

아직 겨울기가 남아 있는 산과 들이 가로수 사이사이로 스쳐갔다. 높은 산 응달 쪽 비탈에는 채 녹지 않은 눈이 허옇게 버짐처럼 남아 있었고, 벌어진 창틈으로 들어오는 바람도 제법 독기를 품고 있었다. 그런 중에도 계절의 변화는 어쩔 수 없는지 싸리 빗자루를 거꾸로 세워놓은 것같이 앙상한 가로수 가지 끝에서 언뜻언뜻 희미한 봄의 기운이 느껴졌다.

오후 3시.

국도를 달리는 동안, 지나가는 가로수만큼이나 많은 생각들이 하림의 머릿속을 빠르게 스쳐갔다. 우선 혜경이 문제만 해도 그렇다. 그날 같이 자면서 혜경이 고백처럼 뱉어놓았던 말들이 내내 머릿속을 떠나지 않고 있었다. 처음엔 그저 쉽게 생각했는데 시간이 가면 갈수록 그게 아니었다.

가까이 가면 갈수록 그녀에게서 죽은 남편, 양태수의 존재가 더욱 강고하게 느껴졌다. 그들이 쌓아놓은 추억의 성, 첫사랑의 기억에서 혜경은 결코 떠날 생각이 없는 것 같았다. 그녀에겐 이미 그녀의 말대로 하나면 충분한 딸 은하가 있었고, 한 번의 결혼으로 충분할는지도 모른다. 게다가 하림이랑 다시 결혼한다 해도 지금보다 더 행복해지리란 보장도 없을 것이었다.

그녀의 입장에서 보자면 차라리 이 남루한 일상에서 벗어나 선배 언니가 기다리는 아프리카로 달려가 인생의 차수 변경을 시도해보는 것이 훨씬 짜릿한 일일는지도 몰랐다. 그녀 말대로 고생이야 좀 한다 하지만 이대로 뻔히 늙어가는 것보다야 더 낫다고 생각할 법도 했다.

하지만 그러면, 하림 자기는 뭔가?

닭 쫓다 지붕 바라보는 개 신세까지 비유할 건 아니더라도, 그래도 자기가 구상하던 미래에는 늘 혜경이 함께 있었다. 혜경이와 함께 먹고, 자고, 햇빛이 들어오는 천장을 바라보며 아침에 함께 눈을 뜨는 것, 그리고 은하랑 함께, 가능하면 둘이 닮은 아이를 하나나 둘쯤 더 낳아 유치원 보내고, 학교 보내고, 알콩달콩 남들 속에 섞여 평범하게 살아가는 것, 그게 그가 막연하게 그리던 그녀와의 미래였다.

그것을 위해 하림은 얼마 전 혜경이 몰래 은하헤어살롱 이층 영산철학원 옆에 새로 난 사무실 자리도 둘러보고, 자기 이름으로 논술학원을 열어볼 궁리도 해보았다. 혜경의 미장원과 하림의 논술학원, 그럭저럭 어울리는 한 쌍이 아니겠는가. 그리고 나란히 아침에 집을 나서서, 나란히 밤에 집으로 들어간다. 일견 너무나 소박한 꿈이었지만, 그래도 사랑이란 게 무엇인가? 그런 일상의 소박함 속에 행복을 느끼게 해주는 힘, 그게 사랑이 아니던가. 그런데 그녀는 그게 아니란다. 그게 행복이 아니라고 잘라 말했다. 자기는 그렇게 덧없이 모래시계처럼 늙어가고 싶지 않다고 한다.

그렇다면 혜경이, 그녀는 하림을 진정으로 사랑하지 않는다는 뜻이 아닌가. 하림은 스쳐가는 차창 풍경을 보며 혼자 생각에 젖었다. 생각한다고 해답이 있는 것은 아니었다. 그저 떠오르니까 생각하고, 생각하니까 떠올라서 또 생각하는 것뿐이었다.

이윽고 국도가 끝나자 윤 여사가 가르쳐준 대로 '월영리'라 쓰인 입간판이 나왔다. 월영리는 바람골의 행정상의 이름이었다.

"입간판이 나오면 화살표가 가리키는 대로 왼쪽 작은 길을 따라 쭈욱 가세요. 그러면 '돼지가 고추장에 빠졌을 때'라는 음식점 간판이 나올 거예요. 거기서 그걸 끼고 가다 보면 다시 오른쪽으로 넓은

도로가 나오는데 그 길을 따라 쭈욱 들어가세요.'

윤 여사는 전화로 그렇게 쭈욱, 쭈욱, 하고 알려주었었다.

하림은 윤 여사의 말을 기억하며 털털거리는 차를 몰고 쭈욱 들어갔다.

얼마 가지 않아 과연 '돼지가 고추장에 빠졌을 때'라는, 지극히 야만적인 이름의 음식점이 나타났다. 채식주의자인 윌 터틀은 "동물성 음식을 온전한 정신으로 바라보면 필연적으로 고통, 잔인함, 착취를 발견하게 된다. 육식동물인 인간은 자신의 잔인함과 야만성을 감추기 위해 그들이 먹는 동물성 음식에다 '해피 카우Happy cow, 캘리포니아 치킨California chicken, 갓 밀크God milk'니 하며 온갖 아름다운 수식사를 갖다 붙인다"고 했다. 하림은 채식주의자는 아니지만, 여기 있는 동안 '돼지가 고추장에 빠졌을 때'에는 절대 가지 말아야지, 하고 혼자 생각했다.

도로는 생각보다 넓고 평탄했다. 들판을 가로질러 곧게 뻗은 길이 족히 2킬로미터는 될 것 같았다. 길가에는 일정한 간격으로 은사시나무 가로수가 심겨 있었다. 하림은 차창 문을 조금 열었다. 기다렸다는 듯 차갑고 신선한 공기가 차 안으로 가득 몰려들어왔다. 뒷좌석에는 그가 얼마간 머물 동안 먹을 라면, 김치 등을 담은 종이박스와 노트북 그리고 옷가지가 든 가방이 하나 놓여 있었다. 요즘 어디에나 그렇듯 읍에 나가면 대형 마트가 들어와 있으니 필요한 게 있으면 거기서 바로 구입하면 될 거라고 윤 여사가 친절하게 설명해주었었다.

하림이 도로의 3분의 1쯤 가고 있을 때, 저만큼 앞에서 혼자 걸어가고 있는 사람이 보였다. 길이 곧았기 때문에 아까부터 보긴 했지만 차가 가까이 갈수록 분명하게 보였던 것이다.

등에 약간 무거워 보이는 가방을 멘 사람은 멀리서 뒷모습만 보았을 땐 노인인 줄 알았는데, 차가 가까이 다가가자 휙 하고 고개를 돌려 돌아보는 모습이 스물이나 되었을까 하는 젊은 여자애였다. 노란 물 들인 머리에 두꺼운 점퍼를 걸치고, 목에 두른 머플러로 입을 가리고 있었다.

하림은 그녀 가까이 차를 세웠다. 그리고 창문을 활짝 열어젖히며,

"아가씨!"

하고 불렀다. 여자애가 뭔가, 하고 창문 쪽으로 허리를 굽히고 하림을 쳐다보았다.

"말 좀 물어봐요. 바람골로 가려면 여기루 쭈욱 가는 게 맞나요?"

그러자 여자애가 대답했다.

"바람골 어디요?"

"그냥, 바람골 가면 되는데……"

"그럼 쭈욱 가세요."

그녀 역시 쭈욱, 하고 대답했다. 그리고 나서 멈칫멈칫 생각하는 눈치더니,

"저두 그쪽으로 가는데, 태워주시면 안 될까요?"

하고 당돌한 목소리로 물었다. 하림은 잠시 주저하다가 곧,

"그러세요"

하고 대답하고는 옆자리에 잔뜩 쌓여 있던 책을 집어서 아무렇게나 뒤로 던져 치워주었다.

여자애는 먼저 등에 멘 가방을 벗어 의자에 놓은 다음, 엉덩이를 밀어 자리에 앉았다. 그녀와 함께 차가운 대기의 냄새가 따라 들어왔다. 의자에 앉은 여자애는 가방을 무릎 위에 놓고, 머플러를 풀었다.

얼핏 보니 왼뺨 귀 밑에 작은 나뭇잎처럼 생긴 푸른 점이 보였다.

차가 다시 움직이자 여자애는 흘낏 하림의 옆얼굴을 훔쳐보았다. 그러고는 호기심을 참지 못했는지 먼저 질문을 던졌다.

"여기 처음이세요?"

"그런 셈이죠."

하림은 전방에 시선을 던진 채 대답했다.

"그런 셈이라니? 그러면 그렇고, 아니면 아니지, 그런 셈이 뭐예요?"

여자애가 불만스러운 목소리로 따지듯이 말했다. 하림은 그녀의 스스럼없는 말투에 갑자기 장난기가 발동했다.

"듣고 보니 그런 셈이네요."

"헐, 처음 보는 아저씨가 날 놀리시네."

"처음 보는 사람한테 차 태워달라는 사람은 어떻구요? 어쨌거나, 아저씨 아니거든요."

"후후, 아저씨 아니시면 뭐라 해야 하나……?"

노란 머리 푸른 점의 여자애가 다시 하림의 옆얼굴을 한번 흘낏 쳐다보며 놀리듯이 웃었다.

하림은 속으로 '내가 그렇게 늙어 보이나?' 그러면서 백미러에 비친 자기 얼굴을 슬쩍 쳐다보았다.

"암튼 됐네요. 아저씨든 오빠든 그냥 아무렇게나 불러요. 그나저나 여기 사세요?"

"예, 아저씬 근데 바람골 어디로 가나요. 이 부근은 내가 다 아는데……"

"그래요……?"

하림은 문득 그녀가 어쩌면 적시에 나타난 구원투수가 아닐까 하는 생각이 들었다. 윤 여사 말만 듣고 막연하게 떠나 오게 된 바람골이었다. 아는 사람이라면 지푸라기라도 붙잡고 싶은 심정이었다.

"여기 혹시 서양화가 윤아무개라는 아줌마가 하던 화실 아나요?"

"화실?"

"예, 저수지 근처에 지어놓은 조립식 가건물이라 하던데……"

"아, 재영 이모네 화실!"

여자애가 소리를 질렀다. 하림은 자신의 예감이 맞아떨어진 것 같은 느낌이 들었다.

"예, 그래요! 윤 여사, 아니 윤재영 씨네 화실."

"알아요. 근데 거기 오랫동안 비어 있었는데……?"

여자애는 이상하다는 표정으로 하림 쪽을 돌아보았다. 서글서글한 눈매가 가수 수지랑 손톱만큼 닮았다. 하림은 그런 그녀를 놀려주고 싶은 마음이 일었다.

"거기서 쉴 겸, 화실도 손 좀 볼 겸 가는 길이지요. 난 윤재영 씨 숨겨둔 애인이걸랑요."

"예……?"

여자애는 믿기 어렵다는 표정을 지었다. 하림은 내친김에 계속 말했다.

"인사부터 해요. 난 장하림이라고 해요. 그냥 하림이라고 불러요."

"아저씨 글 쓰세요?"

"아니, 왜요?"

"아까 보니 차 안에 책이 많아서요."

"아하! 눈치가 빠르시네요. 아직 별 볼일 없긴 하지만 장차 유명한 작가가 되려고 궁리 중이랍니다."

하림은 여전히 장난스러운 말투였다.

"우리 동네에도 나이 든 시인이 한 분 사세요. 수관 선생이라고…… 침도 놓으시고, 아무튼 좀 독특한 분이신데, 원하면 나중에 소개시켜드릴게요."

"그래요? 근데 아가씨는 이름이 뭐예요? 앞으로 좀 친하게 지냈으면 좋겠는데."

"치잇, 딴생각하지 마세요! 나도 애인 있으니까."

여자애는 그렇게 지레 차단막을 친 다음,

"이름 듣고 웃으면 안 돼요?"

하고 미리 언질을 주었다.

"하소연. 성이 하씨고, 이름이 소연이에요."

웃지 말라고 미리 언질을 받았지만 하림은 소리 내어 웃지 않을 수가 없었다. 운전대를 잡은 손이 떨리도록 웃었다. 너무 웃어서 눈물이 다 날 지경이었다.

"거봐요! 웃지 말라 그랬잖아요!"

노란 머리 푸른 점의 여자애가 짐짓 화난 목소리로 커다랗게 말했다.

"아, 미안! 미안해요."

그래 놓고 하림은 또 참지 못하고 킬킬거렸다.

하소연. 하소연이 다 뭔가. 하긴, 떼어놓고 보면 나쁜 이름은 아니었다. 하씨 성도 예뻤고, 소연이란 이름도 예뻤다. 그런데 그게 붙어 있는 게 문제였다.

"괜찮아요. 어릴 때부터 하도 놀림을 받아서 이젠 아무렇지도 않아요."

소연이 말했다.

"근데 하림 아저씨, 아까 한 말 거짓말이죠?"

"뭘요?"

"재영 이모 애인이라는 거."

"아하, 글쎄, 그게……"

하림은 잠시 망설이다가, 이윽고 이 아가씨한테는 솔직하게 털어놓는 게 다음을 위해서도 좋을 것 같다는 생각이 들었다.

"좋아요. 내가 솔직하게 사실대로 말해줄 테니, 소연 씨도 먼저 나랑 약속부터 하나 해줘야겠어요."

"어떤 약속?"

"내가 여기 내려온 이유에 대해 말이에요. 아무에게도 말하지 않겠다고……"

"뭔데요?"

소연이 눈을 동그랗게 뜨고 말했다.

"사실은 윤 여사가 나를 여기 내려가보라고 한 것은 다른 이유가 있어요. 소연 씨도 알지 모르지만 얼마 전 윤 여사 고모님네 개 두 마리가 총에 맞아 죽었다면서요?"

"아, 그 일 때문에……!"

소연이 그제야 알겠다는 듯 가만히 소리를 질렀다.

"그래요. 윤 여사는 무척 상심을 했고, 누구 소행인지는 모르지만 무척 화가 나 있기도 했어요. 그래서 나더러 자기 화실에 머물면서, 고모님도 만나보고, 고향 마을에서 어떤 일이 벌어지고 있는지, 그리고 앞으로 어떻게 될 것 같은지 좀 알아봐달라는 거였어요."

"아, 그랬군요……"

소연은 갑자기 조숙한 여자처럼 곰곰이 생각하는 표정으로 고개를 끄덕였다. 그러고 나서 좀 있다가 말했다.

"나도 여기 온 지는 얼마 되지 않아요. 슈퍼 하는 나이 든 사촌 언니가 중풍에 걸려 거동이 불편해지는 바람에 아르바이트 삼아 도와주러 와 있거든요. 개들이 총 맞아 죽은 이야기는 나도 들었어요. 직접 보진 못했지만, 나뿐만 아니라 인근 동네 사람들은 다 아는 이야기죠."

"여기로 오는 동안 막연해서 어떻게 해야 하나 싶었는데, 소연 씨를 만나서 다행이란 생각이 들어요. 앞으로 잘 부탁할게요. 근데 윤 여사가 진짜 친척 이모 맞나요?"

"아뇨. 물론 먼 친척뻘이긴 하지만, 여기선 모두 나이 든 아줌마를 그렇게 불러요. 나도 원래 아빠 고향이 이곳이기도 하고."

그렇게 말하는 동안 차가 마을 입구 갈래 길로 들어섰다.

"난 저어기 내려주세요! 길목슈퍼라고 보이죠? 그리고 아저씬 왼쪽 길로 조금만 더 가세요. 그러면 포도나무 밭 옆에 작은 조립식 건물이 보일 거예요. 거기가 재영 이모네 화실이니까, 금방 찾을 수 있을 거예요."

소연이 다시 활달한 목소리로 말했다.

길가 약간 높은 둔덕에 자리 잡은 길목슈퍼에는 마침 노인 둘이 이동식 테이블에는 막걸리를 놓고 앉아 있다가 차가 서자 누군가 하고 내려다보았다. 소연이 내리고 나자 하림은 다시 차를 몰아 소연이 가르쳐준 대로 좁은 흙길을 따라갔다.

얼마 가지 않아 저수지가 나타났고, 빈 축사 하나와 포도나무 밭이 보였다. T자 형의 말뚝이 외인부대 무덤의 십자가처럼 줄지어 서 있는 포도밭에선 누군가 쓰레기를 태우는지 연기가 올라오고 있었다. 윤 여사의 화실은 포도밭을 지나 잡초가 무성한 넓은 개활지 중간에 덩그마니 혼자 있어, 금세 눈에 띄었다. 하림은 차를 화실 바로 옆 마당, 수돗가 부근에 주차하였다.

그리고 차에서 내려 먼저 주변부터 둘러보았다. 화실 바로 앞엔 뽑다 남은 배추가 얼어붙은 채 듬성듬성 남아 있는, 제법 넓은 밭이 있었고, 왼편으로는 아카시나무가 마음대로 자란 작은 언덕이 있었다. 뒤쪽에는 길 하나 건너 아까 지나온 포도나무 밭이 보였다.

하림이 그렇게 주변을 둘러보고 있는데 뒤에서 흠흠거리는 인기척 소리가 들렸다. 돌아보니, 잠바 차림에 운동모를 쓴, 마흔 중반쯤 되어 보이는 사내였다. 까맣게 그을린 얼굴에 뒷짐 진 손에는 낫을 들고 있었다.

"뉘시오?"

사내가 대뜸 물었다. 입에서 막걸리 썩은 냄새가 났다.

"아, 안녕하세요!"

하림은 약간 과장되게 웃으면서 고개를 숙이며 인사를 한 다음,

"저는 장하림이라고 합니다. 여기 화실에 당분간 머물려고 왔어요"
하고 말했다.

"여기서……?"

사내는 웬 뚱딴지같은 소리냐, 하는 표정으로 하림의 위아래를 훑어보았다.

"예, 실은 여기 주인 되는 윤재영 씨랑 친구거든요."

하림은 아무렇게나 생각나는 대로 둘러대었다.

"윤재영이랑……?"

사내는 더욱 의심스러운 눈빛으로 하림을 쳐다보았다.

하림은 은근히 화가 치밀었다. 처음 보는 사람 대하는 꼴이 마치 지명 수배자를 앞에 둔 형사 같았기 때문이다. 술냄새까지 풀풀 풍기면서. 하림은 웃음기를 거두고 짐짓 엄숙한 표정으로 사내를 무시하듯 시선을 다시 딴 곳으로 돌렸다.

그러자 사내가 이번에는 조금 공손한 어투로,

"나 여기 이장이오"
하고 비로소 자기소개를 하였다.

그랬군. 하림은 그제야 사내가 꼬치꼬치 캐묻던 태도에 다소 누그러질 수 있었다. 그리고 그에게 그럴 만한 권한이 있겠구나 하는 생각까지 들었다.

“윤재영 씨 집안이랑은 예전부터 잘 알고 있지. 그네 부친이 읍에서 고물상을 했을 때부터. 그래서 저쪽에서 쓰레기를 태우다가, 이쪽으로 차 들어올 일이 없는데 누군가, 해서 따라와본 거요.”

이장은 그렇게 두서없이 변명처럼 한두 마디를 더 뱉은 다음,

“겨우내 비어 있던 집이라, 보일러는 괜찮은지 모르겠구먼”

하고 묻지 않은 걱정까지 해주었다. 어쨌거나 이장이라는 말에 하림은 조금 안심이 되어 다시 처음의 웃는 얼굴로 돌아와서,

“한 달 전엔가, 윤재영 씨가 와서 손봐놓고 갔답니다. 이제 들어가서 한번 점검해봐야죠”

하고 말했다. 사내는 그런가, 하는 표정으로 말없이 고개를 끄덕였다.

“뭔 일 있음 날 찾으시우. 시골이래두 인심이 옛날 같지 않으니까 조심하시구.”

이장은 그렇게 당부인지 경고인지 모를 소리를 한마디 더 내뱉고는 기우뚱기우뚱 포도나무 밭 쪽, 왔던 길로 뒤돌아갔다.

걸어가는 뒷모습을 보니 한쪽 다리를 심하게 절고 있었다. 나중에 하소연으로부터 전해 들은 이야기지만, 그의 이름은 배운학이라 했고, 전방 철책에서 군대 생활을 할 때 발목 지뢰를 밟아 한쪽을 잘라내는 바람에 의족을 하고 있다고 했다. 심한 알코올중독자여서 요양원에도 갔다 온 적이 있다고 했다.

이장이 가고 난 다음, 하림은 그제야 윤 여사가 준 열쇠로 문을 따고 화실 안으로 들어갔다. 슬리퍼가 가지런히 놓인 옆에 신발장이 놓인 좁은 현관이 먼저 눈에 들어왔고, 이어 다시 여단이 식 유

리문이 나타났다. 유리문을 열자 원룸 식으로 된 제법 넓은 방이 나타났다. 오랫동안 비어 있던 표시처럼 서늘한 기운이 먼지 냄새와 같이 코에 감겼다.

하림은 유리문에 기댄 채 머리만 안으로 들이밀고 방 안을 한번 훑어보았다.

벽면 한쪽엔 윤 여사 작품인 듯한 유화 캔버스가 빼곡히 자리를 차지하고 있었고, 한쪽엔 부엌을 겸한 싱크대가 냉장고와 나란히 놓여 있었다. 싱크대 앞에는 식탁으로 사용하는 작은 탁자가 놓여 있었다. 그리고 부엌 옆으로는 꽃을 머리에 인 여인을 그린 천경자의 그림달력이 걸려 있는 작은 화장실이 붙어 있었는데, 천경자의 그림 달력은 2010년 5월을 가리키고 있었다. 파란 줄무늬 커튼이 쳐진 창문이 있는 벽 쪽 작은 탁자에는 작은 라디오를 비롯해 자질구레한 물건들이 놓여 있었다.

하림은 다시 차로 돌아와, 라면과 김치 등이 들어 있는 박스부터 옮기고 나서 옷가방과 책, 노트북을 차례로 들어 문가에 갖다 놓았다. 그러고는 보일러실로 가서 기름통을 살펴보았다. 다행히 기름통에 기름이 3분의 2가량 남아 있었다. 스위치를 넣으니 콰르릉, 하고 돌아가는 소리가 들렸다.

들어와서 물을 틀어보니, 수도에서 물이 찔끔찔끔 흘러나왔다. 하림은 몇 번 두드리다가 포기하고 통에 찔끔찔끔 나오는 물을 받았다. 그러고는 웃옷을 벗어두고 라디오를 커다랗게 틀어놓은 다음, 빗자루를 들어 한바탕 방을 쓸고 물걸레로 닦아내기 시작했다.

"안녕하세요. 7530님 사연 보내주셨습니다."

마침 라디오에서 귀에 익은 양희은의 목소리가 흘러나왔다.

“오늘의 주제는 국수. 먼저 7530님 사연 읽어드리겠습니다.

저의 대학시절에는 농활이 유행이었어요. 여름방학만 되면 선후배가 함께 강원도 첩첩산중으로 농활을 하러 떠났지요. 중앙선 기차에서 내려 버스를 갈아타고 털털거리며 한 시간쯤 흙먼지를 날리며 달렸지요. 산모퉁이를 돌고 돌아 얼마쯤 가는데 할아버지 한 분이 바지춤을 잡고 쩔쩔 매시는 게 아니겠어요. 소변이 마려웠던 거지요. 운전기사는 짜증 한번 부리지 않고 차를 길가에 멈추었어요. 할아버지는 급히 차에서 내려 풀숲에 대고 일을 보셨고, 마침 할아버지네 개가 그 옆을 빙빙 돌며 컹컹 짖어댔어요. 우리는 참을 수 없어 킥킥대며 웃었지요. 그런데 그 할아버님이 바로 우리가 농활하러 가는 그 마을 분이셨어요. 그날 우리는 할아버지 댁으로 가서 저녁까지 외양간에 쌓인 소똥을 치워드렸지요. 할아버지는 푸근하고 고소한 감자국수를 끓여 저녁으로 주셨답니다. 있는 게 감자밖에 없어 미안하다시며 반찬으로 감자볶음에 감자조림까지 푸짐히 담아주셨어요. 들어간 거라곤 감자밖에 없었는데도 그토록 맛있는 국수를 전 여태껏 먹어보지 못했답니다. 아, 그때 먹었던 감자국수 한 그릇…… 평생 잊지 못할 추억이 되어버린 감자국수 한 그릇……!”

데면데면 읽어나가는 양희은의 목소리에서는 그 옛날 옛적 「아침이슬」을 불렀던 사진 속 소녀의 흔적은 찾아보려야 찾아볼 수가 없었다. 그래도 듣기엔 편했다.

청소를 끝내고 나자 배가 고팠다. 하림은 라면이나 하나 끓여 먹을까, 하고 가스레인지에 냄비를 올려놓고 물을 부었다. 그리고 달리 할 일이 없어, 물이 끓는 동안 자리를 깔고 팔베개를 하고 벌러덩 누웠다. 갑자기 깊고 무거운 고요가 밀물처럼 몰려왔다. 깊은 물밑 같은 정적 속에 혼자 팔베개를 하고 누워 있자니, 하림은 문득 자신의 처지가 마치 낯선 별 어딘가에 불시착한 우주인처럼 느껴졌다.

생각하면 우스웠다. 어쩌면 생각지도 않은 일들이 우연히 일어나는 게 인생인지도 모른다는 생각이 들었다. 그날 동묘 앞에서 윤여사를 만난 것도 우연이라면 우연이었고, 그 우연에 따라 지금 이곳에 누워 파란 줄무늬 커튼이 달린 창문을 바라보며 누워 있는 것도 우연이라면 우연이었다.

그것뿐인가. 혜경이를 만난 것도, 오다가 하소연이란 여자애를 만난 것도, 오자마자 이장이란 사내를 만난 것도 우연이라면 우연일 것이었다. 인생은 그 우연의 연속에 의해, 우연하게 흘러가는 한바탕의 소설과 같은 것인지도 모른다. 그 우연의 줄거리 속에서 사람들은 마치 자신이 필연적으로 이루어야 할 무언가가 있는 것처럼 기를 쓰며 살고 있는지 모른다.

물 끓는 소리가 들렸다.

하림은 자리에서 일어나, 라면 봉지를 뜯어 면과 수프를 냄비에 넣었다. 그리고 잠시 기다렸다가 김이 풀풀 나는 냄비째로 싱크대 앞 탁자 위에 올려놓고, 후후거리며 김치와 함께 먹기 시작했다. 저수지 쪽에서 청둥오리 우는 소리 같은 게 희미하게 들려왔다.

라디오에선 여전히 양희은이 넉살 좋은 목소리로 '8504님' '2738

님' 하며 사연을 들려주고 있었다.

그것 역시 생각하면 우스웠다. 감옥소에 가면 죄수들에겐 이름 대신 번호가 붙는다고 한다. 이를테면 전두환은 '2234' 노태우는 '1784' 이상득은 '7878', 이런 식일 것이다. 시인 이육사도 진짜 이름이 아니라 감옥소 수번이었다고 한다. 그렇게 모든 사람들에게 이름 대신 번호를 붙여준다면 어떻게 될까.

"이번 대통령 선거는 1234님 대 4040님의 대결이 되겠습니다"라든가, "2345가 4733의 지갑을 훔쳐 달아나다가 지나가던 행인 0045에게 잡혔다고 합니다"라는 식의 뉴스가 흘러나올 것이고, 그러면 바락바락 자기 것 주장하며 살려고 하는 이 경쟁적인, 너무나 경쟁적인, 정글과도 같은 세상이 조금은 달라질지도 모른다는, 그런 터무니없는 생각을 하며 하림은 고독한 표정으로 혼자 라면을 국물까지 후후거리며 먹어치웠다.

라면을 다 먹고 나자 다시 할 일이 없어졌다.

그렇다고 처음 온 날부터 동네를 휘휘거리며 돌아다닐 수도 없는 일이었다. 모든 것은 주파수가 맞을 때까지 기다려야 하는 법이다. 이 느린 공기, 이 느린 시간, 이 느린 공간과 익숙해지기까지는 절대로 서둘러서는 안 되는 법이다. 빠르게 뛰는 주파수를 맞추기 위해 성철 스님은 자기를 찾아오는 사람들에게 무조건 저 아래 절에서 3천 배부터 하고 오라고 시켰다지 않은가. 그러면 백 마디를 해도 어려워서 알아듣지 못하던 사람들이 한두 마디만 해도 다들 족하여 돌아갔다지 않은가.

하림은 다시 자리로 돌아와 아까처럼 팔베개를 하고 누웠다. 라디오에서 6시를 알리는 시그널이 흘러나왔다. 양희은이 사라지고 대신 사무적이고 감정 없는 목소리의 아나운서가 나와 뉴스를 전하고 있었다. 누워서 보니 어느새 손수건만 한 창문 밖 하늘이 어둑해지고 있었다. 그새 방바닥이 제법 뜨끈해졌다.

뉴스를 들으며 하림은 자기도 모르게 설핏 잠이 들었다.

얼마나 잤을까, 잠결에 어렴풋이 문 두드리는 소리가 들렸다.

하림이 눈을 뜨고 약간 멍한 상태로 여기가 어디지, 하고 있는데, 다시 "아저씨! 아저씨!" 하는 소리와 함께 문 두드리는 소리가 이번에는 더 분명하게 들렸다. 하림은 자리에서 벌떡 일어나 얼른 현관 쪽으로 달려가서 문을 열었다. 그곳에는 아까 낮에 만났던 하소연이 두 손에 뭔가를 들고, 조금 화가 난 듯한 표정으로 서 있었다.

"아니, 사람이 도대체 왜 그래요? 아무리 두드려도 모르고…… 지금 몇 신데 벌써 곯아떨어진 거예요? 자러 온 것도 아니라면서."

그녀는 다짜고짜 토라진 목소리로 말했다. 언제 봤다고 큰소린가. 하림이 조금 어리둥절한 얼굴로 서 있으려니까,

"자, 받아요. 마침 토란국을 끓였는데, 아저씨 이야기를 하니까 사촌 언니가 좀 갖다 주래요"

하면서 손잡이 달린 하얀 법랑 그릇을 내밀었다.

"응?"

하림은 당황한 표정으로 얼떨결에 하소연이 건네주는 그릇을 받았다. 아직 따끈한 그릇 유리 뚜껑엔 김이 잔뜩 서려 있었다. 맛있는 토란국 냄새가 코끝에 감겼다.

"멍청히 서 있지 말고 그릇 비우고 주세요."

그런 하림을 보고 하소연이 재미있다는 듯이 웃었다.

"아, 고맙긴 한데, 이걸……"

하림은 우물거리며 돌아서서 법랑 그릇을 들고 싱크대 쪽으로 갔다. 그러자 하소연이 현관 안으로 따라 들어와 머리를 안으로 들이밀고,

"와! 좋네요. 이 화실엔 처음 들어와보네. 구경해도 돼요?"
하고 말했다. 하림이 그러라고 하자 기다렸다는 듯 신발을 벗고 들어왔다. 그러고는 여기저기 강아지처럼 돌아다니며,

"이거 다아 재영 이모가 그린 거죠? 정말 잘 그렸다. 그죠? 나도 화가가 되고 싶은 적이 있었는데…… 이젤 앞에 앉아 있는 모습을 보면 왠지 모르게 부러웠거든요. 근데 화가가 되려면 집에 돈이 많아야 한다잖아요. 생각하면 그럴 것도 같아요. 이건 아저씨 책이죠? 시집이랑 소설책……"

그렇게 두서없이 수다를 떨어댔다. 조금 전까지 하림 자기도 이 방의 손님 같은 존재였는데 갑자기 주인이라도 된 것 같은 기분이 들었다.

"차 한잔할래요?"

빈 그릇으로 보내기가 뭣해서 하림이 체면치레로 물어보았다.

"차 있어요?"

"믹스 커피뿐인데……"

"좋아요."

하소연이 시원하게 대답하고는 하림이 가져온 시집 한 권을 들

고 식탁 앞 의자에 앉았다.

"그림 그리려면 준비도 많이 해야 하고 돈도 많이 들어야 하는데, 시인이 되려면 그냥 펜 한 자루만 있으면 되잖아요? 내 말 맞죠?"

하림이 픽, 하고 웃었다.

"아니거든요. 펜 한 자루만 있으면 문방구 주인은 누구나 시인이 되고도 남았겠네요."

하림이 커피를 타서 탁자 위에 놓으며 짐짓 장난스러운 어투로 말했다.

"피이, 누가 그런 뜻이래요? 그냥 준비가 그만큼 간단하지 않냐는 뜻이지."

소연이 토라진 목소리로 말을 받았다. 그러고는 잠시 생각하다가,

"나두 시 쓰고 싶은데, 아저씨가 좀 가르쳐주시면 안 될까요?"

하고 뜬금없이 말했다. 어찌 들으면 진짜 같기도 했고, 어찌 들으면 아무 생각 없이 그냥 해보는 소리 같기도 했다.

"이 부근에 시 쓰시는 아저씨 있다면서요?"

커피를 홀짝거리며 별 부담 없는 목소리로 하림이 말했다.

"아, 그 아저씨? 그 아저씬 나이도 많고, 어쩐지 시인이라기보단 도사 같은 느낌이 들어요. 그 아저씨한테 배우려면 아예 포기하는 게 나을 거예요."

"그럼, 난……?"

하림이 장난스러운 표정을 지었다.

"그래도 아저씬, 나랑 정서가 좀 통할 것 같은데요?"

"그래요?"

하림은 참새처럼 거침없이 재잘대는 그녀가 재미있어졌다. 왼쪽 귀 밑의 작은 나뭇잎 같은 푸른 점을 빼고 나면 반듯한 이마와 염소 꼬리같이 맨 꽁지머리, 약간은 서글서글한 눈매가 기분을 좋게 했다.

"좋아요. 그럼, 대신 그놈의 '아저씨'란 말은 좀 빼주세요. 아직 그럴 나이도 아니구, 장가도 못 간 주제에 괜히 억울한 생각이 드니까."

"호호, 알았어요. 그래 나 오늘 인심 썼다. 앞으로 '하림 오빠'라고 부를게요. 됐어요? 하림 오빠. 그럼 하림 오빠도 이제부터 절 그냥 소연이라고 불러요. 소연이."

"알았어. 지금부터 그렇게 부르지, 뭐. 사실 나이로 보자면 난 삼십대 중반이고, 소연이는 이십대 초반…… 맞지? 그러니까 내가 좀 손해 보는 느낌이지만……"

"헉! 대박! 늙은 아저씨한테 오빠라고 불러주니까는! 누가 손핸지 모르겠네요."

소연이 어처구니없다는 듯이 소리를 질렀다.

"그건 그렇고, 아까 이장이란 사람 왔다 갔는데…… 다리를 절더라."

하림이 말머리를 돌려 소연으로부터 무슨 정보나 좀 얻어볼까 하고, 짐짓 아무렇지도 않은 듯 딴청을 떨며 말했다.

"아, 운학이 아저씨! 동네 사람들은 이장 대신 전부 운학이, 운학이 하고 부르죠."

소연이 대뜸 대답했다.

"철책 근무하면서 지뢰를 밟았다나 봐요. 그래서 한쪽 발에 의족을 달아서 그래요. 그 때문인지 모르지만 노상 술에 절어서 산다니까요."

"오면서 보니까 포도밭에서 일하던데?"

"그거야, 하죠. 이제 봄이 오기 전에 포도나무 가지치기를 해야 하거든요. 군대 가서 그런 사고를 당하기 전엔 힘이 장사였대요. 동네 어르신들이 그 사람 이장 시킨 것도 다아 불쌍해서 정신차려 보라고 그런 거래요. 우리 슈퍼에도 자주 와서 슈퍼 앞 탁자에 막걸리 하나 시켜놓고 죽치고 앉아 있다 가곤 해요."

"그렇군."

하림은 아까 본 인상을 떠올리며 이해가 간다는 표정으로 고개를 끄덕였다.

소연이 이야기를 듣는 동안 이장이란 사내랑 좀 가까이 해볼까 하던 기대가 사라지는 것을 느꼈다. 처음 사내가 '나, 여기 이장이오' 하는 순간, 하림은 막연하게나마 그에게 잘 보여두는 게 좋겠다는 생각을 아니할 수가 없었는데, 소연이 말을 듣고 보니 그게 아니었다. 알코올중독자에게 무엇을 바란단 말인가.

생각에 잠겨 있던 하림은 조금 있다가,

"그럼, 소연인 이층집 영감에 대해서는 좀 아니?"

하고 정작 궁금해하던 이야기의 본론으로 쑥 밀고 들어가보았다.

"엽총으로 개를 쏘아 죽였다는 영감 말이야."

"아, 그 무섭게 생긴 이층집 할아버지? 잘 모르지만 동네 사람들이 슈퍼 와서 하는 이야기 들으니까, 베트남전에 갔다가 고엽제 피해를 당했대나 어쨌대나. 그래서 정신이 약간 이상하대요. 혼자 골짜기에 올라가서 군가도 부르고, 차렷, 열중쉬엇, 하면서 구령도 하고, 그런대요. 나도 몇 번 본 적이 있어요."

"그래?"

소연의 말에 하림은 자기도 모르게 약간 긴장을 하지 않을 수 없었다. 윤 여사로부터 들어보지 못했던 전혀 새로운 이야기였다. 베트남전…… 고엽제…… 이야기 속에서만 들었던 사람이 실제로 이곳에 산다는 사실이 무엇보다 새삼 놀라웠다.

"대령 출신이라면서?"

"흥, 누가 그래요? 그냥 상사였대요. 운학이 아저씨가 말해줬어요."

"그래?"

"그래도 나중에 사업을 해서 큰돈을 벌긴 했나 봐요. 집도 잘 지어놓은 걸 보면……"

하림은 새로운 사실을 알게 되어 반갑기보다 새로운 의문이 꼬리를 물고 일어나는 것을 느꼈다.

"근데 개는 왜 쏘았대?"

하림이 다짜고짜 물어보았다.

"누가 그래요? 그것도 확실하지 않은 소문일 뿐예요. 아무도 본 사람도 없고, 내가 보기엔 좀 무섭게 생기긴 했지만 그럴 사람은 아닌 듯한데, 그 할아버지 미워하는 사람들이 어디 한둘이어야지."

하고 말했다. 그래 놓고 곧 자신이 없는지,

"몰라요. 나도 그저 슈퍼에서 지나가는 이야기들 주워들은 것밖에 없으니까"

하고 토를 달았다.

"그러면 소연인 그 영감을 별로 싫어하지 않나 보네."

하림이 짐짓 떠보듯이 말했다.

"싫고 좋고 그런 걸 떠나서, 어쩌면 좀 불쌍한 생각이 든다고나 할까. 암튼 그래서요."

그러고 나서 소연은 영감의 얼굴을 떠올렸는지 살짝 미간을 찌푸렸다.

"그럼, 미워하는 사람들이 많다는 건 무슨 뜻이니?"

하림이 궁금증을 참지 못하고 계속해서 물었다.

"그게…… 그러니까, 나도 잘 모르지만 사람들 이야기를 들으니까, 영감님이 정신이 좀 오락가락한대요. 그래서 지금 영감이랑 같이 살고 있는 딸이란 사람이, 무슨 신학대 강사였대나 하는 사십대 초반의 깡마른 여잔데, 하여간 그 딸이 자기 아버지를 위해 골짜기 근처에 땅을 샀대요."

"땅을……? 왜?"

"기도원을 짓는대나? 하여간 그 일로 동네 사람들이랑 사이가 나빠졌어요. 오래전부터 살았던 이곳 동네 어른들은 말도 안 되는 일이라며 펄쩍 뛰었구요."

"기도원? 그래서?"

하림은 무언가 어렴풋하게 짚이는 것이 있어 소연을 뚫어져라 쳐다보며 재우치듯 물었다.

그러나 커피를 다 마신 소연이 핸드폰을 꺼내 시간을 보더니,

“아! 너무 오래 있었네. 사촌 언니가 또 뭐라 하겠어요. 예전엔 그렇지 않았는데, 풍을 맞아서 그런지 여간 신경이 날카로워진 게 아니라니까요.”

화들짝 놀라 일어섰다. 그러고는,

“그게 다예요. 어쨌든 하림 아저씨, 아니, 하림 오빠! 시 가르쳐준다는 약속 잊어버리면 안 돼요.”

빈 법랑 냄비를 들고 급히 밖으로 나서면서 다시 한 번 다짐이라도 하듯 말했다.

하긴, 급할 거야 없었다.

이곳에 온 지 겨우 하루도 되지 않은 터였다. 지상의 나날은 깃털처럼 많이 남았고, 앞으로 여기 더 머물 날도 얼마나 될지 알 수 없었다. 초반에 이만한 정보를 얻은 것만으로도 행운이라면 행운일 것이었다. 하림은 소연을 바래다주러 현관 유리문께로 따라 나왔다.

“언니한테 토란국 고맙다고 전해줘. 몇 살인지 모르겠지만.”

“하하, 꿈 깨요. 언니라지만 머리가 반백인 쪼그랑 할머니니까.”

소연이 말괄량이 소녀처럼 짓궂은 표정을 지으며 말했다.

“그래? 그래도 너보다는 낫겠는걸. 나도 할아버지니까.”

“에게, 나보다 몇 살이나 더 드셨다구? 그럼, 다시 하림 아저씨라 불러줄까 봐.”

“마음대로 하십시오.”

그렇게 농담을 하며 밖으로 나오자 사방은 벌써 잉크병처럼 진한 어둠이 내려앉아 있었다. 서늘하지만 신선한 공기가 먼저 이마에 닿았다. 어두운 하늘에 별들이 총총히 등불처럼 떠 있었다. 오랜만에 보는 밤하늘, 밤하늘 별이었다.

"아, 별이네!"

하림이 자기도 모르게 감탄사를 터뜨렸다.

"역시 하림 오빤 시인이셔. 감탄하는 포즈와 목소리가 다른걸."

소연이 웃으면서 놀리듯이 말했다.

"어허, 어르신 놀리면 못써!"

하림이 짐짓 무게를 잡으며 말했다.

"바래다줄까?"

"아니, 됐어요. 늘 다니는 길인데 뭐. 괜한 오해 받을까 봐 싫구."

딴은 그렇기도 할 것 같았다. 어둠 속 저쪽 골짜기 쪽으로 마을 불빛이 하늘의 별처럼 점점이 보였고, 마을 앞길을 따라 외등도 켜져 있었다. 소리치면 닿을 만한 거리였다.

"알았어. 그럼, 조심해서 가."

바지 주머니에 손을 찌른 채 하림이 말했다. 소연은 고개를 까닥하고는 몸을 돌려 곧 가벼운 걸음으로 총총히 어둠 속으로 빨려들어갔다.

어둠 속에 지워져가는 그녀의 등을 바라보고 있던 하림은 소연이 완전히 보이지 않자 다시 한 번 밤하늘을 올려다보고는, 바지 앞을 끄르고 말라붙은 화단에 오줌을 갈겼다. 가시투성이 마른 장미가지에 오줌줄기가 시원하게 떨어졌다. 봄이 되면 여기 화단에도 무언지 모르지만 갖가지 꽃들이 피어날 것이다.

언젠가 읽었던 소설의 한 대목이 떠올랐다.

'……도시에서 온 놈들은 겨울 들판을 보면 모두 죽어 있다고 그럴 거야. 하긴 아무것도 눈에 뵈는 게 없으니 그렇기도 하겠지. 하지만 농사꾼들은 그걸 죽어 있다고 생각지 않아. 그저 쉬고 있을 뿐이라 여기는 거지. 봄이 와서 적당한 햇빛과 바람과 비만 주어지면 그 죽어자빠져 있는 듯한 땅에서 온갖 식물들이 함성처럼 솟아나온다, 이 말이네.'

그럴 것이다.

지금 이 겨울의 얼어붙은 땅 밑에서는 각종 씨앗들과 꽃눈, 씨눈들이 은밀히 서로 연락하며 곧 다가올 봄의 거사를 준비하고 있을 것이다. 생명은 죽음보다 강하다. 그러자 하림의 가슴 한구석이 까닭 없이 근질거려졌다. 이상의 「날개」 속에 나오는 주인공처럼 날개라도 돋으려나…… 그런 가닥 없는 생각을 하며 오줌을 다 누고 나서 하림은 몰려오는 추위에 몸을 한번 부르르 떤 다음 재빨리 다시 방으로 들어왔다.

라디오를 켜니 9시 뉴스가 흘러나오고 있었다.

그러니까 아까 양희은 라디오 프로를 들으며 라면을 먹고…… 먹고 나서 한숨 자고…… 자다가 소연이 와서 깨워서 떠들다가 가고…… 그러고도 9시밖에 되지 않았던 것이다. 서울 같으면 이제 겨우 초저녁일 텐데 벌써 한밤중이라도 된 것 같은 기분이 들었다.

'기도원이라……'

소연이 돌아간 후 하림은 다시 자리에 누워 소연이 떨어뜨려놓고 간 이야기를 곰곰이 되씹어보았다. 영감과 기도원. 영감의 딸과 기도원. 거기에 무슨 실마리가 숨어 있을지도 모르겠다는 느낌이 어렴풋이 들었다. 소연이 이야기로는 그로 인해 동네 사람들과 사이가 나빠졌다고 했다. 그렇다면 기도원을 짓겠다는 영감네 부녀와 동네 사람들 간에 무언가의 알력이 있었다는 이야기였다. 하지만 그렇다고 영감이 윤 여사네 고모 집의 멀쩡한 개를 쏘아 죽일 것까지야 없지 않은가.

어쨌거나 소연을 통해 그만한 정보를 얻은 것이 어디인가.

그런데, 가만히 생각하니 우습기도 했다. 겨우 하루도 지나지 않았는데 마치 낯선 시간대로 타임 슬립이라도 된 것처럼 전의 일들은 다 잊어버리고, 새로운 사람과 새로운 일들에 벌써 익숙해져가고 있었다. 오늘 처음 만난 노란 머리 하소연만 해도 그렇다. 만난 지 겨우 몇 시간이 되었을까 말까 했는데 벌써 '오빠'고 '소연이'였다. 거기에다 오랫동안 알고 지내온 사이처럼 이런저런 이야기까지 나누었으니 생각하면 사람 사는 일이 별 게 아닐는지 모른다는 느낌이 들었다. 어쨌거나 이 낯선 골짜기에서 그나마 자기랑 말이 통할 수도 있을 것 같은 젊은 여자아이를 만난 건 분명 행운 축에 들 터였다.

'그러니까…… 소연이는 얼마 동안, 중풍에 걸린 자기 사촌 언니의 슈퍼를 봐주기 위해 와 있단 말이렷다. 방학도 아닌데…… 그렇다면 학생은 아닐 테고…… 그렇담 뭘 하는 애일까.'

하림은 누워서 하릴없이 공상을 해보았다. 그녀의 왼뺨에 보이던 나뭇잎같이 생긴 희미한 푸른 점이 괜히 마음에 걸렸다. 제법 큰 그 점은 마치 한지에 은은하게 밴 물감처럼, 노란 머리와 선연한 대조를 이루고 있었다.

그런 공상에 젖어 있는데, 라디오에서는 마침 이라크에서 또 자살 폭탄 테러가 발생해 30여 명의 사상자가 발생했다는 뉴스가 흘러나왔다. 이제 이런 뉴스도 흔해빠져서 뉴스 같지도 않게 들렸다. 생각해보면 끔찍한 사건이었다. 그보다 더 끔찍한 것은 그런 끔찍한 뉴스를 일상적인 것인 양, 식탁에 앉아 혹은 침실에 누워 마치 축구 중계나 대하듯이 아무렇지도 않게 듣고 있는 사람들이었다.

도대체 이 증오의 끝은 어디일까?

사람들에게 과연 희망이란 말이 가능하기는 한 것일까?

그러자 하림은 강은주가 우정 맡겨준 만화 대본 생각이 났다. '전쟁이 종種의 진화에 미치는 영향'이라 했던가. 제목 하나는 거창했다. 전쟁이 종의 진화에 미치는 영향이라니, 하림은 자기도 모르게 실소가 터져나왔다. 하지만 그게 그의 일이었다. 줄거리를 잡아 대본을 써주면 나머지는 어차피 꽁지머리가 제멋대로 이리저리 뜯어고쳐서 만화로 그릴 것이었고, 그의 이름으로 나갈 것이었다.

그러고 보면 한때 인류는 진화에 대한 꿈에 젖어 산 적이 있었다.

'역사는 진보한다!'

이보다 더 가슴 설레게 하는 슬로건이 어디 있겠는가. 20세기 초 세계의 젊은이들은 이 빛나는 슬로건을 가슴에 지닌 채 불타는 열정으로 어두운 역사의 뒤안길을 건너 기꺼이 자신의 목숨까지 바쳤다.

80년대 초반의 학번인 동희 형은 한때 대학에서 유명한 문사이자 이론가였다. 그는, 졸업 후 지방 신문에 등단도 했는데 생업을 위해 정치광고 기획사에 들어갔다. 그는 대학교 문예동아리 창립 멤버이기도 했다. 후배들이 여는 '선후배의 밤' 등의 행사에 될 수 있는 대로 참석해 가난한 후배들에게 술 인심을 베풀었다.

"역사는 발전하는 것이며, 끊임없이 진화한다는 그들의, 아니 우리의 믿음은, 그러나 불행히도 인간의 내부 깊숙이 잠들어 있던 어둠의 힘, 사악한 짐승의 힘을 과소평가하고 있었어. 자연진화론으로 볼 때도 아직 채 진화되지 않은 탐욕스러운, 검은 원숭이가 각자의 내부에 도사리고 있다는 사실을 잊고 있었던 거야."

그는 우울한 표정으로 말을 이어갔다.

"별은 사라졌어. 누구나 꿈꾸었던 그런 별은 처음부터 없었는지 몰라. '혁명'이나 '해방'이란 말에 가슴 뛰던 시대는 갔지. 대신, 이제 펩시나 코카콜라를 빨며, 텔레비전으로 생중계되는 월드컵 경기를 보며, 작은 축구공 하나에 열광을 하지. 지구가 들썩거릴 정도로 말이야. 붉은 악마……? 흐흐, 그게 어쨌다는 거야? 굶주린 가난뱅이들이 넘치는 지구에서 벌어지는 이 광란의 정체는 도대체 뭘까? 잔디에서 뛰는 수억 달러짜리 몸값의 선수에게 환호하는 우리와 황제가 베풀어놓은 글래디에이터의 피의 제전을 보며 소리를 지르는 로마인이 다른 점이 뭐지?"

동희 형도 이제 오십 줄의 아저씨가 되어 있을 것이다. 그러고 보니 그와 못 본 지도 10여 년이 다 되어가고 있었다. 정치광고 기획사에서 여당 야당 가릴 것 없이 선거 기획을 하다가, 결국 모든 것을 다 놓고 마다가스카르인가로 훌쩍 떠난 그 선배는 현지에서 만난 외국인 여자와 국수집을 하고 있었다. 꼭 한번 그곳으로 놀러 오라며 하림에게 보낸 이메일에는, 이마가 제법 휑해진 동희 형이 눈이 크고 피부가 가무잡잡한 그의 아내와 딸아이와 함께 활짝 웃고 있었다.

가난하지만 행복하게 보였다. 어쩌면 동희 형이야말로 일찌감치 개똥철학자 동철이 말했던 망명정부를 직접 실천해 보였는지 모른다. 망명과 도피는 종이 한 장의 차이에 불과할 것이다. 그러자 하림의 머릿속으로 혜경의 모습이 떠올랐다.

'가난하고 고생하며 사는 건 두렵지 않아. 그냥 이렇게 내 생이 고정되어버리는 것이 더 두려워. 아침에 눈을 뜨면 만나는 똑같은 사람, 똑같은 일, 똑같은 뉴스……'

그날 혜경은 나란히 누운 채 독백이라도 하듯 말했었다.

'내 것이 아닌 세상의 물결에 휩쓸린 채 모래시계처럼 빠져나가는 나의 생이 두려워. 세상은 나를 이미 자기에 맞게 튜닝을 했고, 난 그 속에서 꼭두각시가 되어 살고 있는 느낌이야. 한 번밖에 주어지지 않는 삶이라면, 이렇게 나이 들어가는 게 무슨 의미가 있겠니.'

그녀 역시 망명정부를 꿈꾸는 것일까?

혜경을 생각하자 하림은 자기도 모르게 깊이를 알 수 없는 슬픔에 빠져들었다. 어쩐지 모든 것들이 자기를 떠나 영영 사라지고 있는 것 같은 외로움이 들었다. 모든 것이 막연해졌고, 모든 것이 안개 속에 가라앉아버린 느낌이 들었다. 어딘가 자기 혼자 멀리 떠 내려와 낯선 별에 와 있는 느낌도 들었다. 사방은 물밑처럼 조용하였고, 가끔 어둠 속 저 멀리서 개 짖는 소리 같은 게 들려오고 있을 뿐이었다.

4장

낯선 사람들

다음 날 아침, 하림은 일찍 눈을 떴다.

사방은 아직 어두컴컴하였지만 창문엔 깊푸른 물빛 여명이 소리 없이 몰려와 목을 빼고 안을 기웃거리고 있었다. 비라도 내렸나, 처마에서 가늘게 물 떨어지는 소리가 들렸다. 그 밖에는 너무나 조용하였다. 너무나 조용하여 자기의 왼쪽 가슴 아래에서 뛰는 심장 박동 소리마저 다 들릴 것 같았다.

'여기가 어딘가?'

하림은 잠시 방향을 잃은 개미처럼 더듬이를 돌려보다가 곧 이곳이 윤 여사의 화실이라는 것과 자기가 어제 이곳으로 와서 잤다는 사실을 깨달았다. 그러나 하림은 곧바로 일어나지 않고 한동안 꼼짝 않고 누워서 어두운 천장을 바라보고 있었다. 얼마나 오랜만에 맛보는 달콤한 정적인가. 깊은 정적은 느리고 긴 주파수를 가진 것처럼 천천히 흘러가고 있었다.

느리고 긴 주파수가 흐르는 공간에 빠르고 짧은 주파수를 가진 자신이 들어온 것이었다. 이제부터 이 느리고 긴 주파수에 몸과 마음을 맞추어야 한다. 이해하는 마음이란 결국 서로 주파수를 맞추는 것에 다름없을지도 모른다.

그러기 위해서는 모든 것을 천천히, 천천히, 하지 않으면 안 된다. 말도 천천히, 걸음도 천천히, 동작도 천천히, 생각도 천천히…… 천천히 속에 건강도 있고, 행복도 있을 것이다.

자본주의는 질주다. 달리고, 달리고, 달리지 않으면 살아남을 수 없는 것이 바로 자본주의적 생존방식이다. 느린 놈들은 다 탈락이다. 아프리카의 느려터진 종족들도, 느려터지고 사람 좋은 로마인이나 그리스인들도 모두 탈락이다. 자본주의 세상에선 때로는 음속보다, 때로는 빛보다 더 빠르게 질주하지 않으면 안 된다.

'달리고, 달리고, 달리겠습니다!' 어느 통신사의 광고 문구처럼 너나없이 달려야 한다. 『이상한 나라의 앨리스』에 등장하는 붉은 여왕은 쉼 없이 달리지만 주변의 모든 것이 함께 달리고 있기 때문에 늘 제자리이다. 앨리스가 함께 달리느라 숨이 턱에 차올라 "우리나라에선 이렇게 한참 동안 달리면 어딘가 다른 곳에 도착하게 되거든요"라고 하자, 붉은여왕은 말한다. "게으름뱅이 같으니라구! 여기선 같은 자리를 지키려고 해도 계속 달릴 수밖에 없어. 다른 곳에 가고 싶다면 최소한 두 배는 더 빨리 달려야 한다구!"

하지만 푸른 물기처럼 젖어오는 새벽의 창문과 깊은 정적 속에는 그런 질주가 더 이상 존재할 필요가 없었다. 여기는 붉은여왕의 나라와는 정반대로 모든 것이 멈추어 서 있기 때문에 달리는 놈이 오히려 이상할 것이다.

그런 하릴없는 생각을 하며 누워 있던 하림은 이윽고 천천히 자리에서 일어나 싱크대로 가서 물을 틀었다. 어제 소연이 갖다 준 토란국이 있으니 아침밥만 안쳐놓으면 되겠다고 생각했기 때문이다.

그런데 어제 라면 끓일 때까지만 해도 그나마 쨀쨀거리며 나오던 수돗물이 쿨룩거리며 공기 빠지는 소리를 몇 번 내더니 기어이 끊기고 말았다. 수도꼭지를 몇 번 두드리고 때리고 했지만 감감무소식이었다.

하림은 낭패한 표정으로 수도꼭지를 바라보며 우두커니 서 있었다. 밥을 안치기는커녕 라면 끓여 먹을 물조차 없다. 이럴 줄 알았으면 어젯밤에 쨀쨀거리던 물이라도 좀 받아둘걸, 하는 후회가 들었지만 버스 지나가고 손 흔드는 꼴이었다.

'제기랄……'

하림은 투덜거리며 냉장고 여기저기를 뒤적이기 시작했다.

혹시나 윤 여사가 남겨놓은 먹을거리라도 있을까 해서였다. 여자가 살았던 자리답게 냉장고 속은 잘 정돈되어 있었다. 버터와 짠지, 고추장 병이 가지런히 놓인 냉장실에는 먹을 것은 아무것도 없었다. 그런데 뜻밖에도 냉동실 안쪽에 비닐에 싸인 작은 뭉치가 있어 열어보니 얼어붙은 밥덩이가 나왔다. 아마 먹다 남은 것을 비닐에 싸서 넣어둔 모양이었다. 하림은 반가운 마음에 얼른 밥덩이를 꺼내 그릇에 담은 다음, 전자레인지에 넣고 돌렸다. 전자레인지가 돌아가는 동안 라디오를 켰다.

생각하면 우스웠다. 누군가가 지금의 자기를 자꾸 쳐다보고 있다는 느낌이 들었다. 그렇다고 무섭거나 나쁜 것은 아니었다. 그냥 그랬다. 어쨌거나 아침밥을 먹고 나면 당장 수도부터 고쳐야겠는데, 하림은 그런 방면에 있어선 깡통이나 다름없었다. 사람을 부르려 해도 아는 것이 없었고, 어디에다 어떻게 연락해야 할지 알 수도 없었다.

일단 윤 여사에게 전화를 넣어봐야지. 자기 화실이니까 무엇이 문제인지 금방 알 수 있을지 모른다. 그러고 나서 하소연에게도 물어봐야지. 그렇지 않아도 그녀와 만날 핑계거리가 필요했는데……

밥과 국이 데워지자 하림은 탁자 위에 올려놓고 국에다 밥을 말아서 천천히 음미하듯 먹기 시작했다. 그만 해도 다행이었다. 윤 여사에게 무슨 선견지명이 있었을 리는 없지만 얼어붙은 밥덩이 하나쯤을 남겨두었다는 게 마냥 고마웠다. 아니면 머문 첫날 첫 끼니부터 쫄쫄 굶고 있을 것이었다.

아침을 다 먹고 난 하림은, 그래도 한 가닥 희망을 가지고, 반풍수 묏자리 더듬어보듯 다시 수도관을 따라 나무막대로 툭툭 두드리며 어디에 문제가 있나 하고 찾아보았다. 싱크대 밑도 보고, 화장실 변기 속도 보고, 밖으로 나와 마당 수도도 살펴보았다. 결론은 역시 자기로서는 알 수 없다,였다.

그런 다음, 방으로 돌아와 윤 여사에게 전화를 넣었다.

"윤 여사님, 하림입니다, 장하림."

"아, 하림 씨!"

윤 여사가 반갑게 전화를 받았다. 립스틱을 진하게 바른 그녀의 입술이 떠올랐다.

"수도가 안 나와요."

하림은 빚쟁이라도 되는 것처럼 거두절미하고 말했다.

"수도가……?"

놀란 듯 동그랗게 눈을 뜨고 있을 윤 여사의 모습이 그려졌다.

"아, 그거, 얼어서 그럴 거예요. 잠가두긴 했지만 해마다 겨울이 지나갈 때쯤 종종 그런 일이 일어나곤 해요. 큰 문제는 아닐 텐데…… 암튼 알았어요. 내가 손봐줄 만한 사람한테 전화 넣어둘게요."

윤 여사는 그녀답게 시원하게 대답하고는,

"다른 일은 없어요?"

하고 물었다.

하림은 하소연과 이장을 만난 이야기를 할까 하다가, 그만두었다. 괜히 이야기가 길어질까 싶었다. 하림은 전화에 대고 이러쿵저러쿵 장광설을 늘어놓는 건 딱 질색이었다. 웃으라고 하는 이야기 중에 여자 둘이 전화를 하는데, 한참 동안 전화에다 있는 수다 없는 수다를 다 떨고 나서 하는 말, "야, 자세한 이야기는 만나서 하자"고 끊었다는 게 있다. 여자들의 전화 수다를 빗댄 농담이겠지만, 하림으로 말하자면 정반대라고 할 수 있었다. '용무만 간단히', 옛날 공중전화에 붙어 있던 구호처럼 하림은 정말 '용무만 간단히'였다. 윤 여사와의 통화도 고장 난 수도 이야기만 하고 그렇게 간단하게 끝을 맺었다.

그러나 윤 여사는 할 말이 조금 더 남았는지 전화를 끊지 않고 미적이다가 하림으로부터 더 이상 아무 말도 나오지 않자,

"무슨 일 있음 또 전화 하세요!"

하나 마나 한 말을 붙이고는 그제야 끊었다.

어쨌거나 이제 사람을 보내준다고 했으니 앉아서 기다리면 되었다. 하지만 당장 쓸 물이 없으니 보내준다는 사람이 와서 수도를 고칠 동안 무작정 앉아서 기다리고 있을 수만은 없었다. 하림은 물통으로 쓸 만한 것이 없나 하고 찾아보았다. 다행히 보일러실과 함께 쓰는 창고 안쪽에 뽀얗게 먼지 앉은 10리터짜리 흰색 빈 약수통이 하나 있었다. 혹시 석유를 담았던 통인가 싶어 뚜껑을 열고 냄새를 맡아보니 아무 냄새도 나지 않았다. 하림은 다시 방으로 들어가 외투를 걸치고 나와 물통을 들고 어제 차를 타고 들어왔던 길을 되짚어 걸어가기 시작했다. 수도가 고쳐질 동안 쓸 물을 구하기 위해서였다. 공기는 신선했고, 환한 하늘에선 새봄 아침의 햇살이 나른하게 내리쪼이고 있었다.

어제 이장이 쓰레기를 태우던 과수원 나뭇가지에 작은 박새들이 무리지어 날아다니며 들까불어대고 있었다. 수십 마리씩 떼 지어 장난질이라도 치듯 이리저리 화르르 몰려다니는 박새 무리는 마치 하늘에다 풀어놓은 송사리 떼처럼 가벼웠다. 짹짹거리며 내어 지르는 소리는 마치 투명한 유리관들이 서로 부딪히듯 찰랑거리며 대기 속으로 튀어올랐다. 물기에 젖은 대기 속에서는 흙냄새가 물씬 풍겨나고 있었다.

바야흐로 봄이 오고 있었던 것이다.

길고 무거웠던 겨울이 떠나가기 아쉬운 듯 아직 냉기 품은 바람을 날리며 돌아보고 있었지만, 계절이 바뀌는 것은 어쩔 수가 없었다. 빈 물통을 들고 꺼떡꺼떡 과수원과 논밭을 지나 마을을 향해 걸어가는 하림의 가슴도 괜히 근질거렸고, 발걸음도 가벼웠다. 하림은 어제 소연이를 내려줬던 길목슈퍼로 가볼 생각이었다. 이 마을에서 아는 사람이라고는 정작 그녀 하나뿐이었기도 했지만 가는 김에 물도 얻고, 소연이도 한 번 더 볼 수 있으니 일석이조인 셈이었다.

그런데 길목슈퍼엔 내심 기대하던 하소연은 보이지 않고, 대신 얼굴이 약간 일그러진 늙수레한 여자가 카운터 옆 낡은 소파에 엉덩이 끝을 엉거주춤 붙이고 앉아 있었다. 음료수 냉장고 위에 놓인 낡은 텔레비전을 보던 중이었나. 하림을 쏘아보는 눈빛이 그리 곱지는 않았다. 아침 일찍 한 손에 물통을 들고 들어온 낯선 사내가 누구인지 의심스럽기도 할 것이었다.

'저 늙수레한 여자가 바로 소연이 말했던 바로 그 사촌 언닌가 하는 사람인가 보군. 풍을 맞아 반신을 못 쓴다더니, 얼굴마저 이지러졌어. 암튼 고약해 보이네.'

하림은 속으로 그런 생각을 하며 약간 당황한 기색을 지으며 서 있다가, 곧 아무렇지도 않은 말투로

"안녕하세요? 혹시 소연이 있어요?"

하고 제법 상냥스러운 표정으로 물었다.

"소연이……?"

늙수레한 여자가 얼굴을 찌푸리며 되물었다.

"예, 혹시 소연이 사촌 언니 되시나요?"

"그렇수만."

여전히 퉁명스러운 어투였다.

"아, 그렇군요. 그렇지 않아도 말씀 들었어요. 토란국 잘 먹었어요."

"토란국?"

늙수레한 여자가 뭔 소리냐, 하는 뚱한 표정을 지었다. 하림은 순간 아차, 싶었다. 어제 소연이 자기 사촌 언니가 국을 끓여 보냈다고 한 말이 거짓말이라는 느낌이 스쳤다. 그러면 그렇지. 알지도 못하는 사람에게 토란국 같은 걸 끓여 보냈을 리가 만무했다.

"아, 아니에요."

하림은 얼른 부정을 하고는,

"전, 저 위에 윤재영 씨 화실에 와 있는 사람입니다. 수도가 얼어서 물 좀 얻어갈까 해서요"

하고 변명하듯이 말했다.

"흠, 그러고 보니 새로 왔다는 그 작가 선생이구먼."

그제야 늙수레한 여자의 말투가 조금 누어졌다.

"물 뜨려면 저 뒤로 가시우, 수도가 있을 거요, 거기서 받아가시우."

그러고 나서 별 관심 없다는 듯 다시 텔레비전으로 시선을 던졌다. 하림은 감사의 표시로 고개를 까닥하고는 물통을 들고 슈퍼 뒷문으로 나갔다. 뒷문 밖에는 작은 마당이 있었고, 마당 모퉁이에 수도가 있었다. 수돗가 석류나무 아래엔 오랫동안 씻어주지 않아 유기견처럼 보이는 흰 털의 강아지 한 마리가 묶여 있다가 하림을 보고는 낑낑거리며 용을 쓰는 시늉을 했다.

수도를 틀자 쏴하는 소리와 함께 기분 좋게 물이 쏟아져 나왔다. 하림은 물통을 물로 몇 번 가시고, 먼지 묻은 바깥 부분을 한번 씻어낸 다음 물을 받았다. 그러고 나서 물통에 물이 차는 동안 혹시 하소연이 안에 없나, 하고 눈으로 여기저기 더듬어보았다. 하지만 아무런 기척이 없었다.

하긴, 아직 이르다면 이른 아침이었다. 이 시간에 일어나 설친다면 잠 많은 이십대라고 할 수 없을 것이다. 분명히 그녀는 지금 방안에서 늘어지게 자고 있는 중일 것이다.

그렇게 기웃거리는 자기 모습이 우습기도 했다. 그래도 철없이 재잘거리며 웃던 노란 머리 그녀가 왠지 가깝게 느껴졌다. 아는 사람 하나 없는 이 시골에서 자기보다 젊은 여자아이를 만난 것만 해도 우연치고는 괜찮은 우연이 아닐 수 없었다. 그나저나 그녀의 사촌 언니 눈빛을 보니 여간 의심 많은 아줌마가 아니겠던데, 조심해야겠다는 생각이 들었다.

물통에 물을 다 받은 하림이 다시 슈퍼 뒷문을 통해 안으로 들어오자, 늙수레한 여자는 여전히 텔레비전에 눈을 박고 석고상처럼 앉아 있었다. 하림은 가능한 한 그녀의 주의를 끌지 않도록 조심하면서 한 손에 무거운 물통을 든 채 앞쪽 유리문을 향해 걸어 나갔다. 아니, 걸어 나가려는 참이었다. 그때 대뜸 하림의 뒤통수에 대고 석고상이 말했다.

"다 받았수?"

그 소리에 공연히 제풀에 놀란 하림이 돌아서서 더듬거리며 말했다.

"아, 예, 예, 감사합니다."

그러곤 입가에 미소까지 지어 보였다. 자기가 생각해도 조금 비굴하다 싶을 정도였다. 소연의 사촌 언니라니까 미리 잘 보여두어야겠다는 선입관이 작용한 때문인지도 몰랐다. 괜히 지레 그런 생각이 들었던 모양이었다.

"또 받으러 올 거유?"

석고상이 말했다. 여전히 불만기가 가득 밴 무뚝뚝한 목소리였다.

"아니, 됐어요. 조금 있다가 수도 고치는 사람이 온다니까, 그때까지 쓰면 돼요."

"필요하면 또 갖다 쓰시우. 닳는 것두 아니니까."

말투는 퉁명했지만 내용은 그래도 호의적이었다. 풍을 맞기 전엔 꽤나 활발했을 것 같은 인상이었다. 나이보다 늙어 보이는 것도 얼굴 한쪽이 일그러져서 그런지도 몰랐다.

"예, 고맙습니다."

하림은 인사를 하고 다시 무거운 물통을 들고 밖으로 나왔다.

집으로 돌아오니 마당에서 누군가가 쭈그리고 앉아 맨홀 뚜껑을 열어놓고 무언가를 하고 있었다. 뜻밖에도 어제 만났던 마을 이장 운학이었다. 그의 옆에는 펜치, 드라이버, 니퍼 등이 어지럽게 널려 있었다.

그럼 아까 아침에 윤 여사가 사람 보내주겠다고 한 그 사람이 바로 이 사람이었단 말인가. 하림은 한 대 맞은 기분이 들기도 했고, 한편 우습기도 했다. 한 손에 물통을 들고 휘청거리며 마당으로 들어오는 하림을 보고 이장이 돌아보며 알은체를 했다.

"어디 갔나 했지. 물 받으러 가셨구먼."

그러고는,

"아무래도 펌프 있는 데가 얼어터졌어. 사람 불러야겠어요"

하고 말했다. 부른 사람이 또 사람을 불러야겠다는 것이었다.

"얼어터졌어요?"

하림은 공연히 자기가 무슨 큰 잘못이라도 저지른 사람처럼 황당한 표정을 지으며 말했다.

"그렇소. 이건 '비욘드 마이 어빌리티'라는 거요."

"비욘드 마이 어빌리티?"

"영어로 내 능력 너머에 있다는 뜻이오. 읍에 있는 수도 펌프 수리센터에다 전화를 하는 도리밖에 없을 것 같소."

하림은 하마터면 소리 내어 웃을 뻔했다. 갓 쓰고 스케이트 탄다더니, 그의 입에서 영어가 튀어나올 거라고는 전혀 예상치 못했던 것이다. 하지만 이장은 여전히 진지한 표정으로 말을 이었다.

"여기선 모두 지하에서 물을 뽑아 쓰는데, 집집마다 이렇게 펌프로 물을 끌어올리지요. 근데 겨울에 잘 싸두지 않으면 펌프의 약한 부위가 터지는 게 예사라오."

그의 설명에 하림은 난감한 표정이 되었다. 어제 막 여기에 도착한 그로서는 읍의 어디에 가서 그런 일을 맡겨야 할지 몰랐기 때문이다. 하림이 난감한 표정을 지으며 서 있자 이장이 이미 예상하고

있었다는 듯이,

"수도 고치는 데는 내가 아니까 전화를 해보겠소"

하고 말했다.

하림으로선 별수 없이 다시 윤 여사에게 전화를 걸어보는 수밖에 없었다. 전화를 받은 윤 여사는 옆에 이장이 있으면 좀 바꾸어달라고 했다. 전화를 받은 이장은 '응, 그래, 예, 맞어, 걱정 마, 알았어요' 하며 반말과 존댓말을 반반씩 섞어서 대답하고는,

"씨펄, 내가 지 종인가? 이래라저래라 하게"

하고 혼잣말처럼 구시렁거렸다.

그러곤 곧이어 핸드폰을 뒤적여 읍에 있는 펌프 수리점 전화번호를 찾았다. 전화가 연결되고 나자 이장은 갑자기 무게를 잡고 말했다.

"아, 여기 바람골 이장인데, 응, 나 운학이, 수도가 얼어터졌는가 싶구먼. 빨리 좀 와주소. 오전 중으로 와. 급하니까, 알았어!"

그렇게 목소리를 높여 급한 일처럼 다그쳤다.

수리점에 전화까지 넣고 나자 이장도 하림도 더 이상 달리 할 일이 없었다. 하림은 자기가 어디까지나 이곳에는 손님에 불과하며, 따라서 수도를 고치든 말든 자기에겐 아무 책임도 없다는 사실을 이장에게 넌지시 알려주고 싶어서 그가 그러는 동안 짐짓 뒷짐을 진 채 지켜보고 있을 뿐이었다.

"혹시 마시다 남은 술 없수?"

할 일 없으니 염불이라고 이장 운학이 말했다.

"소주 있는데…… 드실래요?"

하림이 여기 올 때 혼자 홀짝거릴 참으로 가져온 소주 팩이었다.

"아무 거라도 좋수다. 난 청탁을 가리는 사람은 아니니까."

운학이 젠 체하며 대답했다.

하림은 다시 물통을 들고 화실 현관 쪽으로 들어갔다. 운학도 절룩거리는 걸음으로 뒤따라 들어왔다. 방으로 들어온 운학은 이곳이 처음인 듯 강아지 새끼처럼 킁킁거리며 사방을 먼저 한번 둘러보았다. 하림이 가방을 뒤져 소주 팩 세 개를 꺼내어 닥자 위에 놓고, 컵과 안줏거리로 포장 조미 김을 들고 왔다.

"라면 없수? 소주 궁합에는 라면이 제일인데…… 아침부터 힘썼더니 출출하구먼."

말 타더니 경마 잡히고 싶어 하는 것처럼 운학이 체면 없이 내밸었다. 하림은 가타부타 군말 없이 조금 전에 떠 온 물을 냄비에 붓고, 가스 불에 올린 다음 박스에서 라면을 꺼내 왔다.

"잘 아시겠지만, 윤재영이 지금 나이 들어 그렇지 예전에는 꽤나 얼굴값 하고 다녔다오. 그림인가 뭔가 그리지, 자기 아버지 고물상해서 돈도 많지, 하여간 잘 나갔어요."

물이 끓는 동안 운학은 컵에다 자기 손으로 소주를 따라놓고 홀짝거리며, 혼잣말처럼 중얼거리기 시작했다. 하림은 그의 말을 한 귀로 들으며 물이 끓으면 넣을 요량으로 라면 포장을 뜯었다.

"나두 한때 좋아한 적이 있었소만."

그러고 나서 혼자 컥컥거리며 괴이한 소리를 내며 웃었다.

"내 다리만 이렇게 되지 않았어두…… 아니야, 멀쩡했어두 난 아니야. 그 앤 욕심이 너무 많아. 거들먹거리는 꼴도 보기 싫었구."

그러고 나서 갑자기 호기심 어린 눈으로 하림을 바라보며,

"근데 장하림 씨라 그랬소? 그냥 부르게 좋게 앞으로 장 선생이라 하겠소. 그래, 장 선생하군 어떤 관계요?"

하림은 이장 운학의 느닷없는 질문에 눈을 동그랗게 뜨고 쳐다보았다.

"아, 글쎄, 여기 화실 주인장되는 윤아무개랑……"

그는 다시 소주 팩을 기울여 잔에 찰찰 넘치게 부은 다음, 입에 갖다 대고 홀짝거리며 떠보기라도 하듯 딴엔 형사처럼 가늘게 눈을 뜨고 하림을 쳐다보았다. 어처구니가 없었다. 그렇게 느닷없이 이어 붙일 줄이야 전혀 예상치 못했던 일이다. 여자가 거처하던 빈 화실에 정체불명의 젊은 사내가 떡 하니 나타나 자리를 잡고 앉았으니, 오해를 사려면 사고도 남을 만한 일이기도 하리라. 하지만 하림의 입장에선 억울해도 보통 억울한 일이 아닐 수 없다. 윤 여사와의 관계로 말하자면 손톱만큼도 오해 받을 만한 일도 없었을뿐더러 앞으로 그럴 가능성도 전혀 없었다. 하지만 제삼자의 눈에까지 그렇게 투명하고 깨끗한 사이로 비치길 바라는 건 어떻게 보면 과한 바람일지 몰랐다.

"아, 윤 여사 말입니까?"

그래서 하림은 이렇게 아무렇지도 않은 듯 받아놓고는 잠시 사이를 두었다. 그러고 보니 무어라 딱히 대답하기도 곤란했다. 친구인 황동철로부터 소개를 받았다는 이야길 하려니, 또 황동철이 누구인지 설명해야 했고, 그렇다고 아무 관계도 아니라고 이야기해봤자 믿을 것 같지도 않았기 때문이다.

"사실은 난, 윤 여사랑은 잘 아는 사이가 아닙니다. 어떻게 말하자면 아무 관계도 없다고 해도 무방한 사이지요. 그런데 제가 글을 쓰는 사람이라 작업실이 필요했었는데, 마땅한 작업실이 없어 헤매던 중 우연히 아는 친구를 만났죠. 황동철이라고, 나랑 군대 친구랍니다. 이 친구와 아는 사람이 바로 윤 여사였고, 마침 윤 여사가 나의 딱한 사정을 듣고 나서 그러면 시골 고향에 자기 빈 화실이 있으니 가서 있으려면 있으라 해서, 그렇게 오게 된 것입니다."

아무렇게나 생각나는 대로 횡설수설 떠들어대었다. 어차피 알아들을 것 같지도 않았기 때문에 무어라고 해도 상관없을 것 같은 생각이 들었다. 그런데 말을 하다 보니 또한 그게 사실이라는 생각도 들었다. 그날 눈 내리던 동묘 앞 흑돼지구이 집에서 나누었던 이야기 중에 그런 이야기도 분명 있었기 때문이다.

"가서 있으려면 있으라…… 그래서 오게 되었다, 이 말이지요?"

운학이 여전히 미심쩍은 눈빛을 거두지 않고 말했다.

그 꼴이 또한 우스웠다. 어수룩한 표정으로 보아 하림의 말 내용보다는 그저 홀짝거리는 소주에 더 관심이 있는 것 같았다. 금세 한 팩을 다 비우고 두 번째 팩을 뜯고 있었다.

"암튼 잘 왔소. 나야 사실은 장 선생이 누구인지, 또 윤아무개랑 어떤 관계인지 아무런 신경 쓸 일도 없소만, 암튼, 잘 왔소."

잘 왔소, 잘 왔소, 하면서도 '윤아무개랑 어떤 관계인지 아무런 신경 쓸 일도 없소만'이라고 할 때의 그의 목소리에서는 이상하게 얼핏 가시 같은 게 느껴졌다. 그는 갑자기 침울해진 얼굴로 탁자 위를 뚫어지게 바라보았다. 듬성듬성 턱에 난 수염과 입가를 따라 진

깊은 주름이 지금까지의 모습과 달리 무척 예민하고 신경질적으로 보이게 했다.

그러고 보면 아까 한때 그녀를 좋아했던 적이 있었다는 그의 말 속에 무슨 숨겨진 사연이 있을지도 모른다는 생각이 얼핏 들었다.

"결혼은 하셨수?"

이윽고 그는 다시 자신의 감정을 추스른 듯 무미건조한 목소리로 물었다.

"아니, 아직……"

결혼이라는 말에 하림은 약간 당황한 표정으로 우물거리며 대답했다.

"아직이라, 그 나이에 아직이라…… "

그는 무언가 곱씹어보듯 혼자 중얼거렸다. 자기도 혼자 사는 주제에 마치 도사라도 된 것 같은 태도였다.

"좋아하는 사람은 있수?"

"예, 그게 아직……"

하림은 여전히 자신 없는 말투로 우물거렸다. 그러자 이장 운학이 소리 내어 웃었다.

"무슨 대답이 그렇수? 아직 없으면 앞으로도 없을 거요."

그의 말에 하림은 자기도 모르게 조금 화가 났다. 그가 자기를 놀려대고 있는 건지도 모른다는 생각이 들었다.

좋아하는 사람 있수,라고 했을 때 사실 본능적으로 혜경의 얼굴이 떠올랐지만, 그에게 굳이 그런 고백을 해야 할 이유가 없었다. 그리고 이상하게 그날 밤 미장원에서 그런 대화를 나눈 이후 자신이 혜경을 진정으로 좋아하고 있는지 확신이 들지 않았다. 아니, 그녀를 사랑한다고 믿고 싶었지만, 그녀 쪽에서 일방적으로 떠나갈 것을 꿈꾸는 이상, 더 이상 그것을 사랑이라고 부르기도 어려울 것 같다는 느낌이 들기도 했다. 그런데다 이장이 제 딴에 뭘 안다고 이렇다 저렇다 해대는 꼴에 기분이 상했다. 하림의 그런 기색을 눈치 챘는지 운학이 곧 자못 엄숙해진 표정으로 말했다.

"말하지 않아도 좋아요. 사실 나는 장 선생이 어저께 여기 나타나는 순간, 둘 사이에 무언가가 있을 거라 대뜸 짐작했어요. 나두 아까 젊은 날 윤아무개를 좋아했던 적이 있었다고 했지요. 그래요, 나도 한때 그녀를 죽도록 사랑한 적이 있었다오. 정말 죽도록…… 실제로 목 매달아서 죽을 각오까지 했었으니까."

그는 음흉하게 웃었다. 넘겨짚기도 보통 넘겨짚기가 아니었고, 지레짐작도 보통 지레짐작이 아니었다. 하림은 고소苦笑가 새어 나오려는 걸 겨우 참았다.

"우리 수컷 사이엔 본능이란 게 있소. 냄새만 맡아도 그게 연적인지 아닌지 금세 알아보는 본능 말이오. 장 선생을 보는 순간 나의 내부에서는 나도 모르게 일종의 질투, 내 속에 이미 오래전에 죽어 있던 불씨 같은 것, 그런 게 슬며시 고개를 들고 나오는 것을 느꼈소, 그래서 난 곧 확신을 갖게 되었소. 장 선생과 윤 여사 사이에 어떤 특별한 관계가 있을 거라는 확신 말이오."

갈수록 태산이라더니, 그가 장황히 벌여놓는 이야기에 하림은 어이가 없을 뿐만 아니라 너무나 기가 찼다.

"허허, 아닌데요. 뭘 단단히 착각하신……"

"하지만 안심하시오. 난 이래 봬도 입 하나는 무거운 사람이니까, 절대 다른 사람한텐 말하지 않을 거요. 특히 윤재영 남편에게는…… 절대로!"

하림의 말을 막으며 이장은 득의만만하게 말했다.

하림은 뭔 소리냐 하는 표정으로 고개를 저었지만 일이 어찌 묘하게 돌아간다는 느낌이 들었다. 그렇다고 확신을 가졌다는 그에게 달리 변명할 방법도 없었다. 그게 더 우스운 꼴이 될 터였다. 이럴 경우에는 오해를 하건 말건 내버려두는 게 상책인지 몰랐다.

"사랑이란 게, 참 우스운 거요."

운학은 벌써 자기 몫 소주 두 팩을 다 비운 다음, 하림이 자신의 몫으로 내놓은 소주 팩까지 따는 중이었다. 술이 들어가자 혀가 풀린 모양으로 밑도 끝도 없이 떠들어대기 시작했다. 하림은 의자에 비스듬히 앉아 그가 마음대로 떠들도록 내버려두었다. 그렇지 않아도 심심해자빠져 있었을 그는 오랜만에 물 만난 고기처럼 떠들어대었다. "사랑이란 놈이 우스운 게, 이건 어디까지나 나의 경험이지만, 이룰 수 없다는 것을 알고 나면 더욱 무섭게 불타오르기 시작하는 놈이 고놈이라는 거요. 거기에다 질투와 배신은 이룰 수 없는 사랑에 기름을 끼얹는 효과를 발휘하죠. 누군가 사랑을 하면, 처음엔 외로워지기 시작합니다. 내 경험으로 말하자면, 뼈에 사무치는 외로움을 느끼지 못했다면 그건 결코 사랑을 한다고 할 수 없을 거요. 밤의 산길을 혼자 걸어가는 것 같은, 뼈에 사무친 외로움 말이오. 그 순간, 누구나 자신의 운명과 맞닥뜨리는 무서운 경험을 하게 되지요. 실제로 내가 그랬으니까……"

그는 식어가는 라면에는 손을 대지 않고 술잔을 홀짝거리며 젠체하고 말했다. 그러고 나서 자기 오른쪽 바짓단을 둥둥 걷어 올려 하림에게 보여주며 말했다

"이것 보시오. 이게 조국이 내게 안겨준 운명이오. 저주받은 나의 운명!"

거기엔 정강이 아래부터 쇠로 고정된 의족이 달려 있었다.

"말년 병장 때 수색 나갔다가 운 나쁘게 지뢰를 밟았소. 강원도 철책선에서 근무할 땐데, 사실 그날 나는 나가지 않아도 되었지만 마침 주번 하사가 없어 내가 대신 분대원을 인솔하게 되었소. 우리는 늘 다니던 길을 따라서 다녔기 때문에 아무 생각 없이 그냥 걸어가고 있었지요. 갑자기 소변이 마려워서 다른 이들이 먼저 걸어가고 나서 나는 혼자 남아 억새들이 우거진 바위 뒤로 갔어요. 그 순간, 꽝 하는 폭발음이 귓전에 들리는가 싶더니 몸이 공중으로 붕 떠오르는 것을 느꼈는데, 그러고는 정신을 잃었다오. 눈을 뜨니 야전 병원의 허연 천장이 보이더이다. 그러고는 다시 큰 병원으로 후송되어 수술을 받고 전역했소. 그때만 해도 솔직히 그게 얼마나 나의 치명적인 운명이 될지 알지 못했지요."

그러고 나서 운학은 울음이라도 터뜨릴 것처럼 입술을 이지러뜨렸기 때문에 입가의 주름살이 더욱 깊게 파였다.

"일급 상이용사가 되어 돌아왔지만 그녀가, 그렇지 않아도 고상하기 짝이 없었던 그녀가, 한때는 서로 사랑했던 그녀가, 이건 비밀이오만, 나와 그녀는 입맞춤까지 한 적도 있더랬소, 하지만 절름발이가 되어 돌아온 나를 결코 반기지 않았다는 것, 더욱이 사랑하지

않는다는 걸 깨닫는 데는 오래 걸리지 않았소."

운학은 다시 남은 팩의 술을 잔에 따라 마시면서 씁쓸한 표정으로 말했다.

"운명과의 외로운 싸움이 시작되는 순간, 어느새 사랑은 분노로 변하고 말았소. 저주하고, 멸시하고, 자학하면서 말이오. 이젤을 들고 저수지 가에 앉아 있는 그녀를 멀리서만 봐도 무너질 것 같은 심정과 함께 참을 수 없는 불같은 분노 같은 걸 느꼈지요. 죽이고 싶을 정도로……"

그의 말을 들으며 하림은, 일말의 동정심과 함께 어쩐지 그가 연속극이나 만화를 너무 많이 봤을지도 모르겠다는 생각이 들었다. 요즘 들어 그런 사랑 타령은 들어본 적이 없었거니와 그 안에 일말의 약간의 진실성이 있다 한들 마흔 줄의 사내가 징징거리며 늘어놓는 이야기치고는 너무 유치했기 때문이다. 거기에다 어디까지가 진실인지도 알 수 없는 일이었다.

어쨌거나 그의 이야기를 통해 이 운학이라는 사내가 한때 윤 여사를 좋아해서 쫓아다녔다는 것과 그가 지금 하림을 윤 여사의 숨겨둔 애인 정도로 지레짐작을 하고 있다는 사실은 알게 되었다. 그러자 하림은 자기도 모르게 슬그머니 그를 골려보고 싶은 마음이 일어났다.

"그럼, 이장님은 아직도 윤 여사를 마음에 두고 있다는 말씀인가요?"

그러자 운학이 펄쩍 뛰면서 손사래를 쳤다.

"아, 무슨! 이런 말씀드리기 뭣하지만 지금은 그 여자한테 손톱만큼의 애정도 없소. 정말이오. 정말이고말고. 솔직히 말해 아무것도 몰랐던 시절 이야기요. 그 여잔 속물이요, 속물. 탐욕스러운 속물! 장 선생이 좋아한다니 더 이상 언급하지는 않겠소만 당신도 조심하는 게 좋을 거요. 아직 결혼도 하지 않았고, 젊다면 젊은 나이니까, 내가 인생 선배로서 충고 삼아 하는 말이오만."

그의 말에 하림은 알겠다는 듯 고개를 끄덕였다. 하긴, 자기라고 해서 윤 여사를 잘 알고 있는 것도 아니었다. 사람에겐 천 개의 얼굴이 있어, 천 개의 거울에 비친 모습을 다 보아야 비로소 그 사람에 대해 알 수 있다는 말이 있다. 자기 속엔 제 자신도 모르는 부분이 얼마나 많은가. 하물며 한두 번 본 사이임에랴.

"대신 내겐 그 여자보다 백 배 천 배나 착한 마음을 지닌 진짜 천사 같은 여자가 있소. 그런 여자완 비교도 안 되는 고상한 인격을 지닌 여성이 말이오."

그는 무언가 자랑처럼 늘어놓고 싶어 하다가 아차 싶었던지 곧 입을 다물었다. 그러곤 조용하게 목소리를 낮추어서 말했다.

"여기 바람골은 예전에 바깥사람들이 거의 드나들지 않았던 평화로운 마을이었지요. 내가 군대 가기 전에만 해도 아주 조용한, 우리나라 시골 어디에서나 볼 수 있는 그런 마을이었단 말이오. 그런데 외지인들이 들어오기 시작하면서 마을 분위기가 많이 바뀌고 말았지. 마치 몸 안에 독이 스며들 듯이 땅 투기꾼에, 실패한 인생들까지 들어오면서 흉흉한 분위기가 되고 말았소. 어디에서 굴러먹었는지 알 수 없는 음습하고 광기 어린 작자들도 나타나고……"

운학은 눈살을 찌푸리며 고개를 흔들었다.

“얼마 전에는 개들이 누군가의 총에 맞아 연쇄적으로 죽어나가는 일까지 벌어졌어요.”

“예?”

울고 싶은 아이 뺨 때려준다고, 그렇지 않아도 묻고 싶고 듣고 싶었던 내용이었는데 운학이 스스로 말문을 열어주었으니 뜻밖이다. 그런데 마침 그때 밖에서 투다다다 끼익, 하며, 마당에 오토바이 들어와서 서는 소리가 들렸다.

“이런 제길, 이제야 왔나 보군.”

운학이 말을 하다 말고 먼저 자리에서 벌떡 일어나 현관 쪽으로 갔다. 하림은 마당에 누가 왔나 하고 창밖을 한번 쳐다보고는 곧 운학을 따라 마당 밖으로 나왔다. 마당에는 방금 오토바이에서 내린 사내가 헬멧을 벗고, 오토바이 뒤꽁지에 매단 상자에서 펜치를 꺼내고 있었다. 운학 이장과 비슷한 또래로 보였는데, 사각 진 얼굴의, 머리가 제법 희끗희끗한 사십대쯤의 남자였다. 얼룩덜룩한 예비군복 비슷한 잠바를 걸치고 있었다.

“밸브가 얼어터졌는가 보이.”

운학이 알은체하고 말했다. 하지만 사내는 아무 대꾸도 없이 열어놓은 맨홀 안으로 허리를 굽혀 펜치로 여기저기 두드려보고 나사를 풀어보더니,

“갈아야겠구먼. 밸브만이 아니고 펌프 이음매가 터져버렸어. 겨우내 물을 뽑아두어야 하는데 말이지”

하고 사돈 남 말 하듯이 말했다.

“그럼, 통째로 갈아야 하는가?”

"음, 통째로 갈아야 해. 밸브만 갈 수도 없고. 깨진 데서 금세 다시 줄줄 샐 거야."

사내의 말에 운학이 어떡할 거요, 하는 표정으로 하림을 돌아보았다. 하림인들 무슨 결정 권한이 있는 것은 아니었다. 하림 역시 이 집의 손님이나 다름없었기 때문이다. 하림은 별 대꾸 없이 다시 윤 여사에게 전화를 넣었다.

"어떻게 되었대요?"

그렇잖아도 궁금했던지 윤재영이 전화를 받자마자 대뜸 말했다.

"펌프를 통째로 갈아야 된대요."

하림이 지나가다 장기판 훈수 두는 목소리로 말했다.

"통째로?"

윤 여사의 목소리가 앙칼져졌다.

"예, 통째로……"

"도둑놈!"

그녀는 비명이라도 지르듯 낮게 내뱉었다. 낮게 소리쳤다고는 하지만 주변이 쥐 죽은 듯 고요했기 때문에 그 소리는 운학이나 수도 고치러 온 사내의 귀에도 다 들렸을 법하였다. 그러고 나서 그녀는 속으로 계산을 해보는지 잠시 사이를 두었다가,

"할 수 없지 뭐, 얼마냐고 해봐요"

하고 말했다. 하림이 사내를 바라보자 사내가 손가락으로 3과 5를 만들었다.

"35만 원이래요."

하림이 전했다.

"도둑놈……"

윤 여사는 다시 낮게 한번 혼자 뇌까리고는,

"할 수 없죠, 뭐. 하라고 하세요. 돈은 내일 부쳐주겠다고"
하고 큰 양보나 하듯이 말했다. 전화를 끊은 하림은 다들 들었지요? 하는 표정으로 두 사람을 돌아보았다. 도둑놈 소리를 들은 사내가 고개를 끄덕였다. '도둑놈'이란 소리도 들렸을 텐데 그런 것쯤에는 전혀 개의치 않는다는 듯한 태도였다.

그는 곧 자기 오토바이께로 가더니 이미 예상하고 왔다는 듯이 도구 상자에서 새 펌프를 꺼내었다. 그러곤 얼룩덜룩한 예비군 잠바를 벗어두고, 본격적으로 얼어터졌다는 펌프 해체 작업에 들어갔다. 이장인 운학과 하림은 달리 할 일이 없었기에 그 옆에 서서 사내가 열심히 손 놀리는 것을 물끄러미 구경만 하고 있었다. 펌프를 뜯어내자 파이프를 타고 올라온 물이 마당으로 질펀하게 흘러넘쳤다.

"그래도 여기 물맛 하나는 알아줘야 해. 지하 백 미터는 더 파 내려갔으니까."

운학이 알은체하면서 말했다.

"예전에는 그랬지. 하지만 지금은 아닐세. 저수지가 생기고 나서부턴 지하수가 이제 예전 지하수가 아니라구."

사내가 새 펌프를 맞추어 넣으며 대꾸했다. 그러고 보면 읍에서 왔다는 사내 역시 이 동네에 대해 훤히 알고 있는 모양이었다. 윤 여사한테 도둑놈 소리를 듣고도 가만있는 걸 보면, 그녀의 성격이나 말투에 이미 익숙해 있다는 뜻이기도 했다. 그러고 보면 이 동네에서 하림이 자기만 이방인인 셈이었다.

"그래도 수도보다야 백 배 낫지. 난 수돗물은 냄새가 나서 못 먹겠더구먼."

운학이 괜스레 토를 달았다.

"그건 그려."

사내 역시 별 생각 없이 맞장구를 쳐주었다. 그러고는 나사를 쪼이는지 끙, 하고 힘을 한번 주고는 하림을 슬쩍 올려보며,

"이 집 샀수?"

하고 지나가듯 말했다.

"아뇨. 그냥……"

하림이 우물거리며 대답했다.

"허긴, 팔 여자가 아니지. 여기저기 땅을 사 모으고 있단 이야기도 들리던데……"

사내는 혼잣말처럼 중얼거렸다. 하림은 괜히 이상한 기분이 들었다. 흘리듯 지나가는 말이 이상하게 가시처럼 걸렸다. 지난번 동철이랑 동묘 앞에서 봤던 윤 여사의 이미지와는 사뭇 다른 뉘앙스를 풍겼다. 그때 그녀는 순진하다면 순진하게 보였고, 덜 돼 보였다면 덜 돼 보이는 푼수 스타일로 비쳤는데, 아까 운학의 말도 그렇고 지금 사내의 말도 그렇고 뭔가 복잡한 속내를 지닌 여자일지 모른다는 생각이 어슴푸레하게 스며들고 있었다.

더구나 아까 운학은 한때 사랑했다는 그녀에 대해 '속물'이라고 잘라 말하지 않던가. 그러고 보면 아까 전화에 대고 윤 여사가 대뜸 '도둑놈……' 어쩌고 뇌까렸던 목소리까지도 낯설게 느껴졌다. 그

날, 동철이 늘어놓았던 망명정부 이야기에 도톰한 입술을 비틀며 깔깔거리며 웃던 모습과도 사뭇 달랐다.

하림은 점점 복잡해지려는 머리를 흔들며,

"커피 드실래요?"

하고 말했다.

"좋죠. 이왕이면 난 곱빼기로 주슈."

사내가 넉살 좋게 말을 받았다. 운학은 사내가 일을 끝낼 동안 지켜볼 요량인지 그새 아예 다리 하나가 부서진 의자를 옆에 갖다 놓고 엉덩이를 걸치고 있었다.

"난 남아 있는 술 있음 한잔 더 주면 좋겠수만."

현관으로 들어가는 하림의 등짝을 향해 운학이 비굴한 웃음을 달며 말했다. 방에 들어온 하림은 커피 물을 올려놓고 박스를 뒤져 소주 팩을 하나 꺼내었다. 비상시에 먹으려고 가져온 것인데 운학은 단 입에 다 마셔치울 작심인 듯싶었다.

'에이, 몇 푼이나 되겠나. 이따 슈퍼에 가서 또 사면 되지, 뭐.'

하림은 자포자기한 심정으로 쟁반에다 아까 먹던 김 부스러기와 소주 팩을 담고, 커피 믹스 두 개를 뜯어 사내 주문대로 양을 많게 하여 사발에다 탔다.

윤 여사가 여기저기 땅을 사 모으고 있다? 그건 또 무슨 말인가.

하지만 하림은 곧 머리를 저었다. 윤 여사가 땅을 사건 바다를 사건, 자기 알 바 아니었고 자기 소관 사항도 아니었다. 자기는 그저 당분간 이곳에 있으면서 강은주로부터 받은 만화 대본 작업이나 하면서, 틈틈이 윤 여사 고모네 개들이 죽은 일에 신경을 좀 쓰는 체하다가, 때 되면 보따리 싸서 떠나면 그만일 것이었다. 개똥철학자 동철이 즐겨 하던 말마따나, 남 똥 누는 데 괜히 용 쓸 까닭이 없을 터였다.

그렇게 머릿속을 대충 정리한 다음 하림이 술과 커피를 쟁반에 담아 나가는데, 그새 펌프 가는 일이 끝났는지 사내는 수돗가 시멘트에 앉아 담배를 태우며 운학 이장이랑 이야기를 나누고 있었다.

"물 틀어봤수?"

푸른 담배 연기를 뿜으며 사내가 물었다.

"아뇨."

"틀어봐요. 나올 거요. 여기는 이제 잘 나오니까."

그러면서 방금 고친 마당 펌프 옆 수도꼭지를 틀었다. 시원한 물줄기가 소리도 요란하게 쏴하고 쏟아졌다. 햇살을 튕겨내며 물방울이 사방으로 튀었다. 쟁반을 사내에게 전해주고 안으로 들어와 싱크대 수도꼭지를 틀어보니 과연 쿨럭쿨럭 공기 빠지는 소리를 몇 번 내더니 곧 물이 쏟아져 나왔다. 물이 나오자 집이 금세 활기를 되찾은 느낌이 들었다. 하림은 다시 신발을 꿰신고 밖으로 나왔다.

"잘 나오죠?"

큰 대접에 담긴 커피를 홀짝거리며 사내가 다시 물었다.

"예."

하림은 사돈 남 말 하듯 대답하고는 그들과 좀 떨어진 곳 대추나무 밑 버려진 평상으로 가서 걸터앉았다.

"겨울엔 수도 사용할 일이 없으면 반드시 펌프 물을 모두 빼놓아야 해요. 아니면 이불로 꽁꽁 싸두던가. 그렇지 않음 올해같이 추운 겨울에는 또 터져요. 생각해봐요. 자동차 부동액도 얼어터지는데, 우리나라 요즘 겨울이 시베리아보다 더 춥다지 않수."

사내가 이 방면엔 자기가 전문가라는 식으로 말했다.

"그려. 사람이 독해져서 그런지 요즘 날씨마저 독해졌어. 올 겨울도 징하게 추웠지. 그래도 계절 바뀌는 건 어쩔 수 없어. 어젯밤 비 내리는 걸 보니, 이제, 겨울도 대충 끝난 것 같어."

운학이 소주 팩을 까 홀짝거리며 역시 영양가 없이 한마디 거들었다.

"아직 몰러. 꽃샘추위라는 게 있잖어."

"그까짓 꽃샘추위, 계집아이 오줌 누기지. 어디 한겨울과 비교할 수 있는가?"

운학이 큰소리를 쳤다.

"봄 되면 바쁘지? 포도나무 가지치기도 해줘야 하고……"

"이제 곧 가지치기 들어가야겠지."

오랜만에 만났는지 한 사람은 쭈그리고 앉아 커피를 홀짝거리고, 한 사람은 부서진 의자에 엉덩이를 걸치고 앉아 소주 팩을 홀짝거리며, 세월아 네월아 하고 있었다. 둘 다 바쁠 게 하나도 없다는 표정이었다.

"그런데 개 죽은 것은 어찌 됐어? 누가 쐈는지 알아냈어?"

그때 사내가 느닷없이 말머리를 돌렸다. 하림은 무심한 채 땅바닥을 보고 있었지만 자기도 모르게 귀가 쫑긋했다. 그러잖아도 아까 운학이가 뭐라 운을 떼던 차에 오토바이가 들어오는 바람에 끊어졌던 터였다. 하림은 무심한 척 땅바닥을 보며 귀만 세워 운학의 대답을 기다렸다.

“몰라. 윤씨 아주머니네 누렁이 죽고 나서 두 차례나 더 개들이 총 맞아 죽었어어……”

운학이 바닥에다 퉤, 하고 가래침을 뱉으며 지나가듯이 말했다. 두 차례나 더……? 하림은 자기도 모르게 얼굴을 찌푸렸다. 그렇다면 엽총에 맞아 죽은 개가 윤 여사 고모네 집 말고도 더 있다는 말인가?

“그래? 또 엽총에 맞았어?”

이번에도 하림 대신 사내가 질문을 해주었다.

“응, 이번에도 둘 다 머리에 총탄이 박혀 죽었어. 어떤 인간이 그랬는지 모르지만, 미친눔이 아니구서야 그런 짓을 할 수가 없지.”

“요즘 세상에 미친눔이 한둘이어야지. 근데 지난번 건 이층집 영감이 한 짓이 확실한가?”

“그야 죽은 개가 이층집 울타리 밖에 던져져 있었으니까, 그럴 수도 있겠지.”

“영감이 예전에 월남전 갔다가 정신이 이상하다는 이야기도 있더구만.”

“누가 그러던가?”

“고엽제 피해자라면서?”

“글쎄 영감이 죽였다고 누가 그러던가 말이야?”

운학이 채근하듯 다시 물었다.

“누가 영감이 엽총 들고 다니는 걸 봤다고 하더구먼.”

“그건 나두 봤어. 엽총인지 공기총인지 들구 계곡 위로 올라가는 걸. 그렇다구 영감이 총으로 개를 쏘아 죽였다는 걸 직접 본 사람은 없잖어?"

운학이 버럭 화를 내면서 말했다.

"화를 내다니 자네가 오히려 이상하네그려. 그리고 상식적으로 통하지 않는 일이 세상에 어디 한둘이어야지. 이런 놈의 일이 다 있나 싶은 일들이 버젓하게 벌어지는 게 요즘 세상이여. 이층에서 소리 낸다고 불러서 죽이지를 않나, 애비가 자기 낳은 딸을 건드리지 않나, 아닌 말로 썩고 미친 짐승들의 세상일세. 그나저나 암튼 자네가 이장이니까 신경 조금 쓰이겠구먼."

"이장이래야 동네 영감네들 뒤치다꺼리하는 일이 다지, 뭐. 그런데 이런 일까지 벌어지니 나라고 벨 수가 있겠느냐고."

운학이 그제야 입맛을 다시면서 말했다.

"그러라고 자넬 시킨 게 아닌가."

사내가 이제 마악 데워지기 시작한 청량한 대기 속으로 푸른 담배 연기를 뱉어내며 웃었다.

"에이, 올해만 하고 내놓아야지. 동네 인심이 옛날하군 많이 달라졌어."

"외지인들 때문에 그렇지?"

"응, 이런 델 찾아 기어들어온 인간들 보면 하나같이 멀쩡한 사람이라곤 없는 것 같아. 어딘가 하자가 있거나 말 못할 사연이 있는 것처럼 보인단 말일세. 이층집 그 영감네도 그렇구, 계곡 따라 올라가며 새로 들어와 사는 인간들이 모두 그려."

두 사람은 하림은 전혀 염두에 두지 않는 듯 그렇게 한동안 주거니 받거니 하고 있었다.

“근데, 저수지 너머에 송 사장인가 하는 작자가 나타나 지금 한창 개발 공사를 하고 있다며? 차차차 파라다이스라나 뭐라나……”

펌프 고치러 온 사내가 말했다.

“그려, 자네도 봤나? 지금 한창 온통 산을 깎아내고 뒤집고 지랄일세. 뭐 대규모 위락시설을 들여오겠데. 그러면 동네가 확 달라질 거라며 떠들고 다녀. 주민 동의서에 도장을 받는데, 노인네들은 거진 다 넘어갔어.”

“그려? 송 사장인가 하는 작자는 이전에 건설사 하다가 부도 내고 감옥까지 갔다 왔다고 하던데, 그런 인간이 무슨 꿍꿍이속으로 여기에다 큰 위락단지를 유치하겠다는 건가?”

“글쎄 말이여, 알고 보면 자기도 여기에 연고가 있대나 뭐래나. 근데 그 인간 인상부터가 곱지 않아. 눈이 꼭 단춧구멍만 한 게 사람을 게 옆으로 쳐다보는 품이 아주 사기꾼 같았어. 지난가을부터 풀방구리 드나들듯 하는 꼴이 수상쩍더라 했더니, 하여간 자기 말로는 개발만 되면 서울도 가깝고 해서 땅값도 오르고 하루아침에 동네가 천지개벽할 거라고 하더만. 그것 때문에 다들 들썩거려.”

“예전에 한창 골프장 들어온다고 난리치더니…… 서울 가깝고 저수지 끼고 계곡까지 있으니 말이지. 근데 그 인간이랑 윤재영이 하고 먼 친척 된다는 말도 있던데?”

“응, 재영이네 먼 외가 쪽 사람이라고 하데. 나두 그것밖에 몰러.”

운학이 먼 곳으로 시선을 던지며 말했다.

“그건 그렇고 이층집 영감 딸이 전도사라믄서? 그렇게 미인이라던데.”

사내의 말머리가 다시 이층집 영감 딸로 넘어갔다.

“그려, 맞어. 전도사. 신학대학에도 나가구, 용모도 기품 있고, 아닌 말로 이런 골짜기에 있긴 아까운 인물이지.”

“조심하게나. 자네 꼴이 벌써 반쯤은 넘어간 듯싶구먼.”

사내가 이를 드러내고 웃으며 말했다.

“벨소릴!”

운학이 짐짓 화가 난 목소리로 대꾸했다.

그때 마침 핸드폰에서 생뚱맞은 음악 소리가 흘러나왔다. 사내는 다 마신 커피 사발을 쟁반에 던져두고, 얼룩무늬 잠바에서 전화기를 찾아 꺼내었다.

“여보세요! 응응, 다 끝났어. 누가 왔다구? 응응. 조금 기다리라고 해. 곧 갈 테니까, 응응.”

그렇게 응응거리고 나서 사내는 잠바를 걸치고는 주머니에서 수첩과 볼펜을 꺼내 뭐라 적더니 한 장을 쭉 찢어서 하림에게 내밀며 말했다.

“은행 계좌번호유. 펌프 교체한 값 35만 원 여기루 넣으라고 해주슈.”

하림은 보지도 않고 쪽지를 받아 주머니에 넣었다. 연장을 챙겨 오토바이 뒤 연장통에 넣은 사내는 올 때와 마찬가지로 헬멧을 쓴 다음, 안장 위에 올라 몇 번 발을 굴러 엑셀을 붕붕거렸다. 이윽고 발동이 걸린 오토바이가 꽁지에 푸른 연기 한줌을 뱉어내며 요란한 소리와 함께 순식간에 포도나무 과수원 옆길을 따라 사라져버렸다. 사내가 차지했던 공간이 비고 나자 갑자기 정적이 밀려왔다. 저수지께 언덕에서 청둥오리인지 꽈악꽈악 하는 소리가 들렸다. 곧 점심때가 가까워지고 있을 터였다.

사내가 가고 나자 운학이 그제야 자기도 가야겠다고 생각했는지 엉거주춤 의자에서 엉덩이를 떼어놓으며,

"제길, 벨 것도 아님서 35만 원이라니, 도둑놈. 그냥 고쳐서 써두 될 걸 가지구, 삐끗하면 갈아야 한다니 말이야"
하고, 아까 윤 여사가 한 말과 똑같이 '도둑놈'이란 말을 써가며 불평을 하였다. 그러고 나서,

"저 사람 별명이 뭔지 아우? 똥나발이요. 여기저기 뒷소문 들어서 옮기고 다니는 게 취미지. 장 선생도 조심하는 게 좋을 거요"
하고 묻지도 않는 말까지 달았다.

"어쨌거나 내 돈 아니니 뭐라 할 수도 없지 뭐. 하여간 물이 잘 나오니 다행이지. 잘 쓰슈. 필요한 것 있음 또 연락하구. 글구 들어서 알겠지만, 요즘 들어 이곳에서 흉흉한 일들이 자주 일어나곤 하니까 조심하시오. 밤에 돌아다니지 말고……"

기우 삼아 한마디를 더 던졌다.

하림은 알겠다는 표시로 고개를 끄덕거렸다.

말을 마친 운학은 등을 보이며 절룩이며 걸어갔다. 하림은 우두커니 서서 그가 걸어가는 모습을 지켜보다가 이윽고 그가 보이지 않자 돌아서서 수돗가로 와서 물을 틀어보았다. 쏴아, 하고 물방울을 튕기며 듣기에도 시원하게 물줄기가 쏟아져 나왔다.

이장마저 가고 나자 하림은 완전히 혼자가 되었다.

고장 난 수도 때문에 아침부터 어수선했는데, 다시 평화가 찾아온 것이다. 하림은 기지개를 크게 한번 켜고는 하늘을 올려다보았다. 어젯밤 비를 내린 하늘에서는 이제 따뜻한 햇살을 분수처럼 쏟아져 내리고 있었다. 아직 봄 타령 하긴 성급하긴 했지만 계절이 바뀌는 걸 생각하면 저절로 기분이 좋아졌다.

까악! 까악!

대추나무에 까치 한 마리가 날아와서 꽁지를 까불어대며 울었다.

방으로 들어온 하림은 수도를 틀어놓고, 먼저 솥에다 밥부터 안쳤다. 간단하기로 치자면 라면을 끓여 먹는 게 가장 간단했지만 혼자 살면서 그래도 한 끼 식사만큼은 그렇게 풀칠하듯 후딱 처리하지 않기로 다짐을 해두고 있던 터였다. 반찬은 없어도 따뜻한 밥을 해서 차려놓고 먹으면 왠지 스스로에게 대접하는 기분도 들었고, 다음 식사 때까지 다른 간식 생각 없이 지낼 수도 있었다.

어쨌거나 고장 난 수도를 이렇게 빨리 고칠 수 있어 다행이었다. 이럴 줄 알았으면 아침부터 길목슈퍼로 가서 심술궂게 생긴 소연의 사촌 언니 눈치까지 봐가며 물을 길어오지 않아도 되었을걸, 하는 생각이 들었다. 그래도 꼭 쓸모없는 일만은 아니었다.

5장

저수지에서 만난 여인

점심을 먹고 난 하림은 소화 겸하여 산책을 나섰다.

마당에 버려져 있던 작은 작대기를 하나 괜스레 주워 든 하림의 발걸음은 자기도 모르게 포도나무 밭과는 반대편으로 향했다. 저수지 쪽으로 가는 길이었다.

천천히 길을 따라 걸어가는 동안, 하림의 머릿속엔 아까 두 사내가 나누던 말들이 물방울처럼 떠올랐다. 그런데 하림이 이해가 잘 가지 않았던 것은 영감 이야기가 나오자 이장인 운학이 느닷없이 화를 내듯이 말한 부분이었다. 그가 화를 내거나 짜증을 부릴 만한 계제도 아니었다. 펌프 고치러 온 사내는 그저 자기가 들었던 대로 영감이 범인이 아닌가 하고 물었을 뿐이었다. 그리고 지금까지 나온 이야기로 볼 때 그럴 가능성이 가장 높아 보였다. 그런데 윤학은 그렇게 단정하지 말라며 화를 내었다.

그리고 영감의 딸이 전도사라도 말도 처음 듣는 이야기였다. 거기에다 미인이라고 했다. 윤 여사 이야기와는 정반대였다. 그날 동묘 앞에서 만난 윤 여사 이야기로는 이층집 영감은 사납게 생겼고, 영감의 딸 역시 아버지를 닮아 사납고 신경질적으로 생겼다고 했다. 하기야 사납고 신경질적으로 생겼다고 하여 못생겼으리란 법은 없으니까. 어쨌거나 윤 여사 말의 뉘앙스로 볼 땐 상당히 부정적인 이미지였는데, 두 사내의 이야기 속에 비친 이미지로 무언지 모르게 긍정적인 면도 없지 않아 보였다.

대저 같은 여자라도 여자가 보는 여자랑 남자가 보는 여자는 다른 법이다. 여자가 보는 여자는 그저 그냥 여자일 뿐이지만 남자가 보는 여자는 미학적이요 우생학적이며, 생리학적이고 심리학적이고 동시에 시적이고 소설적인, 복잡한 요소가 들어가 있게 마련이었다. 그래서 펌프 고치러 온 사내가 '그렇게 미인이라던데……' 하고 무심코 던지는 말속에도 여러 가지 자기도 모르게 본능적 판단이 들어가 있었을 것이다.

그 둘의 이야기 중 하나 걸리는 부분은, 윤 여사 고모네 집 개들의 죽음 이후에도 또 개가 죽어나가는 사건이 계속 벌어져왔다는 것이었다. 그렇다면 그것은 연쇄 살인 사건은 아니지만, 굳이 이름을 붙이자면 '연쇄 살견殺犬 사건'이라 칭할 수 있을 터이다. 어떤 인간이 그런 짓거리를 하고 다니는지 모르지만 미치광이거나 개 혐오증을 지닌 정신병자일지도 모른다.

불길한 생각을 떨쳐내버리기라도 할 양 하림은 가슴을 쭉 펴고, 가볍게 콧노래까지 흥얼거리면서 걸어갔다. 마른 잡풀 사이로 난 길을 따라 얼마 가지 않아 앙상한 겨울 버드나무 사이로 저수지가 나타났다. 저수지의 물비늘이 사금파리를 뿌려놓은 것처럼 반짝이며 하림더러 어서 오라고 손짓이라도 하는 것 같았다.

어느새 하림의 마음은 이른 봄빛처럼 다시 환하게 밝아졌다.

겨우내 얼어붙어 있던 흔적처럼 응달 쪽 가장자리엔 아직 얼음이 얼어 있었다. 그러나 대부분은 녹아서 푸른 잔물결 위로 눈부신 햇살을 반사하고 있었다. 밑둥치가 물에 잠긴 버드나무 사이로 살오른 물오리가 떼를 지어 헤엄을 치고 있었다. 화실에서 들리던 꽥꽥거리던 소리는 바로 그놈들이 지르던 소리였다. 미끄러지듯 물위에 긴 자취를 남기며 헤엄치던 물오리 몇 놈이 하림의 기척을 듣고 제풀에 놀라 푸드덕 날갯짓을 치며 날아올랐다.

꽈악! 꽈악……!

물오리가 지르는 긴 울음소리가 푸른 하늘에 돌팔매질이라도 하듯, 정적을 깨뜨렸다. 날개에서 떨어진 물방울이 사방으로 튀며 작은 물보라를 만들었다. 놀라서 날아오르는 오리를 보자 하림은 공연히 미안한 생각이 들었다. 그러나 그것은 잠깐이었을 뿐, 하림은 마치 처음 온 정복자처럼 작대기를 질질 소리 내어 끌며 저수지 가로 난 오솔길을 따라 걸어갔다. 이제 곧 이 풀과 나무에도 물이 오르고 새싹이 돋아 나오리라. 생각하면 생명이란 얼마나 신비한 것인가. 생명이 있으니 죽음이란 것도 있고, 생명이 없으면 죽음 또한 존재하지 않을 것이다. 그리고 죽음이란 게 없다면 부활이라는 말도, 영생이라는 말도 필요가 없을 것이다. 그러므로 죽음이란 어떻게 보자면 생명의 또 다른 형태라고 해야 할 것이다.

그런 하릴없는 생각을 하며 얼마쯤 걸어가고 있을 때, 갑자기 물오리 울음소리 사이로 우르르쾅쾅 하는, 이런 골짜기에서는 전혀 어울리지 않는 낯선 소리가 정적을 깨뜨리며 들려왔다. 그 소리는 평화로운 마을에 몰려온 적군의 탱크 소리처럼 난폭했고, 거침이 없어 보였다.

하림은 눈살을 살짝 찌푸리고 소리 나는 쪽을 쳐다보았다. 저수지 건너편에서 들려오는 소리였다. 누군가 돌을 깨거나 산을 뭉개는 중인 것 같았다. 그러자 하림은 직감적으로 그게 차차차 파라다이스인가 뭔가 하는 위락 단지 조성 공사장에서 들려오는 소리라는 생각이 들었다.

크르렁! 크르릉……!

산이 무너지는 소리에 이어 가래 끓는 소리처럼 포클레인 돌아가는 소리도 들렸다. 그 소리는 하림의 가슴에 뭔가 모르게 불안감을 불러일으켰다.

기도원과 위락단지.

하림의 머릿속에 다시 어울리지 않는 두 공간이 떠올랐다. 하나는 지극히 세속적인 냄새를 풍기는 공간이었고, 다른 하나는 지극히 비세속적인 느낌을 풍기는 공간이었다. 그럼에도 불구하고 이 두 단어는 그 속에 강한 의지를 지닌 은유를 담고 있었다. 그리고 그 단어 뒤에 숨어 있을, 전도사라는 이층집 영감 딸과 송 사장이란 사내도 떠올랐다. 아직 보지는 못했지만 그들은 분명히 서로 다른 욕망을 지닌 채 이 골짜기로 흘러와 이마를 맞대고 있을 터였다.

그러자 하림은 자기도 모르게 가슴 저 밑바닥에서부터 이상하게 호기심 같은 게 괴어오르는 게 느껴졌다. 개의 죽음과 무슨 관련이 있는 건 아닐까. 하지만 하림은 곧 고개를 저었다. 아직 거기까지 생각을 뻗치는 건 비약이었다. 둘 다 개를 쏘아 죽일 만한 명분이라고는 없어 보였다. 영감이 쏘아 죽였건 다른 누군가 쏘아 죽였건 개를 쏜 것은 분명 엽기적 취향을 지닌 어떤 인간의 짓일 것이다.

그때 방죽 멀리 반대편 끝에서 하림 쪽을 향해 걸어오는 사람의 그림자가 얼핏 비쳤다. 갑자기 나타난 사람 그림자에 하림은 자기도 모르게 긴장이 되었다. 텅 비어 있던 저수지의 정물화 같았던 풍경이 갑자기 균형이 깨어져버린 느낌이 들었다.

'누굴까……?'

하림은 긴장된 시선으로 멀찌감치서 걸어오는 그림자를 살폈다.

멀리서 걸어오고 있었지만 금세 젊은 여자라는 걸 알 수 있었다. 여자는 까만 재킷을 걸치고 나풀거리는 긴 까만 치마를 입었다. 그리고 까만 선글라스까지 하고 있었기 때문에 온통 까만색으로만 보였다. 까맣지 않은 것은 그녀가 쓰고 있는 햇빛 가리개용 챙이 넓은 모자뿐이었다. 모자는 연보라색이었다.

우르르쾅쾅거리는 소리가 이 골짜기의 정적과 어울리지 않듯이 여자의 차림새나 모습 역시 저수지의 풍경과는 별로 어울리지 않았다. 그러나 여자는 하림의 존재를 아직 알아채지 못했거나 다른 사람 따위는 전혀 의식하지 않는다는 듯이 이쪽을 향해 일정한 속도로 걸어오고 있었다.

하림 역시 가던 방향으로 계속 걸어갔다.

가는 사람과 오는 사람은 한 점에서 마주치게끔 되어 있었다. 그 마주치는 점을 향해 하림과 여자는 저수지를 끼고 천천히, 그리고 서로가 전혀 서로를 의식할 필요도 없다는 것을 의식하면서, 걸어가고 있었다. 의식할 필요도 없었고, 피하여 갈 만한 다른 길도 없었다. 그런데 당연히 그렇다고 생각했음에도 불구하고, 하림은 여자와 거리가 점점 좁혀지자 자기도 모르게 이상하게 긴장이 되는 것을 느꼈다.

'누굴까…… 별꼴이군.'

하림은 혼자 중얼거렸다.

아마도 호젓함 때문일 것이었다. 이 호젓한 저수지 길에서 온통 까만 차림의 그런 낯선 여자와 마주치리란 건 예상에 없었고, 그게 지금 하림 자기의 마음에 남다른 호기심과 긴장감을 불러일으키고 있다.

'신경 쓸 거 없어. 누군들 무슨 상관이야.'

하림은 다시 작대기로 길가의 풀을 툭툭 치거나 나무 둥치를 건드려보거나 하면서 될 수 있는 한 여자를 의식하지 않고 멀찌감치 떨어진 쪽으로 걸어갔다.

마침내 가는 사람과 오는 사람이 한 점을 통과하는 지점, 즉 어쩔 수 없이 마주쳐야 하는 지점에 이르렀다. 여자는 여전히 하림의 존재를 무시하는 양 무심히 걸어갔고, 하림 역시 그녀의 존재를 전혀 의식하지 않는 사람처럼 가던 길로 계속 걸어갔다.

잠깐 동안의 접점을 스치고 나자 두 사람은 아무런 일도 없었던 것처럼 다시 등을 마주한 채 점점 멀어져갔다. 순간 물오리 울음소리가 청량하게 대기에 울려 퍼졌다. 우르르쿵쾅 하는 공사장의 소리도 다시 들렸다. 하림은 다시 아까처럼 나무 작대기로 길가의 마른 풀들을 툭툭 소리 내어 쳤다.

그것뿐이었다. 하지만 그 짧은 순간 하림은 흘낏 여자의 얼굴을 보았었다. 여자의 얼굴이 사진기에 찍히듯 하림의 뇌에 박혔다. 그리고 둘이 등을 마주한 채 멀어지고 있는 동안 사진은 현상되어 하림의 눈앞에 나타났다.

사십대 초반으로 보이는, 조금은 차갑고 기품 있는 인상의 여자였다. 비록 선글라스로 가리긴 했지만 하얀 피부, 오똑한 콧날과 긴 목을 향해 부드럽게 흘러내린 턱선이 보기 드문 미인이었다. 끝이 약간 말려 올라간 입술에는 얼핏 도도한 냉소 같은 게 배어 있었는데 그것은 그녀의 인상에 약간의 거만함과 우월함 같은 것을 덧씌워놓고 있었다. 그것은 그녀가 지적인 교육을 받은 자존심이 센 사람이라는 것과 무언가에 사로잡혀 자기만의 세계에서 사는 여자일 거란 인상을 주었다. 분명 혜경이나 강은주와는 다른 인상과 다른 느낌의 여자였다.

'저 여자군!'

하림은 속으로 가만히 중얼거렸다.

그러니까 아까 아침에 수도 펌프 고치러 온 사내와 이장 운학이 어쩌고저쩌고 하면서 자기네들끼리 이야기하는 중에 등장했던 바로 그 이층집 여자 같았다. 물어보고 자시고 할 필요도 없었다. 이런 시골 바닥에서 저런 차림에 저런 외모를 지닌 여자, 바로 그 이층집 영감의 딸밖에는 없을 것 같았기 때문이다.

'미인이긴 한데 만만치 않아 보이는 인상이야. 나름 고집도 세어 보이고…… 어쨌거나 이장이 관심을 둘 만한 인물이기는 하군.'

하림은 짐작이 간다는 듯이 혼자 중얼거렸다.

그러니까 운학이 이 여자 이야기가 나오니까 그렇게 불같이 화를 내었는지 모른다. 그렇다면 운학이 어릴 때의 연모의 대상이었던 윤 여사를 향해 '속물!'이라고 단언을 하면서 '그 여자보다 백 배 천 배나 착한 마음을 지닌 천사 같은 여자' '고상한 인격을 지닌 여성' 운운 하고 말했던 그 여자가 바로 저 여자는 아닐까. 과연 천사와 같은지, 고상한 인격을 지녔는지 지금으로선 알 수 없었지만, 적어도 늙은 노총각 시골 이장의 마음을 뒤흔들어놓기엔 부족함이 없을 듯한 풍모를 지닌 것은 분명했다.

방죽을 건너 조금 더 가니 길이 끊기고 대신 골짜기로 들어가는 입구가 나왔다. 군데군데 허물어진 작은 다리가 하나 놓여 있었다. 다리 너머로 골짜기를 따라 띄엄띄엄 집들이 앉아 있는 게 보였다.

골짜기와 저수지가 이어진 부분에는 한창 외팔을 휘두르면서 두 대의 포클레인이 굉음을 내지르며 산으로 돌진하고 있는 중이었다. 깍아 내린 산 부위로는 벌건 흙이 마치 커다란 생채기처럼 흉측하게 드러나 있었다. 그런데 한창 포클레인이 소리를 지르며 공사 중인 현장 왼쪽 조금 떨어진 계곡 안쪽으로 지은 지 오래되지 않은 아담한 이층집이 보였다. 뜰에는 넓은 잔디밭이 있는, 꽤나 정성 들여 지은 양옥이었다. 지은 지 오래되지 않은 표시처럼 오른쪽 담 옆에는 아직 치우다 만 흙더미가 있었고, 건축 자재도 쌓여 있었다.

마당 앞 초록색 쇠울타리를 따라 여름이면 활짝 꽃을 피울 줄장미가 날카로운 가시를 드러낸 채 얽혀 있었다.

하림은 그 집이 바로 개를 쏘아 죽인 '고약한 영감'이 아까 마주쳤던 딸과 살고 있는 집이라는 사실을 눈치챘다. 영감이 개를 쏘아 죽였다면 아마 저 이층 베란다에서일 것이다. 베란다에서 잔디밭은 바로 코앞이었기 때문에 비록 서툰 사냥꾼이라 하더라도 얼마든지 조준하여 죽일 수 있을 만한 거리였다. 하림은 영감이 베란다에 서서 잔디밭에서 놀고 있는 누렁이, 윤 여사의 고모네 개를 향해 엽총을 겨누고 있는 모습을 상상해보았다. 그런데 그 장면과 겹쳐 조금 전 마주쳤던 영감의 딸 모습이 떠올랐다. 그러자 어울릴 것 같으면서도 어울리지 않는 두 개의 그림이 오버랩되어 기괴하고 기묘한 상상을 자아내게 했다.

한참 동안 그곳에 서서 그렇게 보고 있던 하림은 이윽고 다시 발걸음을 돌려 왔던 길로 천천히 되돌아가기 시작했다. 저수지는 여전히 푸른 비늘을 반짝이며 잔잔하게 일렁이고 있었고, 물오리는 긴 자취를 남기며 유유히 짝을 지어 헤엄치고 있었다. 양지 쪽 고인 물에서 갓 깨어난 맹꽁이들이 우는 소리도 들렸다.

돌아오는 길에 아까 마주쳤던 그 여자와 다시 마주칠까 하고 희망 반 기대 반 했지만 다행인지 불행인지 그녀는 보이지 않았다. 아마 도중에 다른 길로 새버렸거나 아니면 동네 쪽으로 난 길로 가버렸는지 몰랐다.

하림이 집으로 돌아와 마당으로 들어서자 뜻밖의 손님이 와 있었다. 그 사람은 마당에서 화실 창문 너머로 기웃거리다가 하림이 들어오자 놀란 눈으로 돌아보았다. 몸집이 작고 이마가 약간 튀어나온, 무언지 모르게 불안해 보이는 눈빛의 할머니였다.

그녀는 하림의 인기척에 몹시 놀랐는지 황급히 변명이라도 하듯,

"비어 있던 집에 누가 왔다 하길래…… 지나가는 길에 한번 들렀구먼요"

하고 말했다. 하림은 그런 노인을 안심시키듯 입가에 미소를 담으며,

"괜찮아요, 할머니. 둘러보세요."

그러면서 마음껏 안심하고 구경하시란 듯이 현관문을 활짝 열어젖혔다.

"아, 됐슈. 그런디 우리 재영이랑은 어떻게 되나유?"

그제야 할머니는 하림의 눈가를 찬찬히 뜯어보며 말했다.

"윤재영 씨 말인가요?"

"응, 재영이."

"아, 할머니도 아세요? 윤재영 씨랑 저랑은 친구예요. 아주 잘 아는 사이는 아니지만……"

하림이 약간 애매한 표정을 지으며 말했다. 그러자 할머니가 기다렸다는 듯이 말했다.

"내가 재영이 고모 되는 사람이우."

"예?"

하림은 순간 깜짝 놀랐다. 설마하니 윤 여사의 고모가 이렇게 먼저 나타나리라고는 예상하지 못했던 것이다. 그러고 보니 윤 여사와 조금 닮은 면이 없지 않았다.

"아, 그러시군요. 그렇지 않아도 찾아가뵐까 하던 참이었는데 잘 됐네요. 윤 여사, 아니 윤재영 씨가 고모님 꼭 찾아뵈라고 저에게 부탁을 했었거든요. 그러지 말고 어서 안으로 들어가세요."

하림이 이야기하다 말고 방 안으로 들어가자며 손짓을 했다. 그러자 손사래를 치며 할머니가 말했다.

"관둬요. 날도 춥지 않은데, 뭐, 신경 쓸 거 없다오. 여기 잠깐 있다 가면 되지."

그러면서 아까 이장이 앉았다 갔던 부서진 의자 쪽으로 가서, 엉덩이를 걸치며 끙, 하고 신음 소리를 내었다. 그러곤 그 또래 노인네들이 늘 하듯 마음에 없는 소리부터 버릇처럼 내뱉었다.

"원, 늙으면 빨리 죽어야제. 안 아픈 데가 없으니, 원."

윤 여사 고모는 심장이 좋지 않은지 숨을 색색거리며 손으로 가슴께를 쓰다듬으며 말했다. 할머니의 넋두리 속에 늙은이답지 않은 날카로운 가시 같은 게 박혀 있었다. 그것은 그녀가 살아온 세월이 만만치 않았다는 표시였다.

"고모님두……! 죽긴 왜 죽어요. 요즘처럼 좋은 세상에, 뵙기엔 아직 정정하신데 그래요."

하림 역시 돈 안 드는 부조라고 생각나는 대로 떠들어대었다.

"그렇지 않아도 윤재영 씨가 고모님 걱정을 많이 하더라구요. 개들이 죽어 크게 상심하고 있을 거라면서……"

하림은 말이 나온 김에 이때다 싶어 넌지시 개 이야기를 꺼내보았다. 사실 따지고 보면 자기를 이곳까지 오게 한 직접적 이유도 거기에 있었던 게 아니던가. 아니나 다를까, 개 이야기가 나오자 할머니의 인상이 확 바뀌었다.

"글쎄, 그놈의 영감탱이가 미쳤지! 불쌍한 애들을 총으로 쏘아 죽이다니. 지금도 그때 생각하면 간이 벌벌 떨리는구먼. 영감이 껍데기만 사람 꼴을 하고 있지 속엔 짐승이 들어 있는 게 틀림없다우. 그렇지 않음 멀쩡한 개를 대낮에 총으로 쏴 죽일 수가 있겠수?"

그렇지 않아도 샌 목소리가 더욱 높아지고 갈라졌다.

"근데 이층집 영감이 개를 쏜 것은 확실한가요?"

하림이 아무것도 모르는 양 시침을 뚝 떼고 다시 물었다.

"아, 그렇지 않음? 누가 그런 못된 짓을 하겠수? 나랑 웬수 진 이도 없구, 개랑 웬수 진 이도 없는데, 누가 그랬겠수?"

아예 이층집 영감을 범인으로 단정하고 말하고 있었다.

"그러면 이층집 영감이랑은 원수 진 일이 있다는 말인가요?"

하림이 농담이라도 하듯 미소를 띠면서 말했다.

"그럼, 웬수지. 웬수! 우리 여름이하고 가을이가 동네에 돌아다니면서 지 세상처럼 노는데, 무얼 안다구? 근디 영감이 좇아와서 막 욕을 해대고 그러더라니깐. 개가 자기 집 잔디밭에 와서 거시기를 하고 간다고 말이우. 아, 개가, 짐승이 그럴 수도 있지. 안 그렇수? 여게가 도시도 아니구."

그렇게 쏟아놓고 숨이 찬지 한동안 가슴을 쓰다듬었다.

"뭐라고 욕을 하던가요?"

할머니가 흥분하거나 말거나 하림은 착 가라앉은 목소리로 지나가는 투로 물었다.

"아, 개를 묶어놔라, 가두어놔라, 그렇지 않음 죽여버리겠다, 뭐,

벨벨 입에 담지 못할 소리를 다 했지. 그래도 영감이 정신이 좀 어떻게 된 사람이라고 하길래 내버려두었더니…… 아닌 말로 굴러온 돌이 백힌 돌 쳐내는 꼴이지. 어디서 왔는지 모르는 지들이 참아야지, 우린 여기서 태어나 빨갛게 어린 시절부터 살아왔던 사람들인데, 지들이 뭐라고 큰소리를 치고 야단이여. 안 그렇수?"

하림은 미간을 찌푸리며 잠시 생각에 잠겼다.

"개만도 못한 인간이란 말이 있지. 바로 이런 경우를 두고 하는 말이우. 댁도 그게 개라고 하니까 그냥 그런가 부다 할지 모르겠지만, 우리 여름이와 가을이는 사람보다 더 나으면 나았지 못하지 않았다우."

"정이 많이 드셨겠네요?"

"들다마다. 7년을 같이 살았는데, 정이 들어두 한참 들었지. 그놈들 죽고 나서 한동안 밥을 먹어도 밥맛이 없고, 잠을 자도 잠이 안 오고 눈에 선했어. 아직도 집에 있음 그놈들 짖는 소리가 귀에 쟁쟁하게 들리는 것 같다우. 자식을 잃어도 이렇게 힘들진 않을 거라 말이우."

할머니의 목이 메었다. 한번 이야기를 꺼내놓으니 가을장마에 봇물 터지듯 넋두리가 끝도 없이 이어졌다.

오래 살다 보면 사람 사이에만 정이 생기는 게 아니다. 손때 묻은 물건에도 정이 들게 마련이고, 살던 집 서까래에도 정이 붙게 마련이다. 하물며 기르던 짐승이야 더 말할 나위가 있으랴. 그런데 그런 정든 놈들이, 딴 일도 아니구 엽총에 맞아 죽었으니, 그 놀라움과 충격은 가히 짐작이 갔다. 그렇게 한동안 봇물 터지듯 넋두리

를 늘어놓고 있던 할머니는 이윽고 한숨을 한번 크게 몰아쉰 다음,

"못된 건 영감만이 아니우. 그 딸년은 더해. 얼굴은 매초롬하게 생겼어도 여시야, 여시! 아주 백여시라고"

하고 느닷없이 영감의 딸에게로 화살을 돌렸다.

"딸이요?"

하림은 자기도 모르게 반문을 하며 노파 쪽을 쳐다보았다. 그러자 조금 전 저수지 방죽에서 마주쳤던 여자의 인상이 떠올랐다. '여시'라는 표현과는 어딘지 좀 거리가 먼 모습이었다. 하긴 이런 시골에선 보기 드문 분위기의 미인이라는 사실만은 분명했고, 그런 미인을 가리켜 옛날부터 '여우 같다'고 표현해왔다면 어쩔 수 없겠지만, 무언지 모르게 고고한 품격이 배어 나오던 인상과 그런 천한 표현과는 도무지 어울리지 않았다. 그럼에도 윤 여사 고모는 대뜸 '여시'도 모자라 '백여시'라 했다. '여시'라는 어울리지 않는 말에 하림이 약간 뜨아한 표정을 지으며 쳐다보자 노인은 더욱 부쩍 열을 내면서 말했다.

"암, 여시잖고! 고년이 정신이 나간 지 애비를 끌고 이 마을로 들어왔어. 그러군 계곡 올라가는 입구에다 이층집을 지어 살면서 이 동네를 지들 것처럼 휩쓸구 다니지 뭔가. 운학이 놈도 미쳤지. 이장이라면서 고런 년 하나 몰아내지 못하고 외려 고년을 싸고돈다니까? 얼굴이 반반하니께, 지 주제도 모르면서 헬렐레하고 정신이 쏙 빠져서 고년 뒤만 좇아다니는 거지 뭐. 고게 지 애비 끌고 와서 그래, 기도원인가 뭔가를 짓는다는구먼. 그노무 기도원 들어오면 동네 망하는 건 뻔할 뻔 자여, 동네 망한다구."

딸 이야기가 나와서 그런가 윤 여사 고모의 입이 더욱 험해졌다.

'그랬군.'

그녀의 말을 들으며 하림은 속으로 흩어져 있던 퍼즐 조각들을 바쁘게 맞추어보고 있었다. 머릿속에서 알 듯 말 듯한 그림이 그려졌다 지워졌다가 했다. 사실 아직 저수지에서 만난 여자가 영감의 딸이란 증거는 없었다. 그저 짐작일 뿐이었다. 그런데도 하림은 왠지 그녀가 이층집 영감의 딸이라는 확신이 들었다. 어딘지 모르게 차갑고, 자존심이 셀 것 같은 분위기, 보기 드문 미모…… 그리고 광기에 젖은 그의 아버지. 여기에는 보이지 않는 사연이 있을 법했다.

그런데 거기에 그녀랑 전혀 어울리지 않을 것 같은 절름발이 이장 운학의 이름이 나오자, 하림은 자기도 모르게 조금 불쾌한 느낌 비슷한 것이 들었다. 사실 자신에게 그럴 이유는 손톱만큼도 없었다. 자신과 아무런 관련도 없는 사람들에게 무언가 감정을 느껴야 할 필요란 조금도 없었기 때문이다.

그래서 하림이 그쯤에서 짐짓 말머리를 돌리며 말했다.

"하여간 그건 그렇고 재영 씨가 이곳으로 가면 저더러 고모님을 꼭 한번 찾아봬달라고 당부를 하더군요. 고모님께서 죽은 개 때문에 상심이 크다고……"

"상심이고 나발이고 할 것이 있겄슈? 그래, 언제까지 있을 참이우?"

하림의 말에 할머니가 되쏘듯이 하고는 다시 한 번 하림 얼굴을 뜯어보았다. 넋두리를 마치고 나자 물에 빠졌다 나온 놈 제 보따리 찾듯 다시 경계심을 되찾는 눈치였다. 하림은 괜스레 기분이 나빠졌다. 그래서 약간 퉁명스러운 어조로,

"예, 전 당분간 여기 머물 생각이에요. 글도 쓰고……"

하고 말했다. 그러자 윤 여사 고모는 여전히 의심스러운 눈빛으로,

"물론 재영이 허락을 받아서 왔겠지. 재영이 남편 허 서방이 뭐라 하덜 않던가?"

"전 윤재영 씨랑 그리 가까운 사이는 아니에요. 남편분과는 만난 적도 없구요."

"그려……?"

순간 할머니의 눈빛이 노인네답지 않게 날카로워졌다. 자기는 누구의 말도 곧이곧대로 믿지 않는다는 투의, 각박한 세월을 살아온 사람 특유의 눈빛이었다. 그녀는 잠시 혼자 무언가를 생각하는 눈치더니 이윽고,

"암튼 잘 지내시우. 겨울도 지나서 이제 좀 지내기가 괜찮을 테니."

그렇게 자기대로 대충 마무리를 지은 다음 의자 등받이에 기대 놓았던 지팡이를 집어 들더니, 앉을 때처럼 끙, 하고 용을 쓰면서 일어났다.

"가시게요?"

"응, 너무 오래 있었어."

"뭐라도 입맛 좀 다시고 가셔야 할 텐데……"

하림이 공연히 체면치레로 인사를 달았다. 사실 내놓을 거라고는 일회용 봉지 커피밖에는 없었다.

"됐구먼. 담엔 우리 집으로 한번 와요. 우리 집 어디에 있는지는 알지요?"

할머니는 그래 놓고 지팡이로 포도밭 너머를 가리키며,

"저쪽으로 쭉 내려가면 다리 건너 집 한 채가 있어. 예전에 물레방앗간 있던 자리여"

하고 말했다. 예전에 머슴이랑 야반도주했다가 다시 고향으로 돌아왔을 때 동네 안으로는 들어오지 못하고 다리 너머에 집을 짓고 살았다는 이야기를 윤 여사에게 들은 것 같았다.

"예, 그럴게요. 조만간 들르겠습니다."

하림은 마당 입구까지 따라 나가며 말했다. 울타리가 없으니 따로 문이 없었다. 마당 너머가 길이었고, 길 너머가 운학이 일하던 포도밭이었다. 할머니는 지팡이를 짚어가며 포도밭 옆으로 난 길을 따라 어기적어기적 사라졌다.

6장
봄비 내리는 아침

아침부터 비가 내리고 있었다.

봄비는 계집아이의 속삭임처럼 간지럽다. 마치 누군가에게 들킬까 봐 조심조심 발걸음을 옮기는 새색시의 걸음걸이 같기도 하다. 여름비나 가을비, 겨울비와는 분명 다르다. 여름비는 씩씩하고 소란스럽다. 가을비는 늙은이의 중얼거림처럼 청승맞고 우울하다. 뼛속까지 냉기가 파고드는 겨울비는 외롭고 철학적이다.

그에 비해 봄비는 얼마나 부드럽고 다정한가. 부드럽고 다정한 속삭임 같은 봄비는 겨우내 잠들어 있던 땅 밑과 땅 위의 모든 싹들에게 귓속말을 전할 것이다.

—그만 일어나렴. 이 게으름뱅이들아!

그러면 이 세상의 모든 잎눈과 꽃눈들은 일제히 눈을 뜨고 눈부신 봄을 향해 힘찬 기지개를 켤 것이다. 그래서 일찍이 시인 T. S. 엘리어트는 그의 장시 「황무지」 첫머리에서 '4월은 가장 잔인한 달 / 죽은 땅에서 라일락을 키워내고 / 기억과 욕망을 뒤섞고 / 잠든 뿌리를 봄비로 흔들어 깨웠으니……' 하고 노래했는지도 모른다. 잔인하다고 표현한 것은 역설일 뿐이다. 죽은 것처럼 숨죽여 잠들어 있던 모든 생명을 깨워서 일으키는 모양을 그렇게 짓궂게 표현한 것일 터이다.

봄비 내리는 소리를 들으며, 하림은 노트북을 꺼내놓고 식탁 앞에 앉아 강은주로부터 받은 숙제를 하고 있었다.

'펑크 내면 안 돼. 이게 얼마나 중요한 기획인지 몰라.'

강은주는 그렇게 말했었다. 그러면서 선인세까지 챙겨주었다. 그러니까 그녀를 생각해서라도 절대로 펑크를 내어서는 안 될 것이었다. 하지만 무엇을 어떻게 시작해야 할지 도무지 머릿속에 떠오르는 것이 없었다.

세상에…… 전쟁이 종種의 진화에 미치는 영향이라니……

헛웃음이 나왔다. 기껏해야 만화에 불과한데 제목 하나는 BBC 다큐멘터리에 나와도 될 법할 만큼이나 거창했다. 아무튼 그것은 저들의 사정이고 자기는 그것에 걸맞은 재미있는 줄거리만 짜주면 된다.

'좀 잘 살어, 인간아.'

그래도 그녀는 하림이 걱정스러웠는지 그렇게 말했다.

그러니까 그녀를 생각해서라도 이번에 맡은 일은 확실하게 해주어야 한다. 그렇게 하여 대박이라도 터진다면, 물론 꽁지머리 이름으로 나오긴 하겠지만, 그녀의 애정에 대한 조그마한 보답이라도 될 것이었다.

……청동기시대, 인도 대륙의 어느 강가에 '모헨조다로'라는 곳이 있었다.

만화 대본의 첫머리는 그렇게 시작했다. 그렇게 자판을 두드리고 나서 하림은 손을 놓고 잠시 생각에 빠졌다. 그 옛날 청동기시대 인더스 강가 풍광 좋은 위치에 지어진 도시 모헨조다로는 평화에 싸여 있었다. 눈부신 태양이 넘실대며 흘러가는 강 위를 비추고, 키 큰 나무들 사이로 흙으로 빚어진 단단한 건물들이 보인다. 바둑판처럼 사방으로 통하는 도로는 자갈과 돌로 굳건히 다져져 있고, 그 길을 따라 잘 지어진 이층집들이 줄을 지어 서 있다. 집집 베란다마다 싱싱한 꽃으로 장식되어 꽃향기가 구석구석 바람에 날리고, 상하수도에서는 온종일 맑은 물이 흘러나온다. 도시 한가운데엔 넓은 대중목욕탕이 있어 누구나 이곳에 와서 목욕도 하고 이웃과 방담을 하며 즐긴다. 5만 명이 모여 사는 이 도시의 어딜 가나 아이들과 여자들의 웃음소리가 그치질 않는다.

4천 년 전의 도시 모헨조다로에서 발견된 것은 아이들의 장난감과 여자들의 머리 장신구, 찰흙을 구워 만든 인장印章, 이런 것들뿐이었다. 특히 아이들의 장난감이 얼마나 많은지 주사위, 진흙으로 만든 작은 황소와 물소 등이 수도 없이 발견되었다. 여타 황허문명이나 이집트문명, 메소포타미아문명의 흔적에서 발견되는 거대한 신전과 무덤은 물론이고 사람을 죽이는 무시무시한 무기나 고문도구, 따위는 아예 없었다. 누가 다른 누구를 지배했던 것이 아니라는 말이다.

그들은 누구일까? 어디서 왔을까? 그들은 어떻게 4천 년 전에 그렇게 잘 짜인 도시를 만들었고, 어떻게 그렇게 평화로운 삶을 유지하며 살았을까? '진화'라고 한다면, 분명히 사람들은 야만으로부터 문명으로 가는 것을 상상할 것이었다. 하지만 모헨조다로를 보면 인간의 진화가 반드시 야만에서 문명으로 나아가는 것만은 아니라는 생각이 들었다. 원시시대라 불리는 그 시대가 지금보다 훨씬 인간적인 품격이 있었다. 오히려 문명이 꽃을 피우고 있다는 이 21세기야말로 가장 야만적인 시대가 아닌가.

잠시 있다 하림은 다시 자판을 두드렸다.

'그런 어느 날 모헨조다로에 어둠의 신이 내려왔다. 강력한 철제무기를 지닌 암흑의 대왕, 잔인한 전쟁의 신, 그의 이름은 검은 원숭이, 오메가였다.'

강은주에게 넘길 만화 대본의 기본 줄거리는 청동기시대 모헨조다로의 평화로운 신인 알파와 철기시대를 업고 등장한 야만적인 악의 신 오메가와의 싸움이 될 것이었다. 인간의 역사는 청동기시대였던 선사시대에서 철기시대인 역사시대로 넘어가면서 피비린내 나는 전쟁의 역사가 되었다. 역사시대는 진화의 법칙에 따라 도저한 발달을 진행해왔다지만 그 이면에는 처절한 야만의 투쟁이 점철되어 있다. 지금도 세계 도처에서 벌어지고 있는 전쟁과 대량

학살이야말로 그 증거가 아닌가. 그것은 어두운 본성이며, 진화되지 않고 남아 있는 원숭이의 본성, 대뇌 깊숙이 숨겨져 있는 공격적인 파충류의 본성인지도 모른다.

'그래도 결말은 영웅의 승리야. 슈퍼맨이나 배트맨처럼 알았지? 어디까지나 만화니까.'

쿡쿡거리고 웃으며 강은주가 말했었다.

'만화니까.' 그 말은 그녀 역시 그런 행복한 미래가 올 거라고 믿지 않고 있다는 뜻이기도 했다.

어쨌거나 하림에게 모헨조다로는 수수께끼였다. 인류라는 이 종족이 세운 그런 도시가 지상에 있었다는 자체가 수수께끼였다. 20세기 초 인류는 한때 그런 이상향을 찾아 행진을 했었다. 사회주의자들은 사회주의자대로, 자본주의자들은 자본주의자들대로 장밋빛 미래를 향해 행진을 했다. 하지만 지금은 어디에도 그런 희망을 말하는 자는 없다. 그저 한순간 한순간 이 세계적인 경쟁 속에서 살아남기 위해 발버둥을 치고 있을 뿐이다. 그러니까, 모헨조다로는 어쩌면 인류가 영영 잃어버린 신기루 같은 것인지도 모른다.

열린 창문 너머로 봄비 소리를 들으며, 하림이 그렇게 작업에 열중하고 있는데 현관에서 인기척이 났다.

"하림 오빠 있어요?"

소연의 목소리였다. 하림은 반가운 마음이 들었지만 여전히 모니터에 시선을 고정한 채 입으로만 커다랗게 대답했다.

"소연이니? 들어와."

우산 접는 소리, 신발 벗는 소리 그리고 곧이어 드르륵거리는 문

소리가 들리고 서늘한 빗기와 함께 소연이 까만 비닐봉지를 들고 들어왔다. 갑자기 방 안이 환해졌다.

“어서 와. 비 많이 와?”

“오락가락해요. 근데 작업하시는 데 방해되는 것 아닌가요?”

노트북을 앞에 놓고 앉아 있는 하림을 보자 소연이 잠시 주춤거리며 조심스러워진 눈빛으로 말했다. 노란 머리 끝에 빗물이 맺혀 있었다.

“이 아가씨! 예의도 차릴 줄 아는구먼. 그런 말을 다 하시고……”

하림이 놀리듯이 말했다.

“피이, 아침부터 쫄쫄 굶고 있지나 않나 해서 와본 것뿐이에요.”

소연이 입술을 비죽이며 변명이라도 하듯 말했다. 청바지 차림에 약간 두툼한 감색 털스웨터를 입은 모습이 첫날 봤을 때와는 달리 조금 성숙하게 느껴졌다. 노란 머리와 도톰한 가슴께에 자신도 모르게 시선이 갔다. 눈길이 마주치자 하림은 자기 속이 들킨 것 같아 얼른 외면을 하며,

“그래도 이 골짜기에서 이 오빠 생각해주는 사람은 소연이밖에 없구나. 눈물 난다, 눈물 나. 앉어”

하고 아무렇지도 않은 듯 턱으로 테이블 건너편 의자를 가리켰다.

“놀리지 마요! 근데 정말 방해된 건 아니죠?”

소연이 의자에 앉으며 다시 한 번 조심스럽게 다짐을 했다.

“물론 방해야 조금 되지. 하지만 지금은 쉬는 시간이야. 그리고 앞으로도 소연이 나타나는 시간이 바로 이 오빠가 쉬는 시간이니까 안심해도 돼. 알겠지?”

"피이, 알았어요, 늙은 아저씨!"

하림이 웃으면서 하는 말에 소연이 우스꽝스럽게 코를 한번 찡긋하고는 가지고 온 비닐봉지를 부스럭거리며 담긴 것들을 펼쳐놓았다.

"뭐니?"

"별거 아니에요. 빵이랑 우유……"

그래 놓고 꺼내놓는 것은 빵과 우유만이 아니라 감자칩, 비스켓, 초코 쿠키 등 과자가 잔뜩이었다.

"뭘 이렇게 많이……? 야, 설마 여기다 길목슈퍼 옮겨오려구 하는 건 아니겠지?"

"자꾸 놀리면 나 정말 가버릴 거예요!"

소연이 진짜 토라지기라도 한 양 눈을 흘겼다.

"미안, 미안! 진짜 미안해서 그래. 지난번 토란국도 그렇구."

"미안할 것 없어요. 시 가르쳐준다고 했으니 수업료라고 생각하세요."

소연이 딴에 냉정한 척 대답했다.

"아하 이게 그러면……?"

하림이 눈을 동그랗게 뜨고 되물었다.

"수업료라니까요."

"그러면 너무 싸잖아?"

하림이 한 대 얻어맞은 표정으로 손사래를 치며 너스레를 떨었다. 소연이 그 모습을 보고 통쾌하다는 듯이 깔깔거리며 웃었다. 그녀의 웃음소리가 빗소리에 섞여 새싹처럼 싱그럽게 터져나갔다.

하얗고 가지런한 이빨이 눈부셨다.

하림은 일어나서 가스레인지 위에 찻물을 올려놓으며,

“어쨌거나 고마워. 사실 지금 만화 대본 작업하는데 잘 풀리지가 않았거든”

하고 소연 쪽을 돌아보고 말했다. 소연이 허리를 길게 빼고 노트북 자판을 들여다보는 시늉을 했다.

“재밌겠네. 어떤 내용인데요?”

소연이 호기심 어린 눈빛으로 하림을 쳐다보았다. 진한 갈색 눈과 마주치자 하림은 공연히 가슴이 설레며 부끄러운 생각이 들었다. 비가 와서 그런가. 처음 만났을 땐 몰랐는데 이렇게 단둘이 가까이 있으니 이상하게 자꾸만 어색해지는 느낌마저 들었다.

“별거 아니야. 악당이 있는데, 지구를 구하라, 뭐 대충 그런 내용이지.”

하림이 그런 속을 감추기라도 듯이 대충 뭉뚱그려서 대답했다.

“슈퍼맨 같은 거……?”

“뭐, 일테면 그런 셈이지. 시집간 우리 옛날 애인이 만화책 출판사 편집장인데, 나더러 먹고살라며 맡겨준 거야.”

“호오, 그러셔? 오빠는 좋겠다. 먹고살 걱정 해주는 옛날 애인도 다 있구.”

소연이 짜장 부러운 듯이 웃으면서 말했다.

“근데 오늘이 며칠이야?”

믹스 커피를 뜯어 잔에다 넣고 물을 부으며 하림이 말했다.

“12일 월요일, 왜요?”

"응, 그냥."

커피 탄 잔을 소연과 자기 앞에 놓으며 하림이 지나가듯 말했다.

12일. 강은주랑 꽁지머리랑 결혼하는 날짜가 20일이라 했으니 일주일 정도가 남았다. 신경 쓸 일도 아니고, 신경 쓸 필요도 없었는데 괜히 신경이 쓰였다.

'나 안 가도 되지?'

하림이 그날 그렇게 물었었고,

'제발 오지 마, 인간아.'

강은주는 그날 그렇게 답했었다.

그게 끝이었다. 그러니 그녀의 결혼 날짜를 짚어보는 일 또한, 남의 집 제삿날 헤아려보듯 싱거운 짓일 것이었다. 강은주가 시집을 가든 결혼을 하든 무슨 상관이랴.

"참, 얼마 전 물 좀 받으러 갔다가 소연이 사촌 언니 봤다."

하림이 커피를 홀짝거리며 문득 생각난 듯이 말했다.

"이야기 들었어요."

"너 있나 찾아봤더니 없더라."

"토란국 이야기도 했다면서요?"

"응, 고맙다고 했더니 뭔 소리냐 하는 투로 쳐다보시는 거 있지? 난 네가 저지른 건 줄도 모르고 진짜인 줄 알았잖아?"

소연이 가볍게 킥킥거리며 웃었다.

"크크, 하림 오빠, 생각보다 순진하네요. 그 언니가 언제 봤다고 그런 걸 갖다 주라고 했겠어요?"

"그래?"

"도와주러 왔다고는 하지만 나도 알바인데 아직 돈 한 푼 받지 못했다구요."

"그래? 하긴, 좀 고약하게 생기긴 했더라."

"고생을 많이 해서 그럴 거예요. 고생해본 사람이 남을 더 잘 이해해준다고 하지만 알고 보면 그것도 아니더라구요. 오히려 고생한 사람이 더 각박하게 변하는 경우가 많잖아요."

소연이 커피를 홀짝거리며 나이답지 않게 말했다.

"알고 보면 그 언니도 불쌍한 사람이에요. 젊을 땐 얼굴도 예쁘고 인정도 많고 그랬는데 남편 잘못 만나 죽도록 고생만 하다가…… 결국 남편은 다른 여자랑 달아나버리고, 고향 와서 가게를 얻었지요. 그러다 재작년에 중풍으로 쓰러졌지 뭐예요. 저한텐 엄마처럼 잘해주셨는데…… 난, 우리 엄마 얼굴도 모르거든요."

소연이 뜻밖에도 순순히 자기 이야기까지 꺼내놓으니 하림은 조금 당황스러운 기분이 되었다.

"왜?"

"돌아가셨어요. 내가 네 살 땐가 다섯 살 때."

하림은 안됐다는 표정으로 고개를 끄덕였다. 엄마 없이 자란다는 게 얼마나 힘든 것인지 하림도 잘 알고 있었다. 엄마의 치마폭에 안겨 그 냄새를 맡아보지 않은 사람들은 세상의 냄새를 안다고 할 수 없을 것이었다. 그러고 보면 소연의 얼굴에 깊이 밴 외로움의 흔적 같은 게 비로소 조금 이해될 것 같기도 했다.

"근데 진짜 어떤 내용인데요?"

조금 있다 소연이 그런 울적하고 감상적인 분위기를 깨기라도 할 양, 하림의 노트북을 들여다보며 다시 활달한 어조로 물었다.

"응, 별거 아닌데, 모헨조다로라고 혹시 들어봤니?"

"모헨조다로?"

"응, 지금의 파키스탄이란 나라가 있는 자리 인더스 강 유역에 있던 고대의 도시 이름이야. 하지만 긴 세월 동안 사막의 모래에 묻혀 지상에서는 사라져버렸던 도시지. '죽음의 언덕'이라 불린 도시 이름이지."

"'죽음의 언덕'이요……?"

소연이 호기심 젖은 눈으로 쳐다보았다.

"1922년 영국인 마셜이란 사람이 우연히 이곳을 발견하면서 처음으로 세상에 알려지기 시작했지. 아직 극히 일부만이 발굴되었을 뿐이지만 그 사막 아래 묻혀 있던 유적에선 갈수록 놀라운 흔적들이 발견되었지."

"보물이라도 발견되었나요?"

소연이 장난스럽게 물었다.

"보물보다 더 놀라운 것들이었지."

"어떤……?"

소연이 손가락으로 머리카락을 말아 올리며 말했다. 왼쪽 뺨 귀밑의 푸른 점이 희미하게 보였다.

"소연인 지금부터 4천 년 전에 그 도시에서 살았던 사람들이 어떤 사람들이었을 것 같니?"

"4천 년 전? 그땐 미개인시대나, 원시인시대 아닌가요?"

"그렇지? 하지만 아니야. 4천 년 전 이 모헨조다로에 살았던 사람들은 놀랍게도 지금의 우리들보다 더 행복한 삶을 살았어. 도시의 중앙엔 커다란 목욕탕을 만들어 함께 목욕도 하고, 함께 대회의장에서 토론도 하며, 집집마다 상하수도가 잘 연결된 훌륭한 도시를 건설했지. 사람들은 모두 건강하고 골목골목엔 아이와 여자들의 웃음소리가 그치지 않았어."

소연은 믿기 어렵다는 듯 하림을 쳐다보았다.

"후후, 놀랍지 않니? 4천 년 전이라면 청동기시대인데 청동기시대가 지금 우리가 살고 있는 세상보다 더 행복하고 평화로웠다면 말이야."

하림은 약간 의기양양해진 목소리로 말했다.

"인간이 동굴에서 나와 처음으로 강가에 도시를 만들었던 그 시대, 사람들은 지금보다 훨씬 평화로웠어. 그땐 아직 악이 이 세상에 나오기 전이었을 거야. 핵무기도 없었고, 테러니 자살이니 하는 말도 없었지. 물론 사람들은 더 이상 동물들을 쫓아다니며 숲 속을 헤맬 필요도 없었고…… 대신 강가에서 물고기를 건져 올리고 농사지으면서 누구나 충분히 먹을 수 있었지. 공동의 문제들을 함께 토론해 해결했으니 사나워질 필요도 없었을 거야."

하림은 계속해서 말했다.

"그들은 예술을 사랑했고, 동굴 벽에 그림을 그렸던 조상들과는 달리 자기 집의 담과 벽, 거리에다 그림을 그렸지. 아름다운 풍경과 자신들의 삶에 대한 풍경을 말이야. 그리고 넓고 깨끗한 공중목욕탕에 둘러앉아 담소를 나누었지. 누군가는 노래도 불렀겠지."

하림은 마치 그 장면을 머릿속에 그려보듯 눈을 반짝이며 말했다.

"그곳에 노래하는 여가수가 있었어. 그녀는 무척 아름다웠지만 앞을 보지 못하는 소경이었지. 그가 지금부터 내가 쓰고자 하는 만화 대본의 주인공이야. 그 여가수는 공중목욕탕에서 노래를 불렀어. 사람들이 평화롭게 모여 목욕도 하고 이야기를 나누던 곳에서 말이야. 모두가 그녀의 노래를 사랑했지. 왜냐하면 그녀의 노래 속엔 고단했던 동굴 생활과 수렵 생활에 대한 역사가 고스란히 담겨 있었고, 신에 대한 찬미가 담겨 있었거든. 그 시대엔 시가 노래였고, 노래가 역사책이었어."

하림은 꿈에 젖은 듯한 표정으로 계속해서 말했다.

"하지만 오래지 않아 어둠이 찾아왔어. 산에서 내려온 사나운 종족이 그들 도시에 나타났던 거야. 철갑으로 무장하고 철로 된 방패와 창을 든 무리들이 말이야. 말하자면 철기시대가 등장한 거야."

"……."

"평화로웠던 청동기시대엔 여자가 중심이었지만, 이 새로 등장한 철기시대의 인간들은 남자들이 중심이었어. 험악하고, 용맹한 근육질 사내들이 등장했던 거야. 모헨조다로는 순식간에 공포에 싸였지. 그들은 저들과 대항할 아무런 준비도 무기도 없었어. 도시는 순식간에 혼란에 빠졌고 폐허가 되고 말았지."

"그럼 그 노래하던 눈먼 여자는 어떻게 되나요?"

소연도 하림을 쳐다보며 말했다.

"그녀 역시 당연히 그들에게 잡혀 노예가 되었지. 하지만 노래를 잘하고 아름다웠기 때문에 곧 그 여자는 곧 왕의 눈에 띄어 그 남자의 아내가 되었어. 왕비가 된 거야."

"그럼 해피엔드겠네요."

소연이 다행이란 듯이 빙그레 웃었다.

"근데, 진짜 시작은 그때부터야. 청동기시대의 행복했던 도시 모헨조다로를 사나운 사내들이 차지하면서, 왕과 왕비, 신하와 백성과 노예라는 계급이 등장했지. 그때부터 내가 진짜 이야기하고 싶은 인간의 역사가 시작되거든. 전쟁이 종의 진화에 미치는 영향이랄까."

그러곤 잠시 사이를 두었다가 말했다.

"그 눈먼 여가수는, 그렇지만 다시 노래를 불렀어. 왕의 침실에서도, 궁궐의 발코니 모퉁이에서도, 그 옛날 자기가 살았던 고향 이야기를, 모두가 공중목욕탕에 나와 즐겁게 담소를 나누고 골목에서 아이들과 여인네들의 떠드는 소리가 비눗방울처럼 울려 퍼지던 모헨조다로의 평화롭던 시절의 이야기를 그치지 않았어."

"그 여자에게도 사랑하는 사람이 있었겠죠?"

소연이 미소를 지으며 물었다.

"당근."

하림이 따라 웃으며 끄덕였다.

"근데 하림 오빤 애인 없어요? 시집간 옛날 애인 말구."

이야기가 길어지자 소연이 슬며시 말머리를 돌렸다.

"응, 있지."

하림이 웃으며 조금 장난스럽게 대답했다.

"예뻐요? 모헨조다로의 노래하던 여자처럼."

그녀 역시 장난스러운 투로 물었다.

"후후, 물론, 나랑 초등학교 동창이야."

"아, 좋겠다."

"너무 예쁘고 똑똑한 사람이라, 오래전에 결혼도 한 번 했고, 지금은 은하라는, 자기랑 똑 닮은 딸이랑 같이 살고 있지."

"정말, 결혼했었어요?"

"응, 그런데 남편이 죽었어."

뜻밖의 말에 소연이 눈을 동그랗게 뜨고 하림을 쳐다보았다.

하림은 자기가 괜한 말까지 하고 있다는 생각이 들었지만 그런 생각과는 달리 이상하게 속에서 주책없이 자꾸 말이 흘러나왔다. 어쩌면 그동안 누군가에게 혜경의 이야기를 하고 싶었는지도 몰랐다. 그렇게 혜경과 헤어지고 난 이후 스스로도 마음이 잘 정리되지 않고 있던 탓일 것이다. 전화가 아니면 문자 메시지라도 한번 넣어봐야지 하면서도 차일피일 미루는 중이었다.

"오빠가 잘해드려야겠네요."

소연이 말끝을 흐렸다.

"응, 그래야겠지. 그런데 그 사람, 날 떠나가려고 해. 그 사람 마음속엔 여전히 그 남자가 큰가 봐."

"전 남편이라는 사람?"

"응."

시선을 탁자 위로 던지며 하림이 가라앉은 목소리로 말했다. 소연에게 그런 말까지 하는 자신이 이상했다. 어쩌면 봄비 내리는 날씨 탓인지도 몰랐다.

"돌아가셨다면서요?"

"고등학교 선배였어. 하지만 나랑은 완전히 다른 부류의 사람이었지. 요즘 애들 식으로 말하자면 일진회 짱 스타일이랄까. 어쨌든 나보다 몇 배나 멋있는 남자였어."

그러면서 하림은 태수 선배를 떠올렸다. 지나고 보니 그 역시 그리운 과거의 얼굴이 되어 있었다.

"그러고 보니 하림 오빠한테도 그늘이 있네요. 나만 있는 줄 알았는데……"

소연이 활짝 웃으면서 말했다.

"하림 오빠 이곳에 처음 오던 날 모습이 기억나요. 어쩐지 실연당한 사람 같았달까, 뭐 그랬어요."

"그래? 하기사 실연까지는 아니지만 그와 비슷하긴 했네."

하림이 씁쓸한 표정으로 따라 웃으며 말했다.

"그 사람, 날 버려두고 아프리가 어딘가로 가고 싶대."

"아프리카요?"

"왜? 부럽니?"

"응, 결혼도 한 번 하고, 또 하림 오빠처럼 멋있는 남자 만나 사랑도 받고……"

"남의 떡이 더 크게 보인다는 말이 딱 그 말이구나. 소연이처럼 젊고 발랄한 여자가 아줌마 아저씨를 다 부러워하다니!"

"웃지 마요. 나같이 못난 아이가 떠들어대니 우습죠? 볼 것 없는 노란 머리가……"

소연이 갑자기 토라져서 말했다. 표정을 보니 장난이 아닌 것 같았다.

"아닌데, 왜 그런 말을……?"

하림은 일순 조금 당황한 표정으로 말했다.

"사실, 하림 오빠한테 시를 배우고 싶다는 건 핑계에 지나지 않았을지 몰라요. 여긴 무척 답답한 곳이거든요."

소연은 손톱을 물어뜯으며 말했다.

"언젠가 어느 잡지에서 멋있게 나이 든 여자 시인의 인터뷰 기사를 본 적이 있거든요. 젊어서 고생도 많이 하고 인생의 고비도 많았지만, 늘 시를 쓸 수 있어서, 시가 있어 행복했다고 하더군요. 아무리 일상에서 힘든 일이 있어도 '나는 시인이야' 그렇게 속으로 다짐하곤 했다고…… 그 시인의 당당하고 깊은 눈빛, 세상의 세찬 바람에도 흔들릴 것 같지 않은 온화한 미소. 나도, 그 시인처럼 멋있게 늙을 수 있으면 좋겠다고 생각했어요. '시가 있으면 아무리 삶이 힘들어도 견딜 수 있겠구나……' 하구요. 하지만 그때 잠깐뿐이었어요. 곧 잊어버리고 지냈죠. 그러다가 하림 오빠를 보니까 갑자기 그때 기억이 났던 거예요."

그렇게 말하고 나서 소연은 눈을 들어 하림을 쳐다보았다. 처음 만났을 때의 깔깔거리던 철없는 모습은 사라지고 대신 그녀에게서 모헨조다로의 눈먼 여가수가 보였다.

"네 이야기를 들으니 「일 포스티노」라는 영화가 생각나네."

"일 포스티노……?"

"응, 이탈리아어로 '우체부' '우편배달부'라는 뜻이래."

하림은 깍지 낀 두 손으로 머리 뒤쪽을 받치고 상체를 약간 뒤로 젖힌 채 말을 이어갔다.

"어느 날, 칠레의 유명한 시인 파블로 네루다가 어떤 정치적 이유 때문에 젊은 부인과 함께 이탈리아의 조용하고 한적한 섬으로 망명을 왔어. 가난한 어촌 마을에 말이야. 파블로 네루다는 나중에 노벨상까지 받은 유명한 시인이야. 영화 속 인물이긴 하지만 실존 인물이기도 하지."

소연은 귀를 기울여 듣고 있었다. 창문 밖에서 봄비 내리는 소리가 들려왔다.

"이 유명한 시인이 나타나자 마을은 온통 흥분에 들떴지. 글을 잘 모르긴 했지만 다들 시인을 대단히 아끼고 존경하는 사람들이었거든. 그런데 이 어촌 마을에 늙은 아버지와 같이 살던 마리오라는 젊은이가 있었어. 그는 글자는 겨우 읽을 줄 알았지만 삐쩍 마르고 볼품없는 사람이었지. 게다가 고기잡이를 좋아하지 않아서 늘 아버지에게 걱정을 끼치곤 했는데, 마침 이 유명한 시인이 섬으로 오자 자진해서 그에게 세계 각지에서 오는 우편물 배달하는 일을 맡기로 했어. 임시직으로 말이야. 마리오는 시인을 동경했고 시를 사랑했기 때문에, 막연하나마 그에게서 시를 배울 수 있을까 하는 일말의 기대를 가지고 있었지. 지금 소연이처럼……"

허름한 평상복 그대로에, 어울리지 않게 우스꽝스러운 우체부 모자를 쓴 마리오가 자전거를 타고 바닷가 길을 따라 파블로 네루다에게 우편물을 배달하러 가는 장면이 선연히 떠올랐다.

"그런데 마리오에겐 베아트리체라는 사랑하는 여자가 있었어. 그 여자도 소연이 너처럼 혼자 사는 숙모네 카페에서 일을 봐주고 있었어. 눈이 유난히 까맣고 맑은 전형적인 이탈리아 지중해의 여자야. 마리오는 네루다에게서 우연히 은유라는 것을 배우고 그녀의 웃음에 부드러운 나비 날갯짓 같다는 표현을 하지. 그의 눈에는 이 세상이 시로 가득 차 있었던 거야. 순간 지루하게 보였던 일상들이 갑자기 달라지기 시작했어. 그녀 역시 이 보잘것없는 청년 마리오에게 마음이 끌리기 시작했지."

"베아트리체……?"

"응, 마리오는 네루다라는 대시인의 도움을 받아 마침내 아름다운 베아트리체와 결혼을 하게 되고, 네루다는 얼마 있지 않아 자기의 조국 칠레로 돌아가지. 다시 돌아오겠다는 약속을 남기고 말이야."

그러고 나서 잠시 사이를 두었다가 하림은 소연의 눈을 쳐다보며 말했다.

"하지만 네루다는 돌아오지 않았어. 그는 너무 유명한 시인이었고, 너무 바쁘고 할 일이 많은 사람이었거든. 아마 돌아가자마자 까맣게 잊어버렸을지도 몰라. 사람들은 마리오를 놀려댔지. 하지만 마리오는 그가 주고 간 노트에 시를 쓰면서 그를 기다렸어. 시를 쓰는 동안 마리오는 세상에 대해 눈을 뜨기 시작했고, 결국엔 노동자들의 집회에 나가서 시를 읽다가 경찰이 닥치는 바람에 사람들의 발에 밟혀 죽고 말아. 네루다가 주고 간 녹음기에 섬의 바람 소리, 파도 소리, 사람들의 소리 그리고 자기의 시를 남기고 말이야."

하림의 목소리가 자기도 모르게 낮아졌다.

"그리고 시간이 많이 흐른 후, 늙은 대시인 파블로 네루다가 다시 이 섬을 찾아왔어. 마리오는 죽고, 베아트리체는 마리오를 닮은 아들 하나를 키우며 살고 있었지. 그와의 우정을 소중하게 되돌아보며 네루다 혼자 쓸쓸히 바닷가 길을 걸어가는 장면이 마지막 엔딩이야."

"좋네요. 근데 난 누구를 기다려야 하나……? 찾아올 사람도 없구."

소연이 심드렁한 표정으로 말했다.

"후후, 너 진짜 인생 다 산 사람처럼 말하는구나."

"아뇨. 진짜라니까요."

소연이 눈을 크게 뜨며 말했다.

"거짓말 마. 남자친구 있다고 했잖아?"

"내가 언제?"

"우리 처음 만났던 날."

"치이, 그걸 믿어요?"

소연이 입술을 쑥 내어밀며 말했다.

"사실 난 바라지도 않아요. 난 못났구, 대학교도 안 갔구, 특별히 잘하는 것도 없는데 이런 나 같은 아이를 좋아해줄 사람이 어디에 있겠어요?"

소연이 다시 의기소침한 표정으로 돌아가서 말했다.

"아니, 네가 어때서?"

하림이 공연히 그러지 말라고 말타박을 놓았다.

"알고 보면…… 난 속물이걸랑요."

"속물?"

하소연이 뜻밖의 단어를 꺼내자 하림은 자기도 모르게 실소를 터뜨리고 말았다.

"사실 나도 기다리고 있는 게 있긴 해요."

조금 있다 소연이 하림을 쳐다보며 말했다.

"뭔데?"

"들으면 실망할 거예요. 영화 속 마리오처럼 그런 고상한 기다림이 아니라, 아주 흔해빠진 기다림 같은 것. 솔직히 말하면 대학 가고 싶고, 돈도 벌구 싶고, 그래서 오빠처럼 지적이고 멋있는 남자친구랑 사귀어보고 싶은…… 그런 기다림, 그게 전부예요."

소연의 말에 하림은 풋, 하고 웃음을 터뜨렸다.

"솔직해서 좋네."

"놀리시는 거죠?"

소연이 토라진 표정으로 말했다.

"미안. 난 그저 소연이가 시를 배우고 싶다고 해서 이야기를 꺼냈을 뿐이야. 전문적인 시인이라면 모를까, 우리는 모두 자기 앞에 놓인 일상적 삶에 열심이지 않을 수 없어. 시를 쓰긴 했지만 마리오는 여전히 가난한 어부였고, 베아트리체는 카페에서 술을 팔지 않으면 안 되었지. 그걸 가지고 아무도 속물이라고는 하지는 않잖니."

하림은 다시 주전자에 물을 붓고 가스레인지 위에 올려놓았다. 그러곤 창문께로 걸어가서 창문 밖을 한번 쳐다본 다음 창문을 닫았다.

"그런데 너, 대학 가고 싶다구 했니?"

하림이 돌아서며 말했다.

"늦었죠? 내년이면 벌써 스물하고도 세 살이니까."

"아니, 마음만 먹으면 얼마든지 가능해. 하지만 그저 막연히 대학에 가겠다면 차라리 가지 않는 게 나아. 실망만 할 테니까."

"하림 오빤 대학 나왔으니까 그런 말 하는 건지 모르잖아요."

"그렇긴 해. 하지만 이래 봬두 나도 얼마 전까진 입시학원에서 잘나가는 선생이었거든."

"정말?"

소연이 눈을 반짝 뜨며 하림을 쳐다보았다. 믿기 어렵다는 표정이었다.

"여기 오기 얼마 전 내가 다니던 학원이 망해서 원장이 도망가는 바람에 나도 쉬고 있는 중이었어."

"아, 그랬어요?"

"응, 그러니까 너 같은 애들도 많이 봤어. 뒤늦게 대학 가겠다며 나타난 마흔 살 넘은 아저씨도 봤구. 어쨌든 나한테 잘 보여. 그러면 시도 가르쳐주고, 덤으로 대학 가는 법도 가르쳐줄 테니까."

하림이 농담처럼 웃으며 말했다.

"대박! 좋아요. 나한테 네루다가 나타난 것보다 더 좋네요!"

"대신 공부는 네가 하는 거야. 나는 그냥 지켜봐주기만 할 뿐이구…… 내 시간을 많이 빼앗아도 안 돼."

하림이 다짐이라도 하듯 말했다.

"알았어요. 그럼, 일주일에 딱 두 번만 찾아올게요! 됐죠? 나도 언니 가게 봐줘야 하니까."

소연이 다시 커다란 소리로 활달하게 대답했다.

"아까 그 영화에 나오는 마리오라는 사람, 실제로는 이탈리아의 유명한 감독이자 배우인데, 그 사람은 이 영화를 찍고 나서 얼마 안 있어 진짜로 죽었대. 심장병으로 말이야."

"아, 그 마리오라는 사람…… 어쩐지 하림 오빠같이 생겼을 거라는 생각이 들었어요."

"후후, 그럼 나보고 빨리 죽으란 말이냐?"

하림이 가볍게 웃었다.

"마리오는 너야, 나는 네루다고. 시를 배우러 오는 사람은 너니까."

"좋아요. 아무렴 어때요."

소연이 다시 유쾌하게 웃으면서 말했다.

"하지만 아까처럼 엄살 피우면 안 돼. 가방끈이 짧아서 아무것도 모른다니 어쩌니 하면서 말이야. 그럼 다시는 널 보지 않을 테니까."

주전자에 물이 끓는 걸 보며 하림이 의자에서 일어났다.

"차 한잔 더 할래? 그나저나 고마워. 단 거 무지 좋아하거든."

그러면서 소연이 가져온 과자 봉지를 뜯었다.

"수업료라니까요, 헤헤."

"네 사촌 언니가 나중에 알고 월급에서 깐다고 하면 어쩌려구?"

"까라 하죠, 뭐, 바라지도 않아요."

소연이 하얀 이를 드러내고 웃으면서 말했다. 어느새 다시 개나리처럼 환한 이십대 초반의 여자아이로 돌아와 있었다.

"알았어. 어쨌거나 읍내 나갈 때 말해. 같이 가서 교재나 좀 사게. 영어랑 국어만 잘해도 어느 정도 대학은 들어갈 수 있어."

"진짜로 해주는 거죠?"

소연이 여전히 믿기 어렵다는 표정을 지었다.

"그럼."

하림은 컵에 펄펄 끓는 물을 붓고 일회용 녹차 티백을 하나 꺼내어 먼저 소연이 쪽 컵에 몇 번 담갔다 꺼낸 다음 자기 쪽 컵에다 넣었다.

"알았어요. 근데 나 같은 애가 시를 배울 수 있을까요? 마리오 같은 재능도 없는데……"

소연이 자신 없는 목소리로 말했다.

"그야 피장파장이야. 알고 보면 나도 네루다가 아니라 별 볼일 없는 대한민국 삼류 시인에 불과하니까."

하림이 짐짓 소리 내어 웃었다.

"사실 좀 걱정은 돼. 다 큰 처녀가 혼자 사는 총각한테 들락거리는 게 소문이라도 나면 어쩌나 하고 말이야."

"훗, 걱정 마요. 나처럼 못난 애한테 신경 써줄 사람, 이 골짜기에선 아무도 없으니까."

소연이 입술을 비죽 내밀며 말했다. 창밖에서 봄비 내리는 소리가 더욱 청량하게 들려왔다.

7장

총소리

한 달이 순식간에 지나가버렸다. 봄기운이 잠깐 머무는 듯하더니 어느새 대기 속에서 초여름 냄새가 나고 있었다. 그동안 하림은 만화 대본 작업을 하느라 정신이 없었다.

그렇게 지내던 어느 날 늦은 저녁 무렵, 하림이 열심히 노트북 자판을 두드리고 있는데 어둑한 창문 너머에서 따앙, 하는 소리가 들렸다. 여운이 길게 따라붙었다. 마치 땅속 깊은 곳에서 들려오는 소리 같았다.

순간 불안과 공포가 온몸을 엄습했다. 하림은 자기도 모르게 자리에서 벌떡 일어났다. 그리고 창문께로 가서 귀를 기울였지만 더 이상 아무런 소리도 들리지 않았다. 잘못 들은 것일까. 아니다. 총소리…… 분명히 총소리였다. 하림은 잠바를 걸친 다음 후다닥 마당으로 뛰어나갔다. 그리고 총소리가 들렸던 쪽으로 시선을 던졌다. 어둑한 하늘에선 아직 푸른 낮 기운이 감돌고 있었다. 총소리가 난 쪽은 처음 이곳에 와서 산책을 나갔던 저수지 방죽 쪽이었다.

어떻게 할까.

그러나 망설임은 잠시, 하림은 곧 더 이상 호기심을 견디지 못하고 마당에 던져두었던 막대기를 집어 들고 잰걸음으로 소리가 난 쪽을 향해 달려가기 시작했다. 서늘한 기운이 등짝을 타고 내렸지만 무언가 하림의 손을 낚아채 잡아끌기라도 하는 것 같았다. 길은 질척했고, 길가의 풀은 젖어 있었다.

어디선가 멀리서 컹컹컹, 개 짖는 소리가 들려왔다.

얼마 가지 않아 곧 잡목 숲이 나타났다. 이어 잡목 숲 사이로 번쩍하고 저수지의 수면이 비쳤다. 마지막 남은 저녁 하늘빛을 빨아들인 채 누워 있는 저수지는 커다란 검은 유리창처럼 보였다. 물이랑이 잔잔히 이는 수면 위로 괴이할 정도의 정적이 덮여 있었다. 한가롭게 헤엄쳐 다니던 물오리 떼도 보이지 않았다. 하림은 방죽 아래로 난 길을 따라 반쯤 몸을 가린 채 급히 발걸음을 옮겼다.

얼마를 갔을까.

저수지의 끝 배수구 부근 다리에 이르렀을 때였다. 처음 산책 나왔을 때 하림이 서서 다리 너머로 공사장과 이층집을 보았던 바로 그 지점 부근이었다. 하림은 그 자리에 얼어붙은 듯 서버렸다. 다리 건너편 어둑한 풍경 속에 사람 그림자가 어른거리고 있었다. 하림은 얼른 잡목 숲 뒤로 몸을 숨겼다.

그림자는 어스름 속에서 천천히 움직이고 있었다. 키가 큰 사내의 그림자였다. 사내는 무언가 무거운 것을 질질 끌고 있었다. 그리고 다른 한 손엔 기다란 물건을 들고 있었는데, 하림은 직감적으로 그게 엽총이라는 사실을 깨달았다. 가슴이 세차게 뛰었다.

'그 사내다……!'

순간 하림의 입에서 자기도 모르게 신음 소리가 터져 나왔다.

하림은 제 눈을 의심하며 다시 한 번 그쪽을 뚫어져라 쳐다보았다. 어둠 속의 그림자는 얼마 전 오토바이를 타고 화실 마당 펌프를 수리하러 왔던, 사각 진 얼굴의 바로 그 사내였다. 비록 사방이 어둑하긴 했지만 그 사내가 틀림없었다. 막대기를 쥔 하림의 손아귀에 자기도 모르게 힘이 들어갔다.

그러나 사내는 사람의 시선 따위는 아랑곳하지 않는다는 투로 무거운 것을 한참 동안 질질 끌고 가더니 이층집 영감의 울타리 근처에서 걸음을 멈추었다. 그러곤 잠시 주위를 살피듯 한번 돌아보고는 끌고 온 무거운 것을 그곳에 던져두고, 곧 돌아서서 공사장 사무실이 있는 불 꺼진 컨테이너 박스 뒤로 사라졌다.

곧이어 오토바이 소리가 들렸다. 투다다다거리는 오토바이 소리가 어둠을 흔들어놓았다. 오토바이는 꽁무니의 빨간 불빛과 함께 금세 사라져버렸다. 너무나 대담했고, 너무나 빨랐다. 사방은 다시 아무 일도 없었던 것처럼 쥐 죽은 듯한 고요 속으로 빠져들었다. 하림은 여전히 잡목 뒤에서 나오지 못한 채 한동안 그대로 얼어붙은 사람처럼 쭈그려 앉아 있었다. 으슬으슬 몸이 떨려왔다. 청동빛 어스름이 가시자 먹빛 어둠이 내리고 있었다.

어느새 저수지 저편 하늘에서 초승달이 파랗게 빛을 토하고 있었다. 저수지 주변은 더욱 괴괴하였고, 음울했다. 하늘 한쪽에 비스듬히 걸린 날카로운 초승달마저 귀기가 느껴졌다. 사내의 오토바이가 떠나고 난 뒤에도 하림은 덤불 뒤에서 한동안 그렇게 웅크리고 있었다. 누군가가 어둠 속에서 자신에게 총을 조준하고 있는 느낌이 들었다. 밤기운 때문일까, 몸이 더 떨렸다.

'분명 그 사내다!'

하림은 속으로 다시 한 번 나지막이 외쳤다. 얼마 전 하림의 화실로 펌프를 고치러 왔던 그 얼룩무늬 예비군 잠바 차림의 사내. 어둠 속이었지만 커다란 키에 네모진 얼굴, 광대뼈가 튀어나온 볼, 푹 꺼진 눈자위…… 틀림없이 그 사내였다.

그날 수도 고치러 왔을 때, 청량한 대기 속으로 푸른 담배 연기를 뱉어내며 어색하게 웃던 모습이 떠올랐다. 밝은 낮에 본 그의 인상은 약간 험악하긴 했지만 그렇게 나빠 보이지는 않았었다. 그런데 그가 왜……?

얼마나 시간이 흘렀을까.

이윽고 더 이상 아무런 일도 일어나지 않는다는 것을 확인한 하림은 간신히 몸을 일으켜 덤불 뒤에서 빠져나왔다. 그러곤 왔던 길로 돌아오기 시작했다. 어둠 속 어디에선가 피투성이가 되어 죽어 있는 개의 사체라도 불쑥 나타날 것 같아 혼자 소스라쳐 놀랐다. 길게 늘어진 모양으로 보건대 제법 큰 개 같았다. 하림은 피를 흘리며 죽어 있는 짐승의 사체를 떠올리며 다시 한 번 몸을 부르르 떨었다. 비록 짐승이라고는 하나 죽음은 언제나 공포를 불러일으키는 법이다. 희미한 빛에 싸인 저수지 옆 둑길을 따라 돌아오는 내내 하림의 가슴엔 여전히 수수께끼 하나가 무거운 닻처럼 걸려 있었다.

'그가 왜?'

펌프 고치러 왔던 사내는 그날 이장 운학의 전화를 받고 읍에서 오토바이를 타고 왔다. 그러니까 그는 읍에서 가게를 하고, 읍에서 살고 있는 사람이었다. 읍은 이곳 바람골에서 10여 리나 떨어져 있었다. 그러나 그날 이장과 이야기 하는 내용으로 봐선 그 역시 이 바람골을 잘 알고 있는 게 틀림없었다.

오토바이를 타고 여기까지 와서 엽총으로 개를 쏘아 죽일 까닭이 무언가. 더구나 영감과 딸이 사는 이층집 울타리 부근까지 죽은 개를 끌고 와 버려두고 갈 까닭은 또 무언가. 하지만 이유 없는 행위란 없다. 하는 행동으로 봐선 무척 당돌했고 거침이 없어 보였는데, 분명히 숨겨진 이유가 있다는 뜻이었다. 어둠을 등진 채, 하림은 비틀거리는 걸음으로 간신히 화실로 돌아왔다. 가슴은 쿵쾅대며 뛰고 있었고, 이제는 온몸이 으슬으슬 떨리고 있었다.

감기 기운인가. 그렇지 않아도 며칠 전부터 찬바람에 비까지 맞은 터여서 으슬으슬하던 참이었다. 그런데다 충격적인 장면까지 본 터라 머릿속이 어지럽고 복잡하였다. 방으로 돌아온 하림은 무거워진 몸을 끌고 다시 이불을 덮고 누웠다. 본격적으로 열이 오를 셈인지 온몸이 사시나무처럼 떨려왔다. 바닥은 따뜻했지만 손발이 얼음처럼 냉기에 싸였다. 수많은 생각들이 잘못 편집된 영화 장면처럼 빠르게 스쳐 지나갔다.

초등학교 3학년 무렵 집에서 기르던 개가 떠올랐다.

회색 털의 잡종 셰퍼드였는데 이름이 영구였다. 영구는 귀가 뾰족하고 눈가에 흰색 점이 있는, 제법 영리한 개였다. 학교에서 돌아온 하림을 제일 먼저 반겨주는 친구가 영구였다. 하림은 놀 때도 숙제할 때도 영구랑 늘 같이 있었다.

그런데 어느 날, 학교에서 돌아와 보니 그 영구가 쥐약 먹은 쥐를 먹고 발광을 하고 있었다. 어떻게 그것에 입을 대었는지 모르지만 나중에 어른들이 하는 말이 그랬다. 그때 하림은 개의 눈이 허옇게 뒤집히는 것을 처음 보았다. 쥐약 먹은 쥐가 속에 든 영구는 미친 듯이 마당을 맴돌더니 급기야 창호문을 뚫고 방에까지 들어왔다. 하림의 눈과 딱 마주쳤다. 겁에 질린 하림이 구석에서 떨리는 목소리로 불렀다.

"영구야……"

그러자 잠시 주춤하던 영구는 제가 할 수 있는 최대한의 자제력을 발휘하듯 비틀거리며 마당에 있는 우물가로 가서 구정물을 벌컥벌컥 들이켰다. 한참 동안 물을 마신 영구는 그제야 모든 것이 끝났다는 듯이 가쁜 숨을 몰아쉬더니 옆으로 맥없이 픽하고 쓰러져 버렸다. 사시나무처럼 떨어대던 몸도 곧 잠잠해졌다. 그것은 하림이 처음으로 겪은 가장 가까운 관계의 죽음이었다.

그런데 그날 저녁, 정말로 더 기가 막힐 일이 벌어졌다. 아버지와 아버지 친구 몇이 나타나 근처 개울가로 가서 큰 솥을 걸어놓고 물을 끓였다. 그러곤 곧 영구의 가죽을 벗겨내었다. 쥐약 먹은 쥐를 먹은 터라 내장은 다 추려내었다. 하림은 그들의 어깨 틈새로 허옇게 가죽이 벗겨져나간 영구를 보고 진저리를 쳤다. 하지만 내장을 추려낸 아버지와 아버지 친구들은 아무렇지도 않게 영구를 큰 솥에 넣은 다음, 된장과 마늘, 깻잎 등 각종 야채를 넣고 몇 시간이고 삶았다. 허연 김과 함께 고기 삶는 냄새가 역하게 진동했다.

그날 밤, 하림은 무서운 꿈에 시달렸다. 꿈속에서 어른들은 죄다 금방 지옥에서 나온 도깨비 형상을 하고 있었다. 벌건 얼굴의 뿔난 도깨비들이 둘러앉아 자기네들끼리 뭐라뭐라 시끄럽게 지껄이며 개고기를 뜯고, 술을 마시고 있었다. 그런 일이 있고 나서 한동안 하림은 개고기는 물론이고 다른 고기도 일체 입에 대지 않았다. 댈 수도 없었다. 불쌍한 영구는 그렇게 땅속으로가 아니라 어른들의 배 속으로 사라졌다.

정신이 혼미한 상태로 이불 밑에서 이런저런 상념이 스쳐가는 동안 하림은 점점 추워오는 것을 느꼈다. 감기란 놈은 일단 찾아오면 그냥 쉽게 물러가는 법이 없었다. 정점을 찍을 때까지 RPM을 최대한 높여가게 마련이다. 그럴 땐 내버려두고 기다리는 것이 상책이다. 뼛속으로 파고드는 한기는 뼈를 마디마디 해체라도 시키듯 분질러댔다. 마치 숙련된 고문 기술자의 솜씨 같았다. 이마에 진땀이 맺혔다.

'그가…… 그다!'

하림은 끙끙 앓으면서 조금 전에 벌어졌던 광경을 악몽처럼 떠올렸다. 그 역시 도깨비 같은 형상을 하고 있었다. 하지만 조금 전에 보았던 도깨비는 그 옛날, 영구를 보신탕 삼아 삶아 먹고 있던 그 도깨비들과는 달랐다. 그는 사악한 형상을 하고 있었고, 잔인하고 무서운 눈을 가지고 있었다. 그 도깨비가 그였다. 황급히 몸을 돌려 어둠 속으로 들어갔던 사내. 그는 분명히 며칠 전에 보았던 수도 고치는 사내가 틀림없었다. 그가 엽총으로 개를 쏘아 죽였던 것이다!

그렇다면 애초에 윤 여사 고모님네 누렁이 개도 그 사내가 죽인 것이란 말이 된다. 또 그렇다면, 그것은 단순히 울타리를 넘어와 잔디밭에다 똥오줌을 누고 가는 바람에 이층집 영감이 순간적으로 격분해서 쏘아 죽인 것이 아니라는 말이었다. 비록 사람은 아니라 하더라도 살아 있는 짐승을 향해 총질을 해대는 것은 어지간한 강심장이 아니고서야 할 수 있는 일이 아니었다.

몸살을 앓는 동안 환영처럼 많은 생각들이 지나갔다.

평소에 누가 가장 보고 싶었는지는 한번 아파보면 알게 된다. 사람이 아프면 무의식의 저 깊은 곳에 숨어 있던 보고 싶은 이가 가장 먼저 절실하게 떠오르기 때문이다. 엄마라는 존재가 바로 그런 이일 것이다. 그래서 사람은 늙어 죽어갈 때도 어린아이처럼 엄마, 하고 부르게 된다고 한다. 늙은 사람이 엄마, 하고 부르면 너무나 신기한 생각이 들긴 하지만 누구나 자기 속엔 늙어도 철들지 않는 아기들이 하나씩 들어 있기 마련이다.

하림 역시 누워서 끙끙 앓는 중에 먼저 엄마가 보고 싶었다. 오랫동안 잊고 있었던 엄마, 엄마는 아버지보다 더 깊고 슬픈 운명적 존재인지 모른다.

어린 시절 시장에서 돌아오는 엄마의 치마폭에 온몸으로 달려가 폭 안기면 엄마의 치마폭에서는 온갖 냄새가 났다. 그 온갖 냄새가 엄마의 냄새였다. 그것은 세상의 냄새였고, 피 흘리며 싸워서 먹이를 물고 와 새끼들에게 토해주는 어미 새의 냄새였다. 아버지가 돌아가신 후, 어머니는 누이 집에서 함께 살고 있었다. 하림은 어머니에게 죄스러운 마음이 들었다. 늙은 어머니의 모습은 못난 자식의 마음을 아프게 했다.

그리고…… 또 한 사람, 혜경이었다.

엄마에게는 어쩌면 미안하지만, 혜경이 더 절실하게 보고 싶었는지도 모른다. 노란 은행잎이 교정 위로 하염없이 떨어지던 날, 그녀가 미소 지으며 걸어오던 모습이 한 장의 빛 바랜 사진처럼 떠올랐다. 그녀는 너무 쓸쓸해 보였고, 애처로워 보였다.

'혜경아, 사랑해.'

하림은 베개에 얼굴을 묻으며 어둠 속에서 가만히 독백처럼 되뇌었다. 그러자 갑자기 눈앞이 안개라도 낀 것처럼 침침하게 흐려왔다. 문혜경이란 이름은 그냥 이름이 아니라, 사람과 사람 사이에 있다는 그 섬, 오래된 추억의 잔물결이 드리워진 이름이었다. 그녀와 헤어진다는 것은 자기 삶의 일부가, 아니 전부가 무너지는 것과 같은 것이었다. 그런 그녀가 아프리카로 가겠다니, 거기서 흑인 여자들 머리나 땋아주는 미장원이라도 하겠다는 것인가.

다음 날 아침, 하림은 늦게 잠에서 깨어났다.

다행히 하룻밤을 앓고 나자 아직 머리는 좀 무거웠지만 몸은 한결 가벼웠다. 어둠 속에서 하림을 괴롭히던 꿈속의 괴물들도 아침이 되자 꼬리를 감추듯 연기처럼 사라져버렸다. 하림은 해쓱해진 얼굴로 자리에서 일어나 창문을 열었다. 어제 내린 비 탓인지 막 새

잎을 달기 시작한 벚나무 가지 끝에 물방울이 맺혀 있었다. 하지만 처마 밑에 걸린 하늘은 구름 한 점 없이 푸르렀다.

모든 것이 새로워 보이는 초여름 날의 아침이었다.

하림은 화실을 나왔다. 어젯밤에 일어난 일이 궁금해서 견딜 수 없었다. 마치 잘못 편집된 악몽이라도 꾼 것 같은 기분이었다. 이럴 때 소연이라도 만나 이야기라도 해보고 싶었다.

마당을 건너 포도밭 옆길로 지나갔다. 하림은 바지에 손을 찌른 채 어깨를 구부정하게 숙이고는 마치 깊은 생각에 잠긴 사람처럼 그곳을 향해 터벅터벅 기계적으로 발걸음을 옮기고 있었다.

그런데 걸어가는 동안 멀리서 바람결에 사람들 떠들어대는 소리 같은 게 들려왔다. 소리는 길목슈퍼 근처에서 울려 나오고 있었다. 내용은 잘 알 수 없었지만 누군가 상당히 흥분해서 높은 소리로 떠들어대는 게 멀리서도 희미하게 들렸다. 가까이 가자 슈퍼 앞 나무 탁자를 중심으로 사람들이 앉거나 서서 웅성거리고 있었다.

하림은 불안한 마음을 억누르며 그쪽으로 걸어갔다.

가까이 갈수록 소리는 더욱 분명해졌다. 그리고 그 소리의 주인공이 다름 아니라 윤 여사의 고모라는 사실도 금세 드러났다.

"어유, 도대체 이게 무슨 일이여? 동네가 망하려고 흉사가 들었어도 보통 들었어야지."

이만저만 흥분해 있는 목소리가 아니었다.

"아, 글쎄, 이게 무슨 끔찍한 일이냐구. 간이 벌벌 떨려서 살 수가 있남! 아니, 다들 뭣들 하고 있었수? 영감이 마구잽이루 총질을 해서 우리 동네 개들이 싸그리 죽어나가고 있는데도 다들 뭣들 하고 자빠져 있었수?"

남자 노인들 서넛은 앉아서 담배만 뻐끔뻐끔 피우고 있었고, 그들을 주위에 대여섯 명이 둘러서서 할머니의 악다구니 소리를 듣고 있었다.

"흉사는 흉사여. 예전엔 이런 일이 없었는데."

담배 피우는 노인네 중의 하나가 혼잣말처럼 중얼거렸다.

하림이 가까이 가자 그들은 잠시 말을 멈추고 하림께를 쳐다보았다. 하림은 약간 어색한 표정으로 고개를 까닥하며 두루뭉술하게 모두에게 눈인사를 했다. 그러나 윤 여사 고모는 인사를 받는 둥 마는 둥 계속해서 떠들기 시작했다.

"당장 쫓아내야 돼! 암, 쫓아내야 하고말고…… 이렇게 불안해서는 한시도 살 수가 없지. 다들 말해보우. 안 그렇수?"

하림은 무심한 척 그들 뒤를 지나쳐 슈퍼 위쪽으로 올라갔다. 그런데 그때 하림의 시선에 팔짱을 끼고 서 있는 젊은 여자의 모습이 얼핏 들어왔다.

뜻밖에도 지난번 산책길에 저수지에서 만났던 검은 옷의 바로 그 여인, 이층집 딸이었다. 할머니가 악다구니를 쓰는 동안 그녀는 슈퍼에 무엇을 사러 나왔던 길인지 검은 비닐봉지를 하나 손에 들고 저만큼 사람들 뒤에 서서 팔짱을 낀 채 이쪽을 노려보고 있었던 것이다. 그녀는 감정을 극도로 참고 있는 듯 얼굴은 하얗게 변해 있었고, 입술을 꼭 다문 채 경직된 모습이었다. 누가 살짝 건드리기만 해도 화를 내거나 금방 울음을 터뜨리기라도 할 것 같았다.

그러니까 윤 여사 고모라는 할머니가 '당장 쫓아내야 돼!'라고 고래고래 소리를 지르고 있는 것은 그녀가 들으라고 하는 것이 분명했다. 하림은 걸음을 멈추고 그녀를 쳐다보았다. 그 순간 그녀 역시 하림 쪽을 쳐다보았기 때문에 두 사람의 눈길이 부딪혔다. 순간, 그녀의 눈빛이 때마침 나타난 하림에게 무슨 도움이라도 청하듯 간절해 보였다. 지난번 보았을 때와는 완전히 다른 모습이었다. 그때는 무척 도도하고 콧대 높게 보였는데 지금은 막다른 골목에 몰린 생쥐처럼 초라하고 가련해 보이기까지 했다.

하림은 잠시 마음에 갈등이 일어나는 것을 느꼈다. 어젯밤에 자기가 보았던 것을 말해야 하나? 말한다고 누가 믿어주기나 할까? 수도 고치는 사내가 어젯밤 오토바이를 타고 나타나 개를 쏘아 죽이고 사라졌다. 그것도 읍에 사는 사람이…… 그런데 그런 말을 믿어줄 사람이 있을 것 같지도 않았다.

그런데다 이런 격앙된 판에 어디까지나 낯선 이방인일 뿐인 자신이 불쑥 끼어들어 이러쿵저러쿵 말을 하는 것이 과연 옳은 일인지도 잘 판단이 서지 않았다. 그러나 그 여자의 억울한 사정을 뻔히 알고 있으면서도 그냥 지나치는 게 왠지 가시처럼 걸렸다. 비겁하다면 정말 비겁한 행동이 될 터였다.

하림이 잠시 그런 갈등을 하고 있는데, 하림 대신 뜻밖에 이장 운학이 나서주었다.

"구보 할머니, 잠시 흥분 좀 가라앉히세요. 범인이 누군지 아직 모르잖아요?"

그런데 그 말이 되레 기름을 끼얹은 꼴이 되어버렸다.

"머시라? 운학이, 자넨 지금 누구 편을 들고 있는 게여? 엉? 지금 누구 편을 들고 있느냐구! 가재가 게 편을 들어야지! 지금 우리 동네 개들이 죄 나자빠지고 있는데두 이장이란 사람이 뒷짐이나 지구서, 그래, 하는 말이 고작 범인이 누군지도 모른다니? 정말 몰라서 그려, 엉! 총소리도 못 들었어?"

그러지 않아도 이층집 여자와 이장 사이를 의심하고 있던 구보 할머니는 운학을 향해 더 고래고래 삿대질하며 소리를 질렀다. 그 기세에 운학이 쓴맛을 다시며 고개를 외로 돌렸다.

순간 참고 있던 여자가 드디어 나섰다.

"그럼, 할머니께선 우리 아버지가 범인이라는 말이에요?"

여자의 입술이 파르르 떨리고 있었다.

"거기 말구 누가 있어?"

윤 여사 고모, 그러니까 구보 할머니 역시 지지 않았다. 두 사람의 시선이 사납게 엉켰다.

"정말 듣자듣자 하니까 너무하시네요! 우리 아버지가 그러는 걸 누가 본 사람이라도 있나요?"

"뻔할 뻔 자 아닌감? 이 조용했던 골짜기가 언제부터 이 난리라고! 그러니까 총소리가 그짝에서 들렸고, 개가 그 집 앞에 죽어 널브러져 있었는데 무슨 딴 소리가 필요하겄어?"

시골 노인네답지 않게 모진 목소리였다.

"도대체 무슨 말을 하시는 거예요? 개가 죽은 채로 우리 집 앞에 있었던 게 우리 아버지가 총을 쏘아 죽였다는 증거라도 된다는 말인가요? 할머니가 보셨어요?"

이층집 여자 역시 앙칼진 목소리로 대꾸를 했다. 하지만 그곳에 모여 있던 노인들은 거의가 그 동네에 오래 살던 사람들이었고, 구보 할머니 말마따나 가재는 게 편이라고 그녀의 편이 되어줄 사람은 아무도 없었다. 그래도 도와준답시고 한마디 거들고 나섰던 이장 운학조차 구보 할머니의 기세에 찍소리 못하고 물러난 터였다. 그녀는 혼자였다. 그런 판세를 계산한 때문인지 구보 할머니의 목소리는 더욱 기세가 올랐다.

"그게 꼭 눈구멍으로 직접 봐야 하나? 척하면 삼천리지! 니네 집 영감탱이가 옛날 우리 집에 와서 하던 소리 못 들었어? 개 묶어두지 않으면 쏴 죽일 테니 두고 보라는 말, 했어 안 했어?"

그녀는 감정이 북받친다는 듯 잠시 말을 끊었다. 금세 가슴을 치며 한바탕 통곡이라도 할 것 같은 표정이었다. 다들 들으라고 하는 소리가 분명했다.

"자식처럼 기르던 놈들인데, 아, 짐승들이 무신 죄가 있다고, 그래, 잔디밭에 들어가서 놀다가 그까짓 오줌 똥 눌 수도 있지, 그 불쌍한 놈들을 총으로 쏘아 죽일 건 뭐 있어? 인간도 아니여! 인간도 아니라고! 당장 여기서 쫓아내야 혀!"

울음 반 하소연 반에다 협박조는 덤이었다. 앉아 있던 늙은 사내들은 가타부타 말없이 담배만 뻐끔뻐끔 태우고 있었다. 이놈 말을 들으면 이놈 말이 맞고, 저놈 말을 들으면 저놈 말이 맞다는 식이었다.

"아니, 듣자듣자 하니까, 별꼴의 말을 다 듣겠네! 할머니가 뭔데 쫓아낸다 만다 그런 막말을 하는 거예요? 네? 할머니가 무슨 권리로 그런 말을 하는 거냐구요? 우리도 여기 살려고 들어왔어요. 여기 대한민국 땅이고, 돈 주고 사서 들어왔으면 우리한테도 그런 권리가 있어요! 할머니가 뭔데……"

"저년이, 지금 얻다 대고 야단이여! 황소처럼 눈을 부릅뜨구서. 너 지금 나한테, 니까짓 게 뭐냐, 그랬어? 그래, 나 이 동네 귀신이다, 어쩔래? 니네들 들어오기 전엔 태평천지 우리 동네였어. 근데 언제부터 이 난리여? 니들 때문이여! 다아 니들 때문이라구!"

급기야 '년'이라는 표현까지 나왔다. 그러고 나서 구보 할머니는 성난 황소처럼 눈을 부릅뜨고 가쁜 숨을 몰아쉬었다. 여기서 밀리면 안 된다는 결연한 의지가 느껴졌다. 누가 말리든가, 아니면 끝장으로 가든가 둘 중의 하나였다.

목소리 큰 놈이 이긴다는 말이 있듯이 이런 경우엔 말이란 게 논리보다는 기세가 더 중요한 법이다. 지금은 늙었지만 일찍이 처녀시절 머슴과 바람이 나 야반도주를 했던, 당차다면 당찬 구보 할머니였다. 산전수전 험한 꼴 다 겪어봤다던 그녀가 그걸 모를 리 없었다. 동네 사람들 앞에 마이크 잡은 김에 아예 끝장을 내야겠다는 태도였다.

그 기세에 이층집 딸이 코너에 밀리는 형국이었다. 권리, 권리, 해봤자, 다들 싫다는 데야 어쩔 도리가 없을 것이었다. 여기서 몸 비비고 살려면 동네 사람들과 등지고는 살 수 없는 일이었다. 하림은 그때까지 엉거주춤 길목슈퍼 올라가는 계단에 서서 험악하게 돌아가는 꼴을 강 건너 불 보듯이 지켜보고 있었다. 강 건너 불이라고 했지만, 마음은 복잡했다.

보지 않았다면 모를까, 어젯밤 하림이 직접 제 눈으로 봤던 일이었다. 분명히 수도 고치러 왔던 그 사내가 개를 죽이고 나서 그걸 이층집 영감네 울타리 밑에다 던져두고 가는 걸 자기 눈으로 지켜보았었다. 지금 생각해도 그 장면이 악몽처럼 선연히 떠올랐다.

그러니 이층집 여자가 더 이상 억울한 꼴 당하지 않도록 이 순간 자기가 나서서 진실을 밝히는 것이 옳을 것이었다. 하지만 괜히 고래 싸움에 등 내밀고 나서는 새우 꼴처럼 되지 않을까 망설여졌던 것이다. 그리고 어디까지나 어두컴컴한 무렵에 봤던 것이라, 아닌 말로 허깨비를 본 것일 수도 있을 것이고, 증거를 대라고 나서면 골치만 아플지도 몰랐다. 차라리 입을 다물고 돌아가는 대로 내버려두는 것이 좋을 성싶기도 했다.

그러나 그 순간, 이층집 여자의 애처로운 눈빛이 하림 쪽으로 향했다. 하림은 그것이 마치 간절히 구원이라도 바라는 눈빛으로 여겨졌다. 이 자리에서 유일한 외지인은 하림뿐이었고, 그런 하림이 나서서 한마디라도 해주길 바랐는지 몰랐다. 그녀는 여전히 하얗게 질린 얼굴이었고 입술은 아직도 파르르 떨리고 있었다. 그녀와 눈길이 부딪히자 하림은 도둑질하다가 들킨 사람처럼 가슴이 덜컹 내려앉는 기분이었다. 순간 자기도 모르게 말이 튀어나왔다.

"그 여자분에겐 죄가 없어요."

낮은 목소리였지만 누구나 다 들을 수 있는 소리였다. 느닷없는 그 소리에 다들 놀란 표정으로 하림 쪽을 쳐다보았다.

"개를 쏜 사람은, 영감님이 아닙니다."

하림은 계속해서 굳은 표정으로 말했다. 자기도 왜 이러고 있는지 알 수 없었다.

"아니, 뭐라구?"

구보 할머니가 가장 먼저 반응을 보였다. 그녀로서는 뒤통수를 한 대 얻어맞은 셈이었다. 그것도 당연히 자기편이 되어줄 거라고 믿었던 하림으로부터였다.

"당신, 우리 재영이 화실 쓰는 사람 아니오? 근데 당신이 뭘 안다고 나서는 거요?"

구보 할머니의 눈에 금세 쌍심지가 돋는 듯했다.

하지만 하림은 그런 그녀를 무시하고 냉정한 어조로 계속해서 말했다.

"사실 전 이 동네에 대해 아무것도 모르고, 그냥 잠깐 머물다 지나가는 나그네에 불과한 사람입니다. 하지만 이것만은 분명히 말씀드릴 수 있습니다. 어젯밤, 개를 향해 총을 쏜 사람은 영감님이 아니라는 사실 말입니다."

여기저기서 술렁거리는 소리가 들렸다.

"아니, 작가 선생, 그러면 대체 누구란 말이오?"

의자에 앉아 담배를 피우고 있던 늙은이 중 한 명이 구보 할머니 대신 나섰다. 약간 갈라진 목소리의 머리가 반쯤 벗겨진 깡마른 사람이었다.

"죄송합니다만 그것까지는 아직, 말씀드릴 수 없습니다. 분명하지도 않고……"

하림이 조금 꽁무니를 빼며 말했다. 자기도 모르게 나서기는 했지만 모두 자기에게로 향한 시선이 여간 부담스럽지가 않았다. 그 순간을 놓치지 않고 다시 구보 할머니의 외마디가 터져 나왔다.

"망둥이가 뛰니까 꼴뚜기도 뛴다더니, 원 별놈의 일을 다 보겠구먼……! 아, 알지도 못하면서 남의 동네일에 끼어들긴 왜 끼어들어? 살다살다 보니까 원, 별 꼬라질 다 보겠어!"

졸지에 어물전 꼴뚜기가 된 하림이었지만 그렇다고 총총히 물러설 수는 없었다. 이왕에 내뱉은 말이었다. 하지만 범인이 누구라고 당장 단정하여 말할 처지 또한 아니었다. 혹시라도 잘못 봤다면 나중에 부메랑이 되어 돌아올 파장이 엄청날 것이기 때문이었다. 읍에 사는 수도 고치는 인간이 무엇 때문에 여기까지 와서 개를 쏘아 죽인단 말인가. 자기가 생각해도 이해가 가지 않았다. 자기도 이해 가지 않는 일을 함부로 내뱉을 수는 없는 일이었다. 그래서,

"제가 이렇게 나서서 말씀드리는 거, 혹시 주제넘는 일이라면 죄송하단 말씀드립니다. 윤 여사, 아니 재영 씨 고모님 마음은 저도 충분히 이해가 갑니다. 하지만 자기가 억울하다 해서 다른 사람을 또 억울하게 만들 수는 없지 않겠어요? 제가 보기엔 범인은 할아버지가 아닌 게 분명합니다. 저도 어젯밤 총소리를 들었고, 총소리는 저수지 쪽에서 났는데, 아무리 개라지만 그 무거운 놈을 나이 많은 노인네가 끌고 그곳까지 가기엔 무리라는 생각이 듭니다. 그렇지 않나요?"

하고 두루뭉술하게 말하고는 동의라도 구하듯 앉아 있던 노인네들의 얼굴을 둘러보았다.

"하긴 그렇지."

아까 갈라진 목소리를 내었던 영감이 고개를 끄덕이며 말했다.

"그렇긴 뭐가 그래요? 그 영감이 어디 보통 영감인가? 아 월남전

에 갔다가 사람들 수도 없이 죽여봤던 인간인데, 그까짓 개 한 마리 못 끌고 갔을까?”

여전히 독기가 가시지 않은 구보 할머니는 목소리였다.

“송아지도 아니고 그건 그렇지. 그렇다고 본 사람도 없는데, 열 도둑 놓쳐도 생사람 잡아서야 안 되지. 구보 아지매도 진정하고 좀 두고 보시구려.”

개중 좀 점잖아 보이는, 머리가 하얗게 센 영감이 성리라도 하듯 말했다.

“두고 보긴 뭘 봐요? 당장 쫓아내야지.”

구보 할머니의 주름진 얼굴이 불만스럽게 불거졌다.

하림은 그쯤에서 자기가 사라져주는 게 상책이란 생각이 들었다. 오래 있다 보면 자기도 모르게 말이 튀어나오게 될 것이고, 말이 나오다 보면 어젯밤 자기가 본 이야기까지 하게 될지도 모르겠기 때문이었다.

하림이 슬그머니 몸을 빼서 나오는데 이층집 여자와 눈이 마주쳤다. 하얗게 질려 있던 얼굴에 고마운 기색이 역력했다. 어쨌든 험악했던 분위기가 하림의 참견으로 조금 누그러진 것은 사실이었다. 그것으로 양심상 꺼림칙했던 자기 역할을 다하였다는, 약간의 자위감을 느끼며 하림은 그녀의 눈길을 짐짓 외면한 채 왔던 길을 따라 다시 화실로 발걸음을 옮겼다. 등 뒤에선 그 뒤로도 동네 노인네들이 한참 동안 자기들끼리 떠들어대는 소리가 들려왔다.

소연이를 못 보고 돌아선 게 서운하긴 했지만 그곳에서 만난 이층집 여자는 지난번 저수지 둑길에서 마주쳤을 때와는 달랐다. 이번에는 제대로 만난 것이었다. 그녀는 구석에 몰려 있었고, 그 순간 하림이 구세주처럼 나타났던 것이다. 자기가 왜 그때 그 순간, 험악한 판에 불쑥 끼어들 용기를 냈는지 스스로도 잘 이해가 되지 않았다.

아마 구보 할머니의 악다구니 막말 앞에 하얗게 질려서 무방비 상태로 서 있던 그녀에게 순간적으로 연민이 작용했는지도 모른다. 그녀는 팔짱을 낀 채 분함과 억울함을 참느라 입술까지 파르르 떨고 있었다. 하림의 눈과 마주치자 하림이 무언가를 알고 있기라도 한 양 SOS를 보내는 간절한 눈빛으로 쳐다보았던 것이다. 순간 하림의 입에서 자기도 모르게 말이 튀어나온 것이다.

'그 여자분에겐 죄가 없어요.'

마치 판사가 최종적인 판결을 내리듯 간단 명료한 한마디였다. 그 한마디에 윤 여사 고모는 물론 그곳에 모여 있던 동네 노인네들의 소란이, 비록 짧은 순간이긴 했지만 물을 끼얹듯 잠잠해져버렸던 것이다. 그때 자기를 바라보던 이층집 여자의 눈빛을 하림은 잊을 수가 없었다. 놀람과 감사가 가득 담긴 눈빛이었다. 화실로 돌아오는 동안 하림은 그 장면을 수없이 곱씹어보며 스스로 만족하고 있었다.

'그 여자분에겐 죄가 없어요.'

얼마나 통쾌한 한마디인가. 자기가 생각해도 너무나 차분하고 강력한 한마디였다. 그 순간의 자신의 모습이 마치 서부영화의 한 장면처럼 생각되었다. 악당들이 활개 치는 도시에 나타난 구원의 사나이 그리고 그 사내를 감사와 선망의 눈빛으로 보는 미녀 아가씨. 조금 전 이층집 여자의 눈빛이 그랬다. 그녀는 막다른 골목에 몰린 생쥐처럼 기댈 데 없는 처지였고, 두려움에 떨고 있었다. 그때 자기가 나타났던 것이다. 절묘한 타이밍이 아닐 수 없다. 하림이 그렇게 터무니없는 자아도취에 빠진 채 돌아오는데, 그럼에도 불구하고 마음 한편에 여전히 불안한 그림자가 가시지 않고 남아 있었다.

어쨌거나 총소리가 났고, 개가 죽었고, 죽은 개를 끌고 이층집 영감 울타리 앞에 던져두고 가는 사건이 일어난 건 사실이었다. 바로 어젯밤에 그리고 자기가 바로 그 목격자였다. 문제는 그 사실을 내어놓고 함부로 말 할 수 없다는 것이었다. '그 여자분에겐 죄가 없어요'라는 말은 맞는 말이었다. 하지만, '그러면 누구냐?'라는 질문은 또 달랐다. 거기엔 증거가 필요했고, 누구나 납득할 수 있는 이유를 댈 수 있어야 했다. 그리고 자기가 목격자 겸 증인이 되어 나설 경우 자기도 모르게 걷잡을 수 없이 이 복잡한 일에 깊숙이 발을 담그는 꼴이 되고 말 것이었다. 여기저기 불려 다니면서 이런저런 이야기를 해야 할 것을 생각하면 머리가 아팠다. 이런 경우는 그저 모르는 척 못 본 척 넘어가는 게 상책일는지 모른다. 그런다고 누가 욕을 하거나 비난을 할 일도 없을 것이었다. 어둠 속에서 일어난 일은 어둠에게 맡기는 것이 옳다는 말도 있지 않은가. 하림은 무거운 마음을 안고 다시 화실로 돌아왔다.

8장

여름 폭풍

오후 들어 세찬 바람이 불면서 찌뿌둥했던 하늘 한쪽이 기어이 무너지기 시작했다. 이제 막 연초록 푸른 잎을 달기 시작한 화실 옆 포도밭 어귀에 서 있던 커다란 미루나무가 잔뜩 품었던 바람을 푸푸 내뱉으며 미친 듯이 춤을 추었다. 윙윙거리는 소리가 멀리서도 들렸다.

폭풍우가 밀려오는 모양이었다.

바람 소리와 함께 지붕을 두드리며 곧이어 세찬 빗소리가 들리기 시작했다. 마치 수천수만 마리의 쥐 떼들을 한꺼번에 풀어놓은 것 같았다. 번쩍하는 불빛과 함께 폭탄이 터지듯 우르릉 쾅, 하는 뇌성이 울려 퍼졌다. 아직 그럴 시간이 아니었지만 갑자기 사방이 캄캄해진 것 같았다.

그때 누군가 현관문을 급하게 두드리는 소리가 들렸다.

'이 날씨에 누구지?'

하림은 혼자 중얼거리며 현관 쪽으로 갔다.

"하림 오빠!"

소연이었다. 하긴 이 시간에 자길 찾아줄 사람이 이 골짜기에서 그녀밖에 더 있겠는가.

"아니, 웬일이니?"

"아, 추워. 비 다 맞았네!"

우산을 접어 현관 옆에 기대놓으며 소연이 하림의 질문엔 아랑곳하지 않고 말했다. 엷은 블라우스는 비에 젖어 있었고, 노란 머리에서도 빗물이 뚝뚝 떨어지고 있었다.

"저런. 빨리 들어와. 수건 저기 있어."

조용했던 방이 그녀의 출현으로 갑자기 소란스러워졌다. 그래도 하림은 반가웠다. 그렇지 않아도 이런저런 불길한 생각에 사로잡혀 있던 중이었다. 그녀는 그의 그런 상념들을 단번에 깨뜨리기라도 하는 양 활달하게 말했다.

"오는 날이 장날이라더니, 폭풍우가 올 게 뭐람."

그러고 나서,

"저녁은 먹었어요?"

하고 말했다.

"아니."

"불쌍해라. 어쩌죠? 난 먹었는데……"

"괜찮아. 별 생각 없어."

"라면이라도 끓여드릴까요?"

"아니, 됐대두. 근데 웬일이니? 설마 나 보구 싶어서 온 건 아닐 테구."

"피이."

하림의 농담에 소연이 입술을 쑥 내밀었다.

"약속한 거 잊었어요. 마리오와 네루다. 난 마리오고 오빤 네루다 하기로 했잖아요!"

"아하, 시 배운다는 거?"

"봐요. 수첩이랑 쓸 거랑 다 가져왔잖아요."

그러면서 작은 가방에서 필통과 수첩을 꺼내어 책상 위에 올려놓았다.

"하하, 알았어. 먼저 라면부터 끓여 먹자."

"안 먹어도 된다면서요."

"생각해보니 출출한걸. 같이 먹을래?"

"어둠 속의 라면 잔치라, 좋죠."

소연이 발딱 일어나 제집인 양 냄비에 물을 받아 가스레인지 위에 올려놓았다. 그리고 중풍 맞은 사촌 언니 이야기를 재잘거리기 시작했다.

"하림 오빠 물 뜨러 왔을 때 봤잖아요. 근데 그 언닌 젊을 때 하림 오빠랑 똑같이 생긴 어떤 남자를 알았대요. 집 만드는 대목이었는데, 바람둥이였대나 어쨌대나. 암튼 언니도 그 사람 조금은 좋아했대나 봐요. 그래도 젊을 때 사진 보니까 제법 멋있더라구요. 늙은 사람들도 한땐 우리 같은 적이 있었다는 게 신기하잖아요. 그럼, 우리도 나중에 저렇게 되겠지, 생각하면 끔찍하기도 하구요. 안 그래요?"

그러는 동안 라면이 다 되었다. 책상 위에 헌책 하나를 놓고 그 위에 냄비째 올려놓았다. 뚜껑을 열자 푸짐한 김과 함께 맛있는 냄새가 올라와 코를 자극했다.

"많이 먹어."

"'네루다 샘'도 많이 드셔요."

소연이 웃으면서 말했다. 냄비를 중간에 놓고 각자 사이좋게 접시에 담아서 먹기 시작했다. 그렇게 지붕 위로 떨어지는 빗소리를 들으며 어두컴컴한 방 안에서 뜨거운 라면을 후후 소리 내어 불며 먹고 있자니 예전 강은주의 자취방 생각이 났다. 결혼하여 잘살고 있는지 쓸모없는 궁금증까지 일었다.

"그리고 참, 오빠에 대해 나도는 소문 들었어요?"

그때 소연이 젓가락을 뜨다 말고 하림을 쳐다보며 말했다.

"무슨 소문?"

"오빠랑 이층집 여자랑 그렇고 그런 사이란 소문."

하림은 어처구니없다는 표정으로 잠시 소연을 바라보았다.

"그날 그 여자랑 구보 할머니랑 크게 다투었다면서요? 오빠가 이층집 여자 편을 들고 나왔고 그 때문에 구보 할머니가 화가 나서 여기저기 소문을 퍼뜨리고 다니나봐요."

"그러라 하지 뭐. 오해는 자유니까."

하림이 가볍게 코웃음을 치며 말했다.

"시골이라 괜찮겠지 하지만, 여긴 다들 어찌나 말들이 많은지 몰라요. 없는 말들도 지어내서 하는 판이니…… "

"그래, 걱정 마."

하림은 대수롭지 않게 한 귀로 받아 넘기며 계속해서 뜨거운 라면을 입에 넣기에 바빴다. 어차피 그런 근거 없는 소문이란 연기처럼 피어났다 제풀에 사그라들기 마련이었다.

"암튼 조심하세요."

소연이 젓가락으로 라면 가락을 떠올리며 말했다. 빗소리가 더욱 요란해졌다. 며칠 전 밤에 목격했던 일을 그녀에게 말할까 하다가 그만두었다.

"폭풍우가 밀려오려나 보네요. 설마 지붕 날아가진 않겠죠?"

그녀가 천장을 바라보며 걱정스러운 표정을 지었다.

"모르지. 나도 여기 와선 처음이니까. 그런데 조립식 집의 지붕이라 그런지 정말 시끄럽네."

"헤헤, 그래도 좋잖아요…… 오빠랑 단둘이 먹는 라면 맛. 시끄러운 빗소리도 음악처럼 들리는데요."

"정말?"

소연의 능청에 하림이 우스꽝스럽게 코를 찡긋하며 받았다.

"나, 비 그칠 때까지 있다 가면 안 돼요?"

소연이 다 먹은 그릇을 싱크대에 갖다놓으며 말했다.

"마음대로."

하림은 알아서 하라는 듯이 말해놓고 하품을 했다.

"그럼, 나 누워서 책이나 좀 보다 갈게요. 추워. 시는 나중에 배우기로 하고……"

냄비와 접시를 씻어 올려놓고 난 다음, 소연은 구석에 놓인 책 몇 권을 들고 하림이 깔아두었던 요 위에 가서 벌렁 누우며 말했다. 전염이 되었는지 그녀 역시 하품을 했다.

"난 말이에요, 하림 오빠. 가끔, 아주 가끔이지만 무서운 꿈을 꾸곤 해요. 오빤 그런 적 없어요?"

"무서운 꿈?"

"응."

"가위 눌리는 거 말하는구나. 너 만할 땐 다아 그래."

하림이 별로 심각하지 않게 받았다.

"피이, 그게 아니라니까요."

"그럼……? 누가 잡아먹기라도 하나?"

"됐어요. 오빠한테 말해봤자 소용이 없겠네요."

소연이 실망한 투로 말하곤 다시 책으로 시선을 돌렸다. 하림은 아까 하던 작업을 계속하기 위해 노트북 전원을 켰다. 그녀가 없을 땐 몰랐는데 그렇게 둘이 한방에 있으니까 어쩐지 따뜻한 느낌이 들었다. 바람이 조립식 건물인 화실 벽에 힘껏 어깨를 부딪치고는 저수지 쪽으로 달아났다. 지붕 위로 비 떨어지는 소리가 다시 수천 수만의 쥐 떼들이 요란하게 달리듯 들려왔다. 그 외에는 너무나 조용하였다.

하림은 그런 그녀를 흘낏 보고는 노트북을 끌어다놓고 자세를 고쳐 앉았다. 모헨조다로의 여자 가수…… 모헨조다로의 눈먼 아름다운 여가수도 누군가를 사랑하고 있어야 했다. 사랑만이 절망에 빠진 그녀를 구원해줄 수 있을 테니까. 그리고 그녀가 사랑하는 사람은 모헨조다로에서 가장 못생긴 추남이지만 지혜로운 남자여야 할 것이다. 왜냐하면 눈먼 소경인 그녀에게 외모는 아무 문젯거리가 되지 않을 것이기 때문이다.

하지만 진도는 생각대로 그리 잘 나가지 않았다. 생각은 산만했고 공연히 마음만 바빠졌다. 그녀를 통해 처음엔 좀 큰 이야기, 좀 거창한 이야기를 그려봐야겠다고 생각했지만 막상 시작하고 보니 좀처럼 쉽지 않았다. 무슨 문화인류학자도 아니고 사회학자도 아니면서 실없이 거창한 설계도를 펼치고 있는 건 아닌지 모르겠다는 생각이 들었다. 주제 파악을 해야 했다. 만화는 그저 만화일 뿐이다. 재미만 있으면 된다.

얼마 동안 자판을 두드리던 하림은 고개를 들어 소연 쪽을 보았다. 비를 맞아 치쳤던 것일까. 소연은 어느새 베개에 얼굴을 파묻고 엎드린 채 잠이 들어 있었다.

갑자기 하림은 혼자가 된 느낌이 들었다. 사방은 텅 빈 듯이 조용했고, 창밖에는 비바람 소리만 요란하게 들려오고 있었다. 소연의 가는 숨소리가 폭풍우에 섞여 은은하게 밀려왔다. 그녀의 몸엔 외로움이 묻어 있었다. 그녀 말마따나 이 시골 바닥에선 지금까지 그녀에게 그럴듯한 말 한마디라도 해줄 사람이 없었을 것이다.

하기는, 외롭지 않은 사람이 누가 있겠는가. 당장 하림이 자신만 해도 외로운 신세였고, 혜경이도, 은하도, 똥철이도, 이곳에서 만난 이장도 생각하면 외로운 사람들이었다. 어쩌면 살아 있는 모든 생명 자체가 외로운 존재들인지도 몰랐다. 모두가 혼자 태어나 잠깐 어울려 살다가 죽을 땐 또 혼자서 죽는다. 외로움이 서로를 묶어놓는다. 외로움이 없다면 사랑도 없을는지 모른다. 아니, 사랑이 있어 더욱 외로운 것인지도 모른다. 언젠가 이장이 했던 말이 떠올랐다.

'누군가 사랑을 하면, 처음엔 외로워지기 시작합니다. 내 경험으로 말하자면, 뼈에 사무치는 외로움을 느끼지 못했다면 그건 결코 사랑을 한다고 할 수 없을 거요. 밤의 산길을 혼자 걸어가는 것 같은, 뼈에 사무친 외로움 말이오. 그 순간, 누구나 자신의 운명과 맞닥뜨리는 무서운 경험을 하게 되지요. 실제로 내가 그랬으니까……'

윤 여사에 대한 그의 말이 사실이든 아니었든 상관이 없을 것이었다. 사랑을 하면 외로워진다는 말만은 누구에게나 진실한 말이었다.

하림은 다시 모니터를 보며 몇 자 두드리다 말고 무심코 소연에게로 시선을 던졌다.

솜털이 채 가시지 않은 얼굴에 흘러내린 노란 머리와 부드러운 어깨선, 숨을 쉴 때마다 가볍게 오르락내리락하는 스웨터 입은 등의 곡선과 탐스럽게 솟아오른 청바지 엉덩이의 선이 마치 유혹적인 그림처럼 자기 앞에 있었다. 하림은 순간 적지 않게 당황하였다.

얼른 눈을 돌려 다시 모니터 위로 시선을 던졌지만 눈앞에 어른거리는 잔영이 그를 괴롭혔다. 가슴 저 밑 어둠 속에 잠들어 있던 짐승의 본능은 한번 눈을 뜨면 좀처럼 포기하는 법이 없는 법이다. 그래서 이성과 욕망은 종종 격렬한 전투를 벌이게 된다.

폭풍우 치는 오후, 사방은 너무 조용하였고 방엔 젊은 그들 둘만

이 있을 뿐이었다.

'아, 내가 도대체 무슨 생각을 하고 있담……'

하림은 얼른 머리를 흔들었다.

빗줄기 소리가 거세어지는데 사위는 너무도 조용하였고, 하림의 시선이 자기도 모르게 다시 소연의 어깨와 탐스럽게 부푼 엉덩이께로 향했다. 잠에서 깨어난 짐승이 으르렁대며 마음속에서 어지러이 날뛰었다.

비를 맞아 추웠던 것인지 소연이 가는 신음 소리를 내며 몸을 웅크렸다.

'어쩐다. 저러다 감기 걸리지.'

하림은 한숨을 한번 쉰 다음, 자리에서 일어나 구석에 있던 얇은 담요를 들고 자고 있던 소연의 뒤를 덮어주었다. 그리고 잠시 그녀의 곁에 앉아서 잠자는 모습을 물끄러미 내려다보았다. 그러다가 자기도 모르게 소연의 머리칼에 손을 대었다. 부드러운 머리칼이 손끝에 닿았다. 하림은 흠칫 놀라 손을 거두고, 그만 자리에서 일어나려 했다. 그러자 무언가 그의 손을 잡았다. 보드라운 소연의 손이었다.

"하림 오빠."

어느새 깨어난 소연이 낮은 목소리로 말했다.

"나 또 무서운 꿈 꾼 거 있죠."

"어떤 꿈?"

"몰라요. 깨어나면 잊어버리니까."

"개꿈일 거야."

"개꿈?"

"응, 나도 가끔 꿔."

"근데 오빠랑 같이 있으니까 참 좋네요. 나도 진짜 오빠 있었으면 좋겠다."

"후후, 그럼 난 진짜 아닌가?"

"언제나 같이 있을 수 있는 그런 오빠 말이에요. 근데 나, 못생겼죠?"

"바보로군."

하림이 나무라듯 대답하고 일어서려는데 소연이 가만히 하림의 손을 끌어 자기 뺨에다 대며 바로 누웠다. 눈길과 눈길이 닿았다. 하림은 죄책감이 들어 슬그머니 소연의 눈길을 피하였다.

"추워. 안 추워요?"

"응, 조금……"

"손이 참 따뜻하다."

소연이 하림의 손을 끌어 가슴에다 대었다. 탄력 있는 가슴이 느껴졌다. 작은 가슴에서 쿵쾅대는 소리가 들리는 것 같았다. 하림은 갑자기 정신이 아득해졌다. 자석에 이끌리듯 머리를 숙여 소연의 입술에 입맞춤하였다. 입술은 촉촉하게 젖어 있었다. 젖어 있는 입술은 감미롭고 향기로웠다. 하림은 순간 와락 소연을 끌어안았다.

지붕 위를 두드리는 빗소리가 더욱 거세어졌다. 하림의 머릿속에서도 번개가 치고 천둥소리가 들렸다. 깊이를 알 수 없는 심연 저쪽에 빛이 가득하였다. 누군가가 환하게 웃고 있었다. 봄, 여름이 지나가고, 가을, 겨울이 지나갔다. 눈이 내리고 푸르른 잎새가 바람을 잔뜩 머금고 있다가 토해내며 춤을 추었다.

"하림 오빠, 사랑해요."

얼마의 시간이 흘렀을까. 이윽고 먼저 정신이 든 소연이 작게 속삭였다. 그 소리는 마치 긴 터널 저쪽에서 들려오는 것처럼 아련하였다. 사방은 조용하였고, 지붕을 때리는 빗소리와 지붕 저 위에서 들려오는 천둥소리만 여전하였다. 욕망이란 짐승은 그제야 제 할 일을 끝냈다는 듯, 머리를 한번 휘젓고는 얌전한 가축처럼 가만히 구석에 가서 숨을 고르고 있었다.

죄책감이 밀려왔다. 먼저 혜경이 떠올랐다. 혜경에게 미안했다. 사랑하는 여자를 두고 다른 여자와 사랑을 나누는 건 위선이고, 죄악이었다.

"미안해."

하림은 혜경 대신 소연에게 그렇게 말했다. 정작 자기가 미안해해야 할 대상은 혜경이 아니라 소연일 텐데…… 그러자 소연이 하림의 손을 이끌어 자기 뺨에 비비며 말했다.

"그런 말 하지 않아도 돼요. 나도 오빠한테 기다리는 사람이 있다는 거 알고 있으니까. 하림 오빠한테 고마워요. 처음 만났을 때부터 왠지 좋은 사람 같아 보였거든요."

소연의 목소리가 잠겼다.

"이런 곳에서 누가 나 같은 애한테 모헨조다로의 눈먼 여가수 이야기나 「일 포스티노」의 마리오와 베아트리체 이야기를 해주겠어요. 그런 이야기는 내겐 너무나 낯선 이야기일 뿐이거든요. 그런 날, 오빠가 안아주니까 행복했어요."

하림은 잠자코 누워 천장을 바라보며 소연의 말을 듣고 있었다.

"나, 속물이라고 했던 거, 기억나죠? 알고 나면 하림 오빠도 실망하실 거예요. 사귀던 남자, 있었는데 유부남이었어요. 내가 알바로 일하던 편의점 사장이었는데, 너무 나쁜 사람이었어요. 나이도 많고, 돈만 아는 인간이었죠. 난 너무나 바보같이……"

소연의 말끝이 흐려졌다. 하림은 갑자기 끊었던 담배가 무척 피우고 싶어졌다.

"실망했죠?"

소연이 하림의 옆얼굴을 올려다보며 말했다. 하림은 대답 대신 그녀에게 몸을 돌려 꼭 끌어안아주었다. 품 안에 들어온 그녀의 숨결이 가슴에 느껴졌다.

"아니, 나야말로 소연이가 알면 실망할 사람인지 몰라. 머릿속이 가득 차 있으면 뭘 해. 나 역시 이 나이 먹도록 알고 보면 정처 없이 떠돌아다니고 있을 뿐인데, 누군가를 사랑하고 누군가로부터 사랑받고 하는 일조차 사실 자신이 없어."

하림은 진심이었다. 혜경과의 관계도 불확실했고, 학원 일도 언제 다시 시작할 수 있을지 알 수 없었다. 이곳에 내려온 것도 그런 막연함에서 잠시 벗어나기 위한 일종의 도피였는지도 몰랐다.

"참 오랜만이네요. 이렇게 편안한 것……"

소연이 하림의 가슴에 얼굴을 묻으며 말했다. 머리카락이 간지러웠다. 하림은 그녀의 머리카락을 손가락으로 쓰다듬으며 말했다.

"우리…… 그래도 사랑하지는 말자."

그러자 소연이 풋, 하고 웃음을 터뜨렸다.

"걱정 마요. 나도 오빠에게 부담스러운 존재가 되고 싶은 건 아니니까."

"미안해."

"또……?"

소연이 핀잔을 주듯 하고는 공허하게 웃었다. 그녀의 공허한 웃음소리가 하림의 폐부에 바늘처럼 박혔다. 상처를 주지 않으려고 한 말이었는데 오히려 상처를 주고 만 꼴이었다. '미안해'라는 말은 '사랑해'라는 말과는 정반대의 뜻을 가지고 있다는 것을 하림은 비로소 깨달았다. 하지만 하림은 소연에게 미안해,라는 말밖에 할 게 없었다. 욕망은 한순간의 불길과 같은 것이어서 그것이 끝나는 순간 모든 것이 사라진다. 하지만 사랑은 지속된다. 그에겐 소연과 지속될 수 있는 그런 감정을 가질 자신이 없었다.

그에게 지속되는 사랑이라고 부를 수 있는 감정은 오직 혜경에게밖에 없었다. 지난겨울 눈 내리던 날, 하림이 준 선물을 받고 행복해하던 그녀의 모습이 눈에 선했다. 불과 한 계절이 지났을 뿐인데 아득한 옛날처럼 느껴졌다. 고작 5천 원짜리 털장갑 한 켤레 따위에 눈물 글썽이던 모습이라니!

그러자 이상하게 눈물이 차오르려고 했다. 지금 옆에 누워 있는 소연에겐 미안하지만 어쩔 수 없었다. 아니, 소연 때문에 더욱 그녀가 그리운 것인지도 모른다. 혜경은 그에게 첫사랑이자 꿈이자 상처였다. 쉽게 이루어질 수 없는 것이어서 더욱 아픈 사랑이었다.

아프리카가 어딘가. 얼마나 멀고 낯선 곳인데…… 생각하면 너무나 엉뚱하까지 했다. 어쩌면 그녀 역시 자기가 모헨조다로를 꿈꾸듯이 피난처를 찾고 있는지도 몰랐다. 그녀에겐 어쩌면 그곳이 똥철이 주장하고 다니던 '내 마음의 망명정부' 같을지도 모른다. 내 마음의 망명정부라…… 천장을 바라보고 누워 있는 하림의 머릿속으로 수많은 생각들이 환영처럼 떠올랐다 스러졌다. 그러다가 어느새 잠이 들었다.

얼마나 잤을까.

깨어나 보니 아침이었다. 소연은 가고 없고 창문 밖은 아직 어둑하였다. 폭풍우는 지나갔는지 더 이상 빗소리는 들리지 않았다. 대신 사방은 깊고 은밀한 정적에 싸여 있었다.

9장

바람 몹시 불던 날

소연이 다녀가고 며칠이 지나갔다. 마치 아무 일도 없었던 것처럼 폭풍우 치는 날 오후는 정말 그렇게 거짓말처럼 지나가버렸던 것이다. 하지만 하림의 가슴엔 어쩔 수 없는 죄책감과 함께 한 조각 허무한 느낌이 남아서 맴돌고 있었다.

사랑과 욕망은 꼭 일치하는 것은 아니다. 사랑 없는 욕망도 얼마든지 가능하다. 점령지의 여자를 강간하는 정복군의 모습이 그런 사랑 없는 야만적 욕망의 가장 적나라한 예일 것이다. 그렇다면 반대로 욕망이 없는 사랑도 가능해야 할 것이다. 이른바 플라토닉 러브가 그것이다. 플라토닉 러브의 최고봉은 앙드레 지드의 「좁은 문」에 나오는 제롬과 알리사의 사랑일 것이다. 사촌지간인 두 사람은 첫눈에 반해 서로를 너무나 사랑하게 되지만 결국 헤어진다. '너무나 완전한 사랑'을 꿈꾸었던 알리사는 그들의 사랑이 정점에 이르렀을 때가 바로 헤어져야 할 때라고 말한다. '너무나 완전한 사랑' 다음엔 일상의 구차함이 기다리고 있다는, 또는 사랑이 식어가는 내리막길밖에 없다는 두려움 때문이었다. 대신 좁은 문을 통해 신의 존재를 찾아가는 길을 택하도록 자신과 제롬을 독려한다.

너무나 고전적이고, 너무나 종교적이고, 너무나 경건하여, 지금은 아무도 그런 사랑 따위를 믿지도 않고 그런 사랑을 지고지순하다고 여기는 사람도 드물 터이지만, 어쨌거나 그런 플라토닉 러브도 있을 터이다.

하지만 보통의 사람들은 그 둘을 함께 칵테일처럼 섞어서 살아간다. 사랑 조금, 욕망 조금…… 이런 식으로…… 그게 보통 사람들의 사랑 방식일 것이다. 사랑 없는 욕망이 맹목이라면 욕망 없는 사랑 역시 위선일 것이다.

사람에 따라 대상에 따라 그 섞인 비율은 달라질 것이다. 어떤 경우에 사랑이 더 지배적이라면 어떤 경우엔 욕망이 더 지배적인 것이 된다. 굳이 따지자면 혜경에 대한 마음이 전자이고 소연에 대한 마음이 후자에 속할 것이었다. 사랑은 미안할 필요도 없고, 더더구나 후회할 필요도 없다. 사랑은 누가 뭐래도 용서가 된다. 사랑은 죄가 아니기 때문이다. 하지만 욕망은 미안함을 남기고 후회를 남긴다.

소연이가 그랬다. 하림은 어쩐지 그녀에게 죄라도 지은 기분이 들었다. 물론 그녀 역시 그날 그를 기다리고 있었는지 모른다. 먼저 손을 잡은 사람도 소연이었다. 하지만 그게 변명거리가 되지는 않는다. 어쨌거나 그녀는 어리고, 절제력을 발휘할 위치에 있는 사람은 하림 자신이었다.

그런데 이상한 것은 욕망이 때로는 사랑의 씨앗을 남기기도 한다는 사실이다. 남자와 여자 사이에 놓인 경계가 무너지는 순간, 인간의 가장 약한 속살이 드러나며 사랑이 움트기도 한다.

'걱정 마요. 나도 오빠에게 부담스러운 존재가 되고 싶은 건 아니니까.'

소연의 그 말이 아프게 남아 있었다. 그녀의 외로움, 그녀의 상처가 하림의 가슴 깊은 곳 현을 건드리려고 하고 있었다. 하지만 그러면 안 될 것 같았다. 그에겐 넘어가야 할 강이 있었다. 혜경이란 이름의 강, 지고지순한 사랑은 아닐지라도 그녀를 두고 다른 여자를 사랑한다는 것은 자신이 살아온 지금까지의 삶을 송두리째 부정하는 것과 다름없다.

저녁이 되자 다소 강한 바람이 불어왔다. 마당에서 무언가 굴러가는지 꽈당거리는 소리가 들렸고, 지붕이 덜컹거리는 소리도 들렸다. 하림은 저녁을 먹고 나서 소화도 시킬 겸 탁자에 비스듬히 기대 앉아 라디오를 듣고 있었다.

그때였다. 누군가 현관문을 똑똑 두드리는 소리가 들렸다.

"여보세요."

처음엔 소연인가 했다. 그런데 소연이라면 그렇게까지 조심할 까닭이 없을 터였다.

"계세요?"

젊은 여자 목소리였다.

"누구세요?"

하림은 얼른 의자에서 일어나 현관문 쪽으로 가서 귀를 기울였다. 아무 대꾸도 없었다. 하림은 바람 소리를 잘못 들었나 하며 현관문을 열었다. 뜻밖에도 며칠 전 아침에 보았던 이층집 여자가 서 있었다.

막상 하림을 보자 여자는 약간 당황한 표정으로 한 걸음 뒤로 물러나며,

"안녕하세요. 실례가 될는지 모르겠는데…… 이층집……"
하고 주뼛주뼛 말끝을 흐렸다. 바람 때문인지 아랍 여자들이 하는 차도르처럼 하얀 스카프를 머리에 두르고 있었다.

"아, 예, 들어오세요."

그제야 하림은 알은체하며 몸을 옆으로 비켜주었다.

"그날 아침엔, 정말 고마웠어요. 집에서 담근 포도주예요."

방에 들어온 여자는 손에 들고 있던 것을 탁자 위에 놓으며 말했다.

"아 이러실 필욘 없는데…… 어쨌든 감사합니다. 잘 먹을게요."

하림은 두서없이 더듬거리며 앉으라며 의자를 권했다. 여자는 약간 주저하는 포즈를 취하더니 이내 스카프를 풀어 의자 등받이에 걸어두고 조심스럽게 앉았다.

"바람 많이 불죠?"

어색한 분위기를 깨어보기라도 할 양, 하림이 입을 뗐다.

"예, 여긴 골짜기에서 내려오는 바람이 거세요. 겨울이 되면 눈

보라를 몰고 내려오는 바람이 정말 무섭다니까요. 그래도 장관이죠."

이층집 여자가 대답했다. 그러나 여전히 긴장된 얼굴이었다. 남자 혼자 있는 집에 들어왔으니 그럴 만도 하다는 생각이 들었다. 그러고 보면 저수지에서 처음 만났을 때랑은 많이 달랐다. 처음엔 무척 자존심도 강하고 콧대 높은 여자로 느꼈는데 막상 가까이 마주 앉고 보니 그게 아니었다. 윤 여사 말처럼 사납기는커녕 평범한 사십대 초반의 여느 여자와 다름이 없어 보였다. 다만 특유의 조심스러움 같은 게 몸에 배어 있을 뿐이었다.

"차 한 잔 드릴까요?"

하림이 말했다.

"예."

"어쩌죠? 봉지 커피밖에 없는데……"

"괜찮아요."

하림은 가스레인지에 물을 올리고 봉지 커피를 뜯었다. 혼자 먹을 줄 알고 싸 왔는데, 벌써 손님 접대로 나간 게 여러 번이었다. 이장 운학이, 수도 고치러 온 사내, 소연이 그리고 이번엔 이층집 여자까지…… 믹스 커피가 이렇게 요긴하게 쓰이게 될 줄이야…… 하림이 가만히 실소를 터뜨렸다.

바람 소리에 또다시 지붕이 덜컹거렸다.

"저어…… 한 가지 물어봐도 될까요?"

커피를 타서 탁자 위에 놓고 하림이 마주 앉자 여자가 조심스러운 어투로 말을 꺼내었다. 하림이 그러란 뜻으로 고개를 들어 여자

얼굴을 쳐다보았다.

"며칠 전, 총소리 들었다고 하셨죠?"

"아, 예……"

"그럼, 누가 그랬는지도 알고 있겠군요."

여자는 단도직입적으로 말했다. 그러고는 하림의 표정을 살폈다.

"글쎄, 그게……"

하림은 자기도 모르게 우물거렸다.

"말하기 곤란하면 하지 않으셔도 돼요. 나도 대충 짐작이 가는 데가 있으니까."

하림의 속을 충분히 알고 있다는 듯이 여자가 말했다. 그러고는 작게 한숨을 한번 지은 다음,

"우리 지난번 저수지 둑길에서 한번 마주친 적이 있죠?"
하고 말했다. 하림은 그렇다는 듯 말없이 고개를 끄덕였다.

"그날 아침에는…… 정말이지, 고마웠어요."

여자는 다시 한 번 감사를 표했다. 하림은 커피 잔에 입술을 갖다 대고 몇 모금 홀짝거리며 여자의 말에 귀를 기울였다.

"다들 우리 아버지를 의심하고 있죠. 개를 쏘아 죽인 사람이 틀림없이 우리 아버지일 거라고……"

여자는 눈을 깔고 커피 잔을 내려다보며 덧붙여 말했다.

"그럴 만도 해요."

여자는 눈을 들어 하림 쪽을 쳐다보았다. 마치 당신은 어떻게 생각하느냐고 떠보기라도 하는 표정이었다. 하림은 잠자코 있었다. 그러자 여자는 가볍게 한숨을 한번 쉬고 나서 계속해서 말했다.

"그래요. 솔직히 말씀드리죠. 우리 아버지가 구보 할머니, 그날 아침에 고래고래 소리지르던 그 할머니 있잖아요, 그 할머니네 누렁이들을 죽이겠다고 소리를 친 건 사실이에요. 어쩌면 협박으로 들릴 수도 있었겠죠. 사실 우리 아버지는 개를 별루 좋아하시진 않거든요. 그런데 남의 집 개가 울타리를 넘어와서 난리를 피우고 가는 걸 참고 견디라니 그게 쉬운 일이었겠어요? 아버지랑 구보 할머니 사이에 그 일 때문에 몇 번 언성이 높아지기도 했어요. 더구나 구보 할머니는 크기가 작은 송아지만 한 자기 누렁이들이 온 동네를 자기 안방처럼 돌아다니면서 활개를 치는데도 조금도 미안해하거나 제어할 생각을 하지 않았어요. 우리 집 잔디밭에 들어와 실례를 하고 가는 일도 예사였고…… 아버지는 개들이 남기고 간 배설물을 치우며 이를 갈곤 하셨죠. 정성을 쏟아 가꾸신 잔디밭이었거든요. 그런데 바로 그런 시점에 그 일이 일어난 거예요."

구보 할머니란 바로 윤 여사네 고모를 말하는 것일 터였다. 그러니까 그날 아침이 아니라 하더라도 그들 사이엔 이미 철천지원수 같은 금이 그어져 있었다는 말이다. 지난번 구보 할머니가 왔을 때도 지금 자기 앞에 있는 이 이층집 여자를 가리켜 '백여시'라고까지 부르지 않았던가.

그 '백여시'가 계속해서 말했다.

"아침에 웅성거리는 소리가 나서 나가보니 세상에! 우리 집 마당에 바로 그 누렁이 두 마리가 피를 흘리며 죽어 있는 게 아니겠어요. 총을 맞았는지 한 마리는 머리가 깨져 있었고, 한 마리는 가슴에 구멍이 커다랗게 뚫려 있었죠. 정말 끔찍했어요."

그렇게 이야기하며 마치 그 광경이 지금 자기 눈앞에 선하게 떠오르기라도 하는 것처럼 여자는 진저리를 쳤다. 하림 역시 자기도 모르게 얼굴을 찡그려졌다.

"사람들은 개를 쏜 범인으로 곧 우리 아버지를 지목했죠. 그러지 않아도 이 동네 사람들이라면 누구나 우리 아버지가 평소에도 엽총을 가지고 다닌다는 걸 알고 있었으니까요."

"영감님께서 엽총을……?"

하림이 되물었다.

"예, 하지만 그건 어디까지나 허세로 가지고 다니는 것뿐이었어요. 이런 외딴 골짜기에 살면 언제 어떤 일이 벌어질지 모르고, 넓은 이층집엔 아버지와 나, 늙은이와 여자 단둘뿐이잖아요. 그러니까 그 엽총은 일종의 호신용이자 엄포용이었던 셈이죠."

그래도 하림의 얼굴에서 모호한 빛이 싹 가시지 않자, 여자는 답답하다는 표정으로 말했다.

"장 선생님이라 하셨지요?"

"예, 장하림이라고 합니다."

"작가 선생님이라고 들었어요. 저는 남경희라 해요. 어쨌거나 장 선생님께 제가 이런 말을 하는 게 과연 옳은지 어쩐지는 모르겠어요. 그냥, 그날 아침 일이 고마워서 인사 겸해서 들른 것뿐이에요."

하림의 반응이 신통치 않게 여겨졌는지 여자의 얼굴에 실망한 빛이 떠올랐다. 하림은 자기 의도와 다르게 이층집 여자—그제야 그녀 이름이 남경희란 것을 알았다—가 자신 없는 표정으로 말꼬리를 흐리자 비로소 정색하며 말했다.

"아, 아닙니다. 충분히 이해가 가요. 저도 알아요. 그날 밤 일은 분명히 영감님이 저지르신 게 아니라는 걸. 하지만 그 이전의 일에 대해서는 말할 수 없겠네요. 왜냐하면……"

"알아요. 그 이전의 일은 얼마든지 가능하다는 말씀이시죠?"

남경희가 따지듯이 물었다. 하림은 곤혹스러운 표정을 지었다. 심증은 가지만 물증이 없다는 말처럼 비록 영감이 하지 않았다 해도 자기가 본 것이 아니니, 무죄라고 거들며 나설 확신이 서질 않았다. 무슨 일이든지 가능하고, 또 일어날 수 있는 요즘 세상이었다.

짐승들의 세상에서 가장 무서운 놈은 가면을 쓴 자들이다. 옛날 이야기에 나오는 것처럼 몸집이 크고 흉악하게 생긴 도둑들이라면야, 나 그런 놈이요, 하고 알려주기라도 하련만, 요즘 도적들은 겉보기론 멀쩡하다 못해, 선량하게 보이기까지 하는 경우가 대부분이다. 어쨌거나 영감이 그런 일을 저지르지 말라는 법은 없었다. 비록 나중 일은 다른 사람이 그랬다 하더라도 처음 일은 총을 가진 영감이 얼마든지 욱하고 저지를 수도 있는 일이었다. 하림은 아직 영감에 대해 아무것도 알지도 보지도 못한 채였다.

윤 여사를 비롯한 여러 사람들의 이야기를 종합해보자면 영감 역시 분명 그리 호락호락한 인물은 아닐 거라는 생각이 들었다. 윤 여사의 표현을 백 퍼센트 믿을 건 못 되었지만 그녀는 남경희를 두고 '사나운'이라는 표현을 썼다. 사납다는 표현은 함부로 쓸 수 있는 말이 아니었다. 그런 하림의 속내를 눈치챘는지 남경희가 조용하게 말을 이었다.

"들으셨는지 모르지만 사실 우리 아버지도 정상적인 분이 아니에요. 정신병원에서 치료를 받기도 했구요. 우리 아버진 젊은 시절 오랫동안 직업군인을 하셨죠. 조금 고지식하긴 했지만 군인답게 책임감이 강하고 매사에 철저한 분이셨어요."

하림은 고개를 숙인 채 가만히 귀를 기울이고 있었다. 그렇지 않아도 가장 궁금했던 이야기이기도 했다.

"베트남 전쟁에도 참전하셨어요. 맹호부대라고 들어보셨나요?"

"맹호부대!"

"예, 그때 베트남엔 우리나라 맹호, 청룡, 백마, 비둘기 부대가 갔는데, 아버진 맹호부대이셨대요. 베트남 중부 지방에 배치되었는데 고생을 많이 하셨죠. 죽을 고비도 많이 넘기셨다고 해요. 하지만 그땐 불과 스물대여섯 무렵이었고, 아버진 용감한 군인이었어요. 훈장도 여러 번 타셨고…… 지금도 가끔 그 시절에 불렀던 노래를 부르곤 하세요."

하림은 잠자코 고개를 끄덕였다.

"아버진 직업 군인이셨어요. 하사로 갔다 상사로 전역을 하셨죠. 그때 우리나라 군인들도 많이 죽었다고 해요. 우리나라가 이만큼 살게 된 것도 자신들이 그렇게 피 흘려 싸운 덕분이라고 말씀하시곤 했죠. 경부고속도로가 그분들의 핏값이라는 말씀도 하셨어요."

남경희는 탁자 위에다 시선을 고정시킨 채 조용조용 말했다.

"그땐 고엽제가 그렇게 무서운 줄도 모르고 비행기가 뿌리고 가는 걸, 뒤따라가며 샤워라도 하듯이 맞고는 했다고 해요. 아버지도 그런 사람 중의 한 사람이지만…… 괜스레 우리 아버지 이야기가 길어져서 미안해요."

남경희가 말했다.

"아뇨."

하림이 받아 말했다. 바람이 지나가는지 지붕이 또 덜컹거리며 소리를 내었다.

"사람들이 우리 아버지를 오해하고 있고, 그 때문에 앞으로도 많은 일들이 일어날 것 같은 불안이 일던 중이었거든요. 그런데 마침 장 선생님이 나타나셔서 실은 내심 얼마나 반가웠는지 몰라요. 작가시라니까, 그래도 최소한 제 말을 들어주실 순 있겠구나 하고 생각했어요."

"아, 아닙니다. 아버님 이야기를 더 들을 수 있을까요."

하림이 괜히 부담스러워져 손사래 치며 말했다.

"그럴게요. 아버진 전역을 하고 나서 당시 모시고 있던 중대장, 그분은 나중에 대령으로 예편을 하셨는데, 그분과 군납하는 일에 관여를 하셔서 덕분에 돈을 꽤 버셨지요. 나중에 버스 회사까지 차렸으니까요. 한창 경제 개발하는 와중에 살아갔던 사람들이 다 그랬듯 정신없이 일했고, '자랑스러운 대한민국'을 외치며 살아오셨어요. 한창 잘 나가실 때였어요. 그렇게 우리 아버지도 보통의 사람들처럼 나이가 드셨고, 늙으셨어요."

그녀는 그렇게 말하고 나서 하림을 쳐다보았다.

"아버진 직업군인 출신답게 평생을 월남전 참전용사라는 자부심으로 살아왔다고 해도 과언이 아니에요. 그런데 아버지의 그런 자부심을 여지없이 깨뜨린 일이 일어났어요."

그녀는 잠시 생각하는 눈치더니 계속해서 말했다.

"90년대 촌가, 베트남 오가는 길이 열리고 아버진 그곳으로 여행을 갔었죠. 친구들이랑, 30여 년 만에. 아버지에겐 추억 여행이었죠. 예전에 죽은 전우들도 떠올리고, 이젠 잘사는 대한민국의 국민이 되어 지지리도 못사는 베트남 땅을 둘러보았죠. 자랑스럽고 뿌듯한 기분이었을 거예요. 그런데 그 여행이 아버지에게 파란이 될 줄은 몰랐지요."

"……."

"아버진, 직접 참여했던 전투 지역을 다시 한 번 꼭 들러보고 싶다 하셨어요. 그래서 베트남 중부에 있는 꽝남성 안빈 마을인가를 찾아갔었죠. 그 마을 입구에 들어서자 황량한 벌판에 비석이 하나 서 있었대요. 아버지는 가이드를 따라 무심코 그 비석 앞에 섰는데, 그 비석엔 '한국군 증오비'라는 글씨가 새겨져 있었어요."

"한국군 증오비?"

"예, 그리고 그 아래에……"

이층집 여자 남경희는 잠시 말을 멈추고 있다가 떨리는 목소리로 말했다.

"너무나 끔찍한 내용이 새겨져 있었어요. '하늘에 닿을 죄악 만대에 기억하리라! 이 학살에서 희생된 자의 수가 총 430명, 그중 268명은 여성, 109명은 50세부터 80세까지 노인, 82명은 어린이, 7명은 임산부였다. 두 명은 산 채로 불에 던져졌으며, 한 명은 목이 잘렸고, 한 명은 배가 갈라졌고, 두 명은 강간을 당했다. 두 가구는 한 명도 남김없이 몰살을 당했다.'"

남경희는 마치 눈앞에 보고 있는 것처럼 숫자까지 정확하게 외우며 말했다.

"그런 내용이었어요."

그녀는 가볍게 한숨을 한번 쉰 다음 계속해서 말했다.

"가이드가 '한국군 증오비'에 나오는 글을 다 읽자 우리 아버진 그 앞에서 그만 털썩 주저앉았다고 해요. 자신이 평생 믿어왔고, 자부심을 가지고 살아왔던 것이 하루아침에 모래성처럼 무너져 내리는 기분이 들었던 거죠."

하림은 이마를 잔뜩 찌푸린 채 그녀의 이야기에 귀를 기울이고 있었다. 가슴이 턱 막혀오는 기분이 들었다. 독한 소주라도 한잔 마시고 싶었다.

"우리 아버진 비록 그 현장에 있진 않았지만 그때 그 이야기는 들었다고 해요. 그리고 그 비슷한 일들이 여러 군데서 일어났지만 다들 전쟁 중이라 그냥 지나쳤다고 해요. 베트콩이라 불리는 자들은 아무리 죽여도 상관없는 적이었으니까요. 지금 이라크에서 어린 미군 아이들이 저지르는 일과 다름없었죠. 다들 무지했고, 정신이 없었으니까요. 그런데 이제 나이가 들어 말짱한 정신으로 자신들이 싸웠던 곳에서 비석에 새겨진 끔찍한 내용을 보아야 했던 거예요.

처음엔 아버진 누군가 조작한 말일 거라며 믿지 않으려 하셨대요. 처음엔 그들이 모두 베트콩과 관련된 적군이라고 하다가, 결국은 민간인이라는 사실을 인정할 수밖에 없었어요. 우리 아버진 성품이 선량하고 원칙적인 분이라, 그 후 무척 괴로워하셨답니다. 술이라도 자시면, '우리가 그때 참 몹쓸 짓을 저질렀던 거야' 혼잣말로 괴로워하며 중얼거리곤 하셨어요. 생각해보세요. 자기 청춘의 자랑스러운 추억들이 씻을 수 없는 죄악과 연관되어 있다는 것을 깨닫는 순간을 말이에요."

하림은 가볍게 고개를 끄덕였다.

"우리 아버지도 드러내놓고 말씀은 하지 않았지만, 모종의 추악한 일에 관련되어 있었던 것은 분명해요. 빨래하러 나온 베트남 여성들을 군인들이 강간하고…… 죽였어요. 그 사건은 당시에도 크게 보도가 되었지요. 몇 명은 체포되어 재판을 받았지만 다행인지 불행인지 아버지는 마침 그 자리에 없었기 때문에 예외가 되었죠."

그녀의 목소리가 조금 떨리고 있었다.

"그러니까 우리 아버지 속에서는 두 개의 추억이 공존하며 싸우고 있는 거예요. 하나는 정부에서 선전하는 것처럼 베트남의 자유통일을 위해서 죽은 전우들과 열심히 싸웠던 그 시절의 자랑스러운 모습이고, 다른 하나는, 남의 나라의 전쟁에 뛰어들어 민간인을 학살한 추악한 모습이죠.

그러니까 당시 타락할 대로 타락한 베트남의 티우 정권을 위해 피 흘리며 싸워야 할 이유도 명분도 없었다는 걸, 그것은 미국의 이해관계에 따라 벌어진 미국의 전쟁이었지, 우리와는 아무런 관련도 없는 전쟁이었다는 걸 뒤늦게 알게 되신 거지요.

그래서 아직도 한 손에 총을 들고 계곡에 올라가 자랑스럽게 구령 소리를 지르고 하시지만, 또 한편으론 우리가 그때 참 몹쓸 짓을 했어, 하고 혼자 자책하며 괴로워하는 이중적인 모습. 그게 자아 분열증, 즉 정신병 치료를 받지 않을 수 없을 만큼 심각하게 진행된 것은 그 후의 일이었어요."

열심히 이야기하느라 어느새 그녀의 얼굴은 상기되어 있었고, 입술은 말라가고 있었다.

"차 한잔 더 드릴까요?"

하림이 말했다.

"미안해요. 물이나 한잔 주세요."

그녀가 말했다.

하림이 유리잔에 물을 받아서 주자 그녀는 목이 말랐던지 단숨에 반쯤 들이켰다. 그러고 나서 하림을 쳐다보았다.

"이야기가 길어졌군요. 하지만 이 이야기를 들으셔야만 우리 아버지를 이해할 수 있고, 그리고 우리 아버지가 개를 쏘아 죽일 사람이 아니라는 사실도 알 수 있을 거예요. 그러니 비록 장황하더라도 이야길 하지 않을 수 없네요."

하림은 충분히 이해한다는 듯이 고개를 주억거렸다.

"그 후 아버지는 사죄의 뜻으로 그 지역을 위해 무슨 일들을 하곤 하셨는데 그 내용에 대해선 저도 잘 몰라요. 하지만 학교와 병원 등을 통해 적지 않은 돈과 물품을 보낸 걸로 알고 있어요. 그러나 그게 아버지의 양심 속에 잠자고 있던 죄책감을 다 씻어주진 못했죠. 아니, 나이가 들수록 더욱 생생하게 그 당시 일들이 되살아나 아버지를 흔들었지요."

그녀는 가볍게 한숨을 짓고 나서 계속해서 말했다.

"아마 그 일은 아버지에게 씻을 수 없는 죄악으로 남겨졌을 거예요. 카인이 어딜 가서 숨든지 그의 이마에 새겨진 죄의 표시, 동생을 돌로 쳐 죽인 그 용서받지 못 할 죄의 표시가 영영 지워지지 않았던 것처럼 말이죠. 그 후 아버지는 열심히 교회에 나가셨어요. 무언가에 매달린 사람처럼 말이에요. 그렇게라도 죄 사함을 받을 수 있으리라 믿으셨던 거지요. 열성적으로 교회 일을 하셨고, 헌금도 많이 하셨어요."

무언가가 또 바람에 날라 굴러가는지 마당에서 덜컹거리는 소리가 들렸다.

"아버지는 큰 교회의 장로가 되셨어요. 하지만 아버지의 병은 점점 더 깊어갔고, 몸도 마음도 마비가 되어가는 증상이 발생했어요. 급기야 정신과 치료까지 받지 않으면 안 되었죠. 아버지는 더욱 교회에 매달리셨고, 광신자라 할 정도가 되었지만, 끝내 교회는 그분의 마음의 위로하고 치유하긴 역부족이었죠. 더구나 담임 목사의 은퇴를 앞두고 심한 분규까지 벌어졌어요. 아들에게 교회를 세습하는 문제로 싸움이 벌어졌던 거죠. 우리 아버진 격분을 하셨어요. 믿었던 것이 무너질 때 오는 실망감과 분노가 우리 아버지를 걷잡을 수 없게 만드셨던 거죠. 교회는 반으로 쪼개졌고, 목사를 따르는 무리와 반대하는 무리가 나뉘어 심각한 상태에 이르렀어요. 그런 어느 날 새벽, 아버지는 몰래 교회에 들어가 재단에 석유를 붓고 불을 질렀어요."

"불을……?"

하림은 자기도 모르게 낮게 되물었다.

"예, 다행히 불은 많이 번지지 않고 잡혔지만 교회는 엉망이 되어버렸죠. 아버지는 곧 현장에서 방화범으로 체포가 되셨고, 장로 직에서도 쫓겨났어요."

어느새 창문 너머로 어둠이 짙게 내려앉아 있었다. 남경희가 온 것은 초저녁 무렵이었다.

"아버진 교회 방화범으로 체포되어 재판을 받았지만, 정신병원에 다녔던 전력이 있는데다 나이도 많고, 그나마 불이 크게 번지지 않아 곧 풀려나왔어요. 하지만 아버지에게 더욱 치명적이었던 것은 장로 직에서 쫓겨난 것이었죠. 파문이나 다름없었기 때문이죠. 어디에서도 받아주지 않았고, 갈 데도 없었죠. 아버지가 위안을 받을 곳은 어디에도 없었어요."

그녀의 목소리가 조금 낮아졌다.

"그에 따라 아버지의 병은 점점 깊어져갔어요. 카인을 따라 다니던 이마의 표식처럼, 베트남전에서 저질렀던 용서 받을 수 없는 죄악이 항상 자신을 그림자처럼 따라다니며 자신을 괴롭히고 있다고 생각했죠. 그 어디에도 아버지가 기대고 피할 수 있는 피난처는 없었죠."

"그래서 이곳으로 와서 기도원을 지어드리려 했던 거군요."

하림이 말했다.

"예."

그녀는 머리를 끄덕였다.

"그건 제 소망이기도 했어요. 들으셨는지 모르지만, 저는 대학에서 신학을 전공했고 얼마 동안 학생들을 가르치는 일도 했어요."

"기도원이라니까, 왠지 비밀스럽고 음침한 느낌도 들긴 했어요. 병자들 고쳐준다고 모아놓는 그런 곳이 연상되기도 하구요. 동네 사람들이 별로 좋아할 것 같진 않네요."

하림이 솔직하게 말했다.

"이해해요. 제가 짓고 싶은 것도 타락한 교회가 아닌 작은 수도원 같은 곳이죠. 누구나 와서 쉴 수 있고, 노동도 하고, 기도도 드리고 하는 곳 말이에요. 태백에 가면 '예수원'이라고, 지금은 돌아가신, 캐나다 출신 신부님이 세운 수도원이 있어요. 거기 가면 '노동이 곧 기도요, 기도가 곧 노동'이란 팻말이 붙어 있는데 참 마음에 남았어요. 무슨 종교를 가졌든 누구나 상관없이 그곳에 와서 일하고, 기도하고, 쉬어가곤 했지요. 우리 아버진 여생이 얼마 남지 않았고, 아버지가 돌아가시고 나면 저 역시 혼자죠. 그런 기도원이 있다면 마을 사람들과도 어울려 지낼 수 있지 않을까요?"

그녀는 조심스럽게 하림의 눈치를 살폈다.

"기도원의 이름도 정해두었어요. '인자의 머리 둘 곳'이라고요."

그녀가 말했다.

"인자의 머리 둘 곳?"

"네, 혹시 종교를 가지고 있나요?"

그녀가 물었다.

"아뇨."

하림이 대답했다. 그녀의 얼굴에 약간 실망한 기색이 스쳤다.

"그런데, 지금 몇 시나 되었나요?"

남경희가 문득 꿈에서 깨어난 표정으로 말했다. 하림이 핸드폰을 꺼내 시간을 보았다.

"9시가 다 되어가네요."

"아, 가야겠네요. 너무 오래 시간을 빼앗아서 미안해요."

"아뇨. 괜찮아요."

"그날 아침엔 정말이지, 고마웠어요."

그녀는 일어나 의자에 걸쳐놓았던 하얀 스카프로 옛날 영화에 나오는 여자처럼 머리와 얼굴을 감쌌다. 지붕 위로 지나가는 바람 소리가 다시 크게 들렸다. 서울에 있으면 아직 초저녁이었을 시간이 여기선 한밤중처럼 여겨졌다. 하림도 따라 일어나 그녀가 현관 쪽으로 나가는 것을 지켜보다가 말했다.

"바래다 드릴까요?"

"그래 주실래요?"

남경희는 기다렸다는 듯 뜻밖에 선선히 응낙했다. 하림은 잠바를 걸치고 그녀의 뒤를 따라 밖으로 나왔다. 어둠이 검푸른 잉크 빛처럼 내려앉아 있었다. 검푸른 잉크 빛 어둠 속으로 바람이 윙윙 소리 내어 불고 있었다. 춥지는 않았지만 을씨년스러운 날씨였다.

화실에서 이층집으로 가는 길은 두 가지가 있었다. 하나는 동네 앞으로 가서 동네를 지나가는 길이고, 또 하나는 저수지를 빙 둘러 둑길로 가는 길이었다. 낮이라면 모를까, 캄캄한 밤에 둑길로 가는 길이 왠지 내키지 않았지만 앞서 가던 남경희는 아무 망설임도 없이 저수지를 돌아가는 길을 잡아 걸어가고 있었다. 아마 사람들과 마주치는 것을 원하지 않았기 때문일 것이었다.

캄캄한 둑길은 바람조차 거세게 불고 있어 기괴스럽게 느껴졌다. 그래도 여자를 앞서 가게 할 수는 없는 노릇이었다. 하림은 걸음을 빨리해 자기가 앞장을 섰다. 어둠 속에서 저수지의 표면이 검은 유리창처럼 나타났다. 바람이 머리카락을 아무렇게나 흩어놓고 잠바 안으로 파고들어 풍선처럼 부풀어 올렸다. 아직 채 물이 오르지 않은 마른가지와 풀들이 바람에 윙윙 소리를 내었다. 어두운 둑길 위로 불어오는 바람 소리가 에밀리 브론테의 「폭풍의 언덕」에 나오는 황량한 들판을 떠오르게 했다.

"혹시 『폭풍의 언덕』이란 소설 보신 적 있나요?"

하림이 고개를 돌려 남경희에게 물었다.

"오래전에 영화로는 봤는데…… 소설은 못 봤어요."

그녀가 말했다. 바람이 그녀의 말끝을 잘라먹었다.

"바람 부는 둑길을 걸어가니까 어떤 소설의 풍경 하나가 떠오르네요. '히스클리프, 히스클리프!' 하고 부르던 여자 주인공 캐서린의 목소리하고요."

문득 소연이 생각났다. 폭풍우 치던 날 밤, 그녀는 한 마리 작은 새처럼 그의 품 속으로 날아왔다가 하림의 가슴에 한 점 불씨를 하나 남겨두고 포르르 날아가버렸다. 정말 꿈이라도 꾼 게 아닌가 싶기도 했다.

이윽고 그날 밤 사내가 개를 쏘아 죽였던 지점에 이르렀다. 어쩐지 섬뜩한 기분이 들어 뒤를 돌아보니 그때까지 남경희는 남경희대로 무슨 생각에 골똘히 잠겼는지 몇 걸음 뒤에서 묵묵히 따라오고 있었다. 이제 조금만 더 가면 될 것이었다. 여전히 바람은 거칠게 불고 있었다.

"괜찮아요?"

하림은 아무 말이라도 해야 될 것 같아서 떠오르는 대로 말했다.

"예."

"조심하세요."

하림은 쓸모없는 말인 줄 알면서 공연히 덧붙였다.

"장 선생님, 도와주실 거죠?"

"네?"

"기도원 짓는 거 말이에요."

"내가 도와주고 말고 할 게 있을까요?"

"들었는지 모르지만, 송 사장이란 사람이 있어요. 여기에다 대규모 위락시설을 짓는다고 야단이죠."

거센 바람이 그녀의 말을 뭉텅뭉텅 잘라먹었다. 그러거나 말거나 그녀는 계속해서 말했다.

"근데, 그 위락시설이란 게 어디 들어오는지 알아요? 바로 우리 땅, 기도원을 지으려고 하는 땅과 딱 붙은 곳이에요. 우리가 그 땅을 살 때만 해도 전혀 그런 계획이 없었거든요. 생각해보세요. 조용한 기도원 옆에 시끌벅적한 위락시설이 들어온다는 걸 말이에요. 있을 수가 없는 일이죠. 근데 송 사장이란 사람이 그 일을 추진하려고 군청에도 손을 쓰고, 마을 사람들도 꼬드기고 있죠. 주민들 동의서를 반 이상 받아놓았다 해요. 아직 허가도 나지 않았는데 벌써 불도저를 들여와 공사를 진행하고 있지 뭐예요."

"공사하는 건 봤어요."

하림이 말했다.

"근데 문제는 우리 땅이 바로 거기에 딱 붙어 있는데 공교롭게도 우리 땅을 사지 않으면 그곳으로 가는 길이 나지 않아요."

남경희가 말했다.

"우리 땅을 지나가지 않으면 안 되는 맹지이죠. 그래서 땅을 팔라고 온갖 수작을 부리고 있답니다. 이장에게 압력을 넣기도 하고……"

"이장에게?"

당연한 이야기긴 했지만 하림은 새삼 놀랐다는 듯이 되물었다. 이장인 운학과 그녀 사이의 관계가 그렇지 않아도 궁금했던 터였다. 무언가 특별한 사이일 것 같기도 했고, 그저 이장 혼자 김칫국만 마시는 그런 사이 같기도 했기 때문이다.

"그 사람, 조심해야 해요. 겉으론 날 도와주는 척하지만……"

하림의 그런 속마음을 아는지 모르는지 그녀가 뒤를 이어 계속해서 말했다.

"그가 관심 있는 것은 기도원이 아니라 나와 우리 아버지 재산이겠죠."

그러곤 곧,

"여기 와서 느낀 것이지만, 믿을 사람은 하나도 없다는 거예요. 그 누구의 말도……"

냉정한 목소리로 말했다. 하림은 약간 뜻밖이었다. 그래도 이장은 이층집 여자 편이라고 생각했는데 그게 아니었단 말인가.

그녀가 이장인 운학에 대해 그런 속마음을 가지고 있을 줄은 뜻밖이었다. 하기야 절름발이에 술주정꾼인 이장이 남경희를 마음에 두는 것 자체가 어불성설인지도 몰랐다.

그녀의 말을 듣고 보니 무언가 아리송한 구석이 없지도 않았다.

사랑보다 더 강한 힘을 가진 놈이 돈이라는 물건이다. 돈이야말로 세상을 지배하는 가장 구체적이고 강력한 힘이다. 일이십대 때야 사랑이 어쩌구저쩌구 한대도 이해가 갈 법도 했지만 나이 마흔 줄 넘어 사랑이니 뭐니 하는 게 왠지 어울리지 않는 것 같기도 했다. 그러니 그녀가 그렇게 냉소를 지으며 단정 지어 말하는 데도 이유가 있을 것이었다.

하지만 그녀는 더 이상 그에 대해선 이야기하지 않고,

"어쨌거나 그 일로 송 사장이란 자와 한번 크게 말다툼까지 했던 적이 있었죠. 그런데 막무가내였어요. 깡패처럼 무섭기도 하고…… 여자라서 깔보는 것 같기도 하구요"

하고 말했다. 그래서 자기더러 도와달라는 뜻이었다.

캄캄함 밤, 바람 소리만 윙윙거렸다. 아라비아의 칼처럼 등이 굽은 푸른 초승달이 높은 하늘에 날카롭게 걸려 있었다.

"아시다시피 난, 그저 잠시 머물다 가는 사람일 뿐인걸요."

이윽고 하림이 자신 없는 목소리로 말했다.

저만치 어둠 속에서 이층집 불빛이 보였다. 하림은 그쯤에서 그녀와 헤어져 돌아가야겠다는 생각이 들었다. 이제 다리만 건너면 되었다. 남경희 쪽으로 돌아보았다. 어둠 속에서 초승달이 하얀 스카프로 감싼 그녀의 얼굴을 요기롭게 비추었다. 그녀의 눈과 잠시 마주쳤다. 어둠 속에서 그녀의 눈이 반짝 빛이 나는 것 같았다. 아주 짧은 순간 이상하게 출렁하는 마음이 지나갔다. 하림은 얼른 외면을 하였다.

"언제 돌아가실 건가요?"

남경희가 말했다.

"곧……"

하림은 아무렇게나 대답했다.

"가끔 화실에 놀러 가도 되죠?"

하림은 대답 대신 가볍게 고개를 끄덕였다.

"고마워요."

그녀가 고개를 까닥하며 이제와는 달리 처음 만났을 때처럼 쌀쌀한 표정으로 말했다. 바람이 휑하고 불어와 하얀 스카프 끝이 날렸다. 그녀는 더 이상 묻지 않고 집 쪽을 향해 걸어갔다. 하림은 그녀가 집 쪽으로 걸어가는 뒷모습을 한동안 지켜보다가 이윽고 돌아서서 왔던 길로 발걸음을 옮겨놓기 시작했다.

10장

운학이

갈 때는 둘이었지만 돌아오는 길은 혼자였다. 혼자 어두운 둑길을 걸어오자니 밤하늘 높이 걸려 있는 날카로운 푸른 초승달이 자꾸 신경이 쓰였다. 나뭇가지와 풀잎을 스치며 지나가는 바람 소리가 을씨년스러웠고, 어둠 속에서 뿌연 빛을 발하는 저수지의 물빛도 요기스러웠다. 돌아오는 길 내내 아까 남경희가 했던 그녀의 아버지, 이층집 영감에 관한 이야기들이 하림의 가슴속에 떠다니고 있었다. 베트남, 한국군 증오비, 교회 방화…… 그런 단어들이 두서없이 떠오르다 사라졌다. 갈 때는 등 뒤에서 불어오던 바람이 돌아올 땐 앞에서 불어와 가슴팍 안으로 파고들었다.

그러자 문득 몇 년 전인가. 대학교 문예동아리 대선배인 동희 형을 따라 베트남에 갔던 기억이 떠올랐다. '베트남을 생각하는 작가 모임'인가 하는 단체에서 주관한 행사였는데 베트남 문인들과 한국 문인들이 세미나도 하고 같이 여행도 하는 그런 자리였다.

비행기 트랩에서 내리자 그들을 태운 버스는 호치민 시로 접어들었다. 습기로 가득 찬 후텁지근한 공기 속으로 열대 특유의 냄새가 밀려왔다. 길거리를 가득 메운 오토바이들이 시끄러운 소음을 내며 고기 떼처럼 몰려다니고 있었다. 좁은 길거리를 따라 야자수들이 늘어서 있었다. 붉은 부겐빌레아 꽃이 곳곳에 눈부시게 피어 있었다.

오후 늦게 시작된 한-베트남 문학인 세미나는 시종 진지한 분위기에서 진행되었다. 하림은 동희 형과 나란히 그들 뒤, 벽을 따라 놓인 의자에 방청객처럼 앉아서 회의가 진행되는 것을 지켜보았다. 한국 측에선 '한국문학에 나타난 베트남 전쟁'이란 주제로 어떤 젊은 평론가가 발표를 했고, 베트남 측에선 '베트남 민족해방전쟁과 베트남 문학'이란 주제로 베트남의 젊은 문인이 발표를 했다. 간간이 시도 낭송됐다. 머리가 하얀 베트남 시인이 나와 읽은 시는 전쟁 중 폭격으로 구덩이가 파였는데, 살덩이가 흩어진 그 구덩이에 비가 오고 물이 고여 연꽃이 피어났다는 내용이 인상적이었다. 베트남 전쟁에 얽힌 이야기가 나오자 다소 무겁고 침울한 목소리도 있었지만, 어쨌거나 중요한 것은 현재와 미래이며, 과거는 이제 돌아오지 않는다는 식으로 결론을 맺었다.

다음 날에는 구찌 터널로 갔다. 사이공에서 차를 타고 서쪽으로 한 시간여를 달리니 구찌 터널에 도착했다. 베트남 전쟁 당시 사이

공을 공략하고 또 적의 공격을 막기 위해 판, 지하 삼층짜리 거미줄처럼 얽힌 땅굴이었다.

땅속 터널에는 단지 통로만 있는 것이 아니라 완벽한 형태의 주거공간도 있었고, 심지어 사령부 회의실, 병원, 학교까지 있었다고 한다. 지금은 세계 도처에서 온 관광객들이 시원한 야자수가 늘어진 그늘 아래 앉아 망고 주스를 마시며 베트남 군인들, 즉 월맹군과 베트콩들이 얼마나 훌륭한 군인이며 그들이 얼마나 훌륭하게 잘 싸웠는지를 흔쾌히 교육 받고, 감탄을 하는 곳이기도 했다.

곰곰 생각하면 우스운 일이었다. 한때 싫건 좋건 서로 총을 겨누고 싸웠던 적이었음에 분명한, 그러니까 철천지원수에 가까웠을 월맹군과 베트콩들의 용맹무쌍한 이야기를 아무런 저항 없이, 심지어는 감탄까지 하며 둘러보게 하는 것이 바로 구찌 관광이었다. 그것도 자기 돈 내고 망고 주스를 사 빨면서……

그것이 전쟁이었다. 죽은 자들만 애통하고, 상처받은 자들만 혼자 끌어안고 살아가야 하는 것이 전쟁인지 모른다. 나머지는 모두 다 아무 일도 없었던 양 멀쩡하게 살아간다. 한국에서 온 아저씨들은 베트콩 전사의 모형인형 옆에서 V자를 그리며 사진을 찍었다.

관광 코스 중 하나였던 땅굴 들어가는 입구에서는 뚱뚱한 미국 아저씨 때문에 한바탕 웃음꽃이 피어났다. 낙엽으로 위장된 굴 입구는 겨우 한 사람이 들어갈 수 있을 정도로 비좁았는데, 먼저 시범으로 가이드가 선보인 다음 '작가모임'의 여자 문인 한 사람이 들어갔다가 나왔다. 그러고 나자 가이드가 그 덩치 큰 미국인에게도 한 번 해보라고 권했다.

사람 좋게 생긴 노란 머리 아저씨는 고개를 한번 갸우뚱하더니 카메라를 부인에게 맡겨두고 구멍 속으로 먼저 하반신을 밀어넣었다. 그럭저럭 성공하는가 싶었다. 그런데 문제는 다음이었다. 뚱뚱한 배가 입구의 턱에 걸려 옴짝달싹할 수 없게 된 것이었다. 아저씨는 팔을 밖에다 걸치고 힘을 주어 나오려고 용을 썼지만 한번 걸린 배 부분이 도무지 빠져주질 않았다.

아저씨는 벌게진 얼굴로 어색하게 웃었고 부인도 웃었고 둘러섰던 구경꾼들도 웃었다. 이런 일에 익숙해져 있을 가이드가 나서서 빼주는 척했지만 그리 쉬워 보이지는 않았다. 구경꾼들 중 젊은 패들이 나서서 팔을 끌어당기고 겨드랑이에 손을 넣어 힘을 주고서야 겨우 그 미국인은 땅굴 입구의 구멍에서 빠져나올 수가 있었다. 이마에 땀방울이 송글송글 맺혀 있었다. 다들 큰일이라도 한 양 아저씨를 향해 장난스럽게 박수를 보내었다.

즐거웠다. 승자의 평화는 무엇보다 아름다운 것이다. 승자인 그들은 당당하고, 여유가 있었다. 가이드도, 표 파는 아가씨도, 현장 안내를 맡은 군복 차림의 아저씨들도 모두 여유가 있었다. 그들에겐 그 모든 것이 자랑스럽고, 자연스러웠을 것이다. 그리고 그 평화는 그들이 치른 지난한 싸움과 수많은 희생으로 얻은 값진 산물이었을 것이다.

만일 그들이 이라크 전쟁처럼 미국에게 졌다면 어떻게 되었을까? 그래도 평화는 찾아왔을 것이다. 하지만 그것은 패자의 평화가 될 것이었다. 당당함 대신 비굴함이, 여유 대신 초라함이 자리 잡고 구찌 터널 베트콩의 소탕 작전에 대한 이야기를 들어야 할 것이었다. B-52 전폭기가 전시되고, 영어로 하는 설명에 다들 귀를 기울여야 할 것이었다.

하지만 유감스럽게도 그곳엔 대한민국은 없었다. 1964년부터 1973년 종전까지 8년 6개월 동안 연 31만 명이 참전하여 4,624명의 전사자를 내고 15,000명의 부상자와 숱한 고엽제 희생자를 내었지만 그 어느 곳에도 한국군의 자취는 없었고, 그들에 관한 이야기는 없었다. 구찌 터널을 돌아보는 동안 하림은 내내 그게 아쉬웠다.

승자도 패자도 아닌 전쟁, 그저 들러리였을 뿐인 전쟁에서 한국인 참전 병사들은 목숨을 바쳤고, 대신 조국 대한민국은 경제 건설의 토대를 그들의 핏값 대신 받았던 것이었다.

남경희의 아버지, 이층집 영감 역시 그 시절의 그런 사람 중의 하나였을 것이다. 아직 한 번도 얼굴은 보지 못했지만 그런 상처를 안고 살아가는 사람일 것이었다.

그때였다.

하염없는 상념에 잠겨 발길을 옮기던 하림의 눈에 저만큼 어둠 속에서 절뚝거리며 걸어가는 그림자가 나타났다. 하림은 깜짝 놀라 고양이처럼 잔뜩 긴장한 눈으로 그쪽을 쳐다봤다. 처음엔 잘못 보았나 했다. 하지만 다시 보아도 틀림없는 사람 그림자였다. 바람 부는 어두운 밤. 바람 속으로 유령처럼 소리 없이 걸어가는 사람 그림자.

자기도 모르게 등줄기가 싸해지며 머리카락이 비쭉 솟아올랐다. 심장을 무엇으로 꽉 움켜쥐는 것 같은 느낌이 들었다.

하림은 침을 꿀꺽 한번 삼키고는 한동안 어둠 속의 그림자를 지켜보았다. 그러나 그림자는 부지런히 앞만 보며 걸어가고 있을 뿐이었다. 그림자는 하림과 같은 방향을 향해 걸어가고 있었기 때문에 하림이 보고 있는 것은 그림자의 등쪽이었다. 희미한 초승달 달빛이 무대의 조명처럼 그의 어두운 등 윤곽을 보여주고 있었다. 아까 남경희가 화실을 나올 때가 9시경이었으니 아직 초저녁이라면 초저녁일 것이었다. 그러나 사방은 잉크를 풀어놓은 것처럼 어둡고 바람까지 불고 있어, 한밤중 같았다.

하림은 애써 침착한 마음을 유지한 채 일정한 거리를 두고 그림자의 뒤를 따라 걸어갔다. 그림자는 매우 규칙적으로 절룩거리며 걸었기 때문에 한쪽 어깨의 흔들림도 매우 규칙적으로 오르락내리락거리는 것을 알 수 있었다. 하림은 순간 그게 어쩐지 눈에 익은 동작이라는 생각이 들었다.

'이장……?'

하림은 다시 찬찬히 그림자가 걸어가는 뒷모습을 지켜보았다. 틀림없이 이장 운학이었다. 운학이 저만큼 앞 어둠 속에서 절룩거리며 걸어가고 있었던 것이었다.

하림은 화들짝 놀라지 않을 수 없었다.

'아니, 그가 왜? 이 시간에 혼자?'

하림은 바지 주머니에 손을 찌른 채 눈썹을 찡그렸다. 처음의 놀람이 가시고 나자 불안한 궁금증이 번개처럼 뇌리를 파고들었다. 아직 10시도 되지 않았을 터이니 어디 가까운 곳에 다녀오는 길일 수도 있었고, 우연히 나왔다가 되돌아가는 길일 수도 있을 것이었다. 이장이니까 이 부근은 훤히 알고 있을 것이었다. 괜히 놀라고 긴장하는 자기가 이상했으면 이상했지 이장은 그저 그냥 그쪽 방향으로 걸어가고 있을 뿐이었는지 모른다. 하기야 둑길이란 게 세놓은 것도 아니고, 낮엔 다들 흔히들 다니는 길이기도 했을 것이다. 봄날엔 쑥을 캐러 나온 아낙네들이 오후 늦게까지 어슬렁거리는 것도 본 터였다.

하지만 하림은 곧 머리를 흔들었다.

둑길은 외길이었다. 이쪽으로 가든가 저쪽으로 가든가 둘 중 하나뿐이었다. 그러니까 지금 같은 방향을 향해 걸어가고 있다는 말은, 조금 전까지 그가 자기들, 즉 하림과 남경희의 뒤를 따라오고 있었다는 말이었다. 그렇지 않았다면 땅에서 솟아나지 않는 이상 서로 마주칠 수밖에 없었다.

그러자 하림은 어쩐지 불길한 예감이 들었다. 그가 처음부터 자기들 뒤를 미행하고 있었다면 그건 보통 일이 아니기 때문이었다. 불길한 예감은 잠시 후 현실로 나타났다. 그림자가 갑자기 그 자리에 우뚝 서더니 뒤를 돌아보았다. 하림은 무척 놀랐지만 그렇다고 걸음을 멈출 수는 없었다. 뛰는 가슴을 애써 진정하며 천천히 그림자를 향해 걸어갔다.

가까이 가자 어둠 속에서 얼굴이 분명하게 보였다. 역시 이장 운학이었다. 그의 눈은 분노에 가득 차 있었다. 그는 분노에 찬 눈으로 돌아서서 하림이 가까이 오길 기다리고 있었다.

하림이 몇 발짝쯤 떨어진 거리까지 다가서자 운학이 씹어뱉듯이 말했다.

"나쁜 새끼!"

낮고 싸늘한 목소리였다. 분노를 억제하느라 그랬는지 그의 목소리는 가늘게 떨리고 있었다. 뭔지 모르지만 그가 단단히 오해를 하고 있음이 분명했다. 하림이 무언가 말을 하려고 했지만 그는 그럴 틈도 주지 않고 다시 몸을 휙 돌려서 가던 길로 계속 걸어갔다.

하림은 뒤통수를 한 대 맞은 기분이었다. 황당한 표정으로 잠시 우두커니 서 있던 하림 역시 그 뒤를 따라 발걸음을 옮겨놓기 시작했다.

'나쁜 새끼!'

그의 목소리가 한참 동안 귀에 쟁쟁 울렸다. 짧지만 분노에 찬 목소리였다. 그것으로 충분했다. 그것으로 이장 운학의 가슴속에 들끓어대고 있었을 감정이 여과 없이 하림에게 그대로 전달되었다. 돌아서 가는 그의 구부정한 등과 어깨에 팽팽한 긴장감이 느껴졌다. 바람은 여전히 소리 내어 불고 있었고, 저수지는 검은 빛을 반사하며 누워 있었다. 저수지에서 간간이 맹꽁이 우는 소리 같은 게 들렸다.

무슨 말을 붙이고 달 만한 여지도 없었다. 하림은 그저 묵묵히 그의 뒤를 따라 걸어가는 수밖에 없었다. 절룩거리며 걷는 운학의 걸음걸이 보조를 맞추려고 하림도 일부러 천천히 걸었다. 그렇게 일정한 거리를 유지한 채 두 사람은 왔던 길로 다시 걸어갔다.

혹시 남경희와 같이 있는 것을 보고 화가 난 것일까. 운학에게 오해를 사거나 미움을 받을 일이 생긴다면 보통 갑갑한 게 아니었다. 어쨌거나 그는 이 동네의 이장이고, 그의 협조와 호의가 없다면 이곳에서 지내기가 여간 불편한 노릇이 아닐 게 틀림없었다.

어떤 오해건 간에 풀려면 대화가 필요했다. 그러나 화가 잔뜩 난 채 절룩거리며 걸어가는 그의 등 뒤에 대고 무슨 말부터 꺼내어야 할지 도무지 떠오르질 않았다. 괜히 잘못 말을 꺼내었다가 긁어 부스럼 만드는 꼴이 되기 십상이었다.

그런데 운학은 언제부터 그들의 뒤를 따라왔던 것일까?

그들이 나누었던 이야기를 얼마나 엿들었던 것일까?

하림은 속으로 곰곰이 반추하여보았다. 이장이 사랑한다는 여인이 남경희일까. 이 바람골에 이장과 비슷한 연배의 짝 없는 여자는 남경희뿐이었다. 그가 만일 남경희를 사랑하고 있다면, 작은 일에도 신경이 쓰일 터였다. 사랑이랑 놈은 이기적인데다 눈먼 소경이어서, 늘 질투와 오해를 동반하기 마련이다. 질투와 오해가 없는 사랑이란 없다. 아니, 질투와 오해가 사랑의 군불이다. '질투는 나의 힘'이란 유명한 시구가 말해주듯, 사랑이란 놈은 그 군불로 지펴져야 비로소 활활 타오르는 불꽃인지도. 지금 운학의 가슴속에도 오해와 질투에서 비롯된 불꽃이 활활 타오르는 중인 것 같았다. 그렇지 않고서야 증오와 분노에 가득 찬 목소리로 하림을 향해,

'나쁜 새끼!'

하고 단번에 씹어뱉듯이 차가운 말을 던졌을 리야.

물어보고 자시고 할 것도 없이, 그가 화가 난 이유는 단 하나로밖에 짐작되지 않았다. 남경희와 같이 있는 것을 보고는, 하림과 남경희 사이가 가까워지거나 둘 사이에 무슨 일이라도 있지 않겠느냐는 짐작을 했을 터였다. 마침 길목슈퍼 앞 사건도 있고 해서 구보할머니가 이상한 소문까지 만들어내는 통이니, 그 부분이라면 하

림은 얼마든지 자신의 억울한 점을 증명할 자신이 있었다.

사실 아까 그녀와 헤어질 때 달빛이 비치는 속에서 그녀와 눈빛이 마주치자 잠깐 가슴이 출렁했던 것은 있었다. 달빛에 젖은 여자의 얼굴만큼 요염한 것이 세상에 또 어디 있을까. 아무리 못생긴 여자라 할지라도 달빛에 젖는 순간, 여자의 얼굴은 요정처럼 변하게 마련이다.

그러나 그것은 눈 깜빡할 만큼의 짧은 순간에 지나지 않았다. 면도칼처럼 마음의 표피를 살짝 베고 지나간, 그래서 아무런 자국도 남기지 않았던 순간이었다. 누구도 알 수 없을 것이었고, 자기 자신조차 느낄 새 없이 지나간 짧은 찰나였다.

그러니 이장이 남경희를 두고 하림에게 무슨 원망이나 오해라도 갖고 있다면 그건 오버라고 분명히 잘라 말할 수 있을 것이었다. 사실 이장 운학의 그런 섣부른 오해는 이번이 처음도 아니었다. 지난번에도 화실 주인인 윤 여사랑 무슨 관계가 있느냐고 꼬치꼬치 캐묻지 않았던가.

하지만 지금은 그때와는 분명히 달랐다. 그때는 말투가 자못 여유도 있었고, 농담도 섞여 있었지만, 지금은 목소리 자체가 잘 벼린 칼날처럼 날카로웠다. 그때는 호칭도 '장 선생'이었지만 지금은 그냥 '나쁜 새끼'였다. 정말로 화가 나 있다는 표시였다.

남경희는 단지 개 죽은 일로 사단이 벌어져 구보 할머니에게서 험악한 소리까지 들어가며 위기에 몰렸을 때, 하림이 구원병처럼 나타나 한마디 해주고 간 게 고마워서 그저 포도주 한 병 들고 인사차 왔다 간 것뿐이었다. 그 앞의 일은 이장 운학도 그 자리에 있었으니 알고 있을 터였다.

남경희의 입에서 나온 이야기의 대부분은 그의 아버지, 이층집 영감에 관한 것이었다. 영감이 젊은 시절 베트남전에 참전했고, 모종의 추악한 사건에 연루되었음 직하며, 먼 훗날 다시 베트남을 방문했을 때 '한국군 증오비'를 맞닥뜨리고 충격을 받게 되었다는 것, 그 후 신앙에 몰두했지만 결국 교회에 불을 지르고 쫓겨났고, 이 바람골에 정착해 '인자의 머리 둘 곳'이라는 기도원을 짓고 싶어 한다는 이야기……

대충 그런 이야기였다. 어떻게 보자면 매우 사무적인 분위기였고, 딱딱하기 짝이 없는 대화였다. 추호도 남녀 뭐 어떻고 하는, 그런 감정이나 운학의 오해를 살 만한 그런 거리가 끼어든 게 없었다. 게다가 솔직히 말하자면 하림은 처음부터 그녀를 경계하고 있었고, 지금도 여전히 경계의 끈을 늦추지 않고 있었다.

차라리 그가 하림과 소연이 사이를 의심하고 있는 거라면…… 그에 대해선 입이 열 개라도 할 말이 없고, 변명의 여지도 없었다. 당장 동네에서 쫓겨난대도 달게 감수해야 할 터였다. 하지만 다행인지 불행인지, 그런 기미는 아니었다. 소연이 말대로 이 동네에서 아무도 그녀에게 신경을 써주는 사람이 없는지도 몰랐다.

하림은 떠오르는 대로 생각을 밟으며 운학의 뒤를 멀찌감치 아무 말 없이 뒤따라 걸어갔다. 운학은 여전히 절룩거리며 뒤도 돌아보지 않고 저만큼 걸어가고 있었다. 사방은 쥐 죽은 듯 조용하였고, 초승달 그림자만 깊게 밴 밤 저수지에선 가끔 무엇이 떨어지는지 풍덩거리는 물소리가 들렸다가 곧 잠잠해졌다. 윙윙거리던 바람

소리만 아직도 가끔 생각난 듯이 을씨년스럽게 불어오고 있었다.

갈 때는 금세였는데 돌아오는 길은 꽤나 멀게 느껴졌다. 아마 운학의 느린 발걸음 탓인지도 몰랐다. 어쨌거나 이장 운학의 화난 마음을 달래놓아야 한다. 그가 무엇을 오해하고 있든 오해를 풀어놓고 볼 일이었다. 적어도 하림이 이곳에 머물 동안 조금이라도 편하게 있기 위한 유일한 길이었다. 그리고 그에겐 아직 풀리지 않은 숙제들이 남아 있었다.

그래서 하림은 토라진 애인 뒤를 좇듯 그의 뒤를 놓치지 않고 일정한 거리를 유지한 채 걸어가고 있었다. 말을 걸 기회를 기다리면서…… 하지만 운학은 그가 뒤에서 따라오건 말건 신경쓰지 않는다는 듯이 앞만 보며 걸어갈 뿐이었다. 앞만 보며 걸어가는 사람의 등짝에다 대고 말을 걸 수는 없는 노릇이었다.

둑길이 거의 끝나갈 무렵이었다.

마침내 운학이 걸음을 멈추고 뒤돌아보며 참고 있던 말을 뱉었다.

"그래도 난, 자네를 믿었어."

여전히 분노에 찬 목소리였다.

"자네가 처음 이곳에 나타났을 때, 기억하지? 난 네게 분명히 말했어. 조심하라고 말이야. 난 네가 화실 주인 윤아무개랑 어떤 관계인지 알고 싶지도 않고, 당신이 뭘 하려고 이곳에 왔는지도 알고 싶지 않아."

그의 목소리가 갑자기 날카롭게 떨렸다.

"하지만 그녀만은 안 돼! 알겠어?"

그는 비명이라도 지르듯 소리쳤다. 때마침 바람이 그의 머리카락을 헝클어놓았다. 어둠 속에서 그는 마치 한 마리 성난 짐승처럼 보였다.

하림은 이 순간, 무언가 자신의 입장을 단호히 밝혀야 한다는 생각이 들었다. 그의 오해를 풀어주고, 그와 남경희 사이에 아무런 감정도 없다는 것을 분명히 밝혀주려 했다.

"무언가 오해를 하시는가 본데요……"

하림이 최대한 자제력을 발휘해 가라앉은 목소리로 말했다.

"오해라구?"

운학이 소리를 질렀다.

"흥, 누가 먼저 꼬리를 쳤는지 모르지만, 난 다 들었어! 어쨌거나 당신이 나타난 후 그녀가 달라졌어. 달라졌다구!"

어처구니가 없었다. 도대체 무엇이 달라졌다는 말인가. 하지만 그는 계속해서 혼자 떠들어대기 시작했다.

"자넨, 그녀가 내게 어떤 사람인지 모를 거야. 그녀가 처음 이곳에 나타났을 때, 마치 어둠 속에 나타난 빛과 같았지. 처음부터 내겐 어울리지 않는다는 것도 알고 있었어. 그녀는 도도하고 고상하지. 나 같은 놈이 쳐다보기도 어려울 정도로 말이야. 하지만 못 올라갈 나무라 해서 바라보지 말라는 법은 없잖아? 난 늙고 게다가 한쪽 다리를절어. 멀쩡한 당신들이랑은 다르다는 것도 알아. 난…… 당신들처럼 많이 배우지도 못했고, 아는 것도 없어. 그치만……"

그의 목소리는 갑자기 울먹이는 투로 변했다.

"그게 어쨌다는 거야? 그녀는 혼자고, 나도 혼자야. 혼자 사는 늙은 사내가 혼자 사는 여자를 좋아하는 게 무슨 문제야? 네가 이곳에 나타나기 전엔, 그녀도 분명 내게 호감을 가지고 있었어. 그녀는 버림받은 여자야. 겉은 멀쩡해 보여도 가슴속은 온통 상처투성이지. 그녀가 나에게 호감을 표시한 것도 그 때문이었어. 알고 보면 동정을 받아야 할 쪽은 내가 아니라 오히려 그들이야. 그런데 내가 그들의, 그 불쌍한 인간들의, 재산을 노려서 그녀에게 가까이 다가간 것이라구? 후후……"

그는 어두운 허공을 향해 자조적인 웃음을 날렸다.

"너랑 하는 이야기 다 들었어. 거짓말이야! 모두 거짓말이라구!"

그는 배신당한 사내의 절망적인 목소리로 외쳤다.

"나를 이용한 쪽은 오히려 남경희 그 여자야! 그 여잔 나를 이용해 송 사장 무리의 개발을 막고, 자기들 기도원을 세우려고 했던 거야! 홍, 고상한 척하지만 그녀의 아버진 베트남에서 여자를 강간하고 죽였어!"

어둠 속에서 악귀가 날뛰듯 바람이 불었다. 그는 발광한 사람처럼 눈빛을 번뜩이며 계속해서 떠들었다.

"그의 손엔 피가 묻어 있고, 그의 아마엔 그녀 말대로 카인의 낙인이 찍혀 있지. 이제 와서 회개를 한다구? 흥, 어림없지! 내가 하느님이라 해도 그런 자는 용서치 않을 거야! 두더지처럼 이곳으로 숨어 들어와서 평화를 얻겠다구? 흥! 누구 좋으라구!"

그는 마치 자기 눈앞에 영감이 서 있는 것처럼 흥분해 소리쳤다. 그러다가 그는 곧 다시 울상을 지으며 목소리를 낮추어서,

"하지만……"

하고 속삭이듯이 말했다.

"하지만 난 여전히 그 여잘 사랑해. 그녀의 아버지가 어떤 사람이든, 그녀가 뭐라 하건 상관없어. 날 이용한대도 상관없어. 아니, 날 죽인대도 아무런 원망도 하지 않을 거야. 그러니까, 장하림, 부디 자네는 그녀에게 다가가지 마. 자네한테는 얼마든지 기회가 있잖아? 그녀 마음만은 흔들어놓지 말아줘, 응? 부탁이야."

그는 숫제 애원이라도 하는 포즈를 지었다.

마치 연극배우가 연극이라도 하는 느낌이었다. 하림은 그의 말이 어디까지가 진심이고 어디까지가 가짜인지 알 수 없었다. 어떻게 들으면 진심인 것 같기도 했지만 다시 어떻게 들으면 마치 연극 속 대사 같기도 했기 때문이다. 바람 부는 밤, 초승달만 높이 하늘에 박혀 있는 저수지 둑길 풍경 그 자체가 연극 무대처럼 느껴졌다. 하림은 불쾌하고 마치 거대한 사이코드라마 속에라도 들어와 있는 기분이 들었다. 운학은 어쩌면 천부적인 배우의 끼를 타고 난 사람인지도 몰랐다.

"어쨌든 오해요."

하림은 끓어오르는 불쾌한 감정을 억누르며 냉정하게 말했다.

"난 이장님이 누구를 좋아하건 않건 아무런 상관만 해요. 그리고 난 그녀에게 아무런 감정도 없어요. 이장님이 언제부터 우리를 미행해왔는지는 모르겠지만, 내가 오해받을 만한 일을 했다곤 생각지 않아요. 그 여자는 그날 아침에 자기에게 유리한 말을 해준 것에 대해 감사를 하기 위해 찾아왔고, 그리고 밤이 늦어 혼자 보내기가 뭣하여 데려다준 것밖에는 없어요."

"허! 그것밖에 없다구?"

하림이 말을 마치자 그는 다시 분노에 찬 목소리로 돌아와 버럭, 소리부터 질렀다.

운학은 코웃음을 치며 말했다.

"흥, 당신은 나를 바보로 알고 있구먼. 천만에, 내가 그렇게 어리석은 줄 알어! 설사 바보라 해도 연적의 냄새를 맡지 못할 만큼 바보는 아니지. 그날 아침에 당신들 두 사람의 눈빛이 마주칠 때부터 알았어. 당신을 바라보는 그녀의 눈빛과 그녀를 바라보는 자네의 눈빛 말이야. 그날 아침에 자넨 동네 사람들 앞에 백마의 기사처럼 나타나 말했지. '그 여자분에겐 죄가 없어요' 하고. 그때 난 알았어! 당신들 둘 사이에 은밀히 흐르고 있는 그 무언가를…… 그리고 오늘 저녁, 그녀가 자네 화실로 들어가더군. 그토록 도도한 여자가 혼자 있는 젊은 사내의 거처로……"

그렇다면 운학은 그날 아침에 난리가 벌어졌을 때부터 그들 사이를 의심하고 있다가 그녀가 하림이 있는 화실로 찾아오는 것을 지켜보고 있었다는 말이었다. 그리고 계속해서 창밖에서 그들의 이야기를 엿듣고 있었고, 하림이 그녀를 바래다주러 나왔을 때, 어둠 속에 몸을 숨긴 채 둑길을 따라 그들의 뒤를 미행해서 따라왔다는 뜻이었다.

하림은 억누르고 있던 불쾌한 감정이 폭발했다.

"굳이 변명하고 싶은 마음도 없어요. 어떻게 생각하든 그건 이장님 자유니까. 하지만 남의 뒤를 그렇게 도둑고양이처럼 미행하면서 남의 이야기를 엿듣다니, 그건 절대 용서받을 수 없는 짓이란 건 알고 있겠죠!"

"뭐라구? 도둑고양이……?"

운학은 외마디를 질렀다.

말이 나온 김에 하림은 아예 말뚝이라도 박아두자는 심정으로 단호한 목소리로 말했다.

"그리고 남경희 그녀에 대해서도 마음대로 생각하세요! 설사 내가 그녀를 좋아한다 한들 안 될 것도 없죠. 연상이긴 하지만 이장님 말대로 나도 아직 미혼이고 그녀 역시 결혼을 하지 않았다면 누구에게나 감정의 자유는 있는 거잖아요."

"아니야! 그럴 순 없어! 누구든 그녀에게 가까이 가는 놈은 죽여 버릴 거야!"

운학이 절망적인 목소리로 외쳤다.

"하지만 염려 마세요. 아까도 말했지만 난, 그녀에 대해 손톱만큼도 관심이 없으니까. 단지 그녀가 아침에 동네 사람들 속에서 하얗게 질려 있기에 도와주고 싶은 마음이 일어났던 것뿐이오. 그녀가 화실에 와서 무슨 이야기를 하고 갔는지, 그리고 둑길을 걸어 집으로 가는 동안 무슨 이야길 했는지는 엿들었다면 다 알고 있을 것 아닙니까? 정말 그녀에 대해 아무런 감정도 없다구요!"

하림은 마치 맹세라도 하듯 소리를 질렀다.

"나는 이장님이 그 여자분을 얼마나 좋아하는지 알지 못해요. 알 필요도 없구요. 나는 그냥 지나가는 사람에 불과하고 구경꾼에 불과하니까."

"구경꾼? 흥, 그렇지 않아도 난 당신이 여기에 왜 왔는지 처음부터 궁금했어. 윤재영이 보냈다고 하지만 이런 시골에 혼자 들어온 이유가 있을 거라고 생각했지. 누군가가 쏜 총에 개들이 연달아 죽어나가는 마당에……"

그렇게 말하며 그는 의심스러운 눈으로 하림을 흘낏 한번 쳐다보았다.

"그게 나와 무슨 상관이라도 있다는 말입니까?"

하림은 무언가 감춰둔 걸 들킨 사람처럼 말했다.

"모르지. 하지만 누군가가 그녀를 쫓아내려고 하는 것만은 분명해. 그녀의 아버지와 그녀를 말이야."

그러고 나서 운학은 다시 발길을 돌려 걸어가기 시작했다. 하림 역시 그의 등을 보며 그와 일정한 보조를 맞추며 아까처럼 천천히 그의 뒤를 따라갔다. 그새 바람은 조금 잦아들어 있었다. 어두운 저수지 쪽에서 밤 새 우는 소리가 길고 처량하게 들렸다.

한동안 하림도 운학도 말이 없었다. 하림은 하림대로, 운학은 운학대로 자기 생각에 빠져 있는 사람 같았다. 운학의 마지막 말이 가슴에 가시처럼 걸렸다. 아무에게도 이야기하지 않았지만 처음 이곳에 온 것은 순전히 윤 여사, 윤재영의 부탁 때문이었고, 그 부탁이란 건 연쇄적인 개의 죽음과 관련된 것이었다. 그런데 뜻밖에도 이장의 입에서 그 말이 나오자 속으로 흠칫 놀라지 않을 수가 없었다. 그리고 개의 죽음이 누군가 이층집 부녀를 이곳에서 쫓아내기 위한 것과 연관이 있다는 말도 처음 듣는 이야기였다. 물론 의심에 불과하긴 했지만, 그렇다면 수도 고치러 왔던 사내와 그 사건은 모종의 연관이 있다는 뜻이 아닌가. 하림의 머리가 복잡해졌다.

앞에서 걸어가는 운학의 어깨가 더욱 흔들리는 것 같았다. 이윽고 운학이 말했다.

"사실 그 여자는 내게 관심도 없어. 윤재영도 그랬고, 그녀도…… 언제나 나 혼자만의 사랑이었지. 이렇게 다리 하나가 없어지고 나니, 세상은 모두 내게서 얼굴을 돌려버렸어. 멀쩡한 놈들도 살아가기 힘든 세상에 병신인 놈을 좋아해줄 여자가 어디 있겠나?"

그는 앞을 보고 걸으며 사학적인 말들을 뱉어내었다.

"다들 내겐 그림의 떡이나 다름없는 존재들이지. 나도 알아. 나도 알지만, 내 마음인들 내가 어쩔 수 있는 게 아니잖겠는가. 멀리서 그녀가 걸어오는 걸 보면 가슴이 저절로 소리 내어 뛰곤 해. 이 나이에, 그래선 안 된다고 다잡으며 술도 마시곤 했지만 술이란 놈이 들어가면 더더욱 그녀가 눈앞에 얼쩡거리지. 환장할 정도로."

그의 걸음이 잠시 비틀거리는 것 같았다.

"사실 난 그 여자가 이 동네를 떠날까 봐 두려워. 그녀 아버지야 어찌 되었든 난 그녀가 가까이 사는 것만 봐도 좋을 것 같애. 그런데 동네 사람들은 나완 달라. 다들 그 부녀를 쫓아내지 못해 안달이나 있지. 나도 다 알아. 이 동네 노인네들이 내가 그 여자 뒤를 쫓아다니는 걸 몹시 못마땅해하고 있다는걸……"

이윽고 둑길이 끝나고 화실로 들어가는 길과 동네로 들어가는 길이 나뉘는 지점에 도착했다. 운학이 일하던 포도밭 과수원 어귀였다.

거기서 운학이 잠시 걸음을 멈추고 주춤하더니 돌아서서,

"여자 맘이란 알 수가 없어. 사실 남경희 그 여자는 내게 기도원

이 완성되면 거기서 집사로 일해달라고 부탁까지 했어. 어차피 그녀 아버지는 오래지 않아 돌아가실 거고, 그녀는 혼자가 될 거야. 집사건 뭐건 난 그녀 곁에만 있으면 돼!"

하고 말했다. 그러곤 하림이 미처 대답하기도 전에,

"아까 화를 낸 건 미안하오. 하지만 전에도 말했지만 여기에 머무는 동안 조심하는 게 좋을 거요. 멀쩡한 개가 죽어나가는 마당에 사람에게라고 무슨 일이 벌어지지 말라는 법은 없으니까"

하고 경고인지 당부인지 모를 말을 뱉어놓고는 다시 몸을 획 돌려 동네로 들어가는 길을 잡고 걸어갔다. 하림은 어둠 속으로 뒤뚱거리며 사라지는 그의 등을 한참 동안 지켜보다 이윽고 화실로 난 길을 따라 발길을 옮겨놓기 시작했다.

사방은 어두웠고, 푸른 초승달은 출발할 때보다 한 뼘쯤은 더 기울어져 있었다. 화실 창문 너머로 새어 나온 불빛이 빤히 보였다. 바람은 훨씬 잦아들었고, 사방은 처음 이곳에 올 때와 같이 깊은 정적에 잠겨 있었다.

11장

뜻밖의 방문

다음 날 하림은 늦게까지 이불 밑에서 뒹굴고 있었다. 어젯밤 남경희를 바래다주고 뜻하지 않게 이장까지 만나서 그런지 머릿속이 어지러웠다. 지난밤에 일어난 일이 마치 어두운 구름처럼 비현실적인 잔영으로 남아 맴돌고 있었다. 아직도 하림의 머릿속으론 윙윙거리는 바람 소리가 들려오는 것 같았다. 달빛 비치는 어두운 저수지의 풍경이 고흐의 광기 어린 풍경화처럼 떠올랐다.

'도대체 이장은 자기에게 무슨 말을 했던가? 이층집 여자 남경희가 진짜로 왔다 간 것일까? 자기 아버지에 대해 뭐라뭐라고 열심히 말했는데……'

하지만 지금은 모든 게 조용하였고, 창문으로 들어오는 햇빛은 너무나 환하였다. 전설 속의 드라큘라가 밝은 낮을 싫어하여 햇빛만 비치면 재처럼 변해버린다는 이야기처럼 어젯밤 바람 부는 어둠 속에 일어난 일들이 그런 것 같았다. 어느 것이 현실이고, 어느 것이 현실이 아닌지 알 수가 없었다.

그때 현관 밖, 수도 있는 마당으로 슬그머니 차 들어오는 소리와 함께 빵빵 하고 클랙슨 소리가 들려왔다.

'누군가? 길을 잘못 들어선 차일 리도 없고……?'

길이라고 해봤자 과수원 지나 저수지 가는 길밖에 없는데, 그렇다고 이장이나 수도 고치는 사내가 일부러 차를 몰고 찾아왔을 리는 없고…… 도통 누구인지 감이 잡히지 않았다.

곧 웅성거리는 남녀 목소리가 들리더니 현관문이 덜컹하고 열렸다. 그러곤 뒤이어 하림의 어두운 상념을 깨버리기라도 하듯 귀 익은 목소리 하나가 방 안으로 뛰쳐 들어왔다.

"야, 장하림! 여태 자냐?"

"동철이……?"

하림이 눈을 가늘게 뜨고 방에 들어온 인간을 올려다보았다.

"그래, 인마! 너그 성님이다."

시선 끝에 동철이 헤헤거리며 웃고 있었다. 하림은 잠시 어리둥절한 표정으로 눈을 껌벅였다.

"웬일……?"

"웬일이라니? 야, 너 진짜 주인처럼 말하네. 진짜 주인 왔어. 일어나 봐!"

동철의 말에 하림은 자기도 모르게 현관 쪽으로 시선을 던졌다.

거기에 여자 그림자가 하나 동철을 따라 들어오다 말고 엉거주춤 서 있었다.

"안녕하세요."

여자 그림자가 말했다. 뜻밖에 윤 여사 목소리였다. 잠이 확 달아났다. 동철은 그렇다 치고 윤 여사까지 나타나다니 정말 뜻밖이었다. 그녀의 목소리에 하림은 자기도 모르게 자리에서 발딱 일어났다. 하필이면 러닝에 팬티 바람이었다. 자리에서 일어난 하림은 더듬거리며 몇 가지 말들을 동시에 뱉어내었다.

"안녕하세요. 오, 오래간만이네요. 웬일이세요?"

그러곤 황급히 옷을 주워입었고, 그사이 윤 여사는 짐짓 고개를 돌리는 척해주었다.

"아니 지금이 몇 신 줄 아나? 아침은 먹었어?"

손에 들고 있던 비닐봉지를 탁자 위에 놓고 동철이 방을 한번 돌아보며 말했다.

"아니, 아직……"

하림이 우물거리며 대답했다. 하림이 옷을 걸치고 나자 윤 여사도 방으로 들어왔다. 동철이 말마따나 진짜 주인이 제 방에 들어온 것이었다. 세 들어온 놈 주인 눈치 살피듯 하림은 공연히 그녀의 화실을 어지럽힌 데나 없을까 지레 긴장됐다. 동철은 제가 주인이라도 되는 양 냉장고 문도 열어보고, 창문 커튼도 젖혀서 밖을 내다보고 하더니 탁자 의자에 털썩 앉았다.

"지낼 만해?"

"응, 그냥."

하림이 아무렇게나 대답했다.

"망명정부 국정원장님께서 잠만 주무신다. 그래, 그것도 괜찮다. 괜히 국정원장이랍시고 껄떡거리며 돌아다니는 것보단 그게 더 나을지도 모르니까."

동철이 큰 소리로 웃으며 놀리기라도 하듯이 말했다.

"얼굴이 그때보다 홀쭉해졌네요."

동철의 맞은편 의자에 앉으며 윤 여사가 말했다. 그때란 게 지난 겨울 동묘 앞 흑돼지 집에서 처음 만났을 때를 말하는 것일 터였다.

"그런가요?"

하림은 할 일 없이 자기 얼굴을 한번 쓰다듬어보며 멋쩍게 말했다. 그러면서 흘깃 윤 여사 쪽을 쳐다보았다. 그땐 금실이 박힌 빨간 덮개 모자에 발목까지 오는 진초록색 망토처럼 생긴 코트를 걸치고, 그 위에 하얀 머플러를 한 모양새였는데, 지금은 파마머리에 가벼운 흰색 블라우스 차림이었다. 그때나 지금이나 입술에 짙은 빨간 립스틱을 바른 것은 변함이 없었다. 그러고 보니 이층집 여자 남경희랑 사십대 초반, 얼추 나이가 비슷해 보였다.

"차 한잔 드릴까요?"

하림이 말했다.

"좋지!"

동철이 대신 대답을 했다.

"그렇잖아도 재영 누님께서 너 주려고 족발 사 왔다. 나중에 출출할 때 혼자 먹어."

동철이 탁자에 놓인 검정 비닐을 가리키며 말했다. '윤 여사'가 그사이 어느새 '재영 누님'으로 호칭이 바뀌어 있었다. 실실 배어 나오는 웃음을 감추며 하림이 주전자에 물을 받고 가스레인지 불을 켰다.

"물은 잘 나와요?"

윤 여사가 말했다. 수도 고친 일이 생각난 모양이었다.

"예."

하림이 대답했다. 좀 호들갑스럽게 대답하고 싶었지만 이상하게 단답식으로만 말이 나왔다. 도둑이 제 발 저린다고, 남의 화실에 있는 동안 책 잡힐 일이나 하지 않았나 공연히 혼자 걱정이 들었다.

"그러지 말고, 우리 밥이나 먹으러 나가요."

윤 여사가 말했다.

"그럴까요?"

하림이 어정쩡한 태도로 대답했다.

"그래, 그게 좋겠어. 아직 아침도 못 먹었다니 나가서 맛있는 거 먹자. 그렇잖아도 재영 누님께서 너 영양보충 시켜주려고, 격려 차 일부러 오셨으니 말이야."

동철의 설레발에 하림이 실없이 웃었다. 일회용 봉지 커피밖에 대접할 것이 없었다. 그런데다 막상 화실 주인인 윤 여사가 와 있는 판에 자기가 설쳐대는 것도 어색한 노릇이었다.

"그럼 잠깐만 기다리세요. 저기 물 올려놓았으니까 커피 한 잔씩 타서 자시고……"

그렇게 말해놓고 하림은 얼른 화장실로 들어갔다. 대충 물이라도 바르고 나가야겠다고 생각했다. 거울을 보니 얼굴이 푸석푸석

했다. 그동안 내버려두었더니 며칠 새 수염도 제멋대로 자라 있었다. 수돗물을 크게 틀어놓고 먼저 비누칠을 하고 깨끗이 수염부터 밀었다.

그나저나 두 사람이 갑자기 들이닥친 것은 의외였다. 전화라도 넣고 왔다면 모를까, 것도 없이 지방부서 감사 나온 작자처럼 불쑥 나타난 것이 아무래도 어색했다. 동철 본인 말마따나 그냥 격려 차 온 것일까. 그럴 수도 있다. 하긴 여긴 윤 여사 화실이고, 동철이는 오랜 친구니까 불쑥 찾아오지 못할 이유는 없었다. 하지만 하필이면 이런 복잡한 때에 아무 사전 예고 없이 나타난 것이 아무래도 마음에 걸렸다.

어쩌면 하림 혼자 생각인지도 모른다. 그들은 별 생각 없이 왔는데 자기 혼자 지레 복잡하게 계산을 하고 있는지도 모른다. 이장이니 남경희니 하소연이니 하는 존재를 그들이 자세히 알 까닭이 없었다.

복잡한 생각을 떨치기라도 할 양 면도를 마친 하림은 푸푸 소리 내어 세수를 했다. 하는 김에 머리까지 감았다. 일이 어떻게 돌아가든 자기랑은 아무 상관이 없을 것이었다. 마음 편하게 먹기로 했다. 세수를 마치고 물이 뚝뚝 떨어지는 머리를 수건으로 닦으며 나오자 두 사람은 사이좋게 커피를 마시고 있었다.

"와우, 사람이 달라졌네. 이제 보니 하림이도 미남이었어!"

동철이 놀리듯이 말했다.

"흥."

윤 여사의 시선을 의식하며 하림이 멋쩍게 웃었다.

"뭘 먹을까?"

동철이 기분 좋은 표정으로 말했다.

"아무거나."

하림이 하나 마나 한 대답을 했다.

"아무거나? 그딴 거는 없어. 먹고 싶은 거 있음 말해봐."

마치 자기가 사주기라도 할 것 같은 말투였다.

"짜장면?"

하림의 대답에 윤 여사가 도톰한 입술을 비틀며 깔깔거리고 웃었다. 지난겨울 동묘에서 만났을 때의 첫 모습이 떠올랐다. 어떻게 보면 경박스럽기도 하고 일견 활달해 보이기도 한 웃음이었다.

"촌놈."

동철도 따라 빙긋 웃으며 놀리듯이 말했다.

"일단 나가고 보자. 빨리 옷이나 입어."

옷을 걸치고 밖으로 나오니 이미 해는 중천에 떠 있었고, 햇살이 따가웠다. 어젯밤 불던 을씨년스럽던 바람은 어디로 달아났는지 흔적조차 찾기 어려웠다. 윤 여사가 운전석에 앉아 먼저 붕붕 공회전을 넣었다. 동철이 운전석 옆에 타고, 하림은 뒷자리에 혼자 앉았다.

곧 흰색 벤츠가 출발했다. 마당을 빠져나온 차는 포도밭 옆길을 지나서 동네를 살짝 비켜 일직선으로 곧게 난 도로에 접어들었다. 처음 이곳에 올 때 소연과 마주쳤던 바로 그 길이었다. 오랜만의 외출에 하림은 자신도 모르게 조금 흥분되는 것을 느꼈다. 하림은 차창 밖으로 시선을 던졌다. 올 때는 겨울의 끝 무렵이었는데 어느새 신록이 무성한 초여름이었다. 모든 풍경이 눈부셨다.

"어때요? 지낼 만해요?"

큰길로 접어들자 아까 동철이 했던 질문을 윤 여사가 다시 던졌다. 하지만 윤 여사의 물음은 의미가 다르게 다가왔다. 무언가 알아낸 게 있으면 꺼내놓으라는 듯한, 불편함이 느껴졌다.

"예, 그럭저럭……"

하림은 아까 동철에게 했던 것처럼 여전히 애매하게 대답을 했다. 달리는 차 안에서 그동안 이곳에서 일어났던 이야기들을 진지하게 꺼낼 수도 없었거니와 꼭 그녀에게 그런 이야기를 다 해야 하나, 하는 생각도 들었다.

"우리 고모님은 만나보셨어요?"

"예, 두어 번……"

"보통 아니시죠?"

윤 여사가 백미러를 보며 말했다. 하림의 눈과 마주치자 살짝 눈웃음을 지었다. 다 알고 있다는 뜻 같기도 했다.

"그러신 것 같더군요."

하림 역시 신통치 않게 대답했다.

"개 쏘아 죽인 범인은 좀 알아냈어?"

하림의 대답이 좀 싱겁다고 느꼈는지 앞자리에 앉아 있던 동철이 고개를 뒤로 젖히며 다짜고짜 심문이라도 하듯 말했다.

"아니."

하림은 역시 단답식으로 가볍게 부정하였다. 자기도 왜 이러는지 알 수 없었다. 미주알고주알 대답하기가 귀찮아서인지도 몰랐다. 그날 밤, 수도 고치러 온 사내가 총으로 개를 쏘아 죽인 이야기를 하자면 이야기가 길어질 수밖에 없다. 아직 모든 것이 불분명했고, 하소연의 이야기부터 이층집 여자가 다녀간 이야기까지 이들에게 꼭 해야 할 필요도 없을 것이었다. 비밀이어야만 해서 비밀이 아니라 왠지 그냥 하고 싶지가 않았다.

“허허, 그럼 이 아저씨가 그동안 잠만 잤다는 이야기잖아……?”

동철이 괜히 제풀에 겸연쩍어져서 고개를 다시 앞으로 돌리며 말했다.

윤 여사의 차는 곧 국도로 접어들어 기분 좋게 읍을 향해 달리고 있었다. 그사이 얼마 되지 않은 시간이 흘렀는데 마치 오랫동안 갇혀 있던 새가 새장 밖으로 나온 느낌이었다. 차는 곧 읍내로 들어섰다. 변두리 읍이라지만 그래도 바람골 골짜기와는 달리 사람들로 북적거렸고, 가게들은 한창 여름으로 접어드는 기운으로 활기가 넘치고 있었다. 누군가 긴 호스로 가게 앞 길바닥에 흥건히 물을 뿌려대고 있었다.

“진짜 짜장면 먹을 거야?”

“아니, 농담이었어. 맛있는 거 사줘.”

동철의 말에 하림이 매가리 없이 웃으며 대꾸했다. 아침을 건너뛰어서 그런지 그렇지 않아도 배가 고팠다.

“내가 좋은 곳을 아는데…… 매운탕 좋아해요?”

윤 여사가 백미러를 보며 생글생글 웃으며 말했다. 그래 놓곤 하림이 대답도 하기 전에,

“민물새우매운탕 하는 집인데, 국물이 끄읕내줘요! 어때요?”

윤 여사가 우동 광고 흉내 내며 말했다.

"좋죠."

하림이 구미가 당긴다는 듯이 고개를 끄덕이며 눈짓을 보냈다.

"와, 역시 재영 누님 고향 바운더리라 다르네. 여기서 언제까지 살았수?"

동철이 괜히 끼어들었다.

"고등학교까지 여기서 다녔어요. 그러다가 서울로 갔죠."

"아련한 여고 시절이라…… 우연히 만난 사람, 그것이 나에게는 첫사랑이었어요, 어쩌구저쩌구하는 노래가 떠오르는데요."

"이제 할망구가 되었다, 그 말씀이죠?"

동철의 설레발에 윤 여사가 진 반 농 반으로 퉁을 놓았다.

하림은 이장 운학이 윤재영에 대해 했던 얘기가 저도 모르게 떠올렸다. 젊은 시절 윤재영과 이장이 잠깐이나마 불꽃이 튀었다는 것은 이장 혼자 꾸며낸 이야기일지도 모른다. 지난번 수도 고장 때문에 전화를 했을 때만 봐도 그랬다. 윤 여사는 맹숭맹숭 마치 하인이라도 부리듯 이래라저래라 시키는 눈치였고, 이장은 이장대로, '씨펄, 내가 지 종인가? 이래라저래라 하게' 하고 구시렁거리긴 했지만 별 군말 없이 시키는 대로 하지 않았던가. 어쨌거나 지금은 별 볼일 없는 사이라는 건 분명했다.

그런데……?

수도 고치러 왔던 사내와는?

비록 '도둑놈!' 어쩌구 했지만 그 사내 역시 윤 여사를 잘 안다는 듯 별반 개의치 않았다. 그런데 바로 그 작자가 개를 쏘아 죽인 후

질질 끌고 가서 이층집 영감 담벼락 아래 던져둔 바로 그 인간 아니던가. 세상에 알 수 없는 것이 사람 사이의 일이다. 그리고 더더욱 알 수 없는 것이 남녀 사이의 일이다. 자기랑 소연 사이의 일만 해도 누군들 알 수 있었겠는가.

이런저런 생각을 하는 사이에 윤 여사의 흰색 벤츠는 읍에서 좀 떨어진 강가 언덕에 자리 잡은 매운탕 집에 도착했다. 널찍한 마당에 정자식으로 지은 마루방이 제법 운치가 있어 보이는 집이었다. 점심때가 아직 되지 않았는데도 여기저기 벌써 몇 팀이 앉아 자리를 차지하고 있었다. 매운탕 끓이는 매콤한 냄새가 은근히 코에 와서 감겼다. 배에서 쪼르륵 소리가 났다. 뚱뚱한 여자 주인이 조르르 달려 나와 윤 여사와 반갑게 인사를 했다. 언니 동생 하는 걸 보아 잘 아는 사이인 것 같았다.

"좋구먼."

동철이 환호성을 질렀다. 지난겨울 동묘 앞 제주도 흑돼지 집보다야 백 배 나았다.

"민물새우를 일명 뭐라는 줄 아세요?"

자리를 잡고 앉자 윤 여사가 물었다.

"듬벙새우……?"

하림이 자신 없게 말했다. 어디선가 들은 기억이 있었다.

"야, 역시 작가님이라 다르시군요."

뜻밖이라는 듯 윤 여사의 눈이 동그레졌다. 그러곤 이어,

"하지만 반밖에 못 맞췄어요. 나도 여기 와서 알았지만 청주나 청원 지방에선 이 민물새우를 가리켜 새뱅이라고 부른대요"

하고 마치 퀴즈 프로의 아나운서처럼 말했다.

"나 어릴 때만 해도 시골 냇가에 많았어. 족대로 건져 올리면 피라미랑 같이 걸려 나오곤 했지."

동철이 그 틈에 끼어들어 알은체를 했다.

"맞아요. 지금은 거의 사라져버렸지만. 민물새우에 콩나물이랑 무랑 수제비를 넣고 얼큰하게 끓여내는데, 은은하게 흙내 같은 게 나면서 씹을수록 고소한 게…… 아유, 먹어봐요!"

끓기도 전에 넘친다고 윤 여사가 침이 마르도록 광고를 해댔다.

식전에 음식 이야기만큼 좋은 게 어디 있을까. 허기진 배를 더욱 허기지게 만들고, 군침을 돌게 만들어 마침내 음식이 나왔을 때 맛있게 먹을 수 있게 만드는 것이 바로 식전 음식 대화가 아니던가.

하림에겐 오랜만에 맛보는 즐거운 점심 자리였다. 얼큰한 민물새우탕은 정말 '국물이 끝내준다'는 말 그대로 시원하기 그지없었다. 하림은 간만에 배가 부르도록 먹었다. 그 순간만큼은 그동안 바람골에서 벌어진 일들은 까맣게 잊어버릴 정도였다. 소주까지 한잔 곁들였다.

"혜경 씨랑은 자주 통화해?"

식사가 한창일 무렵, 동철이 문득 생각난 듯이 물었다.

"아니, 왜?"

하림은 약간 찔리는 듯한 표정으로 되물었다. 그렇지 않아도 한참 동안 전화도 못 해봐서 궁금하기도 했거니와 괜히 미안했던 터였다.

"왜라니! 내가 할 질문을 자네가 하네. 죽니 사니 질질 짤 때는 언제고 벌써 헤어졌어?"

"뭔 소리야?"

동철의 시비에 하림이 멋쩍게 받았다. 하기야, 맞는 말이었다. 자기가 생각해도 너무했다. 하루에 열두 번 전화하고 골백번 문자 메시지를 날려도 모자랄 판에 마치 까맣게 잊어버린 사람처럼 지내온 것이다.

"그러잖아도 지난주 혜경 씨네 미장원에 갔다 왔다. 머리도 좀 자를 겸. 너한테 소식이 없다고 조금 섭섭한 눈치더라."

"그래……?"

"시골 들어가더니 죽었는지 살았는지 소식도 없다고 말이야. 은하도 봤어. 하림이 아저씬 왜 안 오느냐고 묻던데."

동철이 낄낄거리며 말했다. 어디까지 농담이고 어디까지 진실인지는 모르지만 전부 틀린 말은 아닐 것이었다. 왜 그런지 모르지만 막상 전화를 하려고 하다가도 무슨 말을 해야 좋을지 몰라 그만두곤 했던 것이 어느새 그렇게 시간이 흘러가버렸다.

"그나저나 이층집 영감은 한번 만나봤나요?"

윤 여사가 말했다.

"아뇨, 그 딸은 한번 봤는데……"

"미인이라면서요?"

"아무렴 윤 여사만큼이나 하려구?"

동철이 아무것도 모르면서 여전히 농담 투로 말했다.

"고년이 보통 아니라고 들었어요. 멍텅구리 이장 운학이 그 여자 뒤를 졸졸 따라다닌다는 이야기도 들었구. 그래, 직접 만나보니까 어때요?"

윤 여사의 도톰한 입술에서 거침없이 '년' 자가 튀어나왔다. 그러고 보면 윤 여사와 그녀 고모의 말투가 닮은 점이 없지 않았다. 하림의 얼굴이 약간 붉어졌다. 어제저녁 자기를 찾아와서 이런저런 이야기를 하고 나서 바래다주기 위해 바람 부는 둑길을 같이 걸어갔을 때의 남경희 얼굴이 떠올랐다. 고상하고 절제된 그녀의 모습 어디에도 '년' 자를 붙일 만한 구석이 있어 보이지는 않았다. 오히려 그런 그녀에게 함부로 말해대는 윤 여사의 모습이 어쩐지 사납고 천박하게 보였다. 그러니 맞장구를 칠 수도 없었고, 아니라고 펄쩍 뛸 수도 없었다.

그래도 과히 듣기 좋은 표현은 아니었다. 윤 여사는 여전히 자기 고모네 개 두 마리를 엽총으로 쏘아 죽인 범인이 이층집 노인이라는 확신을 가지고 있는 것 같았다. 그렇지 않고서야 '년' 자를 함부로 쓸 수야 없을 것이기 때문이었다.

"글쎄요."

하림은 애매모호하게 얼버무리며 애꿎은 소주잔을 홀랑 입에 털어 넣었다. 생각 같아서야 그녀를 위해 뭐라고 한마디 변명이라도 해줘야 할 것 같기도 한데, 윤 여사가 '년' 자까지 써대며 말하는 판에 쉽사리 뭐라고 입을 떼기가 힘들었다. 좋을 대로 생각하고, 좋을 대로 말하도록 내버려두는 것이 상책일지도 몰랐다. 그러자 윤 여사의 말이 한 걸음 더 나갔다.

"고년이 글쎄, 거기다가 기도원인가 뭔가 지으려고 난리 피우고 있단 말은 들었어요. 아, 남의 동네에 들어와 사는 주제에 지까짓

게 뭔데, 기도원이네 뭐네 짓는다고 난리야, 안 그래요?"

"글쎄요……"

하림은 긍정도 부정도 하지 않으면서 애매하게 말끝을 흐렸다. 윤 여사 역시 동철이랑 일부러 자기를 찾아준 손님이라면 손님이었고, 민물새우매운탕 집까지 데려와 점심을 사주는 사람이었다. 그런 사람에게 가타부타 니 편 내 편 가려서 공연히 긁어 부스럼 만들 까닭이 없잖은가. 좋은 게 좋다는 것이 이런 때 쓰이는 말인지도 몰랐다.

"쫓아내야지."

동철이 윤 여사 편에서 뭣도 모르고 추임새를 넣었다. 그런 동철의 모습이 더 미워 보였다. 세기의 개똥철학자 똥철이 언제 저렇게 변했나 싶었다.

"너 아직도 국회의원인가 뭔가 하는 작자 자서전 써주고 있냐?"

하림이 공연히 기분이 상해 동철을 향해 삐딱한 어조로 말했다.

"진작에 그만뒀다. 대신에 나, 정식으로 취직했어."

동철은 여전히 아무것도 모르는 양 천연덕스럽게 답했다.

"응, 잘됐군. 어디에?"

"여기 윤 여사님 운전수로."

"뭐……?"

하림은 하마터면 웃음을 터뜨릴 뻔했다.

"진짜야. 그렇죠, 누님?"

그러나 정작 윤 여사는 미소만 지을 뿐이었다.

얼큰한 민물새우매운탕 집 점심 회동은 대충 그렇게 하나 마나 한 이야기를 나누며 이어졌다. 심각한 이야기가 나올 듯하다가도 용케 서로가 옆으로 살짝살짝 피해가며 농 반 진 반, 말장난처럼 서로를 떠보며 마무리됐다.

하림은 윤 여사가 뭔가 알면서 감추고 있다는 느낌이 들었고, 윤 여사 역시 하림이 자신에게 감추고 있는 게 있다는 걸 알고 있는 눈치였다. 호주머니 속에 뭔가 감추고 있는 사람끼리의 대화는 겉돌게 마련이었다.

점심을 먹고 돌아오는 차 안에서 윤 여사가 백미러를 보며 호탕하게 웃으며 말했다.

"어쨌거나 머무는 동안 불편한 게 있거나 무슨 일이 있음 재깍, 전화 때리세요. 알겠죠?"

입으로는 웃고 있었지만 눈으로는 하림의 눈치를 살피는 것 같았다. 하림은 짐짓 외면하는 척하며 창밖으로 시선을 던졌다.

차가 다시 바람골 들어가는 입구에 접어들자, 하림이 먼저 차에서 내렸다. 동네 사람들한테 자기가 왔다 가는 모습을 보이기 싫다는 윤 여사의 말에 따른 것이었다. 하긴, 그건 하림도 마찬가지였다. 그들과 같이 다니는 모습을 보이는 게 왠지 껄끄러웠다.

"야! 장하림, 담에 올 테니까 이쁜 시골 아가씨나 하나 소개해줘! 혜경 씨한테 전화 좀 해주고!"

차창 밖으로 동철이 인사 대신 공연히 실 없는 농담을 날렸다.

하림은 그들을 실은 흰색 벤츠 꽁무니가 꾸불꾸불한 농로 길을 따라 사라져가는 것을 물끄러미 바라보다가, 이윽고 동네를 향해 몸을 돌려 터벅터벅 걸어가기 시작했다.

머리도 복잡한데 윤 여사가 이것저것 귀찮게 캐묻지 않은 것만도 다행이란 생각이 들었다. 그런데 혼자 걸어오면서 곰곰 생각하니까 오히려 그게 더 이상했다. 그동안 이곳에서 무슨 일이 있었는지, 무얼 알아냈는지 이것저것 물어보는 게 더 당연한 것 아닌가. 하지만 그녀는 하림이 뭐라 대꾸하건 더 이상 캐묻지 않았고, 별반 호기심을 보이지 않았다. 마치 다 알고 있거나 아무 관심이 없는 사람처럼 말이다. 윤 여사가 이층집 영감과 딸에서만큼은 대뜸 반감을 드러낸 게 마음에 걸렸지만, 더는 골치 아프게 생각지 않기로 마음을 먹었다.

오히려 동철이 남기고 간 말이 점점 마음을 파고들었다.

'그러잖아도 지난주 혜경 씨네 미장원에 갔다 왔다. 머리도 좀 자를 겸. 너한테 소식이 없다고 조금 섭섭한 눈치더라.'

그 말을 듣는 순간 어쩐지 미안한 생각이 들었다. 그가 진정으로 그녀를 사랑하고 있다면 그런 말을 듣는 순간, 미안한 생각보다 먼저 보고 싶은 마음이 들어야 했을 것이다.

예전에는 그랬다. 문혜경이란 이름엔 그냥 이름이 아니라 출렁이는 진동이 있었고, 아픔이 있었고, 그리움이 있었다. 노란 은행잎이 무수히 흩날리던 가을날, 초등학교 교정에서 다시 만났을 때만 해도 그랬다. 그녀에겐 지워지지 않는 학창 시절의 이미지가 남아 있었다. 그리고 그녀를 두고 연적이었던 한 사내, 혜경의 남편이 되었던 그 사내, 곱슬머리 양태수의 그림자가 있었다. 그리고 지난겨울, 그녀의 미장원에서 마지막으로 자고 나왔을 때만 해도 그랬다. 그는 자신이 그녀를 사랑하고 있다고 굳게 믿고 있었고, 그녀 역시 자기를 사랑하고 있다고 굳게 믿고 있었다.

하지만 그녀는 하림과의 결혼을, 함께할 미래를 꿈꾸는 것이 아니다. 멀리 떠나고 싶은 마음이 진심임을 안 순간부터, 어쩐지 남이 되어가는 느낌이 들었다. 어떻게 생각하면 그녀는 너무 이기적인 사람인지도 모른다. 그녀는 언제나 자기가 좋아하는 것을 선택했다. 양태수도 그렇고 아프리카도 그렇고, 함께 미래를 설계할 수 없는 사랑, 사랑은 서로를 바라보는 것이 아니라 같은 방향을 함께 보는 것이란 말도 있지만, 그래도 아침저녁 서로의 얼굴을 보며 존재를 확인할 수 없다면, 그것을 사랑이라 할 수 있겠는가.

그런 생각으로 발길을 옮기다 보니 어느덧 삼거리 소연이네 길목슈퍼 근처에 이르렀다. 그런데 슈퍼 앞 느티나무가 있는 공터에 몇몇 사람들이 모여 웅성거리는 모습이 눈에 들어왔다.

하림은 긴장한 눈으로 쳐다보았다. 혹시나 싶었다. 혹시나 또 전날처럼 개 죽은 일로 모인 건 아닐까, 아니면 또 그 비슷한 일이 벌어진 건 아닐까 하는 불길한 생각도 들었다. 그러나 오늘은 너무 조용하였다. 윤 여사 고모할머니의 악다구니 치는 소리도 없었다. 남자 노인네들끼리 그저 다들 뻑뻑 담배를 태우거나 걱정스러운 표정으로 조용하게 이야기를 나누고 있을 뿐이었다. 다행히 이장 운학의 얼굴은 보이지 않았다.

그냥 지나쳐 갈까 했는데 호기심에 끌려 하림의 발걸음이 절로 그쪽으로 향했다. 가까이 간 하림은 거기에 모여 있던 노인 한 사람을 붙들고 조심스럽게 물어보았다.

"무슨 일이라도 있나요?"

"쓰러졌어."

노인은 하림을 한번 힐끔 보더니 퉁명스럽게 대답했다. 지난번 윤 여사네 고모와 이층집 여자랑 소동이 벌어졌을 때 보아 안면이 있던 영감이었다.

"예, 누가요?"

"누구긴. 슈퍼 집 주인 아점씨지. 문지방 넘어가다가 뒤로 넘어졌다는군."

슈퍼 집 주인아주머니라면 소연의 사촌 언니였다.

"구급차를 불렀는데 여태 안 와."

옆에 있던, 체구가 작은 노인이 다소 친절한 어투로 말했다.

어떻든 불길했던 예감은 맞아떨어진 셈이었다. 지난번 수도가 고장이 나서 물 얻으러 왔을 때, 반신불수의 몸으로 석고상처럼 앉아 음료수 냉장고 위에 놓인 텔레비전을 보고 있던 모습이 떠올랐다. 그런 상황을 안 이상 하림은 그냥 갈 수가 없었다. 더구나 소연이 혼자 사촌 언니를 돌보고 있다면 더욱 그냥 내버려둘 수가 없었다. 들어오란 말은 없었지만 하림은 슈퍼 안으로 들어갔다. 그리고 가게와 붙은 별채의 살림집으로 걸음을 옮기는데, 문득 저쪽에서 소연이 목소리가 들렸다.

"하림 오빠!"

작지만 반가운 목소리였다.

"응, 아주머니가 쓰러지셨다며……"

하림 역시 반가운 마음에 소연을 돌아보았다.

"어떻게 알았어요?"

"지나가다 우연히, 좀 어떠시니?"

"지금 침 맞고 있는데 의식이 없어요. 빨리 앰뷸런스가 와야 할 텐데……"

소연이 걱정스러운 표정으로 말했다.

"침을?"

"예, 내가 말했던, 시 쓴다는 아저씨 있잖아요. 그 아저씨가 침을 잘 놓아요. 쓰러지셨단 말 듣고 달려와서 응급조치로 침을 놓아주고 있어요."

"그래?"

"들어가보고 싶으면 들어가셔도 돼요."

소연이 말했다. 상황이 상황인지라, 전날 있었던 일로 서로 어색해하거나 민망해할 틈이 없었다. 차라리 잘됐다는 생각이 들었다.

"그럴까?"

소연의 말에 하림은 호기심이 동하여 말했다. 소연이 사촌 언니의 상태가 궁금하기도 했거니와 시 쓴다는 그 사내를 한번 보고 싶었던 터였다.

방으로 들어가자 한쪽에 요를 깔고 소연의 사촌 언니가 누워 있는 게 보이고 그 옆으로 할머니 두엇이 둘러앉아 있었다. 그녀의 얼굴은백지장처럼 하얗게 변해 있었다. 그 옆에 잿빛 개량한복 차림의 머리가 희끗희끗한, 오십대 중반쯤 되어 보이는 사내가 앉아 있었는데 그 사람이 바로 소연이가 말했던, 시 쓴다는 아저씨라는 짐작이 들었다.

"아무래도 빨리 큰 병원으로 옮겨야 할 것 같구나. 구급차는 어떻게 됐니?"

하림과 함께 소연이가 들어오자 사내는 소연을 향해 차분하게 물었다. 무척이나 조용하고 침착한 어투였다. 하지만 뭉툭한 코와 툭 튀어나온 눈으로 인해 어쩐지 희극적인 느낌이 들기도 했다.

하림은 한쪽 구석으로 가서 조용하게 앉았다. 왠지 조심스러운 기분이 들었다.

"곧 도착할 거라고 했는데요."

소연이 자신 없는 목소리로 대답했다.

"그럼 기다리는 틈에 몇 군데 더 놓아볼까. 중풍 끝에 쓰러진 것이라 참 어려워."

그는 혼자 젠 체 뭐라 중얼거리더니 침통에서 침을 빼서 팔과 다리, 발 몇 군데에다 깊게 꽂았다. 그러곤 주머니에서 쑥봉을 꺼내더니 배꼽 위아래 몇 군데에 놓고, 향을 꺼내 불을 붙인 다음 향불로 쑥봉 끝에다 불을 붙였다. 곧 쑥 냄새와 향냄새가 은은하게 방 안에 퍼졌다.

"화룡이란 놈이 설치면 머리 꼭대기까지 치솟아. 원래 있던 단전 쪽 아래 바다로 보내야 하는데……"

사내는 알 듯 모를 듯한 소리를 혼잣말로 중얼거렸다. 어떻게 보면 환자에게 하는 소리 같기도 했고, 어떻게 보면 거기 앉아 있던 다른 사람들에게 하는 소리 같기도 했다.

얼마의 시간이 흘렀을까. 쑥봉이 반쯤 타들어갔을 무렵, 소연의 사촌 언니가 그제야 조금 안색이 돌아오며 가늘게 눈을 떴다.

그때 바깥쪽 슈퍼 아래 길에서 요란한 사이렌 소리와 함께 차가 멈추어 서는 소리가 들렸다. 앰뷸런스가 당도했다는 신호였다. 마치 시간을 맞추기라도 한 것 같았다. 곧이어 하얀 가운을 입은 사내 몇과 앰뷸런스 운전기사로 보이는 사내가 들것을 들고 방으로 들어왔다. 소연이 사촌 언니는 곧 들것에 실렸다. 하림도 나서서 거들어주었다. 이런 일에는 이력이 난 사람들처럼 두 사내는 민첩하게 움직였다.

"보호자 한 분만 같이 타요."

들것이 앰뷸런스 차 뒤에 실리고 나자 흰 가운을 입은 사내가 말했다. 보호자래야 지금은 소연밖에 없었다. 그녀는 신고 있던 슬리퍼 차림 그대로 차에 올랐다. 하림과 눈길이 마주치자 그녀의 큰 눈이 무언가 말을 하려고 하다가 그만두고 고개만 가볍게 까닥했다.

"조심해서 다녀와!"

대신 하림이 큰 소리로 말했다. '소연아' 하고 뒤에 붙이고 싶었지만 그만두었다. 소연이 타자 문이 닫히고 곧 앰뷸런스는 올 때와 마찬가지로 앵앵 소리를 지르며 동네를 빠져나갔다. 개들이 일제히 소리 내어 짖었다. 하지만 그것도 잠시, 앰뷸런스가 도망치듯 꽁무니를 빼며 사라지고 나자 동네는 다시 예전처럼 정적에 싸였다.

"쯧, 그러니께 조심하라고 했건만, 풍 맞은 사람이 무거운 물 대야를 들고 난리야."

허리가 굽은 할머니가 뒤에서 혀를 차며 핀잔인지 걱정인지 모를 말을 뱉었다.

"터진 자리가 또 터졌다면 보통 일이 아닐 건데…… 근데 읍네

병원으로 간대, 아님 서울로 간대?"

"글쎄에, 나도 몰러. 어쨌거나 터졌으면 큰 병원에를 가야 수술을 하지."

"큰일이네그려, 그나저나 슈퍼는 누가 보나?"

"당분간 닫아둬야지 뭐, 별수 있남. 이런 판에……"

노인네들은 말부조 삼아 그렇게 아무 영양가 없는 걱정을 늘어놓고 있다가 곧 하나둘씩 흩어졌다. 결국엔 하림과 침 놓던 개량한복 사내만 남게 되었다.

"우리 인사나 합시다. 난 허수관이라 하오."

사내가 먼저 손을 내밀며 말을 걸어왔다. 하림이 약간 겸연스러운 표정으로 말했다.

"아, 예, 전 장하림이라 합니다."

"소연이한테 들었수. 작가 선생이라고……"

"시간 있으면 내 사는 데 가서 차나 한잔하고 가구려."

뜻하지 않은 초청에 하림은 잠시 망설였다.

그렇지 않아도 한번쯤 만나보고 싶었던 인물이긴 했다. 하지만 너무 갑작스러운 초대라 망설여졌다.

"그래도 될까요?"

"체면 차릴 것 없어요. 그냥 차나 한잔하자는 건데, 뭘."

그러곤 하림이 미처 대답을 하기도 전에 몸을 돌려 휘적휘적 걸어갔다. 잠시 우두커니 서 있던 하림도 이윽고 그의 뒤를 따라 총총히 발걸음을 옮기기 시작했다.

12장

수관 선생

마을을 벗어나자 곧 골짜기로 이어진 길이 나왔다.

그 길은 하림이 처음 가보는 길이었다. 제법 큰 개울이 길을 따라 흘러가고 있었지만, 지금은 물이 거의 말라 돌멩이들이 뒹구는 바닥이 다 드러나 있었다. 얼마 가지 않아 미루나무 사이로 저수지와 그와 연하여 포클레인이 마구 뒤집어놓은 공사장이 벌겋게 나타났다. 산 한쪽을 거의 허물어내다시피 한 공사장은 웬만한 축구경기장보다 넓어 보였다. 지금도 포클레인 두 대가 큰 소리를 질러대며 작업 중이었다. 공사장 한쪽엔 현장 사무실로 쓰는 컨테이너 박스가 덩그러니 놓여 있는 게 보였는데, 총소리가 나던 밤, 죽은 개를 끌고 이층집 울타리에 던져두고 펌프 고치는 사내가 뒤로 사라졌던 바로 그 컨테이너박스였다. 그날 밤 어둠 속에서 벌어졌던 끔찍한 장면이 지금도 하림의 뇌리에 선하게 떠올랐다.

그곳을 지나 조금 더 가다 보니 공사장 뒤 저수지 쪽으로 이층집이 보였다. 이층집은 계곡으로 올라가는 길 옆에 있었다. 그 집 가까이 가자 하림은 괜히 긴장이 되었다. 혹시 남경희와 마주치지 않을까 하는 기대 반 걱정 반 때문인지 몰랐다.

그런 생각을 하며 걸어가는데 문득, 이층 베란다 뒤 커다란 창문 너머로 누군가가 서서 이쪽을 쳐다보고 있는 느낌이 들었다. 누군가? 하림은 자기도 모르게 고개를 돌려 흘낏 그곳으로 시선을 던졌다. 순간 하림의 시선이 누군가의 시선과 딱 마주쳤다. 커튼에 반쯤 가려져 있어 얼굴을 잘 알아보긴 힘들었지만, 광대뼈가 불거진 홀쭉한 뺨과 위로 벗겨진 좁은 이마, 그리고 약간 얼이 빠진 듯 초점 없이 바라보고 있었다. 노인의 시선이었다.

노인에게서 눈을 떼고 수관 선생의 뒤를 빠른 걸음으로 따라갔다. 노인의 시선이 한동안 뒤통수에 따라붙는 느낌이 들었다

언제부터 그러고 있었던 것일까. 하지만 수관 선생은 전혀 알은 체하는 기색이 없이 여전히 잰걸음으로 약간 고개를 숙인 채 앞만 보고 걸어가고 있을 뿐이었다. 하림은 곧 노인의 잔영을 지워버리고 수관 선생을 따라 기계적으로 발걸음을 옮겼다.

본격적으로 골짜기로 접어들자 계곡 물소리가 들렸다.

조금 더 올라가자 길 아래에 넓은 개활지가 나타났는데 개활지 한쪽에 낡은 헛간처럼 생긴 제법 큰 우사牛舍가 보였다. 그러나 소는 한 마리도 보이지 않았다. 한쪽 귀퉁이가 무너진 채 텅 빈 우사

는 어쩐지 괴기스럽게 느껴지기까지 했다.

"구제역 때문이지요."

앞서 가던 수관 선생이 하림의 궁금증을 풀어주기라도 하듯 말했다.

"작년에 이곳에도 구제역이 들어왔어요. 그리고 끔찍한 일이 벌어졌지요. 구덩이를 파고 소 수십 마리를 통째로 묻었으니까. 저어기 아래 느티나무 보이죠? 저 아래……"

그러면서 그는 손가락으로 작은 둔덕을 가리켰다.

하림은 그의 손가락이 가리키는 곳을 보았다.

"그 부근에 그때 죽은 소를 파묻어놓는 구덩이, 소 무덤이 있는데 혹시 가봤나요?"

"아뇨."

"그럼, 가보지 않는 것이 좋을 거요. 지금은 흔적도 없이 잡초만 우거져 있긴 하지만 으스스할 거요. 아직도 그때 죽은 소들의 억울한 원혼이 그 주변에 맴돌고 있으니까."

믿거나 말거나 한 이야기를 그는 아무렇지도 않게 내뱉었다. 믿거나 말거나였지만 듣고 보니 과히 기분이 좋지는 않았다. 하림은 자신도 모르게 목을 한번 으쓱하였다.

"근데 말이오. 소가 얼마나 영물인지, 살처분 결정이 내려지기 얼마 전부터 그걸 알아차리곤 울어대더군요. 마치 도살장에 끌려간 소들이 지르는 비명 소리. 죽음의 그림자가 멀리서 차츰차츰 다가오고 있는 걸 예감했던 거겠죠. 그 울음소리가 한동안 밤낮으로 이 골짜기를 가득 메웠지 뭡니까. 무언가를 호소하듯 소들이 다투어 지르는 소리 말이오. 정말이지 전신이 다 오싹해질 정도로 처절

했어요. 아무리 달래고 말려도 소용이 없었지요. 아마 누군가 하늘 위에서 내려다보았다면 삼천리 방방곡곡이 그 무렵, 소가 질러대던 처절한 비명 소리로 가득 차 있는 걸 보았을 거요."

그러고 나서 그는 여전히 믿거나 말거나 한 이야기를 혼자 중얼거렸다.

"요즘도 비 오는 날이면 저곳에서 가끔 빗소리에 섞여 그때 생매장되었던 소들이 우는 소리가 들리곤 해요. 우우거리는 소리. 여기 사람들, 한두 사람이 들은 게 아니오."

하림이 듣거나 말거나 그는 전혀 괘념치 않는다는 듯이 그는 휘적휘적 걸음을 옮겨놓으며 혼잣말처럼 하고 있었다.

"살처분이란 게 뭡니까. 학살이지요. 대학살. 말이 났으니 말이지 구제역 때문에 죽어야 하는 건 정작 소가 아니라 인간이요. 지금 세상은 온통 구제받을 수 없는 늙은 짐승들의 천지가 되어버린 지 오래란 말이오."

골짜기로 이어진 길은 그리 험하지는 않았다. 옆으로 많지 않은 물이 흐르는 계곡이 나타났다. 계곡 옆으로 오리나무 숲이 보였다.

"암튼 이제 곧 이 아름다운 골짜기도 시끄러운 놀이터가 되고 말 거요. 저 아래 저수지 가에 공사하는 데는 가봤나요?"

그는 고개를 외로 돌리고 돌아보며 말했다.

"아뇨."

"곧 난리가 한번 벌어질 거요. 부글부글 밑에서 끓어대고 있으니까. 화산이 터질 준비를 하고 있으면 언젠가는 반드시 터지게 마련이지요."

그렇게 얘기하는 중에 숲 사이로 작은 황토집 하나가 나타났다.

작은 마당엔 닭 대여섯 마리가 한가롭게 모이를 찾아 돌아다니고 있었고, 열린 방문 사이로 책이 잔뜩 쌓인 책장이 보였다. 한눈에도 무척 단출하고 깨끗하게 보였다. 무엇을 달이는지 마당엔 은은한 한약재 냄새가 감돌고 있었다.

그런데 마당 한쪽 대추나무 아래에 누군가가 먼저 와서 서성거리고 있는 게 보였다. 젊은 여사였다. 그녀는 나무 평상에 앉아 있다가 수관 선생과 함께 들어오는 하림을 발견하고는 깜짝 놀란 듯이 쳐다보았다. 뜻밖에도 이층집 여자, 바로 남경희였다. 놀란 것은 그녀뿐이 아니라 하림도 마찬가지였다.

"어머……!"

"아니, 남 선생이 어쩐 일로……"

두 사람은 거의 동시에 소리를 질렀다.

"아는 사이였나?"

수관 선생이 그런 두 사람을 번갈아보며 말했다.

"하긴, 손바닥만 한 데니까. 잘됐군. 같이 방으로 들어가서 차나 한잔해요."

그는 곧 아무렇지도 않은 듯이 먼저 신발을 벗고 방으로 들어갔다. 잠시 머쓱한 표정을 짓고 있던 두 사람 역시 그런 표정을 짓고 있어야 할 아무런 까닭도 없다는 것을 알고는 곧 그의 뒤를 따라 방으로 들어갔다.

"그날은 잘 들어가셨어요?"

자리에 앉자마자 남경희가 물었다. 일부러 수관 선생이 들으라고 하는 소리 같기도 했다. 수관 선생은 무심한 듯 차탁을 끌어다 놓고 전기 주전자의 물을 끓였다. 익숙한 솜씨였다.

"예."

하림은 짤막하게 대답했다. 그녀를 보자 수관 선생의 장광설은 까맣게 사라지고 대신 이장 운학이 떠올랐다. 그날 바래다주고 돌아오는 길에 이장 운학을 만났다는 이야기는 그녀에게 꺼낼 수가 없었다. 설사 이장이 자기를 좋아하고 있다는 걸 조금쯤은 알고 있다 하더라도 그렇게까지 목을 떼놓고 죽네 사네 하는 것까지는 그녀가 알 리 없을 듯했다.

"허 선생님이랑은 우연히 길목슈퍼에 갔다가 만났어요."

하림이 변명처럼 말했다.

"참, 아줌마는 어떻게 되었나요?"

"119 구급차가 와서 싣고 갔어요."

하림 대신 수관 선생이 대답했다.

"상태는요."

"안 좋아요. 병원에 가서 머리 촬영을 해보아야 알겠지만……"

두 사람의 모습이 하림의 눈에는 어쩐지 퍽이나 다정하게 보였다. 얄궂은 게 사람 마음이라더니, 그 순간 이장의 얼굴이 떠올랐다. 바람 불던 밤의 저수지의 을씨년스러운 풍경도 눈에 선하게 떠올랐다. 그날 운학이 비명처럼 절규하던 소리도 떠올랐다.

'그녀만은 안 돼! 알겠어? 그 여자만은……! 누구든 그녀 가까이 가는 놈은 죽여버릴 거야!'

그런데 그 '가까이 가는 놈'이 어쩌면 지금 이 앞에 앉아 있는지도 모른다는 생각이 들자 어쩐지 실소가 흘러나왔다.

“그런데 남 선생님은 어떻게……?”

뜨거운 차가 한잔씩 돌고 나자 하림이 말했다. 어떻게 이곳에 왔느냐는 물음이었다.

“아, 허 선생님한테서 침을 맞고 있어요. 배우기도 하구요.”

남경희가 밝게 웃으며 말했다. 아무렇지도 않게 말하는 걸 보니 또 그리 대단한 관계는 아닐지도 모른다는 생각이 들었다. 수관 선생의 입술에 알 듯 모를 듯한 미소가 떠올랐다.

“그래, 오신 일은 잘 되어가고 있소?”

수관 선생이 하림을 향해 말했다. 거두절미 밑도 끝도 없는 질문이었다.

“그저…… 그냥.”

하림 역시 밑도 끝도 없이 대답했다. 그가 무엇인가를 알고 한 질문이었다면 그 대답밖에 할 수 없었고, 그가 아무것도 모르면서 지레짐작 넘겨짚기로 던진 질문이었다면 또한 그 대답밖에 할 것이 없었다. 수관 선생이 가볍게 고개를 끄덕였다.

“가까이 있다고 더 잘 보이는 것은 아니라오. 숲에 들어간 사람이 나무를 더 잘 볼 것 같지만 그게 아니란 말이오. 멀리 있어야 더 잘 보일 때도 수두룩하니까.”

차를 홀짝거리며 그는 막연하게 선문답처럼 말했다. 어떻게 들으면 혜경에 관한 이야기 같기도 했고 어떻게 들으면 소연이나 이곳에서 벌어지고 있는 일련의 사건들에 관한 이야기 같기도 했다.

“사람들 마음속엔 누구에게나 짐승이 한 마리씩 들어앉아 있다오.

사나운 짐승 말이오. 일찍이 성인이나 선지자들은 모두 이 사나운 짐승을 길들여 순한 인간으로 만들어보려고 애를 썼으나 모두가 허사가 된 지 오래요. 돌아가고 싶어도 돌아갈 곳이 없는 시대지요."

차탁을 사이에 두고 그는 하림과 남경희를 향해 조용히 말했다.

"이런 세상에 기도원인들 무슨 소용이 있겠소?"

"그렇다면 허 선생님은 절 도와줄 수 없다는 말씀인가요?"

얼핏 남경희의 얼굴에 실망한 빛이 지나갔다.

"내가 도와줄 일이 어디 있겠소?"

수관 선생이 공허한 웃음을 날렸다.

"언젠가 젊었을 적에 러시아의 한 시골 마을을 여행한 적이 있었다오."

수관 선생은 천천히 입을 열어 딴전을 피우며 말했다.

"새벽 무렵 얻어 탄 트럭이 나를 작은 마을에 내려주었는데 근처에 수도원이 있었지요. 이른 새벽이라 어디 마땅히 갈 곳이 없었던 나는 마침 수도원의 열린 뒷문으로 안으로 들어가보았지요. 강가에 자리 잡은 수도원은 높은 벽으로 둘러싸여 있었어요. 강의 일부는 수도원으로 들어와 흘러가고 있었어요. 잡초가 우거진 뒷마당을 지나 좀 더 안으로 들어가니까 돌로 포장된 정갈한 소로가 나타났어요. 모든 풍경은 깊은 정적에 잠겨 있었지요. 아주 깊은 정적에…… 그런데 그 길을 따라 새벽안개 속에서 머리까지 흰 망토와 검은 망토를 걸친 수사들이 나타나 어디론가 바쁘게 걸어가고 있었어요. 때마침 높은 종마루에서 새벽을 알리는 종소리가 대앵대앵 길게 울려 퍼졌어요. 순간, 나는 말할 수 없는 전율을 느꼈다오.

나는 원래 종교가 없었지만 그 순간 어떤 거룩한 힘이 나를 감싸주는 듯한 황홀한 느낌에 사로잡혔지요."

그는 마치 그 순간을 기억해내듯이 황홀한 표정으로 말했다. 열어놓은 문밖에서 닭들이 서로 쫓는 소리가 한가롭게 들렸다.

"거기엔 러시아정교의 오랜 전통과 영적인 경건함 같은 것이 깃들어 있는 느낌이었다오. 도스토옙스키의 영혼을 뒤흔들어놓고, 톨스토이의 결단을 불러일으켰던 바로 그 힘 말이오. 그게 종교적이라 하든, 혹은 인간적이라 하든 상관이 없을 거요."

그러고 나서 그는 남경희 쪽을 바라보며 말했다.

"이미 이 나라 이 시대는 그런 영적인 거룩함, 종교적 신성함을 잃어버린 지 오래요. 이름만 '인자의 머리 둘 곳'이라 한들 무슨 소용이 있겠소? 온갖 사기꾼들이 설쳐대는 지금, 이곳에 기도원을 짓는다 하여 무엇이 달라질 것이 있겠소?"

"하지만……"

"차라리 황무지가 더 나을 거요. 기도원보다 더 경건한, 아무것도 없는 황무지 말이오."

수관 선생의 입가에 얼핏 냉소 같은 것이 스쳐갔다.

남경희는 곤혹스러운 표정으로 고개를 저었다.

"그들과 맞서 싸우는 것은 남 선생이나 아버님, 두 분 다를 위해서도 결코 좋은 일이 못 되오."

수관 선생이 못이라도 박듯 말했다. 여기서 '그들'이란 설명해주지 않아도 뻔했다.

"그렇다면 이대로 순순히 물러서라는 말씀이신가요?"

남경희가 불만에 가득 찬 목소리로 항의라도 하듯 말했다. 하림은 묵묵히 그들의 이야기를 듣고 있었다. 그러니까 남경희 그녀가 그동안 이곳에 들락거린 데는 단순히 침을 맞거나 침을 배우겠다는 것 이상의 무언가가 있었다는 이야기였다. 그런데 마침 하림이 왔고, 이야기 나온 김에 수관 선생이 털어놓고 속내를 드러낸 것일 터였다.

믿었던 도끼에 발등이라도 찍힌 것인지, 그녀의 표정은 침통하게 변해 있었다. 그러거나 말거나 수관 선생은 고개를 천천히 가로저었다. 이왕지사 이야기 나온 김에 자신의 뜻을 분명하게 하는 것이 좋겠다고 생각하는 것 같았다.

"무엇을 짓든 나는 반대요. 그저 내버려두는 것이 상책이오. 그러기에도 이미 늦었는지 모르지만……"

그러고 나서 수관 선생은 다시 눈을 감았고, 한동안 방 안에는 깊은 침묵이 흘렀다. 사방에 가득 쌓아놓은 오래된 책 냄새와 차향이 은은하게 감돌고 있을 뿐이었다. 하림은 그들 둘 사이에 자기가 알 수 없는 미묘한 감정이 교차하고 있음을 알았다. 더 이상 알 수도 없었고, 더 이상 알 필요도 없었다. 그러나 그를 바라보는 남경희의 말투나 눈빛에서 막연한 믿음 이상의 무엇이 있다는 것만은 분명히 알 수 있었다. 그러자 바람 불던 밤, 저수지에서 만난 이장 운학의 얼굴이 다시 떠올랐다. 하림은 왠지 복잡해지는 기분이 들었다.

"하여간 기도원 문제는 다시 생각해보기로 해요."

이윽고 눈을 뜬 수관 선생이 결론이라도 짓듯 말했다. 이제 일어날 시간이 되었다고 생각했다. 하림이 자기 앞에 놓인 찻잔을 주섬주섬 정리해놓고 일어나며,

"먼저 갈게요. 남 선생님은 좀 계시다가 오세요"

하고 말했다. 그러자 남경희도 기다렸다는 듯 따라 일어났다.

"아뇨. 저도 가야지요."

두 사람이 일어서자 수관 선생도 더 이상 잡을 생각이 없는지 같이 일어났다. 방에서 나온 세 사람은 마당을 가로질러 올라왔던 길 입구에 섰다.

"또 와요."

수관 선생이 빈말 삼아 말했다.

"차 잘 마시고 갑니다. 말씀도 잘 들었구요. 안녕히 계십시오."

하림은 다소 딱딱하지만 공손하게 인사를 하였다. 남경희는 그 뒤에 서서 약간 어색한 표정을 지으며 고개만 까닥하고 아무 말도 없었다. 곧 두 사람은 수관 선생을 뒤로하고 길을 따라 내려가기 시작했다. 하림이 앞서고, 남경희가 뒤를 따랐다. 하림은 하림대로, 남경희는 남경희대로 각자 자기 생각에 잠긴 탓인지 한동안 아무 말도 하지 않았다.

도중에 남경희가 돌에 가볍게 미끄러졌다.

"조심하세요!"

하림이 뒤돌아보며 큰 소리로 말했다.

그녀는 비로소 고개를 들어 하림 쪽을 쳐다보았다. 하림의 눈길과 부딪히자 가볍게 입가에 미소를 떠올렸다. 씁쓸한 미소였다. 하림은 갑자기 수관 선생과 남경희 두 사람의 관계가 궁금해졌다.

"아까, 많이 실망하셨죠?"

하림이 말했다.

"아뇨."

그녀는 의외로 덤덤하게 대답했다. 그러곤,

"그러실 줄 알았어요"

하고 잠시 있다가,

"하지만 난 절대로 포기하지 않을 거예요"

하며 단호한 표정으로 말했다.

"허 선생님께 조금 호감이 있었던 건 사실이에요. 예전에 고등학교에서 학생들을 가르쳤고, 무척 지적이기도 한 분이시죠. 작년에 발을 삐어 침을 맞으러 갔다가 알게 되었어요. 세상을 바라보는 눈도 남달랐고, 무엇보다 생각이 깊었어요. 조금 복잡하긴 하지만, 그분이라면 나의 뜻을 십분 이해해주실 수 있으리란 생각이 들었거든요."

남경희는 뒤에서 따라오며 마치 고백이라도 하듯 말을 이었다.

"어떻게 생각하실지 모르지만, 처음으로 그에게 어떤 연정 같은 걸 느꼈어요. 만일 이곳에 기도원을 짓게 된다면 나는 기꺼이 모든 것을 그분에게 맡기고 싶은 마음까지 들었어요."

그녀는 의외로 순순히 수관 선생과의 관계를 털어놓고 있었다. 아마 아까 수관 선생에게 들은 말로 크게 상심하게 된 것이 원인인지도 몰랐다. 그녀는 약간 숨 찬 목소리로 계속해서 말했다.

"하지만 그분은 본질적으로 냉소주의자예요. 손톱만큼도 세상과 상관하고 싶어 하지 않는 사람 말이에요."

하림은 아무런 대꾸도 하지 않고 발아래만 보며 걸어갔다.

그녀에게 운학의 이야기를 해주는 것이 좋을까. 그러면 그녀는 어떤 반응을 보일까. 그런 하림의 속내를 아는지 모르는지 남경희가 계속해서 말했다.

"그분은 가까이 가면 가까이 갈수록 더욱 멀어지는 그런 종류의 사람이죠. 오늘에야 난 분명히 알았어요! 더 이상 그분에게 기대할 것이 없다는 것을요. 기도원은 꼭 지을 거예요! 절대로 포기하지 않을 거예요!"

그녀는 다시 한 번 다짐이라도 하듯 큰 소리로 말했다.

"송 사장 무리들, 위락시설을 들여오겠다고 지금 땅을 파 젖히고 멀쩡한 개를 총으로 쏘아 죽이고, 온갖 위협을 일삼는 그자들이야말로 탐욕과 악의 화신이에요. 사탄의 무리들이죠. 그들에게 굴복한다는 것은 말이 안 돼요!"

계곡길이 거의 끝나고 발아래 그녀의 이층집 지붕이 보였다. 이층집 지붕 너머로 저수지의 번쩍이는 표면이 오후의 햇살을 받아 유리창처럼 빛나고 있었다. 그 한쪽에 벌겋게 산을 뭉개놓은 공사장 일부가 무슨 기분 나쁜 생채기처럼 나무 사이로 보였다.

"들리는 이야기로는 송 사장이란 작자가 곧 마을 노인네들을 위해 경로잔치를 벌일 거라고 해요."

그녀가 말했다.

"경로잔치……?"

하림이 그녀를 쳐다보았다.

"예, 말이 경로잔치지, 말하자면 일종의 유화작전인 셈이지요. 마을 어른들을 꾀어 자기네들 유리한 방향으로 여론을 만들려고 하는 수작이지요. 우리 아버지한테도 오라는 전갈이 왔어요. 그래도 노인은 노인이니까."

이윽고 이층집 대문 앞에 다다랐다. 하림은 아까처럼 노인이 있을까, 하고 이층 베란다 창문 쪽을 흘낏 보았지만 아무도 보이지 않았다. 이제 그녀랑 헤어져야 할 시간이었다.

"오늘 만나서 반가웠어요. 정말 뜻밖에 자주 만나게 되네요. 그런데 한 가지만 부탁드릴게요. 저랑 수관 선생 댁에서 보았단 이야긴 아무에게도 하지 말아주세요, 네?"

그렇게 하지 않아도 될 토를 달아두고는 그녀는 급히 대문 안으로 들어가버렸다.

하림은 잠시 그 자리에 우두커니 서 있다가 이윽고 화실을 향해 천천히 발걸음을 옮기기 시작했다. 걸어가는 동안 하림의 가슴에 일말의 불안감이 스멀스멀 퍼지기 시작했다. 처음엔 그 불안의 정체를 잘 알 수 없었다. 하지만 불안은 여름날 일어나는 소나기구름처럼 어둡게 하림의 가슴을 뒤덮었다. 화실 현관 문 앞에 이르러서야 비로소 가슴속에 맴돌고 있던 불안의 정체를 알 수 있었다.

아까 남경희로부터 들었던 '경로잔치'라는 단어였다.

경로잔치. 거기에서 무언가 예사롭지 않은 냄새 같은 게 느껴졌다.

수관 선생이 예언처럼 내뱉었던 말이 떠올랐다. '곧 난리가 한번 벌어질 거요. 부글부글 밑에서 끓어대고 있으니까. 화산이 터질 준비를 하고 있으면 언젠가는 터지게 마련이지요.' 어쩌면 아직 한 번도 보지 못했던 송 사장이란 작자의 얼굴을 거기서 볼 수 있을지도 모른다. '경로잔치'라는 말과 함께 한바탕 폭풍우를 알리는 검은 구름이 천천히 날개를 펴고 하림의 눈앞으로 밀려오고 있는 것 같은 불길한 느낌이 들었다.

13장

경로잔치

수관 선생의 황토집을 다녀온 후 며칠이 흘러갔다.

불길한 예감과는 달리 마을도, 화실도 처음 하림이 이곳에 왔을 때처럼 그저 조용한 정적에 싸여 있었다. 사촌 언니를 따라 병원으로 간 소연의 소식이 궁금하긴 했지만 하림은 잠시 모든 것을 잊고 강은주로부터 받은 만화 대본 작업에만 열중했다. 이곳을 떠날 날짜도 얼마 남지 않은 것 같았다. 누가 나가라고 떠미는 것은 아니었지만 어쩐지 그럴 시간이 다가오고 있다는 느낌이 들었다. 만화 대본에 몰두하는 동안 다시 일주일이 순식간에 흘러가버렸다.

그런 어느 날, 핸드폰에 메시지가 하나 날아왔다. 뜻밖에도 혜경이 보낸 메시지였다.

〈하림아! 잘 지내니? 얼굴 잊어버리겠다 야.〉

그리고 곧이어,

〈그러고 보니 겨울 지나고 처음이네! 미안해. 가져간 일은 잘되고 있어? 그리고 나 말이야, 미장원 처분했다!〉
하는 메시지가 떴다.

메시지를 받은 하림은 뒤통수를 한 대 맞은 사람처럼 잠시 동안 핸드폰 화면을 바라보았다. 반가운 마음과 당혹스러운 마음이 거의 동시에 일었다. '하림아, 잘 지내니?'와, '나 말이야, 미장원 처분했다!'는 말이 그랬다. '하림아, 잘 지내니?'는 반가운 인사말이었고, '나 말이야, 미장원 처분했다!'는 당황스러운 말이었다. 그리고 그 사이에 '미안해'라는 말이 붙어 있었다. 미안하다니, 무엇이 미안하다는 말인가. 소식이 늦어서 미안하다는 뜻일 수도 있었고, 미장원을 처분해서 미안하다는 뜻일 수도 있었다. 미장원을 처분했다는 말에는 곧, 그녀가 다른 무슨 일, 말하자면 그녀가 말했던 바, 아프리카 어딘가로 떠나기로 결정했다는 뜻이 담겨 있을 수도 있었다. 어쨌거나 그녀로부터 오랜만에 메시지가 온 것은 틀림없었다.

〈왜?〉

잠시 있다 하림은 약간 불안한 마음으로 답장을 보냈다.

〈말 안 했어? 선배 언니가 있는 아프리카로 가기로 했다고 말이야. 너도 같이 갈래?〉

곧 답장이 날아왔다. 예상했던 그대로였다. 말투가 그래도 여유있고 장난스러웠다. 미소 짓는 그녀의 쌍꺼풀 진 눈과 볼우물이 떠올랐다.

〈진짜였어?〉

하림이 다시 답 문자를 날렸다.

〈그럼? 농담인 줄 알았어? ··〉

금세 또 답 문자가 날아왔다. 메시지는 그동안 아무 일도 없었던 것처럼 금세 날아가고 날아오고 있었다. 그런 중요한 이야기를 직접 전화로 하면 좋을 것을 왜 메시지로 하는지 자기도 잘 알 수 없었다. 그러고 보면 문자 메시지란 게 암호처럼 약간은 추상성을 지니고 있었다. 그리고 그런 추상성 뒤에 둘 다 자기의 맨얼굴을 숨기고 싶은 것인지도 모른다.

〈은하는 잘 있어?〉

조금 있다 하림이 문자를 날렸다.

〈응. 제 고모네 집에 가 있어. 하림 아저씨가 보고 싶대.〉

곧 다시 혜경의 문자가 날아왔다.

〈근데, 언제 가?〉

하림이 또 메시지를 날렸다.

〈몰라. 아직 날짜는 정해지지 않았어. 그쪽 사정도 있으니까.〉

그러고 나서 좀 있다가,

〈근데 넌 언제 와?〉

하는 메시지가 이어 날아왔다.

〈나도 몰라. 곧 갈 것 같기는 한데……〉

그러고 나서 조금 있다가,

〈근데 너, 아직도 나 사랑해?〉

하고 약간 장난기가 섞인 문자를 보냈다.

〈물론. 바보야!〉

1초도 되지 않아 바로 답 문자가 날아왔다. 그것에도 역시 약간의 장난기가 섞여 있을 것이었다. '근데'로 이어지는 장난기 섞인 문자 속에 흐르는 일말의 진심. 그게 진짜 두 사람의 마음일 것이었다. 메시지란 게 참 편리한 놈이구나, 하는 생각이 들었다. 하림은 잠시 핸드폰에서 눈을 떼고 창문 밖을 쳐다보았다.

아무렇지도 않은 양, 말은 그렇게 했지만 그동안 혜경에게도 적지 않은 변화가 있었던 게 틀림없었다. 미장원을 처분하고, 은하를 고모에게 보내고……

그런데 정말 떠나려는 것일까.

〈근데 넌 정말 언제쯤 와?〉

다시 '근데'로 시작하는 혜경의 메시지가 떴다. 하림이 보낸 '근데 언제 가?'와 비슷한 말이었지만 내용은 반대였다. 하림은 잠시 생각했다. 하긴 누가 붙잡는 것도 아니고 마음만 먹으면 지금이라도 당장 보따리 싸서 떠나면 그만이었다. 예전 같으면 아마 그랬을 것이다. 하지만 지금은 무언가가 자기의 뒤통수를 잡아당기고 있는 것 같은 기분이 들었다.

그게 무얼까. 소연이……?

그래, 혜경에겐 미안했지만 어쩌면 그게 가장 큰 이유 중의 하나라면 하나일지 몰랐다. 다음 주에는 온다니까 최소한 그녀의 얼굴이라도 보고 가야 할 것 같았다. 너무나 갑작스럽게 헤어져 변변히 인사조차 나누지 못했던 터였다. 돌아와 텅 빈 화실을 보면 얼마나 마음이 아플까. 어쩌면 배신감을 느낄지도 모른다. 예전에 그녀에게 얘기해주었던 영화 「일 포스티노」가 떠올랐다. 돌아오겠다는 약속을 남기고 떠나버린 시인 네루다를 기다리는 청년 마리오. 그가 죽을 때까지 끝내 네루다는 돌아오지 않았고, 그는 사람들의 놀림감이 되어버리지 않았던가.

그리고 이 골짜기에 와서 겪은 일들의 결말이 조만간 다가오는 듯해 그에 대한 궁금증도 없지 않았다. 남경희에 의하면 곧 송 사장이 벌이는 큰 경로잔치가 있을 거라 하지 않는가. 이 마을 전부가 모여드는 경로잔치라면 이장과 이층집 영감도 당연히 참석할 것이고, 거기서 송 사장이랑 극적인 조우가 일어날 수도 있지 않겠는가. 어쩐지 곧 폭풍우라도 밀려올 것 같은 예감이 들었다.

'아마도 다음 주 지나서……?'

이런저런 생각 끝에 이윽고 하림이 다소 모호하게 답글을 보냈다.

'알았어! 기다릴게. 잘 마치고 와!'

아무것도 알 리 없는 혜경이 여전히 쾌활하게 대답했다.

핸드폰에서 눈을 뗀 하림은 마음 한구석이 무거웠다. 무언지 모를 아픔 같은 것이 밀려왔다.

옛 교정에서 만났던 혜경의 모습과, 지난겨울 그녀와 보냈던 미장원 뒷방이 떠올랐다. 사랑이란 얼마나 이기적인 것인가. 그때는 그녀가 그에게 전부였다. 그녀가 없으면 자기의 미래도 없을 것 같았다. 자신이 사랑했고, 자기가 돌아가야 할 고향 같은 그녀였다. 하림에게 그녀는 청춘의 시간과 추억이 묻어 있었다.

어쨌든 여기 일들이 정리되는 대로 하림은 혜경에게로 가봐야겠다는 생각이 들었다. 미장원을 정리했다니 더욱 궁금하기도 했다.

며칠 후, 하림이 늦은 아침을 먹고 식탁을 겸한 탁자에 노트북을 꺼내놓고 앉아 있는데 멀리 동네 쪽에서 시끄러운 스피커 소리 같은 게 들려왔다.

스피커에서는 앵앵거리는 잡음과 함께 신나는 트로트가 흘러나오고 있었다. 귀에 익은 트로트 멜로디였다. 그 소리는 커졌다 작아졌다 하면서 바람을 타고 하림의 화실 열어놓은 창문 너머로 쉴새 없이 날아오고 있었다.

간간이 안내방송 비슷한 것도 들려왔다. 놀라서 짖어대는 개 소리도 반주처럼 섞였다. 조용하던 골짜기가 갑자기 소란해진 느낌이었다. 시계를 보니 11시 5분, 거의 점심때가 가까워오고 있었다. 하림은 오늘 남경희가 귀띔해주었던 바로 그 경로잔치인가 뭔가가 있을 모양이라는 생각이 들었다. 하림은 팔을 뒤로 젖히고 두 손으로 깍지를 껴 머리를 감싼 채 뒤로 비스듬히 의자 뒤로 몸을 뉘었다. 그러곤 입이 찢어져라고 하품을 했다. 그렇지 않아도 핑계거리가 필요한 참에 작업할 마음이 그만 싹 사라져버렸다.

'어쩐다……?'

오늘 그곳에 송 사장이란 작자가 나타난다니까 그의 상판도 볼 겸 마음 같아선 슬슬 기웃거려보고 싶은 마음이 굴뚝같이 일었지만, 오라는 놈도 없는 판에 불쑥 끼어들기도 뭣했다. 그런데다 노인라면 모를까 새파란 놈이 경로잔치에 기웃거리는 것도 여간 계면쩍은 일이 아니었다.

하림은 하릴없이 다시 자리에 벌렁 누워버렸다.

하긴, 소문난 잔치에 먹을 게 없다고 별일 없이 지나갈 수도 있었다. 그저 평범하기 짝이 없는 문자 그대로의 경로잔치일 가능성도 높았다. 송 사장이란 작자가 마을 노인네들을 꼬이기 위해 잔치를 연 판이었고, 어차피 그런 일이란 게 밥이나 먹고 술이나 한잔 돌리고 쿵딱거리다가 지나가면 그뿐인, 그런 일일 터였다. 그러니 괜히 초반에 나타나 기웃거리는 것보다야 굿이 끝나고 나중에 누가 부르면 못 이기는 체 가서 밥이나 먹어야겠다고 생각했다.

하림이 그런 생각을 이리저리 굴리며 누워 있는데, 현관에서 인기척 소리가 났다. 누군가 하고 고개를 들어 바라보니 뜻밖에 현관문 앞에 소연이 서 있었다.

"아니, 너!"

하림은 후닥닥 몸을 일으키며 놀란 눈으로 쳐다보았다.

"놀랐죠?"

소연이 약간 겸연쩍은 표정으로 활짝 웃었다.

"웬일이야? 언제 왔어?"

"어젯밤에 왔죠. 산책 갔나 했어요."

"아, 그랬구나. 들어와."

하림이 약간 얼떨떨한 표정으로 말했다. 그런 하림을 보고 소연이 재미있다는 듯이 미소를 지었다. 얼굴이 해쓱해져서 그런지 그새 나이가 좀 든 것처럼 보였다.

"저기 저 시끄러운 소리 들리죠? 지금 경로잔치 한다고 난리예요. 음식도 푸짐하게 차려놓았구요. 이장 아저씨가 하림이 오빠도 불러 오랬어요."

소연이 들어오는 대신 신발도 벗지 않고 문가에 그대로 서서 말했다.

"이장님이?"

이장 운학이 자기를 부른다는 말에 하림이 갑자기 정신이 든 사람처럼 말했다. 하기야 동네잔치니 혼자 사는 사람을 이장이 부른다고 하등 이상할 거야 없었다. 하지만 어쩐지 묘한 기분이 들었다. 오늘 그 자리에 모일 면면들이 그냥 밥이나 먹고 술이나 한잔 나누고 헤어질 그럴 분위기가 아닐 것 같았기 때문이다.

하림이 잠시 망설이고 있는데 소연이 다시 채근이라도 하듯 말했다.

"갈 거예요, 어쩔 거예요?"

어쨌거나 그렇지 않아도 근질근질하던 판에 이장이 부른다니 사양할 일은 아니었다.

"알았어. 잠깐 기다려."

그렇게 말한 다음, 하림은 바람막이 잠바를 하나 걸쳐 입고 밖으로 나왔다. 소연이 앞서 가고 하림이 뒤를 따랐다. 마당을 가로질러 울타리 밖으로 나오자 비로소 생각난 듯이 소연이의 작고 동그마한 등 뒤에 대고 말했다.

"참, 아주머니는 어떻게 되셨어? 언니 말이야."

"이제 마악 중환자실에서 나와 회복 중이에요."

소연이 여전히 같은 보조로 앞을 향해 걸으며 말했다.

"수술은 잘됐어?"

"왼쪽 머리 부분이 터졌다는데 다섯 시간이나 수술을 했어요. 의

사 말루는 괜찮대요. 아직 말은 잘 못 하시지만……"

"다행이네."

"하지만 완전 회복은 어렵대요. 퇴원해도 정상적인 활동은 어려운가 봐요. 당분간은 서울 병원에 있어야 할 것 같아요."

소연이 돌아보며 말했다.

"그나저나 오빠한테 시 배우기로 한 것, 말짱 꽝이 되었으니 어쩌죠?"

하림의 눈과 부딪히자 그녀는 입가에 잠시 어색한 미소 같은 걸 떠올렸다. 왠지 쓸쓸하고, 슬픈 눈빛이었다. 하림의 가슴이 무언가에 찔린 듯이 아파왔다.

"서울로 다시 갈 거야?"

"언니가 병원에 있는 동안은, 옆에서 봐줘야 할 것 같아요."

소연이 다시 앞을 보고 걸어가며 말했다.

"언제 가?"

"낼모레쯤……"

하림은 소연의 뒷모습에 눈길을 던졌다. 동그란 어깨 위에 출렁이는 노란 머리칼이 눈에 걸렸다.

"오빤…… 언제 서울로 가나요?"

소연이 앞만 보고 걸으며 말했다.

"응, 곧."

하림이 짧게 대답했다. 한동안 둘은 아무 말도 하지 않았다. 포도밭 옆 흙길은 잡초로 덮여 있었고, 여전히 마을에서는 앵앵거리는 마이크 소리가 들려오고 있었다.

"모두 떠나고 나면 골짜기가 텅 빈 것 같겠군요. 서울 가면 그분…… 다시 만날 거죠?"

이윽고 소연이 말했다. 그분…… 혜경이 말일 것이었다.

"응, 아마도 그래야겠지."

하림이 싱겁게 대답했다.

"피이, 아마도,라니, 어쨌든 오빤 좋겠다. 기다려주는 사람도 다 있구."

그리고 이어서,

"그래도 서울 오면 가끔 전화는 해주실 거죠?"

하고 말했다. 그녀의 목소리가 갑자기 젖어들었다.

"당근이지!"

"피이…… 하기 싫음 안 해도 되구요."

소연이 돌아보며 어색하게 미소를 지었다. 그녀와 눈빛이 마주치자 하림은 이유 없이 또 마음이 철렁 내려앉는 기분이 들었다.

"걱정 마. 이 오빠가 약속 하나는 잘 지키는 사람이니까. 소연이한테 한 약속들, 시도 가르쳐주고 대학 가는 것도 도와주고…… 약속한 거 다 지킬 테니까."

하림이 변명이라도 하듯 빠른 어조로 말했다.

"정말?"

소연의 얼굴이 갑자기 밝아졌다.

"그럼!"

그러자 소연이 다짐이라도 하듯 장난스럽게 손가락을 내밀었다. 하림은 잠시 있다가 피식, 웃으며 자기도 새끼손가락을 내밀어 소연의 작은 손가락에 걸었다.

"자, 약속해요! 우리의 꿈은, 꼭 이루어진다!"

소연이 짐짓 명랑한 목소리로 외쳤다.

우리의 꿈? 우리의 꿈이라니? 어떤 꿈일까? 그런 꿈을 가져본 적이라도 있단 말인가? 하지만 누가 미래를 알겠는가. 두려워서 주사위를 던지지 못하는 사람은 끝내 어떤 사랑에도 도전해보지 못할 것이다. 사랑이란 미래를 향해 던지는 주사위와 같은 것인지도 모른다.

어쨌거나 소연이랑 다시 만날 약속을 한 것은 그리 나쁘지만은 않았다. 그렇지 않음, 무거운 짐 하나를 진 채 이 동네를 떠나고 말게 될지도 모를 일이었다.

그러던 중 마을이 점점 가까워지고 있었다. 멀리 키 큰 느티나무가 서 있는 마을회관 마당에 흰 천막이 보였다. 분위기를 돋우려고 그랬는지 느티나무와 천막을 이어서 만국기까지 매달아 바람에 팔랑거리고 있었다. 느티나무 아래 한쪽 길가엔 커다란 검정색 세단과 봉고차가 줄을 지어 서 있었다. 나무 아래에 삼인조 밴드까지 보였다. 빨간 양복을 입은, 언젠가 동묘 앞에서 보았던 광대들처럼 늙수그레한 사내 하나가 건반 반주에 맞춰 색소폰을 불어대고 있었고, 그 옆에는 긴 머리 가발을 쓴 말라깽이 사내가 전자 기타를 치고 있었다. 아침부터 들렸던 스피커 소리는 그들이 연주하는 것이었다.

천막 아래 죽 펴놓은 앉은뱅이 탁자엔 사람들이 빙 둘러앉아 있거나 서 있는 게 보였고 음식을 나르느라 바쁘게 움직이는 사람들도 보였다. 마을이 가까워오자 스피커 소리는 더욱 선명하게 들렸다. 임시로 설치해놓은 화덕 위 커다란 솥에서는 무엇을 끓여내는지 풍성한 김과 함께 고기 삶는 냄새가 코끝을 자극하며 하늘 높이 퍼져가고 있었다.

이윽고 음악 소리가 그치자 누군가가 마이크를 잡고 나와 한껏 목청을 다듬은 다음,

"아아, 마이크 시험 중. 마이크 시험 중. 에, 에, 바람골 어르신들, 인근 마을에서 오신 여러 어르신들, 이렇게 좋은 날에, 쬐끔 덥긴 합니다만, 이렇게 함께 자리해주신 것에 대해 특별히 감사의 인사를 올립니다"

하고 오늘 행사를 알리는 말을 시작했다.

눈이 이마쯤에 붙은데다 코끝이 화살촉처럼 뾰족하게 생긴, 약간 우스꽝스럽게 보이는 양복쟁이 사내였다. 하림은 소연이랑 멀찌감치 서서 그의 말을 끝날 때까지 기다렸다.

"에에, 저는 요번에 여기 들어설 차차차 파라다이스의 영업부장을 맡고 있는 조아무개라고 합니다."

자기소개를 한 사내는 땅바닥에 이마빼기가 닿을 듯이 넙죽 절을 올렸다. 여기저기서 가벼운 웃음소리와 함께 박수 소리가 나왔다. 그런 다음, 조 부장이란 자는 목청을 다시 한 번 가다듬고 나서,

"에에, 오늘 날도 쾌청한 것이, 차암 좋죠? 이게 다아 우리 바람골 잘되라는 뜻인 줄 알고 감사를 드리고, 이번에 이곳에 들어올 차차차 파라다이스의 미래를 위해 먼저 건배의 잔 한번 올리도록 하겠습니다. 자, 여러 어르신들 앞에 놓인 잔 한번 높게 들어주시기 바랍니다"

하고 분위기를 돋우었다. 그러고는 여기저기에서 술 취한 작자들이 술잔을 들자 자기 역시 막걸리가 넘쳐나게 담긴 잔을 높이 들고는 '위하여!'를 힘껏 외쳤다. 그에 맞추어 삼인조 악단의 판파레 역시 커다랗게 울려 퍼졌다.

"감사합니다. 감사합니다. 자아, 여러분! 오늘이 무슨 날이야? 무슨 날이긴 무슨 날이야. 잔칫날이지. 안 그렇습니까? 여러분? 차려진 것은 별루 신통찮을지 모르지만 저희 차차차 파라다이스 사장님의 성의로 생각하시고 맛있게, 마음껏 드셔주시고 건강 챙겨서 오래오래 장수하시기 바랍니다. 가실 때 선물도 준비되어 있으니, 한 분도 빠짐없이 가져가주시고, 예, 두 개 가져가셔도 아무 말 하지 않겠습니다.

자아, 그러면 드시면서 잠깐만 귀를 열고 들어주시기 바랍니다. 아시는 분은 다아 아시겠지만 오늘 이 경로잔치는 그냥 경로잔치가 아니라 바야흐로 이 우리 바람골 미래가 활짝 열리게 하는 그런 특별한 의미가 있는 자리라고 생각하시면 됩니다. 바로 차차차 파라다이스의 순조로운 출발을 위한 출정식이 되겠습니다. 그러면 장차 이곳에 들어설 차차차 파라다이스가 어떤 데냐? 고건 조금 있다가 우리 사장님께서 직접 말씀드리겠습니다만, 한마디로 이 낙후한 골짜기가 삐까번쩍하게 바뀌게 될 거라는 점만은 분명히, 예, 분명히 말씀드릴 수 있겠습니다. 그러나 아무리 삐까번쩍한 시설이 들어온다 해도 주인은 바로 오늘 여기에 오신, 바로 여러분들입니다. 그렇죠? 그렇습니다. 여러분의 참여와 동의가 없으면 아무리 좋은 계획도 그림의 떡이요, 낙동강의 오리알이나 다름없다는 것, 이 조아무개 확신을 가지고 드리는 말씀입니다."

화살코 조 부장이란 사내는 분위기를 잡느라 제멋대로 떠들어대고 있었지만 자리를 잡고 앉은 영감들은 그가 뭐라 떠들든 상관없다는 듯이 앞에 놓인 잘 차려진 음식에 젓가락질하느라 바빴다. 자기네들끼리 떠들고 술잔을 돌리느라 그따위 입에 발린 연설은 들어도 그만 안 들어도 그만이라는 식이었다. 조 부장이라는 사내 역시 누가 듣건 말건 한참 동안 그렇게 설레발을 풀어놓은 다음,

"그럼, 영양가 없는 제 말씀은 여기서 그치고, 다음은 오늘 특별히 오늘 이 자리를 마련해주신 우리 송종팔 사장님을 뫼시고 한말씀 듣도록 하겠습니다"

하고 나서 목청을 낮게 깔더니,

"에에, 잠시 소개를 드리자면 아시는 분은 다 아실 테지만, 우리 차차차 파라다이스 개발회사의 송 사장님으로 말씀드릴 것 같으면, 일찍이 국내 굴지의 건설회사를 설립 운영하셨고, 여당 국회의원 후보로 두 번이나 출마하려다 개인 사정으로 그만둔 경력을 가지신 분으로, 여기 바람골에는 할아버지 묘소가 있어 늘 고향에 대한 깊은 애정으로 무언가를 하시고자 애를 쓰시다가, 이번에 사재를 털어 마침내 대역사의 첫 삽을 뜬 장본인이십니다. 자아, 여러분 박수로 맞이해주시기 바랍니다"

하고 말했다. 그와 동시에 박수 대신 다시 밴드 소리가 요란하게 울려 퍼졌다.

그러자 검은 승용차 뒤에서 서서 기다리고 있던, 땅딸막한 키에 검정색 뿔테 안경을 쓴 오십대 후반의 양복쟁이가 밴드 연주 소리

에 맞추어 조폭 두목처럼, 졸개들 두엇을 달고 앞으로 걸어 나왔다. 키는 작았지만 덩치는 빵빵하게 바람 넣은 축구공처럼 다부지게 보였는데 올백으로 기름칠하여 넘긴 머리는 염색을 해서 까맣게 윤이 났다.

그런데 그의 뒤를 경호원처럼 바싹 붙어서 나오는 사람들을 지켜보고 있던 하림은 깜짝 놀라고 말았다.

'아니, 저 인간은?'

하림은 자기 눈을 의심하였다. 커다란 키에 사각 진 얼굴, 광대뼈가 튀어나온 볼, 푹 꺼진 눈자위. 수도 고치러 왔던 바로 그 사내였다. 이런 자리에서 저런 포즈로 그를 다시 만나게 되리라고는 전혀 생각지 못한 일이었다. 허름한 예비군복 대신 깔끔한 곤색 양복 차림에 넥타이까지 매고 있으니까 마치 딴 사람 같았다. 하림은 마치 돌덩이로 뒤통수라도 한 대 맞은 느낌이 들었다.

'저 인간이 왜?'

하림의 머리 안은 혼란스럽게 변했다. 그러나 그런 혼란은 곧 마이크를 잡은 송 사장의 떠드는 소리에 묻혀버리고 말았다.

"안녕하십니까? 방금 우리 영업부장이 말씀 올린 차차차 파라다이스 사장 되는 사람, 송종팔이올시다. 여러 어르신들 더러 뵌 분들도 많지요? 맞습니다. 암튼 반갑습니다. 큼큼."

몇 번 헛기침을 한 송 사장이 손수건을 꺼내 목과 이마에 흐른 땀을 닦고 나서 입술을 혀로 한번 적신 다음 본격적으로 말문을 열었다.

"사실 저는 이 바람골, 고향 같은 곳입니다. 얼마나 좋습니까. 시원한 계곡 있지, 넓은 저수지 있지, 서울에서 가깝지, 없는 것 없이 좋은 내 고향 바람골, 저는 항상 어딜 가나 자랑하고 다닙니다. 자랑은 하고 다닙니다만 언제나 또 마음 한구석, 돌멩이 하나 매달고 다니는 것처럼 무겁습니다. 왜? 이렇게 아름답고 훌륭한 입지 조건에도 불구하고 10년 전이나 20년 전이나 매한가지로, 전국에서 가장 낙후한 곳이 바로 내 고향 바람골이기 때문입니다.

보세요. 오래되고 낡은 집들은 여기저기 다 허물어져가고 있지, 빈집들은 늘고, 젊은 아이들은 모두 어디로 다 갔습니까? 거기에다가 기껏 소 키운다고 정부 보조 받아서 젖소 농장 들여오니까 어떻습디까? 파리 들끓죠? 소 값 떨어진데다 그 뭔가 광우병인가가 돌아서 망했죠? 망했습니다. 망해도 아주 쫄딱 망했어요. 땅값이라고 해봐야 10년 전이나 20년 전이나 매한가지 아닙니까? 그러니 희망이라곤 눈을 씻고 찾아보려야 찾아볼 수가 없어요. 변화하지 않는 자는 망한다는 말이 있습니다. 핸드폰이다 인터넷이다 정신없이 핑핑 변해가는 세상에서 나는 그대로 있겠소, 하는 자는 나는 망해도 좋소, 하는 자랑 똑같아요. 여러분, 안 그렇습니까?"

청산유수가 따로 없었다. "옳소!" 하는 소리와 함께 여기저기서 박수 소리가 터져 나왔다.

"그래서, 저 송종팔이가 결심을 했어요. 비록 가진 거 별로 없고 밑천도 짧지만, 고향 바람골 저수지 옆으루다 용인에 있는, 거 뭣이더냐, 에버랜드가 뭔가 하는 것 같은, 멋들어진 대형 위락시설을 유치개발해야 하겠다 하고 말씀이죠. 개발을 해설랑은 우리도 큰소리 한번 치자 부자 소리 한번 들어보자, 이 말입니다. 이게 바로 금번에 공사에 들어간 차차차 파라다이스의 탄생배경이올시다."

그러자 여기저기서 또 박수 소리가 터져 나왔다.

"잘한다, 송 사장! 한번 잘해봐. 밀어붙여!"

하는 소리도 들렸다. 응원 소리에 송 사장은 기세가 더 붙었는지 유세라도 나온 것처럼 더욱 큰소리로 떠들어대기 시작했다.

"그럼 차차차 파라다이스가 들어서면 어떻게 되느냐? 뭐, 설명할 필요도 없을 것입니다마는, 우선 각종 편의시설이 들어와 살기가 더없이 편리해질 것은 물론이거니와 이 부근 땅값이 천정부지로 치솟게 될 거라는 점은 분명하게 말씀드릴 수가 있습니다. 다아 부자 돼요. 다아! 아시다시피 요즘 어딜 가나 농사꾼들 농사 지어 부자 되는 사람 아무도 없습니다. 밭머리에 에쿠스, 그랜저 하나씩 세워놓고 노니작노니작 장난삼아 해도 땅값 수십억씩 굴리는 게 현실이에요. 뭣 하려고 애써서 농사지어요? 그까짓 거 몇 푼 된다고…… 농작물이야, 아 안 되면 중국, 미국, 어디에서나 수입해다 먹으면 돼요. 여러분, 안 그렇습니까?"

그러자 짜놓은 관처럼 '옳소!' 하는 소리와 박수소리가 이어졌다.

"저 송 사장이란 인간 정말 재수 더럽게 생겼죠? 지난번엔 우리 가게에 와선 온갖 거들먹을 다 떨더니, 갑자기 나도 모르게 엉덩이께에 손이 쓱 올라오는 게 아니겠어요. 깜짝 놀랐어요."

소연이 하림의 귀에 대고 조그만 소리로 속삭였다.

하림은 자기도 모르게 눈살을 찌푸렸다. 왠지 징그러운 송충이라도 건드린 것 같은 기분이 들었다.

"근데, 너 저 사람 뒤에 서 있는 남자는 누군지 아니?"

하림이 눈짓으로 송 사장 뒤에 열중쉬어 자세로 서 있는 키 큰 사내를 가리켰다.

"저 사람 이장님 친군데, 왜요?"

소연은 하림의 눈길을 따라 그를 쳐다보며 아무것도 모르는 사람처럼 말했다.

"음, 저 사람이 말이야…… 저 사람이 그날 밤, 개를 쏘아 죽였던 사람이야."

"네?"

믿기지 않는다는 듯 소연이 눈을 동그랗게 뜨고 하림을 올려다보았다.

"그래, 틀림없어. 그 작자야!"

하림이 누가 들을세라 조심스럽게 말했다.

그런 와중에 송 사장의 말은 계속 이어지고 있었다.

"암튼 이 송아무개, 고향을 위하여 이게 마지막 사업이다, 생각하고 열심히 뛰어볼 테니까, 아무쪼록 우리 여러 고향 어르신들, 많이많이 도와주시고 지도편달해주실 거라 굳게 믿겠습니다. 근데 말입니다."

그의 목소리가 갑자기 낮아졌다.

"근데 말입니다. 좋은 일에는 반드시 마가 낀다고 이런 좋은 일에도 방해꾼이 있더라, 이 말이외다. 아, 말이 났으니 말이지, 이 골짜기에 기도원을 짓겠다고 난리를 피우는 사람이 있어요! 말이나 됩니까? 기도원 들어서면 땅값 팍팍 떨어진다는 것쯤은 세 살짜리 어린애들도 다 아는 사실인데, 안 그래요?"

그게 지금 누구를 찌르고 하는 말인지는 거기 있는 사람이면 삼척동자도 다 알고 있는 사실일 것이다. 그는 계속해서 말했다.

"그런데다 요즘 우리 바람골을 온통 불안하게 만들어놓은, 거 뭣이냐, 개를, 멀쩡한 강아지 새끼를 글쎄 총으로 쏘아 죽이는 천인공노할 끔찍한 일이 연달아 벌어지고 있지 않습니까? 아, 강아지 새끼가 무슨 죄가 있겠어요? 그런 파렴치한 일을 누가 저질렀겠습니까? 엉, 여러분? 누가 그랬겠어요? 외지에서 온 사람이 아니구서 누가 그랬겠어요?"

"쫓아내야 혀! 암, 외지에서 온 눔들 모두 쫓아내야 하고말구!"

송 사장 말에 누군가가 기다렸다는 듯 맞장구를 치고 나왔다.

"그려, 그려. 송 사장 말이 맞어."

또 누군가가 맞장구를 쳤다.

하림이 멀찌감치 서서 분위기를 보아하니, 다들 짜 맞춘 것처럼 저희들끼리 노는 것 같았다. 그런 와중에 고기와 술은 끊임없이 나오고 있었다. 개를 쏘아 죽인 놈이 누군들 상관없다는 투였다. 어차피 개발이 되려면 송 사장 말대로 기도원보다야 차차차 파라다이스가 백 번 더 나을 거라는 계산도 섰을 것이었다. 땅값 얘기만 해도 일리가 있었다. 대규모 위락시설이 들어오면 다른 지역 어디서나 그랬듯 땅값이 치솟을 게 분명했고, 그러면 가만히 앉아서도 돈방석에 앉을지 누가 알겠는가. 누이 좋고 매부 좋고,가 그 말 아니던가.

그런 꼴들을 보고 있자니 하림은 갑자기 기분이 상했다. 음식이고 뭐고 먹고 싶은 마음이 싹 달아났다.

"소연아, 가자. 우리 화실 가서 라면이나 끓여 먹자."

하림이 벌레 씹은 얼굴로 돌아보며 말했다. 소연도 같은 생각이었는지 입술을 비죽하며 고개를 끄덕였다. 그들이 마악 돌아서려는데 송 사장이 마무리 삼아 말했다.

"자아, 모처럼 잔칫날 술맛 떨어지게시리 더 이상 긴 말씀은 드리지 않겠습니다요. 아무쪼록 잘 부탁드립니다. 믿습니다. 그리고 끝으로 이번에 우리 차차차 파라다이스 상무이자 여기 현장 소장이 된, 여러분도 잘 아시리라 믿습니다만, 최기룡 상무를 소개합니다. 아마 여러분들이 앞으로 저 대신 제일 많이, 자주 볼 사람이 아닐까 합니다만……"

그러자 그의 뒤에 서 있던 최기룡 상무가 앞으로 나왔다. 하림은 돌아서려다 말고 깜짝 놀란 표정으로 사내 쪽을 쳐다보았다. 그 상무라는 사내가 바로 지금까지 송 사장 뒤에 조폭 졸개처럼 얌전히 서 있던, 수도 고치러 왔던 바로 그 사내였기 때문이다.

'상무!'

느닷없이 상무라니, 그게 무슨 뜻일까. 거기에다 현장소장이라니……

하림의 머릿속에는 그날 밤, 죽은 개를 끌고 이층집 영감의 울타리 밖에다 던져두고 오토바이를 타고 총총 사라지던 그의 모습이 떠올랐다.

그러나 곧 하림은 머릿속에 전등이 들어오듯 차츰 밝아오는 것을 느꼈다. 전쟁통에 붙여준 계급장처럼 수도 고치는 사내가 갑자기 차차차 파라다이스 개발회사의 상무가 되어 나타났다는 것은 그만큼 다급한 쓸모가 있었다는 뜻이었고, 동시에 그것은 그들 사이에 모종의 밀약이 있다는 뜻이기도 했다.

'그러니까, 맞아. 그랬군.'

하림은 혼잣말처럼 중얼거렸다. 민들레 뿌리를 통째로 씹은 것처럼 입맛이 썼다.

그러니까 사내는, 이제야 그의 이름이 최기룡이라는 사실을 알았지만, 송 사장과 작당하여 멀쩡한 동네 개들을 쏘아 죽이고 그것을 이층집 울타리 밖에다 던져두었던 것이다.

이유는 물어보나 마나였다. 이제 모든 의문은 풀렸다. 열쇠는 의외로 가까운 곳에 있었다. 영감에게 죄를 뒤집어씌우고, 그 일로 마을 사람들의 혐오감과 원성을 사게 하여 그들 부녀를 이곳에서 쫓아내기 위해서일 것이다. 그리고 나아가 차차차 파라다이스를 순조롭게 들여오기 위해서일 것이다. 남경희의 말에 의하자면 맹지에 차차차 파라다이스가 들어오기 위해서는 이층집 부녀 소유의 기도원을 짓겠다는 바로 그 땅을 사들여야만 했다. 그런 조건으로 대신 송 사장은 그에게 상무와 현장소장이라는 거창한 직함을 안겨주었을 것이다.

삼인조 밴드가 다시 신나는 가락을 쏟아내기 시작했다.

"가요!"

소연이 하림의 팔을 툭치며 채근을 했다.

하림은 쓰디쓴 입맛을 다셨지만 그렇다고 자기가 나설 일도 아니었다. 아무리 흥분해도 드라마는 드라마 마음대로 흘러가게 마련이었다. 남경희가 좀 안되었지만 어쩔 수 없었다. 차라리 그날 밤, 그 현장을 목격하지 않았더라면 좋았을걸 하는 생각마저 들었다. 그렇게 생각을 하며 소연과 함께 경로잔치 판을 뒤로하고 막 돌아서려고 할 때였다.

따앙——

등 뒤에서 느닷없이 벼락이라도 떨어지듯 한 발의 총성이 귀청을 때렸다.

느티나무 잎사귀가 푸르르 떨릴 정도로 큰 소리였다.

긴 여운이 청명한 공기를 뚫고 한동안 하늘 높이 울려 퍼졌다.

"아이쿠! 이게 무슨 소리여!"

밴드 소리는 물론 시끄럽게 떠들던 소리도 갑자기 뚝 끊겼다. 일순간 쥐 죽은 듯한 무거운 정적이 천막 주위를 감돌았다.

총소리의 여운은 한참 동안 산을 감돌아 계곡 위로 길게 퍼져나갔다. 잠시 후, 다시 사람들의 술렁이는 소리가 들려오기 시작했다.

"아니, 벌건 대낮에 뭔 일이여?"

"벼락이라도 떨어진겨?"

그때 웅성거리는 사람들의 눈에 저만큼 골짜기 쪽으로 향해 있는 길 입구 한복판에 한 노인이 양손에 비스듬히 엽총을 들고 서 있는 모습이 들어왔다.

이층집 영감이었다.

이층집 영감은 엽총을 양손에 비스듬히 들고 지금 한창 열이 올라가고 있던 경로잔치 마당을 멀찌감치서 노려보고 있었다. 집에서 입고 있던 그대로 좇아 나왔는지 러닝 바람에 헐렁한 푸른 체크무늬 반바지 차림이었다. 입은 꼭 다물고 있었지만 한쪽으로 심하게 이지러져 있었고, 가늘게 찢어진 눈은 멀리서 보아도 분노로 심하게 떨리고 있다는 것을 알 수 있었다. 반쯤 벗겨진 흰 머리카락은 제멋대로 헝클어져 날리는 게 갑자기 낮도깨비라도 나타난 것 같은 착각을 불러일으키고 있었다.

"아니, 저 영감이……?"

"오메, 저거 총 아니여?"

"맞어. 개 쏘아 죽인 바로 그 엽총인가."

"미쳤어!"

사람들은 저마다 나오는 대로 떠들어대느라 바빴다. 자리에서 일어나려는 사람, 그 자리에 납작 엎드리는 사람, 가지가지였다. 하지만 느티나무 꼭대기 하늘을 향해 공포탄을 한 방 날린 이층집 영감은 박제라도 된 것처럼 그 자리에 꼼짝 않고 서 있었다.

"뭐냐, 저 영감쟁이는!"

"이층집 그 또라이 영감이잖어!"

그러자 비로소 정신을 차린 주최 측 양복쟁이 사내들이 상황을 파악하고는 앞으로 나섰다.

맨 먼저 송 사장이란 자가 앞으로 나서며 화가 잔뜩 난 목소리로 소리쳤다.

"이봐! 최 상무, 뭣 하고 있나? 저 영감탱이가 남의 잔치판에 재를 뿌리고 나서도 유분수지. 당장 경찰서에 신고해!"

하지만 최기룡은 전화를 거는 대신 영감 쪽을 향해 뚜벅뚜벅 걸어가기 시작했다. 핸드폰은 대신 화살코 조 부장이란 자가 열심히 눌러대고 있었다.

둘 사이에 철사줄을 당겨놓은 것처럼 팽팽한 긴장감이 흘렀다. 영감의 눈썹이 꿈틀하고 움직였다. 눈빛이 반짝하였다. 최기룡의 푹 꺼진 눈과 광대뼈도 따라서 한번 꿈틀하는 것 같았다.

"나쁜 놈."

최기룡이 가까이 다가가자 거의 닿을 듯이 영감의 입에서 나지막했지만 누구나 들을 수 있을 정도의 크기의 말이 튀어나왔다. 하지만 그뿐이었다.

금세라도 총구를 최기룡의 가슴을 향해 겨누고 방아쇠라도 당길 것 같았는데, 영감은 여전히 그 자리 그대로 돌부처처럼 굳은 듯이 서 있을 뿐이었다. 하늘을 향해 공포탄을 쏘는 것과 총구로 가슴을 향해 겨누는 것은 결과가 판이하게 달랐다. 영감의 얼굴은 분노와 좌절감으로 심하게 일그러져 있었다.

수도 고치는 사내, 최기룡은 알고 있을 것이었다. 아무리 영감이 또라이라고 하지만 벌건 대낮에 대놓고 사람을 향해 총을 겨누지는 못할 것이라는 것을. 그리고 이 기회에 확실하게 영감의 기를 꺾어놓아야 다음 일이 순조롭게 되어갈 수 있으리란 판단도 들었을 것이다. 더구나 동네 사람들이 모두 지켜보고 있는 상황이었다. 위험한 순간이기도 했지만 현장소장인 그에겐 자신의 존재를 알릴 수 있는 더없는 기회이기도 했다.

이층집 영감 바로 앞 한 걸음도 채 되지 않는 지점에 이른 최기룡은 영감을 뚫어져라 노려보았다. 터질 것 같은 긴장감은 절정에 이르렀다. 미루나무 가지 위에서 까치가 까악까악 울어대는 소리가 들렸다. 곧 최기룡의 입가가 비틀어지며 냉소 같은 게 떠올랐다.

그리고 그 순간, 사내는 재빨리 영감의 손에서 엽총을 낚아채었다. 아니 낚아채려는 순간이었다.

이장 운학이 나타난 것은 바로 그때였다.

"야, 최기룡이, 이 새끼!"

어디서 나타났는지 이장은 그들을 향해 외마디 소리부터 질렀다. 술에 잔뜩 취한 얼굴이었다. 영감에게서 막 엽총을 낚아채려 손을 내밀었던 사내는 그 소리에 순간 도둑질하다 들킨 놈모양 움찔하면서 동작을 멈추었다.

모두의 시선이 이장에게로 향했다.

"흥, 언제부텀 니가 재들이랑 한통속이었나?"

절룩거리는 다리를 끌고 이층집 영감과 사내를 향해 곧장 다가갔다.

"설마하니 네놈이 저기 쓰레기 같은 송 사장 똥구녕 핥아주는 사이인 줄은 꿈에도 몰랐어. 암, 귀신도 몰랐을 거여! 수도 고치는 놈이 수도나 고치면 될 일이지 차차차 파라다이스 상무? 웃기지 마. 웃기지 말라구!"

이장의 비웃음이 섞인 속사포 같은 공격에 사내의 얼굴이 형편없이 일그러졌다.

"말조심해."

그는 최대한 감정을 누르는 듯 씹어 뱉듯이 말했다. 하지만 이장은 끄덕도 하지 않았다.

"말조심! 그래, 흥, 말조심할게. 넌 개자슥이다. 어쩔래? 넌 지금까지 친구인 나까지 속였어! 어느 편도 들지 않는 것처럼 하면서 속으론 은밀하게, 그래 은밀하게 저 송 사장이란 놈들하고 거래를 했어. 이 바람골, 골짜기와 동네를 저놈들한테 팔아먹은 거야. 아니야?"

"너, 정말 말조심 안 할 거야?"

힐끗 돌아보는 사내의 눈에 번쩍 살기 같은 게 떠었다. 하림은 불현듯 그날 밤의 광경이 떠올랐다. 태연히 개를 쏘아 죽이고 끌고 가던 그라면 그러고도 남을 것 같았다. 하지만 술에 취한 운학을 말릴 수 있는 사람은 아무도 없었다. 자기 말로는 한쪽 다리를 조국에 바쳤다고 하는 상이용사였다. 그깟 협박에 넘어갈 그가 아니었다.

"안 하면, 안 하면 어쩔 테냐? 개발, 개발 해쌓지만 그까짓 유원지 들어오면 동네 망해. 동네는 망한다구! 네놈들이야 한탕 치고 달아나면 그뿐이지만 동네는 망한다구. 골프장 들어온다고 떠들썩하던 동네들 지금 다 어떻게 됐냐?"

그러고 경로잔치에 모인 사람들을 돌아보며 큰 소리로 말했다.

"여러분, 나 이장입니다. 이장 운학이라구요! 제발 찬물 마시고 정신 좀 차리세요! 아, 수백 년 조상들이 지켜온 동네가 하루아침에 놀이터로 변해서야 말이나 되겠습니까? 땅값 오른다고 지랄 떨지만 쟤들 알고 보면 사기꾼들이에요! 알거지 사기꾼들이라니까요! 속으면 안 돼요!"

"저 씨팔놈이!"

마침내 참고 있던 사내가 폭발하고 말았다. 그동안 양복에 넥타이까지 매고 최대한 점잔을 빼고 있던 그였지만 더 이상 이장의 나불거리는 입을 막지 않으면 잘되자고 연 경로잔치가 되레 고스란히 똥물 뒤집어쓰는 꼴이 되고 말 것이기 때문이었다. 그런데다 송사장 얼굴을 보니 불편한 기색이 말이 아니었다.

"개새끼, 주둥아릴!"

사내는 양복 윗옷을 벗어 휙하고 땅바닥에 내팽개쳐버리고는 번개처럼 이장 운학을 향해 달려갔다. 차차차 파라다이스 상무에서 다시 예전 수도 고치는 사내로 돌아온 것 같았다. 워낙에 키가 큰데다 화까지 잔뜩 나 있던 터라 이장에게 달려간 그는 화난 멧돼지 똥개 해치우듯 이장의 멱살을 단숨에 잡고 들어 올렸다.

"머가 머시라. 주둥이라고 달렸으니까 나오는 대로 지껄이고 싶단 말이지. 죽고 싶어서 환장을 해도 가려서 해야지. 이 새끼가, 그래도 친구랍시고 오냐오냐 해줬더니만 꼴도 모르고 설치는 꼴이라니, 이 병신 새끼가!"

그러고는 대롱대롱 매달린 이장의 아구창을 향해 주먹이라도 한대 날릴 기세로 눈을 부릅떴다.

"오메, 그래, 쳐라, 쳐! 한번 쳐봐! 이 씨팔 새끼야……!"

사내의 팔에 대롱대롱 매달린 채 이장 운학이 입만 살아서 소리쳤다. 멱살이 잡혀 캑캑거리는데다 소주 먹인 황소 눈깔처럼 눈엔 벌겋게 핏발까지 올라 있었지만 입만은 지지 않고 있었다.

"아, 이걸 그냥."

그런 운학을 향해 사내는 주먹을 부르르 떠는 시늉을 했지만 더 이상 어쩌지는 못했다. 한 대 때렸다가는 일이 어떻게 꼬여갈지 알 수 없는 노릇이었다. 다 되어가는 밥에 콧물 떨어뜨릴 필요는 없을 것이었다. 짧은 순간이었지만 그의 머리에 계산이 빠르게 흘러갔을 것이다. 마침내 그는 휙하고 운학을 땅바닥에다 내동댕이치고는 마치 더러운 물건이라도 만졌다는 듯 손을 탁탁 털면서, 다시 젠체 점잖은 목소리로 돌아가서 꾸짖기라도 하는 양 말했다.

"야, 니나 정신 차려, 이눔아! 동네 어르신들이 다 지켜보시는 데서 이장이란 작자가 벌건 대낮에 술이나 처먹고 행패를 부리는 게 부끄럽지도 않어!"

그러고는 이층집 영감과 운학을 번갈아 쳐다보며,

"니가 저 영감탱이네 딸년 쫓아다닌다는 이야긴 다 알고 있어. 니가 지금 이 지랄 떠는 것두 이 딸년 때문이겠지. 말해봐? 내 말이 어디 틀렸는가? 기도원이니 수도원이니 니가 알게 뭐냐? 동네 팔아먹으려 설치는 놈은 너여, 알겄냐?"

하고 입을 이죽거리며 비웃기라도 하듯이 말했다.

그의 입에서 이층집 여자 이야기가 나오자 순간, 운학의 눈에서 불꽃이 튀었다. 그런데다 동네 사람들이 다 보는 앞에서 이년 저년 소리까지 나오자 운학은 거의 이성을 잃어버린 것 같았다. 넘어져 있던 땅바닥에서 벌떡 상체를 일으킨 운학이 날아갈듯이 사내를 향해 덮친 것은 그다음의 일이었다.

"야, 최기룡! 니놈이, 니놈이 우리 동네 개들 쏘아 죽였지?"

날아가면서 운학이 소리를 질렀다.

"뭐?"

순간, 사내의 얼굴이 일그러졌다. 당황한 표정이 역력했다.

"다 들었어. 다 안다구!"

운학이 소리쳤다.

놀라기는 하림도 마찬가지였다. 어떻게 그가, 불현듯 무슨 생각이 스쳐 돌아보니 어느새 옆에 있던 소연이 보이지 않았다. 그러니까 그사이에 소연이 이장 운학에게 가서 그 이야기를 귀띔해준 것이 분명했다.

낭패스러운 느낌도 들었지만 하림은 어쩌면 차라리 잘되었는지 모르겠다는 생각도 들었다. 어차피 판은 깨어졌고, 모든 패가 뒤집어져야 할 때가 된 것인지도 모른다는 생각이 들었다.

"이 자식이 정말 듣자듣자 하니까!"

일순 당황했던 최기룡은 더 이상 참을 수 없다는 듯이 자기를 향해 달려오는 운학의 가슴팍을 겨냥해서 이단 옆차기로 발을 날렸다. 이를 악다문 품새가 독이 올라도 여간 바싹 오른 게 아니었다.

"어이쿠!"

운학이 가슴을 안고 저만큼 나가떨어졌다. 머리를 땅에다 처박혔는지 이마에서 피가 흘러나왔다. 사내는 그러고도 분이 풀리지 않는지 이를 악다물고 거친 숨을 몰아쉬면서 천천히 운학을 향해 다가갔다. 당장에 요절이라도 내어야 시원하겠다는 무서운 표정이었다.

"그래, 죽여라! 죽여! 씨팔, 너희들 모두 개다! 너희들 모두 개자식들이라구!"

운학이 이마에 피를 철철 흘리며 누구라 할 것 없이 돌아보며 고래고래 고함을 질렀다.

급박한 순간이었다. 그러나 누구도 선뜻 말리고 나서는 사람이 없었다.

그때였다.

따앙——

다시 한 번 총소리가 귀청을 때리며 길게 울려 퍼졌다.

총소리에 놀라 모두 갑자기 돌이라도 된 것처럼 굳어져버렸다. 돌아가던 영화가 멈춘 것처럼 모든 풍경도 일순 정지해버린 것 같았다. 그리고 모두 약속이나 한 것처럼 이층집 영감에게로 시선을 던졌다.

운학과 사내가 싸우는 걸 보느라, 까맣게 잊고 있었던 참이었다.

과연 영감이었다. 가슴패기에 안고 있던 영감의 총구는 어느새 운학과 사내가 있는 쪽을 향해 있었다. 진한 화약 냄새와 함께 영감의 총구에서 보일락말락 연기가 피어오르고 있었다. 운학을 향해 잡아먹을 듯 다가가고 있던 사내가 맥없이 무릎을 꿇고 옆으로 픽 쓰러진 것은 그다음 순간이었다.

"오메! 사람 죽었다!"

"영감이 총을 쐈어!"

여기저기서 비명 소리가 터져 나왔다. 혼비백산한 사람들은 여기저기 흩어져 몸을 가리며 소리쳤다. 순간, 하림은 아무 생각 없이 쓰러진 사내를 향해 쏜살같이 달려갔다. 운학은 미처 사태를 파악하지 못했는지 여전히 땅바닥에 쓰러진 채 상반신만 비스듬히 일으키고는 눈을 커다랗게 뜨고 쳐다보고 있었다.

사내의 허벅지에서 피가 흥건하게 흘러나오고 있었다. 다행인지 총알은 사내의 허벅지 부근에 맞은 것 같았다. 누가 수건을 갖다 주어 먼저 지혈부터 시켰다.

"119 불러요! 119!"

그러면서 하림이 소리쳤다.

송 사장 무리들도 그제야 잔뜩 겁먹은 얼굴로 쫓아왔다.

사내는 온갖 인상을 쓰며 눈을 떴다. 얼굴이 종잇장처럼 하얗게 변해 있었다. 설마하니 영감이 자기를 향해 총을 쏠 줄이야 꿈에도 예상하지 못한 모양이었다.

최기룡은 총 맞은 쇼크에서 벗어나자 차츰 정신이 좀 드는 모양이었다. 허벅지에서 피가 쉴 새 없이 흘러나오고 있었지만 생명엔 지장이 없을 것 같다는 생각이 들었다. 피를 본 사내는 하림을 뿌리치고 한사코 일어나려고 했다.

"니기미, 좋아! 오늘 저 영감하고 운학이 저놈, 죽이지 못하면 내가 사람이 아니다. 개새끼처럼 죽여서 질질 끌고 다니다가 수채 구덩이에 콱 집어던져버리고 말 테니까 두고 보라구!"

입으로 온갖 저주의 말을 다 쏟아내며 일어서려 했지만 그 역시 말뿐이었다. 총 맞은 놈이 큰소리 쳐봤자 앉은뱅이 용 쓰는 것이나 진배없었다. 하림이 꽉 잡고 있는데다 꿈에도 예상치 못했던 영감의 몇 수나 높은 돌발적 행동 앞에 처음의 기세가 꺾이지 않으려야 꺾이지 않을 수가 없을 터였다. 처음 총소리 때처럼 공포라면 모를까, 설마하니 사람을 향해 실제로 총을 발사할 줄이야 누구도 짐작지 못했던 일이었다.

"저 또라이 영감 새끼, 오늘이 제삿날이여!"

그래도 그의 입은 살아서 여전히 이를 갈며 온갖 저주를 뱉어내었다.

그런 시끄러운 소동 중에도 한편, 총을 쏜 이층집 영감은 마치 허

수아비처럼 그 자리에 서서 미동도 하지 않고 있었다. 벗겨진 이마 뒷머리는 하얗게 산발한 채 아무렇게나 흩어져 바람에 날리고 있었고, 침통한 눈빛은 무언가를 쏘아보고 있는 것 같기도 하고, 아무런 것도 보고 있지 않은 것 같기도 했다. 영감의 어깨너머로 계곡의 푸른 숲만 반짝이고 있었다.

"아버지……!"

그때 영감의 뒤쪽 골짜기 입구 길에서 누군가 달려오며 숨넘어갈 듯 다급하게 부르는 소리가 들렸다.

이층집 여자 남경희였다.

남경희의 얼굴은 멀리서 보아도 하얗게 질려 있었다.

"아버지……!"

가까이 온 그녀는 단번에 조금 전에 그곳에서 벌어진 사태를 파악했다.

그녀는 자기 아버지의 손에서 엽총을 낚아채 바닥에다 내동댕이치고는 영감을 양손으로 꼭 끌어안았다. 그리고 울먹이는 목소리로 외쳤다.

"아버지! 무슨 짓을 한 거예요? 예? 무슨 짓을 한 거냐구요?"

그러나 영감은 여전히 무겁고 침통한 눈빛으로 앞만 보고 있을 뿐이었다.

"흥, 그 애비에 그 딸이라, 이제 주인공들이 다 나타나셨군."

그 장면을 바라보던 최기룡의 입에서 싸늘한 냉소가 떠올랐다.

"개를 쏘아 죽인 인간은 저 영감이야! 보라구, 이제 사람까지 쏘잖아? 저런 인간이 무슨 짓인들 못하겠어? 베트남에서 사람 잡던

솜씨가 어디 갔겠어?"

사내는 득의만만하게 말했다.

"우리 아버지는 그런 비열한 인간이 아니야! 모든 일은 당신이 저지른 거잖아. 그래 놓고 우리 아버지에게 뒤집어씌우고 있는 거잖아. 난 다 알아! 알고 있다고!"

자기 아버지를 부둥켜안은 채 남경희가 사내를 돌아보며 소리를 쳤다.

그러나 그녀의 목소리는 공허하게 울려 퍼졌을 뿐이었다. 사태는 분명히 영감에게 불리하게 돌아가고 있었다. 마을 사람들이 조금 전 자기 눈으로 직접 영감이 총질하는 걸 본 이상 더 이상 달리 빠져나갈 구멍이 없어 보였다.

그때 다시 쓰러져 있던 이장이 나섰다. 그는 하림을 가리키며 말했다.

"이봐, 장하림! 자네가 말 좀 해봐! 자네가 직접 본 거 말이야! 누가 개에게 총질을 했는지, 자넨 분명 봤다고 했잖여!"

화살이 마침내 하림에게로 날아왔다. 하림은 순간, 곤혹스러운 느낌이 들었다. 이 엄청난 소용돌이 속에 자신도 모르게 깊이 빠져들게 된 걸 깨달았다. 사람들의 시선이 모두 하림에게로 향했다. 남경희의 시선도 따갑게 다가왔다. 그녀는 최기룡을 부축해 안고 있는 하림의 모습에 약간 의외라는 표정이었다. 엉겁결에 그러긴 했지만 그녀에겐 오해를 불러일으키기에 충분한 포즈였을 것이다.

그러자 하림은 일이 이렇게 된 이상 더 이상 꿀 먹은 벙어리 꼴을 하고 있을 수만은 없겠다는 생각이 얼핏 들었다. 도망갈 수도 피할 수도 없는 상황이었다. 마침내 결심이라도 한 듯 하림은 부축하고 있던 최기룡을 남겨두고 자리에서 일어났다. 그리고 천천히 이층집 영감과 딸, 사내와 송 사장 무리, 약간 떨어져 있던 동네 사람들을 둘러보았다. 저만큼 뒤에 서 있는 소연이의 모습도 보였다.

하림은 가볍게 한숨을 한번 쉬고는 천천히 입을 열었다.

"좋아요. 모두가 원하신다면 말씀드리겠어요. 그러나 먼저 미리 말해두고 싶은 것은, 저는 누구의 편도 아니란 겁니다. 전 그저 잠시 이곳에 글을 쓰기 위해 온 사람에 불과해요. 그러니까 누구의 편을 들 이유도 없지요. 또한 그러니까 이 골짜기에 기도원이 들어오든 차차차 파라다이스가 들어오든 저와는 아무 상관도 없다는 말입니다. 단지 저는 제가 본 대로, 진실만을 전해드릴 수 있을 뿐입니다. 그것에 대한 판단은 어디까지나 이해 당사자들인 여러분들의 몫입니다."

그러고는 잠시 말을 끊었다가 다시 말했다.

"그날 저녁, 그러니까 총소리가 나던 날 저녁에 저는 여러분들이 다 알고 있는 윤재영 씨네 화실에 있었어요. 6시나 되었을까, 마악 어둑어둑해지기 시작할 무렵이었죠."

마치 기억을 더듬는 듯 잠시 말을 멈추었다 다시 입을 열었다.

"그때 멀지 않은 저수지 쪽에서 총소리가 났어요. 나도 처음엔 무슨 소린지 몰라 잠시 어리둥절하였지만 곧 그게 총소리라는 걸 깨달았지요. 그리고 전 이전에 누구로부터 이 마을에 연쇄적으로 개가 총을 맞아 죽는 사건이 벌어지고 있다는 이야기를 들은 적이 있어요. 자세한 이야길 하자면 길지만, 사실 그 일 때문에 이곳에 온 것이기도 하구요. 어쨌든 날은 어둑하고 혼자였기 때문에 좀 무서운 생각도 들었어요. 하지만 이내 전 호기심을 억누르지 못하고 밖으로 뛰어나와 총소리가 난 쪽을 향해 달려가기 시작했습니다."

하림의 머릿속으로 그날 밤의 풍경이 눈에 선하게 떠올랐다. 그러자 그날 밤 온몸을 엄습하던 불안과 공포가 다시 고스란히 몰려오는 것 같았다.

"낮에 내렸던 비 때문에 길은 질척했고, 길가의 풀은 젖어 있었지요. 얼마 가지 않아 곧 저수지의 잡목 숲이 나타났습니다. 잡목 숲 사이로 저수지의 수면이 비쳤어요. 저는 방죽 아래로 난 길을 따라 반쯤 몸을 가린 채 급히 발걸음을 옮겼습니다."

하림은 그때를 상상하며 마른 침을 꿀꺽 한번 삼켰다. 그러곤 계속해서 말했다.

"그런데 저수지의 끝 배수구 부근 다리에 이르렀을 때였어요. 저는 그 자리에 얼어붙은 듯 서버리고 말았습니다. 다리 건너편 어둑한 속에 사람 그림자가 어른거리고 있었기 때문입니다. 분명히 사람 그림자가……! 저는 얼른 잡목 뒤로 몸을 숨겼어요. 다행히 그림자는 저를 보지 못하고 어스름 속에서 혼자 부산히 움직이고 있었어요. 키가 큰 사내의 그림자였습니다. 그의 한 손엔 긴 작대기 같은 것을 들고 있었는데, 저는 직감적으로 그게 엽총이라는 사실을 깨달았어요. 그 남자는 무거운 것을 질질 끌고 가더니 저기 저 이층집 영감님의 울타리 근처에서 걸음을 멈추었습니다. 그러곤 잠시 주위를 살피듯 한번 돌아보고는 끌고 왔던 무거운 물체를 그곳에 던져두고, 곧 돌아서서 공사장 사무실이 있는 불 꺼진 컨테이너박스 뒤로 사라졌어요. 그리고 곧이어 오토바이 소리가 들렸어요. 너무나 대담했고, 너무나 재빨랐어요. 그가 떠나고 나서도 저는 여전히 잡목 뒤에서 나오지 못한 채 한동안 그 자리에 얼어붙은 사람처럼 앉아 있었습니다."

하림이 말을 이어가는 동안 최기룡의 얼굴이 점점 일그러지기 시작하더니 끝내 버럭 소리를 지르고 말았다. .

"집어치워! 지금 이 판국에 한가롭게 무슨 소설 따위를 지껄이자는 거냐!"

그러나 하림은 그만두지 않았다. 이미 쏟은 물이었고, 뱉은 말이었다. 최기룡은 일어나려고 용을 썼다. 하지만 곧 그 자리에 주저앉고 말았다. 수건으로 싸매어놓은 허벅지에서 계속해서 피가 흘러나오고 있었다.

"도대체 그 사내가 누구라는 거요?"

동네 노인들 중의 하나가 호기심을 견디지 못하고 초조한 어조로 물었다.

하림은 천천히 최기룡을 돌아보았다. 그리고 손가락 끝으로 그를 가리키며 차가운 목소리로 말했다.

"바로 저기, 저 사람이오."

"뭐, 뭐라구? "

다들 깜짝 놀란 얼굴로 최기룡에게로 시선을 던졌다. 믿지 못하겠다는 표정들이었다.

"거짓말!"

최기룡이 소리쳤다.

"어둑하긴 했지만 난 분명히 봤어요. 바로 저 사람입니다!"

하림이 지지 않고 차가운 목소리로 단정하듯이 말했다.

"이렇게 분명하게 말씀드릴 수 있는 것은 처음에 제가 이곳에 왔을 때 수도가 얼어붙어 그에게 수리를 부탁했기 때문입니다. 저기 운학 이장님도 그때 그 자리에 같이 있었어요. 죽은 개를 끌고 가는 그림자는 바로 저 사람, 수도 고치러 왔던 저 사람이 분명합니다."

"거짓말! 너 이 새끼, 거짓 주둥아릴 함부로 놀려? 이봐, 조 부장! 저 새끼 좀 잡아줘! 내 오늘, 모두 요절을 내버릴 거야, 썅!"

사내는 눈에 핏발을 세워 금세 무슨 일이라도 저지를 듯이 소리를 질렀다.

그러나 하림은 그를 무시한 채 냉정한 목소리로 계속 말했다.

"아시다시피 나는 저 사람이랑 원수 진 일도 없고, 원한을 살 일도 없습니다. 처음에 말씀드린 대로 판단은 여러분들이 할 몫입니다. 다만 저는 그동안 왜 저 사람이 그런 끔찍한 짓을 했을까 궁금했는데, 오늘에야 비로소 그 궁금증이 풀렸습니다. 차차차 파라다이스 상무. 바로 그게 해답입니다. 그러니까 이 모든 일은 차차차 파라다이스를 이곳에 유치하기 위한 작전이었던 셈이죠."

그러고는 모두를 돌아보며 말했다.

"아까 말씀드린 대로 저는 이곳에 파라다이스가 들어오건 뭐가 들어오건 아무런 관계가 없는 사람입니다. 물론 그럴 권리도 없구요. 하지만 말 못하는 짐승에게 총질을 하여 죽인 일만큼은 결코 용서받아서는 안 된다고 생각합니다. 사악하고 끔찍한 일이니까요."

말을 마쳤다. 그제야 하림은 속이 좀 후련해진 느낌이 들었다.

"야, 장하림! 너, 이 자식, 두고 보자!"

땅바닥에 주저앉은 채로 최기룡이 여전히 악을 써대고 있었다.

그때 멀리 들녘 끝에서 날카로운 사이렌 소리가 하늘 한 귀퉁이를 휘저으며 들려왔다. 뒤이어 어떻게 알았는지 119 구급차도 들이닥쳤다. 재빨리 상황을 파악한 경찰은 먼저 총 맞은 최기룡을 구급차에 실어 병원으로 보내고 나서 이층집 영감과 이장 그리고 하림을 상대로 몇 마디 물어본 다음 두 대의 순찰차에 나누어 태웠다. 남경희도 자기 아버지를 따라가겠다고 나섰지만 자리가 부족해 뒤에 다른 차로 뒤따라오라고 했다.

그들을 태운 차들은 곧 요란한 사이렌 소리를 내며 동네를 빠져나가기 시작했다. 하림이 차창 밖으로 보니 얼핏 소연의 모습이 비쳤다. 경찰차에 타고 가는 것만으로도 무슨 큰일이라도 벌어진 것이라 여겼는지 그녀는 하림을 향해 손을 흔들며 따라오다가 곧 시야에서 사라졌다.

14장

떠나가는 사람들

세상은 꼭 자신이 원하는 방향으로 흘러가는 것은 아니다.

어떻게 보자면 원하는 방향보다 원하지 않은 방향으로 흘러가는 것이 더 많은지도 모른다. 태초부터 우주가 일정한 방향을 향해 진화하여왔고 진화해나갈 것을 믿는 사람들은 우주에도 어떤 알 수 없는 목적 같은 게 있을 거라고 생각한다. 전지전능한 신의 존재를 믿는 사람들은, 그 전지전능한 신이 아무 목적도 없이, 그냥 장난삼아 이 우주를 창조했을 리가 없다고 한다. 광대한 우주에 있는 모래알보다 많은 별들도, 그 별무리 중 하나인 은하계에도, 그 은하계의 한 귀퉁이에 자리 잡고 있는 태양계에도, 그리고 이글거리는 거대한 가스 덩어리인 태양과 그 주변을 돌고 있는 행성에도, 그 행성 중의 하나인 지구에도, 그리고 그 지구에 피어난 각종 생명들도, 그 생명 중의 하나인 인간에게도, 모두 목적이 있다는 것이다.

하지만 우주에는 목적이 없다고 믿는 사람들도 있다. 태초도 그저 우연이며, 그 이후의 전개과정도 무수한 경우의 수들 중 하나가 맞아떨어져 일어난 우연의 산물이라는 것이다. 빅뱅 직후 물질과 반물질의 기우뚱한 불균형으로부터 발생한 우주의 시작은 물론이고, 밤하늘의 모래알보다 많은 무수한 별들이 만들어진 과정도 우연이며, 그 별무리 중 하나인 은하계가 태어난 것도, 그 은하계의 한 모퉁이에 태양계가 생겨난 것도, 그리고 거대한 가스 덩어리 태양과 그 주변을 돌고 있는 행성과, 그 행성 중의 하나인 지구가 기가 막히도록 일정한 거리를 두고 약간 기울어진 채 태양의 주변을 돌게 된 것도, 그리고 그 덕분에 이 지구라는 행성에 생명이 존재하게 된 것도, 또 그 가운데 인간이란 존재가 생겨난 것도, 모두 확률이 매우 낮긴 하지만 우연의 산물이라는 것이다.

어느 것이 옳은가는 각자의 사고에 따른다. 과학이 인도할 수 있는 한계는 거기까지이다.

그런저런 생각을 하며 며칠 동안 어수선한 상태로 지냈다. 경로잔치가 그렇게 깽판으로 끝난 뒤였다. 경찰차에 태워져 경찰서로 갔던 하림은 참고인 진술을 한 다음 풀려났다.

이층집 영감에게는 최소한 과실치상죄가 적용될 것이라고 했다. 벌건 대낮에 사람을 향해 총질을 했으니 운이 나쁘면 살인미수죄가 적용될 가능성도 있다고 했다. 엽총이라고는 하나 살상이 가능한 무기였기 때문이다. 영감에게 총을 맞은 최기룡은 허벅지의 부상이 심해 일단 앰뷸런스에 실려 읍내 병원으로 실려갔다. 그에게는 아직 충분치는 않았지만 연쇄적으로 동네의 개를 쏘아 죽인 혐의가 지워져 있었다. 그의 혐의를 입증할 참고인으로 하림은 그날 이후에도 두어 번 경찰서에 불려가서 진술해야 했다

나머지 사람들은 적용할 혐의가 없었기 때문에 간단한 심문조서만 받고 그 날짜로 풀려났다. 하긴 이장이나 송 사장이나, 기타 동네 사람들이야 처벌을 받아야 할 아무런 이유가 없었다. 이층집 영감만 억울하다면 억울하게 된 셈이었다.

마치 한차례 폭풍이라도 지나간 것 같았다. 그러고 나서 바람골은 곧 아무 일도 없었던 것처럼 다시 예전의 정적을 찾아가고 있었다.

하림이 경찰서에서 조사를 받고 돌아오니 그새 소연은 사촌 언니 병구완 차 서울 병원으로 갔는지 보이지 않았다. 하림 역시 이제 자기도 이곳을 떠나야 할 때가 되었다고 생각했다. 더 이상 이곳에 머물 이유가 없었다. 남은 며칠 동안 강은주로부터 받은 숙제나 마칠 요량으로 일체 밖에 나가지 않고 화실에 박혀 지냈다.

그렇게 지내던 어느 날, 화실로 남경희가 찾아왔다. 어쩐지 그녀가 찾아올 것 같은 예감을 가지고 있던 참이었다.

"장 선생님 계신가요?"

"누구세요?"

하림은 의자에서 엉거주춤 몸을 일으키며 현관 쪽을 바라보았다. 예상대로 그녀였다. 그녀는 그렇게 불러놓고 잘못 찾아온 사람처럼 고개를 외면한 채 문밖에 어색하게 서 있었다.

"아, 들어오세요."

하림이 노트북을 닫고 문 쪽으로 가며 말했다. 어색하긴 하림도 마찬가지였다.

그녀는 조심스럽게 신발을 벗어놓고, 처음 이곳에 왔을 때처럼 소리나지 않게 방으로 들어왔다. 그리고 누가 있나 살피듯 방 안을 한번 둘러보았다. 화장을 했지만 며칠 새에 오랜 병을 앓고 난 사람처럼 몰라볼 정도로 수척해져 있었다. 광대뼈는 도드라져 보였고, 창백한 이마 아래의 눈은 짙은 그늘이 드리워져 있었다.

"바쁘신데 방해가 되지 않나요?"

그녀는 여전히 조심스러운 어투로 말했다.

"아니, 괜찮아요. 앉으세요. 차 한잔 드릴까요?"

하림은 일부러 사무적인 어조로 딱딱하게 말했다. 그러고는 그녀의 대답을 기다리지 않고 그녀가 의자에 앉을 동안 얼른 찻주전자를 가스레인지 위에 올리고 불을 켰다.

"참, 아버님은 어떻게 되셨나요?"

하림이 생각난 듯이 물었다.

하림의 물음에 그녀는 깊은 한숨과 함께,

"검찰청으로 넘어갔어요"

하고 말했다.

이미 예상하고 있던 바였지만 하림은 새삼 놀랐다는 표정으로 그녀를 향해 돌아보았다. 그래도 한 가닥, 설마했던 일이었다. 검찰청으로 송치되었다는 말은 곧, 구속되어 감옥으로 직행할 거라는 말과 다름없었기 때문이다. 누구에게나 감옥이란 어둡고 두렵고 기분 나쁜 곳이었다.

"변호사 말로는 고령인데다 우발적으로 벌어진 일이라 구속까지 시키겠느냐고 하지만, 알 수 없는 일이죠. 피해자 쪽에서 워낙 강하게 나오고 있으니까."

남경희가 어두운 표정으로 말했다.

하림은 그의 모습을 떠올리며 충분히 그러고도 남을 거라고 생각했다. 그런데다 송 사장을 포함해 그들에겐 어떻게든 영감을 주저앉혀야 할 뚜렷한 목표가 있었다.

"합의만 되면 그래도 풀려날 가능성이 있다는데……"

남경희가 자신 없는 목소리로 말끝을 흐렸다.

"그쪽 요구 사항이 뭐래요?"

"모르겠어요. 변호사를 통해 알아보고 있는데 지금은 그냥 강력한 처벌을 바란다고만 하고 있대요. 아버진 정신병원에 간 이력이 있지만 그게 그리 유리한 작용을 하진 못한대요. 교회에 방화한 전력도 있고……"

하림은 가볍게 신음 소리를 내었다. 그럴 것이다. 그를 포함해 송 사장 무리들로서는 이왕에 당한 것, 어쩌면 절호의 찬스를 잡은 것이라 생각할지도 모른다. 강력하게 밀어붙이면 강력하게 밀어붙이는 만큼 뜯어낼 것이 많다는 뜻이었다.

"어쨌거나 아버님 때문에 걱정이 크시겠어요."

마침 끓기 시작하는 물을 커피 잔에 부으면서 하림이 위로 삼아 말했다.

"그날 그래도 장 선생님이 사람들 앞에서 우리 아버지가 개들을 쏘아 죽이지 않았다는 걸 말씀해주셔서 얼마나 고마운지 몰라요. 어떻게 보자면 그 일에서부터 이렇게 번진 것이니까요. 어쨌건 아버지로선 억울한 누명을 벗은 셈이죠."

"그 최기룡이란 사람, 경찰에서는 자기는 그런 일이 없다고 딱 잡아떼고 있대요. 그날 본 사람이라고는 나밖에 없다 보니까…… 오히려 그는 저를 두고 무고죄로 집어넣겠다고 큰소리를 치고 있다고 해요."

하림이 자기도 모르게 얼굴을 찌푸리며 말했다.

"미안해요. 괜히 우리 일 때문에……"

남경희가 말했다.

"사실 난 처음엔 그가 범인일 거라는 자신은 없었어요. 그가 왜, 동네 개들을 연쇄적으로 엽총으로 쏘아 죽여야 했는지 전혀 감이 잡히지 않았거든요. 그런데……"

하림은 남경희의 짙은 갈색 눈을 쳐다보며 말했다.

"그날 경로잔치에 나타난 걸 보고 모든 걸 확연히 깨달았어요. 차차차 파라다이스 상무랍시고 송 사장이랑 나란히 나타난 순간 말이에요."

하림은 가볍게 한숨을 한번 들이쉬고 나서 계속해서 말했다.

"그러니까 그는 벌써부터 송 사장에게 포섭되어 치밀하게 일을 꾸민 것이지요. 남 선생이랑 남 선생님 아버지를 이 동네에서 쫓아낼 구실을 만드는 계획 말이에요. 그래서 개를 쏘아 죽인 후, 그 사체를 남 선생님 댁 울타리 앞에다 던져두기 시작했던 것입니다. 혐오감과 적대감을 자아내기 위해서 말이죠. 마침 남 선생님 아버지는 개를 싫어하셨고, 그 일로 윤재영 씨 고모할머니랑 다투기까지 한 터여서 혐의를 뒤집어씌우기 딱 좋았던 거죠. 사실 동네 노친네들도 어느 정도 눈치는 채고 있었지만 다들 입을 다물어버렸죠. 어쨌거나 그들로서는 기도원이 들어오는 것보다는 차차차 파라다이스 같은 대규모 위락시설이 들어와 동네가 개발되고 덩달아 땅값까지 오른다면 더 나을 거라는 계산이 서 있었던 거겠죠. 특히 윤재영 씨 고모, 구보 할머니가 발 벗고 나섰구요."

"그렇다면……"

하림을 올려다보며 남경희가 말끝을 흐렸다.

"모두가 공범이었던 거죠. 거기 모였던 동네 사람들 모두."

하림은 남경희를 뚫어져라 쳐다보며 말했다.

"그들은 처음부터 누가 개를 쏘아 죽였는지 알고 있었어요."

목소리가 자기도 모르게 다소 높아졌다.

"끔찍한 일이었죠. 난 그게 싫었어요. 그날 내가 앞으로 나선 것도 그 때문인지 모릅니다. 그런 걸 그냥 모른 체하고 지나가는 내가 싫어서 그랬어요. 마치 온몸에 똥칠을 한 채 입을 다물고 있는 것 같았거든요. 그쪽을 도와주고 싶고 말고는 그다음 일이었어요."

하림의 설명에 남경희가 이맛살을 찌푸리며 고개를 끄덕였다.

"남 선생이 진짜 고마워해야 할 사람은 그건 내가 아니라……"

그리고 잠시 뜸을 들였다가 하림이 한숨을 내쉬며 말했다.

"이장님일지 몰라요. 그분이, 그렇게 하지 않았더라면 아무 일도 없이 지나가고 말았을 테니까요."

그리고 나서 하림은 남경희 쪽을 쳐다보았다. 이장 이야기가 나오자 그녀의 표정이 조금 곤혹스럽게 변했다.

"이런 말씀드려도 좋을지 모르지만……"

그런 그녀의 모습을 놓치지 않고 하림이 말했다.

"그이는 남 선생님을 진정으로 사랑하고 있어요. 나도 처음엔 확신이 없었지만 그날 분명하게 알았어요. 그렇지 않다면 동네 사람들 앞에서, 더구나 송 사장이랑 그 패거리들 앞에서, 그렇게 용감하게 남 선생님 아버지를 감싸고 나올 수는 없었을 거예요."

하림의 말에 남경희는 잔뜩 얼굴을 찌푸린 채 고개를 끄덕였다. 하림은 계속해서 말했다.

"지난번 바람 불던 날, 저수지 길로 남 선생님을 바래다주고 오는 길에 누구를 만났는지 아세요?"

하림의 말에 그녀는 궁금한 듯이 그를 쳐다보았다.

"운학 이장님이었어요."

하림은 그녀의 눈길을 피해 탁자 위로 시선을 던지며 말했다.

"그날, 그이는 처음부터 우리 뒤를 몰래 따라왔고, 몹시 흥분해 있었죠. 그이는 우리 사이를 의심하고 있었던 거예요."

하림의 머릿속에서 그날 밤의 광경이 선명하게 떠올랐다. 어둠 속을 절룩거리며 걸어가던 그림자, 그리고 자기를 돌아보며 '나쁜 새끼!' 하고 외치던 이장의 일그러진 얼굴이 똑똑하게 떠올랐다.

"물론 오해였지만 그이는 어쨌든 혹시나 당신이 무슨 일로 이곳을 떠나지 않을까 몹시 두려워하고 있어요. 동네 사람들은 당신들 부녀를 쫓아낼 궁리를 하고 있었고, 그날 그가 사람 앞에 용감하게 나서서 최기룡이랑 맞설 수 있었던 것도 그 때문이었지요."

그러고 나서 하림은 단언하듯이 다시 한 번 내뱉었다.

"그는 남 선생님을 사랑하고 있어요!"

하림의 말에 남경희는 얼굴을 숙인 채 고개를 가로저었다. 하지만 하림은 그녀의 숙인 이마를 바라보며 계속해서 말했다.

"이런 말해도 좋을지 모르지만, 그는 어쩌면 외모와는 달리 가장 순수한 영혼을 지닌 사람인지도 몰라요."

하림의 말이 끝나자 그녀는 가볍게 한숨을 지었다.

"알아요. 하지만 난 그의 그런 사랑을 받을 자격도, 마음의 여유도 없는 사람인걸요."

그러고 나서 잠시 생각에 젖은 표정으로 앉아 있다가,

"사실 그 일이 있고 나서 운학 이장이랑 한번 만났어요. 내가 먼저 찾아갔어요. 그날 우리 아버지 때문에 최기룡에게 맞아 다친 것도 미안했고, 어쨌거나 고마운 일은 고마운 일이었으니까요. 그는 다친 이마에 붕대를 감고 누워 있다가 나를 보자 화들짝 놀라 일어나더군요. 그리고 마치 장난질 치다 들킨 아이처럼 안절부절못했어요. 그런 모습이 우스워서 나도 모르게 웃고 말았죠. 어쩌면 그는 장 선생님 말처럼 순수한 영혼을 지닌 사람일지 몰라요. 하지만……"

하고 다시 말끝을 흐렸다.

"장 선생님은 내가 그 남자, 죄송해요, 운학 이장이랑 과연 어울릴 거라 생각하세요? 그래요. 나는 아직 그런 사랑 따위는 해보지도 못했고, 알지도 못하지만 앞으로도 하고 싶은 생각은 추호도 없으니까요."

그렇게 말하는 그녀의 눈은 물기에 젖어 있었다. 금세 눈물이라도 떨어질 것 같았다. 하림은 그런 그녀를 외면한 채 시선을 방바닥에다 던져두었다. 어쩌면 그녀로서는 자신의 가슴 가장 깊숙한 곳에 감추어두고 있었던 말을 하고 있는 것인지도 모른다. 잠시 무거운 침묵이 흘렀다.

"난 곧 이곳을 떠날 거예요."

이윽고 그녀가 침묵을 깨고 말했다.

"예……?"

하림은 고개를 들고 그녀를 쳐다보았다.

"나도 곧, 이곳, 이 골짜기를 떠날 거라구요."

그녀는 다시 한 번 확인이라도 해주듯 또박또박 분명한 목소리로 말했다. 너무나 뜻밖의 말이었다.

얼마 전 수관 선생 댁에 갔다 올 때까지만 해도 송 사장과 그의 패거리를 가리켜 사탄의 무리니 탐욕과 악의 화신이니 하며 절대로 물러서지 않겠다고, 그러면서 하림더러 자기를 도와달라고 했던 그녀가 아닌가.

"꼭 운학 이장 때문만은 아니에요."

그런 하림의 마음을 짐작한다는 듯이 그녀가 변명처럼 말했다.

"아버지가 교회에 불을 지른 일 때문에 쫓겨나 처음 이곳으로 왔을 땐, 정말 하나님께 감사를 드렸어요. 이곳 골짜기야말로 우리들의 피난처이자 마지막 안식처라 생각했죠. '인자의 머리 둘 곳'이라는 이름과도 딱 맞아떨어졌구요. 그런데 지금 생각하면 너무나 순진했던 꿈이었어요. 이 세상 어디에도 카인이 숨을 곳이 없었던 것처럼, 타락한 이 세상 어디에도 인자의 머리 둘 곳은 없다는 걸 미처 몰랐어요. 처음에 죽은 개가 울타리 밖에 던져져 있는 걸 발견하고 누군가가 우리를 쫓아낼 음모를 꾸미고 있구나 짐작은 했어요. 보잘것없는 처지의 노인네에 불과한 우리 아버지에게 그 죄를 덮어씌우려 하고 있다는 걸…… 하지만 난 그것도 하나의 시험이라고 생각했어요. 그래서 넘어져서는 안 된다는 생각을 했던 거구요."

그녀는 약간 상기된 얼굴로 말했다.

"하지만 그게 아니었어요. 우리는 우리도 모르는 사이에 모두의 적이 되었고, 어느새 그 적들에게 포위되어 있다는 것을 알았죠. 이 세상에 탐욕을 이길 힘은 없어요. 송 사장과 그의 무리들. 그날 보셨잖아요? 그리고 꿀 먹은 벙어리처럼 바라만 볼 뿐인 마을 영감네들. 평당 몇만 원도 하지 않던 땅이 천정부지로 뛰어오를 거란 기대에 미쳐버린 사람들. 죄 없는 개를 줄줄이 쏘아 죽이고도 아무렇지도 않은 듯 살아가는 사람들. 짐승처럼 변해가는 그들이 무서워졌어요."

그러고 나서 그녀는 한숨을 지으며 말했다.

"어쨌거나 더 이상 우리가 이곳에 있어야 할 이유가 없어졌어요. 아버지마저 저렇게 된 판국에, 언제 나오실지도 모르겠고……"

그녀가 이곳을 떠나겠다는 말에 하림은 갑자기 마음 한쪽이 까닭 없이 허전해오는 느낌이 들었다. 생각하면 우스웠다. 자기가 허전해할 필요도 없었거니와 자기도 곧 여기를 떠날 사람이었다. 하지만 어쩐지 그녀만은 이곳에 남아 무언가를 하고 있어야만 할 것 같은 생각이 들었다. 풍경 속에 꼭 있어야 하는 것이 사라지고 나면 그 풍경은 더 이상 풍경이 아니게 된다. 그녀가 없는 저수지는 더는 옛날의 저수지가 아닐 것이었다.

"그동안 고마웠어요."

이윽고 생각에서 깨어난 듯한 표정으로 그녀가 말했다.

"근데, 어디로 갈 생각이에요? "

하림이 떠오르는 대로 물어보았다.

"이제부터 생각해봐야죠."

그녀가 싱겁게 미소를 떠올리며 대답했다.

"한때는 그런 사람이 부러웠어요. 배낭 메고 지구를 두 바퀸가 돌았다는 여자 있잖아요."

"……."

"어머니가 돌아가시고 나자 아버지 옆자리가 내 자리가 되더라구요. 혼자 남은 아버지가 안쓰럽기도 하고 형제가 없으니 더욱 그랬는지 몰라요. 이젠 오히려 편하게 여겨지지만."

"……."

"아버지가 풀려나시면 둘이서 더 멀리, 아무도 없는 곳, 그런 곳에 가서 살고 싶어요. 큰 기도원이 아니라 작은 오두막 같은 걸 짓구요. 암튼 나중에라도 기회가 닿으면 놀러오세요"

하고 조금 쾌활하게 덧붙였다. 그러고 나서 남은 커피를 마저 마신 다음, 그녀는 자리에서 일어났다. 하림도 그녀를 따라 엉거주춤 몸을 일으켰다.

"참, 한 가지 잊어버린 게 있네요."

현관으로 향해 가던 그녀가 몸을 돌리고 하림을 향해 말했다.

"차차차 파라다이스 실제 주인은 윤재영이란 사람이래요. 이 화실 주인 여자 말이에요. 알고 계셨죠?"

그러고는 덧붙여 말했다.

"송 사장이란 사람은 겉만 번지르르했지 빈털터리라더군요. 사업하다가 빚만 잔뜩 남기고 감옥까지 갔다 왔던 사람이라 무일푼이랍니다. 그러니까 그 윤 여사라는 분, 미안해요, 장 선생님이랑 어떤 사이인지는 모르지만, 그 여자가 뒤에서 모두 조종하고 있었던 거래요."

말을 마친 남경희는 무언가 할 말이 남은 사람처럼 잠시 하림의 눈을 쳐다보더니 가볍게 한숨을 한번 짓고 나서 돌아섰다.

현관 밖으로 나가는 그녀의 어깨 너머로 환한 햇살이 눈부셨다.

그녀가 마지막으로 던져놓고 간 말들이 빈 화실에 파문처럼 남아서 일렁거렸다.

윤 여사, 윤재영, 그녀가 차차차 파라다이스의 실제 주인이라니, 그리고 뒤에서 이 모든 일을 조종한 사람이 다름 아닌 그녀였다니, 그럼, 그녀는 처음부터 개를 죽인 범인이 누구인지 알고 있었다는 말이 아닌가.

하림은 깊은 생각에 잠겨 창문께로 시선을 던졌다. 처음 왔을 때 그대로 창문엔 푸른 줄무늬 커튼이 쳐진 채 닫혀 있었다.

이제 긴 연극도 막을 내릴 때가 되었고, 자기 역시 무대에서 내려올 시점이 되었다. 올 때도 혼자였지만 떠날 때도 혼자였다.

15장
흐르는 강물처럼

서울로 돌아온 하림에게 뜻밖의 소식이 기다리고 있었다. 그 소식을 전해준 사람은 동철이었다. 강은주에게 만화 대본을 넘겨주고 난 뒤 얼마 후였다. 대학로의 찻집에서 만난 동철을 하림은 짐짓 외면했다. 어쩐지 바람골에서 일어난 일들이 윤재영이랑 그가 한통속이 되어 벌인 일일지도 모른다는 생각이 들었다. 거리에 추적추적 비가 내리고 있었다.

"그동안 바빴나 보네?"

동철이 말했다.

"좀."

하림이 퉁명스러운 어투로 받았다.

"미안해. 나도 몰랐어. 윤재영이란 여자, 윤 여사 말이야……"

동철이 변명이라도 할 것처럼 입을 뗐다.

"됐어."

하림이 듣기 싫다는 듯 짧게 내뱉었다.

"나도 순진했지. 그 여자 말을 곧이곧대로 믿었다니 말이야. 하지만……"

동철이 약간 짓궂은 웃음을 지으며 이어 말했다.

"어쨌거나 네 덕분에 개를 쏘아 죽인 범인이 누구인지는 밝혀졌잖아."

"그게 무슨 상관이라고."

하림은 여전히 퉁명스러운 목소리로 대답했다.

"아무튼 오해는 하지 마. 이 황동철이 친구를 부러 골탕 먹이려 일부러 그런 일에 끼게 한 건 아니니까."

그러고 나서 그는 약간 뜸을 들이듯한 눈치더니 뜻밖의 말을 꺼내었다.

"그건 그렇고 너…… 혜경 씨 떠난 거 알아?"

"뭐……?"

하림은 또 무슨 소리냐는 표정으로 동철을 쳐다보았다.

"너 서울 올라오기 며칠 전에 떠났어. 내가 감히 이런 말 덧붙이긴 뭐하지만, 차라리 이게 잘된 일인지도 몰라. 눈물 짜며 헤어지는 것보다는. 난 혜경 씨 그런 드라이한 점이 마음에 들더라."

그러고서 위로인지 뭔지 자기 식대로 해석까지 달았다.

하림은 뒤통수라도 맞은 표정으로 동철을 쳐다보았다. 벙어리라도 된 듯 아무 말도 나오지 않았다. 그녀가 보낸 문자를 보고 아프리카로 떠날지도 모르겠다는 예감은 했지만, 막상 이렇게 훌쩍 떠났다니 믿기지 않았다. 동철이 그런 하림을 안쓰럽다는 듯 쳐다보았다.

"이거, 너한테 좀 전해주라더라."

작은 쇼핑백을 건네주며 말했다. 그러고는 할 말이 다 끝났다는 듯 의자에 등을 기대고 천장에 시선을 두었다.

쇼핑백을 받아든 하림은 이상하게 아무런 감정도 일어나지 않았다. 화가 나거나 슬픔이 밀려오거나 하는 대신 오히려 마음은 얼음덩이처럼 차갑게 굳어가는 걸 느꼈다. 짧은 찰나, 막막한 외로움 같은 게 얼음덩이 밑으로 그림자처럼 스며들었을 뿐이었다. 쇼핑백 속에는 은빛 포장지로 싼 작은 상자 하나와 편지가 들어 있었다. 편지봉투에 '하림에게, 혜경이가'라고 쓴 낯익은 글씨가 보였다. 하림은 봉투를 뜯어 속의 것을 꺼내었다. 그리고 미간을 찌푸린 채 눈가는 대로 읽어가기 시작했다.

하림아! 네가 이 편지를 열어볼 때쯤이면 어쩜 난 먼 곳으로 떠나는 비행기를 타고 있거나 이미 먼 곳에 가 있을 거야. 얼굴도 보지 않고 이렇게 훌쩍 떠나 미안해.너랑 만나면 떠나갈 용기가 나지 않을지도 모른다는 생각이 들었어. 사실 맨땅에 헤딩하는 거나 다름없잖아.

하림아. 나, 하림이 사랑해! 옛날부터…… 양태수 만나기 전부터 말이야.

재작년 가을, 동창회에서 널 만났을 땐 정말 꿈같았어. 난, 널 만나기가 죄스러웠고, 민망했지만 그날 넌, 아무렇지도 않게 반겨주었지. 그때 나, 무척 힘들 때였거든. 누군가의 사랑을 받고 있다는 것만으로도 얼마나 놀랍고 얼마나 고마웠는지 몰라.

바보같이…… 자꾸 또 눈물이 나려고 하네.

장갑 고마워. 노란 털장갑 꼭 맘에 들어. 겨울이 다 지나갔지만 나도 널 주려고 장갑 한 켤레 샀다. 겨울은 또 올 테니까. 그땐 이 장갑 꼭 끼고 다녀! 알았지? 나도 거기서 네가 준 장갑 꼭 끼고 다닐 테니까 말이야. 하긴 아프리카엔 장갑이 필요 없을지도 모르지만…… 그래도 가끔 한번씩 꺼내어 꼭 낄 거야.

고마워, 하림아. 다시 만날 땐, 너에게도 좋은 여자가 하나 생겼으면 좋겠어. 진담이야. 혹시나 해서 하는 말인데, 옛날처럼 날 기다릴 필욘 전혀 없어. 인생의 기회는 다시 오지 않고, 우리 다시 만날 땐 나는 아마 이미 늙은 아줌마가 되어 있을 거야. 너의 사랑, 내겐 이것으로 충분해. 너무 충분해서 죽을 때까지도 넘칠 거야. 하림아, 사랑해! 잘 있어!

편지를 다 읽은 하림은 잠시 동안 초점 잃은 눈빛으로 멍하게 앉아 있었다. 아무런 생각도 나지도 않았고, 아무런 느낌도 없었다.

"괜찮아?"

동철이 걱정스러운 표정으로 말했다. 하림은 아무 말 없이 가볍게 고개를 끄덕였다.

"비도 내리는데 우리 나가서 쐬주나 한잔할까? 바람골에서 벌어졌던 이야기도 나눌 겸 말이야."

동철이 일부러 딴청을 떨며 말했다. 그러고는 하림이 대답도 하기 전에 일어섰다.

밖으로 나오니 플라타너스 가로수 길이 비에 젖어 있었다. 젖은 가로수 길 위로 우산을 쓴 사람들이 깊은 바닷속 물고기처럼 흘러 다니고 있었다. 모든 풍경은 젖어 있었고, 풍경 위로 추적추적 또 비가 내리고 있었다.

동철은 괜히 신경이 쓰이는지 힐끗힐끗 하림을 쳐다보았지만 하림은 짐짓 아무렇지도 않다는 표정으로 묵묵히 따라만 갔다. 그저 모든 것이 텅 비어 보일 뿐이었다. 스쳐가는 풍경도, 스쳐가는 사람들의 표정도 그저 공허하게 느껴졌다.

'혹시나 해서 하는 말인데, 옛날처럼 날 기다릴 필욘 전혀 없어. 인생의 기회는 다시 오지 않고, 우리 다시 만날 땐 나는 아마 이미 늙은 아줌마가 되어 있을 거야. 너의 사랑, 내겐 이것으로 충분해. 너무 충분해서 죽을 때까지도 넘칠 거야.'

그녀는 그렇게 썼다. 이제 다시 연인으로 만날 일은 없을 거란 뜻이었다. 훗날 다시 마주친다 해도 그땐 먼 과거의 인연이 되어 있을 거란 말이기도 했다. 어쩌면 동철의 말처럼 차라리 이것이 잘된 일인지도 모른다. 우산으로 가렸지만 어느새 어깨가 축축이 젖어오고 있었다.

*

혜경의 부재는 바람처럼 지나갈 줄 알았는데 그렇게 되지 않았다. 시간이 지날수록 예리한 면도날에 베인 것처럼 그녀의 빈자리가 더욱 아프게 다가왔다. 떠나간 사람이 남긴 빈자리는 언제나 남은 사람의 몫이었다. 그게 사랑이었다면 더더욱 그랬다. 오랫동안 마음이 빈 창고처럼 텅텅 비어 아무 일도 선뜻 손에 잡히지 않았다. 몸도 영혼도 텅 빈 우물처럼 말라가는 느낌이 들었다. 여름이 끝나갈 무렵 한바탕 신열을 앓았다. 온몸의 살과 뼈가 부서지는 듯한 아픔 속에서 꿈을 꾸었다. 잘못 편집된 영화처럼 수많은 환영들이 지나갔다. 어느 낯선 산모퉁이에서 혜경이 허전하게 웃는 모습이 보였고, 바람골 저수지의 쓸쓸한 풍경도 떠올랐다. 꿈속에서 다시 또 꿈을 꾸었다.

길고 긴 꿈에서 깨어났을 때, 문득 소연이 생각났다. 서울 와서 전화하겠다고 약속했는데 이미 시간이 많이 흘러 있었다. 아무 일도 없는 양 전화하기에는 어쩐지 자신이 없기도 했다. 주저하는 마음을 뒤로하고 용기를 내 전화를 넣어보았다.

"나, 하림이……"

하림이 머뭇거리며 말했다.

"아, 하림 오빠! 어쩐 일이에요? 까맣게 잊어버린 줄 알았어요."

전화 저쪽에서 반가움과 함께 원망이 담긴 목소리가 들려왔다.

"응, 잘 지냈니?"

하림이 어쩐지 자신 없는 목소리로 물었다.

"그냥……"

소연이 대답했다.

"어디니?"

하림이 말했다.

"요양원."

소연이 대답했다. 그러고 나서 언니가 큰 병원에서 머리 수술을 받고 나서 서울 외곽의 작은 요양원으로 옮겨 와 자기도 거기에 있다고 설명했다.

"가도 돼?"

하림이 여전히 주저하며 말했다.

"하하, 그럼요. 오셔요."

소연이 아무렇지도 않은 듯 시원하게 대답했다.

짧다면 짧고, 싱겁다면 싱거운 대화였다.

짧고 싱거운 대화 중에 그녀랑 지냈던 바람골의 날들이 떠올랐다. 폭풍우 치던 날 화실 지붕에서 들려오던 빗소리가 환청처럼 귓가에 울리는 것 같았다. 왼 뺨의 희미한 푸른 점과 노란 머리가 어른거렸다.

다음 날 하림은 차를 타고 소연이가 알려준 데로 물어물어 찾아갔다. 9월의 늦은 오후였다. 요양원은 낡은 흰색 삼층 건물이었다. 건물 뒤에는 아직 무성한 잎새를 드리운 등나무가 있는 작은 뜰이 있었고, 환자복을 입은 노인들이 벤치 군데군데 앉아 있는 게 보였다. 하림은 그곳에서 서성거리며 소연이 나오길 기다렸다.

"하림 오빠!"

오래지 않아 뒤에서 부르는 소리가 들렸다. 마치 먼 시간 저 너머에서 들려오는 소리 같았다. 어쩐지 고향에라도 온 것 같은 반가운 느낌이 들었다.

"응, 너 머리 했구나."

그녀를 보자마자 하림이 옛날처럼 장난스럽게 웃으며 말했다.

맨 처음 눈에 띈 것이 머리 모양이었다. 노랑 대신 까만 머리가 파마를 해서 탐스럽게 부풀어 있었다. 거기에다 흰 블라우스 위에 엷은 보라색 재킷을 걸치고 있었는데 전혀 다른 사람 같이 보였다.

"왜요, 이상해요?"

소연이 어색하게 따라 웃으며 말했다.

"아니, 예뻐. 몰라보겠는걸……"

하림이 놀리듯이 말했다.

"헐."

"언니는 좀 어떠셔?"

"그냥 그래요."

"뭘 좀 먹을래?"

"배고파요?"

"아니, 그냥……"

하림의 말이 끝나자 소연이 킥킥거리며 혼자 웃었다.

"왜……?"

"'아니, 그냥', 그 소리 들으니까 처음 오빠 만났을 때 기억이 나요. '그런 셈이지, 그런 셈이지' 하던 말, 말이에요. 그러고 보니 하림 오빤 무엇이든 똑 부러지게 대답하는 법이 없는 사람 같네요."

"그런가."

하림도 따라 웃었다. 그러고 보니 정말 그런 것 같았다. 처음 그녀를 보았을 때가 떠올랐다. 아직 추운 바람이 불던 겨울 끝 무렵, 바람골 들어가는 긴 포장도로, 처음 만난 그녀 몸에서 신선하고 차가운 겨울 냄새가 났었다. 아저씨 어딜 가세요, 하고 묻던 모습이 영화 속의 한 장면 같았다.

"뭘 먹을까요? 여긴 별루 먹을 게 없어요."

소연이 말했다.

"아무거나 먹자. 라면 어때?"

하림이 말했다.

"라면?"

소연이 농담하느냐, 하는 눈으로 쳐다보았다.

"왜? 바람골 화실에 있을 때 먹던 라면 생각이 나서 그런다. 후후거리며 둘이 먹던 라면 말이야."

그런 그녀를 향해 하림이 장난스러운 표정으로 덧붙였다.

"그럼 가요! 저 뒤에 라면도 팔고 순대도 파는 집이 하나 있으니까."

소연이 앞장을 서면서 말했다. 바람결에 그녀의 머리카락에서 향긋한 샴푸 냄새가 나는 것 같았다. 노란 머리보다는 그래도 파마한 까만 머리가 더 나았다. 불과 몇 달 지났을 뿐인데 소녀기가 가시고 그 자리에 여성스러운 태가 들어선 느낌이었다.

하림은 소연을 따라 허름한 골목 안으로 들어갔다. 소연이 데려간 곳은 분식도 팔고, 술도 파는 그런 곳이었다. 허름한 밖과는 달리 안은 비교적 깨끗해 보였다. 소연은 이런 덴데 괜찮겠느냐 눈으로 물었고, 하림은 괜찮다는 표시로 서양인처럼 어깨를 으쓱해 보였다.

"뭐든 시켜요. 여긴 내가 다 사줄 수 있으니까."

자리에 앉자 벽에 붙은 메뉴를 보며 소연이 큰소리를 쳤다.

"됐네요. 돈은 내가 낼 테니까 소연이가 시켜."

하림이 웃으며 말했다.

"라면?"

소연이 말했다.

"그래. 순대랑 소주도 하나 시켜줘."

"늙은 아저씨처럼……?"

소연이 웃으며 놀리듯이 말했다. 어느새 예전의 장난스러운 소녀의 모습이 보였다.

"그래, 난 늙디늙은 아저씨다. 됐니?"

하림 역시 따라 웃었다.

"아줌마! 여기 라면 두 개 하구요, 먼저 순대 한 접시랑 소주 한 병 주세요!"

소연이 활기찬 목소리로 주문을 했다. 그러곤 하림과 눈이 마주치자 습관처럼 씽긋하고 웃었다. 하림은 그런 그녀가 왠지 오랫동안 함께 지냈던 사람처럼 편했다. 그녀랑 같이 있으니 어쩐지 이런 허름한 집도 편하게 느껴졌고, 이런 분위기도 편하게 느껴졌다.

"참, 하림 오빠! 이장 아저씨 소식 들었어요?"

소연이 말했다.

"아니, 무슨……?"

"이장 아저씨, 죽었대요. 저수지에 빠져서."

하림은 화들짝 놀라서 소연을 쳐다보았다.

"얼마 되지 않았는데, 비 내리던 날, 저수지에 빠져 죽어 있는 걸 누가 발견했대요."

"……!"

"어떤 사람은 술에 취해 둑길을 가다가 미끄러져 죽었다고 하고, 어떤 사람은 그냥 자살한 걸 거라고 해요."

하림은 아, 하고 속으로 소리를 질렀다. 운학 이장이 죽다니……

절룩이며 걷던 그의 뒷모습이 떠올랐다. 그날 바람 불던 저수지 밤길에서 광기에 젖어 울부짖던 모습과 화실로 찾아와 술잔을 홀짝거리며 장광설을 늘어놓던 모습도 떠올랐다. 그가 죽었다. 하림은 알고 있었다. 그는 틀림없이 스스로 물속으로 몸을 던졌을 것이다. 남경희가 떠난 바람골에서 그는 살아갈 이유가 없었을 것이다.

"소연아."

하림이 술잔을 쭉 들이켜고 나서 말했다.

소연이 고개를 들어 쳐다보았다. 예전엔 몰랐는데 눈동자가 짙은 갈색 빛이었다. 짙은 갈색 눈이 '왜요?' 하고 물었다.

"너 정말 대학 갈 거니?"

짙은 갈색 눈을 향해 하림이 말했다. 소연이 훗, 하고 웃었다.

"옛날이야기죠. 나이도 나이지만 그깟 대학 나오면 뭘 해요. 대학 나와도 취직 못한 친구들이 수두룩한데……"

"그러지 말고 우리 장사나 할까?"

하림이 농담 삼아 말했다.

"무슨 장사?"

소연이 눈을 동그랗게 뜨고 쳐다보았다.

"으응, 뭘 할까? 그래, 우선 작은 트럭을 하나 사자. 그리고 그 위에 떡볶이나 순대, 튀김 등을 싣고 학교 앞이나 유원지로 돌아다니자. 어때?"

그제야 농담인 줄 안 소연이 싱겁게 웃었다.

"피."

"농담 아니야. 내가 아는 어떤 아저씬 그렇게 계절 별로 갖가지를 들고 다니며 팔다가 지금은 그럴듯한 가게까지 열었다니까."

하림이 제법 정색을 하며 말했다.

"장사가 어디 그렇게 쉬운 줄 아세요?"

소연이 쏘아붙이듯 말했다.

"쉽지야 않겠지. 하지만 일단 시작해보는 게 중요하지 않을까? 아직 우린 젊잖아."

농담이 진담 된다고, 말을 하다 보니 하림의 표정이 진지해졌다.

"언니는 어떡하구요?"

"어떤 언니?"

"하림 오빠 눈이 빠지게 기다리시는 그 언니요."

"아, 그 사람……"

하림은 아무렇지도 않다는 듯 대답했다.

"그 사람, 떠났어. 멀리."

순간 얼굴에 쓸쓸한 그림자가 스치는 것은 어쩌지 못했다. 하림은 술잔을 들어 바닥이 보이도록 단숨에 들이켰다.

"아프리카에서 NGO일 하는 선배가 있다는데, 거기로 갔어. 아마 돌아오지 않을 거야."

하림의 목소리에 저도 모르게 원망이 배었다. 혜경이 떠나고 나서 누구에게도 그와 관련된 말을 해본 적이 없었다.

"그나저나, 할 거야, 말 거야?"

그런 상념을 떨치기라도 하듯 하림이 큰 소리로 물었다. 목소리에 약간 취기가 배어 있었다.

"뭘?"

소연의 갈색 눈에 웃음이 스며 있었다. 하림은 괜히 민망해져 소연의 눈빛을 피하듯 말했다.

"우리 둘이 장사하는 것."

"좋죠. 생각 좀 해보죠. 하림 오빠랑 '우리'가 되는 것도 나쁘진 않을 테니까."

소연은 여전히 장난스럽게 웃고 있었지만 그녀의 표정에서도 어떤 쓸쓸함 같은 것이 느껴졌다.

"우리 같이 새벽부터 밤까지 죽도록, 박이 터지도록 일해서 돈 많이 벌자."

하림이 젓가락으로 순대를 집으며 호기롭게 말했다. 소주병은 비었고, 순대와 라면은 반쯤 남았다.

"나갈까?"

하림이 말했다. 밖으로 나오니 벌써 땅거미가 몰려오고 있었다.

골목 여기저기에 불이 들어오기 시작했다.

소연이 슬그머니 하림의 팔짱을 꼈다.

"하림 오빠! 우리 영화나 한 편 보러 갈까요? 신나는 영화……"

심각한 분위기를 떨쳐버리기라도 하는 양 소연이 활달한 목소리로 말했다. 그녀의 머리카락에서 부드러운 향기가 풍겨왔다. 문득, 폭풍우 치던 날 수천수만 마리 쥐 떼들이 달리듯 화실 지붕을 때리며 지나가던 빗소리가 들리는 것 같았다. 걸어가는 동안 빗소리는 머릿속을 가득 메웠다. 하림은 주머니에서 손을 꺼내 소연의 손을 꼭 잡았다. '미안해'라는 말 대신 이제 '사랑해'라는 말이 하고 싶었다.

무슨 까닭인가, 자꾸만 눈앞이 흐려져왔다.

저만치 버스 정류장이 보였다.

작가의 말

2012년 겨울 진눈깨비가 추적추적 내리던 오후, 우리는 을지로 뒷골목 생태찌개 집에서 만났다. 여기서 '우리'란 나를 비롯해 젊은 만화가이자 삽화가인 박건웅 화백 그리고 『아시아경제』 문화부 이명재 부장을 말한다.

우리는 『아시아경제』에 연재할 소설 때문에 만났는데, 사실 나는 오랫동안 소설에서 손을 놓고 있었고 또 막 대선이 끝난 직후의 상황이라 도저히 글을 시작할 마음도, 그럴 용기도 나지 않았다. 그때 내 눈에는 거리에 어슬렁거리며 돌아다니는 사람들이 이상하게 사람으로 보이지 않고 사나운 늙은 원숭이나 짐승처럼 보였다. '잘 살아보세'를 외치며 미친 듯이 달려오는 동안 너나없이 모두가 사나운 짐승의 꼴로 변해버렸던 것이다. 나는 자신이 없다고 몇 번 사양했지만 나의 보잘것없는 작가적 재능을 너그러이 평가해온 이명재 부장은 '이럴 때야 말로 정말 좋은 글을 써야 하지 않겠느냐. 마음껏 하고 싶은 이야기를 해보시라'고 마당을 펴주었고, 함께 연재를 시작할 젊은 박 화백의 격려도 있어 무작정 녹슨 칼 한 자루를 들고 연재의 장도에 올랐다.

'좋은 글'을 쓸 자신은 없었지만 하고 싶은 이야기는 많았던 터였다. 마침 내가 사는 마을에 서울에서 내려와 사는 이층집 영감에 의해 동네 누렁이 똥개 두 마리가 엽총에 맞아 죽는 사건이 벌어졌다. 자기 집 잔디밭에 들어와 오줌이나 똥을 싸고 간다는, 지극히 단순한 이유 때문이었다. 머리에 총을 맞은 개는 즉사했고, 그것으로 한동안 마을이 떠들썩했지만 곧 아무런 일도 없이 지나갔다. 개를 놓아 기르던 동네 할머니의 잘못이 더 크다는 것이었다.

우리들 모두의 마음속에 자리 잡고 있는 이 광기, 이 미움과 증오는 도대체 어디에서 나온 것일까. 순한 눈빛의 사람들이 모여 사는 그런 세상은 이제 영영 돌아올 수 없는 꿈일까.

한동안 나는 꿈속에서 죽은 누렁이들의 환영에 시달렸다.

언젠가 첫 소설집 『깊은 강은 멀리 흐른다』의 후기에서, 작가로서 나는 두 가지 정서에 기대어 글을 쓴다는 말을 한 적이 있다. 그 하나는 분노이며, 다른 하나는 슬픔이다. 분노는 불의한 세상에 맞서 싸워나가는 힘이며 인간다움을 지켜주는 힘이다. 그리고 슬픔은 그런 분노를 넘어서 남과 자신을 용서하고 안아주는 힘이다. 말하자면 분노가 불꽃같은 것이라면 슬픔은 강과 같은 것이다. 지금도 나는 이 두 가지 정서가 내가 글을 쓰게 만들어주는 힘이라고 믿는다.

어디 그게 나의 문학뿐이겠는가.

겨울이 지나가고, 봄 여름 가을 그리고 다시 겨울이 올 동안 근처에 있는 용문도서관의 한 귀퉁이에서 노트북 하나를 껴안고 그렇게 지냈다. 돌아보니 진눈깨비 내리던 1년 전 그때나 지금이나 세상은 별로 변한 것이 없어 보인다.

'좋은 글'을 기다린 분들에겐 죄송하지만 그래도 이 보잘것없는 글이 작은 위로라도 되었으면 좋겠다. 함께 살아가는 이 시대 모든 마음 가난한 이들에게도 안부를 전하고 싶다. 아울러 어려운 출판 환경 속에서 선뜻 출간을 맡아준 시간여행 출판사 김경배 대표와 편집을 맡아 애써준 홍진 씨에게 고마운 마음을 전한다.

울울한 가슴 위로 한바탕 눈이라도 내렸으면 좋겠다.

2013년 겨울

양평 寓居에서

김영현